CB011661

O GRANDE DURANTE

ALAN MOORE

O GRANDE DURANTE

LONDRES LONGA, VOL. 1

Tradução:

Adriano Scandolara

Aleph

O Grande Durante

TÍTULO ORIGINAL:
The Great When

COPIDESQUE:
Bruno Alves
Isadora Prospero

MAPA:
Nicolette Caven

REVISÃO:
Isabela Talarico
Renato Ritto

CAPA:
Pedro Henrique Ferreira
(Lambuja)

DADOS INTERNACIONAIS DE CATALOGAÇÃO NA PUBLICAÇÃO (CIP)
DE ACORDO COM ISBD

M821g Moore, Alan
O Grande Durante / Alan Moore ; traduzido por Adriano Scandolara. - São Paulo, SP : Editora Aleph, 2024.
384 p. ; 16cm x 23cm. – (Londres Longa)

Tradução de: The Great When
ISBN: 978-85-7657-665-5

1. Literatura inglesa. 2. Ficção científica. 3. Fantasia urbana. 4. Universo alternativo. I. Scandolara, Adriano. II. Título. II. Série.

	CDD 823.91
2024-1910	CDU 821.11-3

ELABORADO POR VAGNER RODOLFO DA SILVA - CRB-8/9410

ÍNDICES PARA CATÁLOGO SISTEMÁTICO:
1. Literatura inglesa: Ficção 823.91
2. Literatura inglesa: Ficção 821.111-3

Rua Bento Freitas, 306 - Conj. 71 - São Paulo/SP
CEP 01220-000 • TEL 11 3743-3202
www.editoraaleph.com.br

@editoraaleph
@editora_aleph

Para Michael Moorcock e Iain Sinclair, ambos com uma estadia mais longa em Londres e anterior à minha

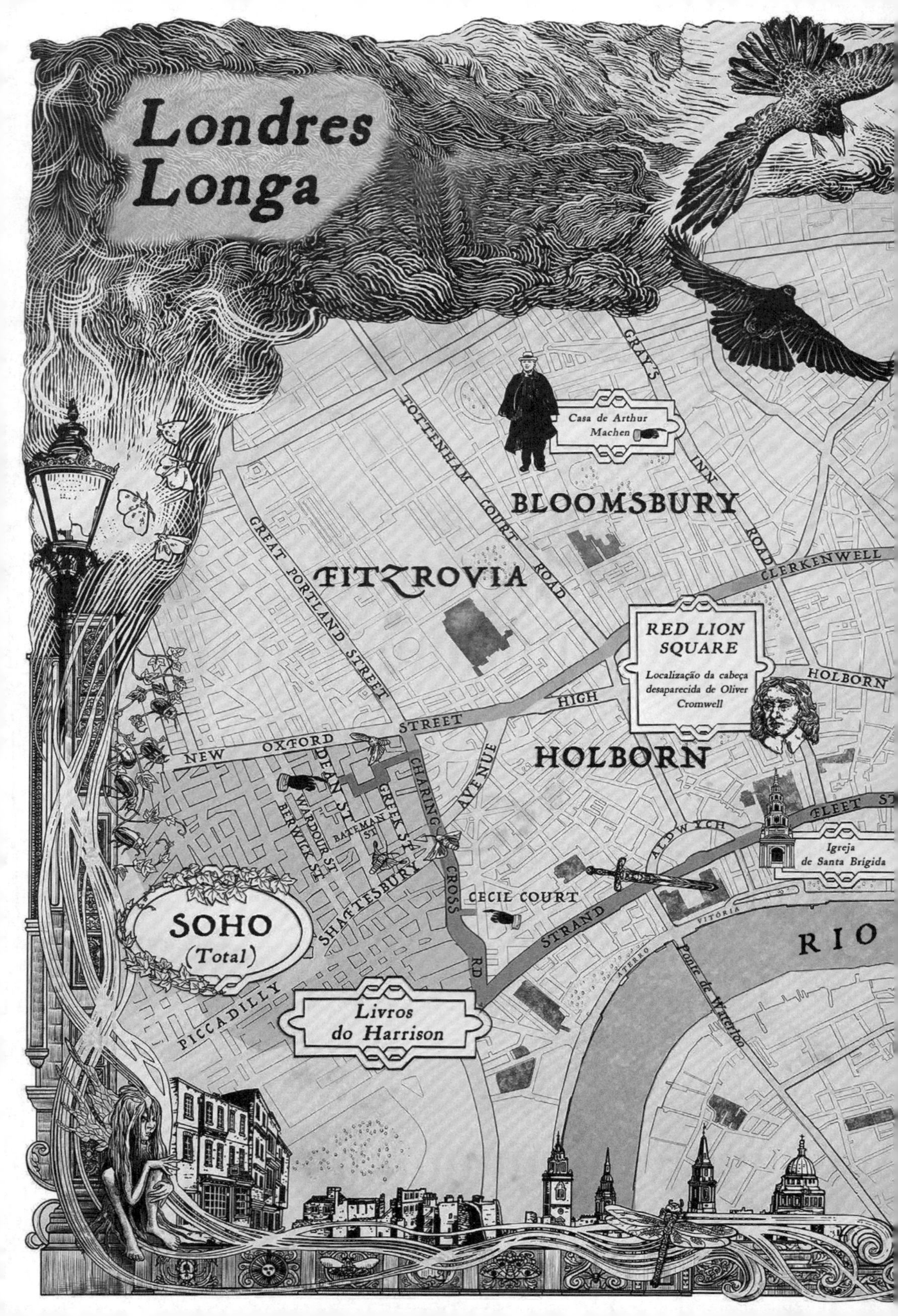

Londres Longa
Casa de Arthur Machen
GRAY'S INN ROAD
TOTTENHAM COURT ROAD
BLOOMSBURY
GREAT PORTLAND STREET
FITZROVIA
CLERKENWELL
RED LION SQUARE
Localização da cabeça desaparecida de Oliver Cromwell
HOLBORN
HIGH
STREET
NEW OXFORD
DEAN ST
CHARING CROSS RD
AVENUE
HOLBORN
WARDOUR ST
BERWICK ST
BATEMAN ST
GREEK ST
SHAFTESBURY
FLEET ST
ALDWYCH
Igreja de Santa Brígida
CECIL COURT
STRAND
VITÓRIA
SOHO (Total)
RIO
ATERRO
Ponte de Waterloo
PICCADILLY
Livros do Harrison

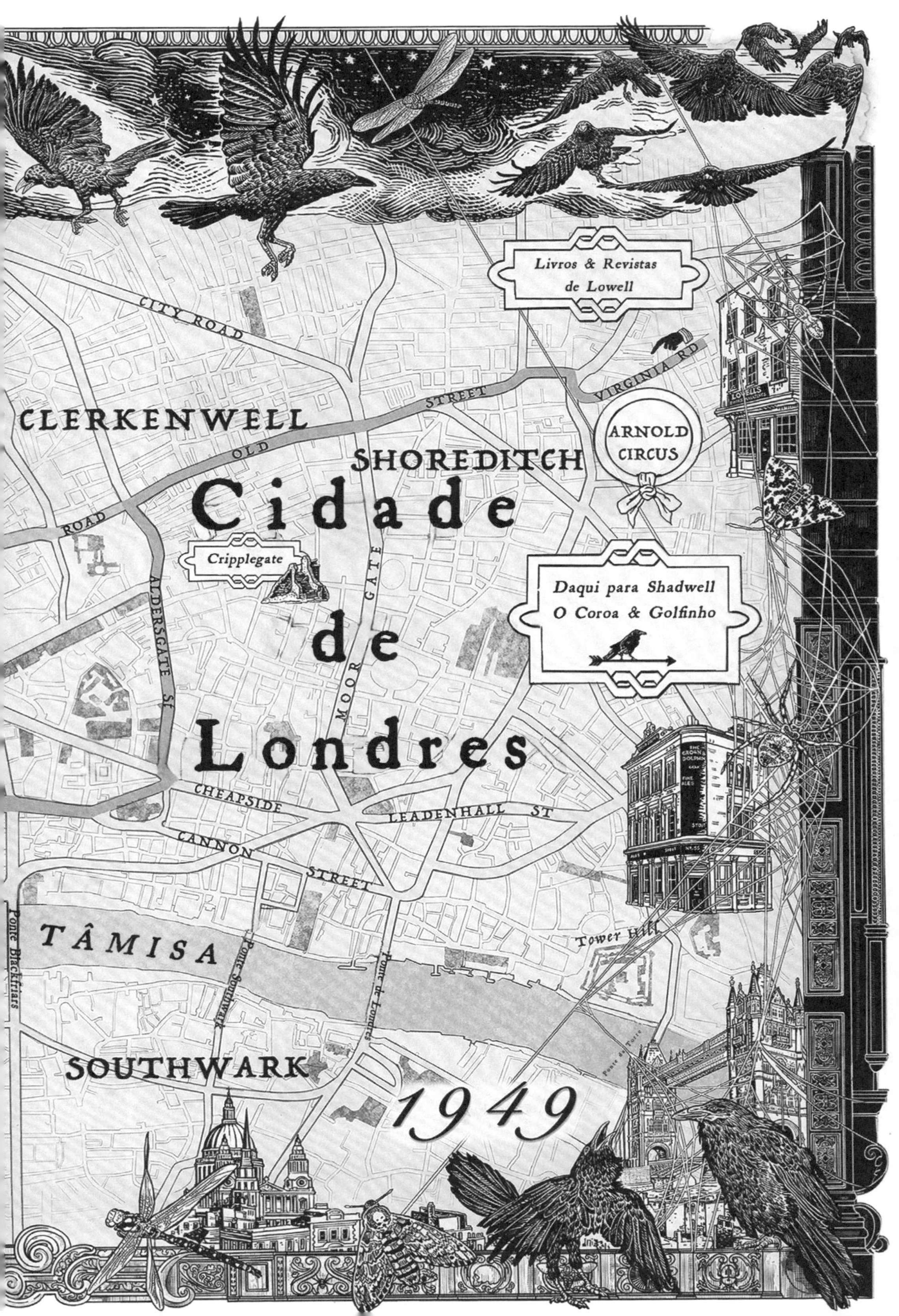
Livros & Revistas
de Lowell
CITY ROAD
VIRGINIA RD
OLD STREET
CLERKENWELL
SHOREDITCH
ARNOLD
CIRCUS
Cidade
de
Londres
ROAD
Cripplegate
ALDERSGATE ST
MOOR GATE
Daqui para Shadwell
O Coroa & Golfinho
CHEAPSIDE
LEADENHALL ST
CANNON STREET
Ponte Blackfriars
TÂMISA
Ponte Southwark
Ponte de Londres
Tower Hill
Ponte da Torre
SOUTHWARK
1949

A música no princípio

Sopro: lá atrás da pensão, onde um sol baixo de inverno cospe ouro sobre o mato alto, dois feiticeiros moribundos tomam chá com biscoitos.

O velho garoto tem ares aviários, quase delicados com sua barba branca e bem-aparada, estilo Van Dyke. Tendo perdido muito peso e boa parte de sua deliberada monstruosidade, está sentado com um cobertor xadrez sobre os joelhos, remetendo a um professor de artes aposentado, talvez alguém que na juventude sonhasse em ser o próximo John Sargent. Do outro lado da mesa dobrável sobre a qual o chá está servido, a convidada segura um fio de cabelo errante, soprado pela brisa, com uma expressão inexplicavelmente heroica. Quase quinze anos mais nova do que o outro, ela o observa servir um redemoinho de terra de siena queimada fumegante na porcelana das xícaras descombinadas, as mãos que outrora haviam sido o terror de sua época tremendo visivelmente.

Ele passa o pires carregado, tilintando feito o carro do leite, e lhe direciona um olhar perplexo.

— Minha cara. Imagino que esteja muito doente.

A voz aguda e cadenciada sempre surpreende. Ela estreita o perene olhar de decepção, impressionada a contragosto pelos dotes divinatórios do anfitrião, e enfim dá uma risada.

— Essa foi bem boa. Quase pensei que você fosse um mago de verdade. Mas é claro que é definitivamente a última pessoa do mundo que eu ia querer que me perguntasse quantos torrões de açúcar é para colocar.

Descendo o olhar de relance ao gramado delinquente, ele dá um sorriso contrito. Ela o encara durante mais alguns minutos, e as feições largas de buldogue se assentam num franzir pensativo enquanto reflete.

— Apesar de que, se seguirmos por essa lógica, minha nossa... Você também?

Acima, ventos em alta altitude arrastam lençóis amarfanhados do céu desfeito de Hastings. Cheio de remorso, ele dá de ombros, o santo deteriorado de um apocalipse cancelado por tempo ruim.

— Receio que sim. Nada definitivo e, se o universo quiser, talvez ainda me restem um ou dois anos. Pelo menos é o que as cartas e moedas me informam, mas, também, sou uma ruína antiga, e esses revezes são esperados. E quanto a você? Uma mera criança, mal passou dos cinquenta. Me parece muito azar.

Na cozinha da casa, o último e derradeiro aprendiz do diabolista prepara, com ansiedade, sanduíches de ovo com agrião, tudo exceto o pão e o agrião tirado das rações, e os corta fastidiosamente na diagonal. Do lado de fora, a sacerdotisa contrai o nariz, recusando a piedade ofertada.

— Uhm. Ou talvez o despeito do Todo-Poderoso. *Deo, non Fortuna*. Deus, não a sorte. Algo interessante de se pensar quando tudo está indo bem, caso contrário é um inferno de um lema imbecil e um inferno de um nome imbecil. Estou sofrendo de uma doença incurável, pelo que parece. Tem a ver com a medula, segundo me disseram, embora nunca tenha ouvido falar dela. Leucemia, até onde sei, podia muito bem ser o nome de uma das atendentes de Hera. Agora, porém, tenho poucos meses para botar minhas coisas em ordem e aí vou lá descobrir o quanto de tudo era só teoria, afinal. Espero durar até o fim da guerra, mas só se a gente vencer.

Ela se encolhe no casaco pesado, com o queixo resoluto erguido de um jeito que sempre o fazia pensar em Churchill. Sentando-se ereto, ele acena com a cabeça numa tentativa de confortá-la.

— Ah, vamos sim. Francamente, eu ficaria surpreso se a Alemanha sobrevivesse a essa temporada de críquete. É uma pena, na verdade. Eu tinha tantas esperanças de que este fosse ser o meu Éon de Hórus, austero e radiante, todo ornamentado de discos solares, mas não era para ser. Parece que me enganei a respeito de um monte de coisas.

Ele dá um gole e depois suga o que sobrou da ponta dos bigodes amarelados. A mulher solta um ronco.

— Bem, no papel de alguém que passou metade da carreira mágica pedindo desculpas pela bagunça diabólica que você fez com a sua, eu diria que essa é uma avaliação bastante precisa. — Ela reconsidera e suaviza o tom. — Porém, também suspeito que a minha própria Era de Aquário logo acompanhará o seu éon no desmanche das eras. Às vezes, as vozes etéricas cospem um monte de baboseiras pavorosas, não acha?

Os dois dão uma risadinha dessa heresia, surpresos por descobrirem como gostam um do outro sem toda a pantomima de luz e trevas para atrapalhar. Lâmios-roxos crepitam diante de uma rajada de vento breve, porém súbita, com o estrépito exausto de um carrinho que paira sobre as ruas suburbanas da vizinhança. Sentindo um estranho espasmo de afeição por aquele trêmulo ímã de diabos, ela se inclina para roçar, de leve, o braço dele.

— Apesar de nossas diferenças, você ainda é o mago mais experiente que eu já li na vida. Sabe disso, né? Moralmente, claro, é a criatura mais vil que se pode imaginar, mas, em termos de encantamento, tenho o maior respeito por você, meu velho.

Para além de qualquer expectativa, isso soa absurdamente comovente aos ouvidos dele. Os chás dos dois estão esfriando.

— Digo o mesmo, minha cara *soror*. Sempre pensei em você como a mais talentosa de sua geração.

Para constrangimento mútuo, os dois estão prestes a cair no choro, sem aviso, quando a mulher resgata a situação com um gesto da cabeça e uma fungada desdenhosa.

— Tenho certeza de que você jamais pensou qualquer coisa do tipo. E quanto àquelas suas insinuações de que "a srta. Firth segue a mesma escola de Radcliffe Hall"? E isso vindo de um sodomita espalhafatoso feito você! Você é um homem péssimo, péssimo, que por acaso é muito bom de magia... Claro, veja só o quanto isso nos ajudou no fim das contas. Todos aqueles robes belíssimos, e cá estamos nós, os dois parecendo que arranjaram as roupas no Exército da Salvação. Digo, você está conseguindo se virar por aqui? Como faz para pagar o aluguel?

A inocência no olhar dele é uma pequena obra-prima da comédia.

— Ora, com magia, é claro. Meu aluguel está garantido, contanto que eu siga ajudando o proprietário de Netherwood a restaurar sua virilidade minguante com pílulas infundidas com a minha própria essência ioguista.

Ela olha fixo para ele, piscando, intrigada, até chegar a uma conclusão desagradável:

— Ah, pelo amor de Deus. Me diz que essas pílulas não são só pó de giz com o seu esperma.

Timidamente, ele abre as mãos, a pele crepitante como papel-alumínio, as unhas compridas.

— Quem dera eu pudesse, querida. Quem dera eu pudesse.

Sob os céus atravessados por caças, tudo é encharcado de história e, do outro lado do globo, incertezas inquietas chegam a uma resolução grudenta. Ela fica boquiaberta, numa expressão que seria de descrença, não fosse pela péssima reputação dele, e então os dois dão risinhos: duas crianças, exauridas e desgastadas. Quando a alegria míngua, o conjurador mais velho passa a fitar reumaticamente o nada e assume ares ainda mais sombrios. Tudo está transformado, e até mesmo a procissão das eras tropeça. Jamais haverá outra tarde com esse mesmo tom específico de azul-maço-de-cigarro. Depois de um tempo, a mulher se pronuncia:

— Sabe, vai ficar um estrago pavoroso na Inglaterra depois que esse rebuliço passar. Não sei bem se os meus anjos ajudaram, nem um pouco que seja. As bombas v passam direto por eles. E vai se abrir um raio de um vazio medonho na magia quando a gente morrer. Mesmo que a maioria das nossas certezas fossem delírios, e nós dois sabemos que tem coisa ali que não era, os ocultistas que vão nos suceder discorreram sobre o assunto de um modo bem convincente, mas o assunto jamais respondeu. Nunca o sentiram ali pulsando no mesmo espaço que eles. As únicas entidades que encontram, eles encontram nos livros.

Como se seguisse um roteiro, um jovem Grant aparece da porta dos fundos da casa, com sua cara de astro do cinema, um brilho de óleo de Macassar nos cabelos e um prato de sanduíches equilibrado na palma da mão. A Besta pastoreada contempla a visitante, os olhos ilegíveis sob o cenho parcialmente encanecido:

— Lembra daquele gato sinistro?

Ela fica rígida no assento e lhe dispara um olhar de censura em resposta. Ele repara no estremecimento breve, involuntário e súbito, que ela evidentemente tenta segurar.

— Claro que lembro. Ele entrou na minha casa quando Moina Mathers o mandou para cima de mim. Foi o episódio mais aterrador da minha vida inteira.

O acólito obsequioso, trazendo bebidas refrescantes, se aproxima com passos lentos sobre o gramado malcuidado. Abaixando o tom de voz, a mulher oferece um último comentário para aquele que é sua antítese moral e o último dos seus pares ainda vivo:

— Na verdade, a outra Londres é um dos casos em questão. Não foi só a nossa imaginação, foi?

Partilhando de um olhar melancólico, os dois até se passariam por um casal de longa data. Solene, ele faz que não com a cabeça.

— Não. Não foi, não. Foi real.

Chega um piquenique que nenhum dos dois tem a energia para comer, e as sombras de todos se desdobram pelo mato alto no chão, tapetes negros a receber celebridades da noite. É fevereiro de 1945, e uma solitária ave canora faz quicar sua rapsódia da ionosfera cadente, enquanto os dois se assentam num bate-boca amistoso e intermitente à luz moribunda da magia inglesa.

Metais: ora um rio de gritos e murros, Cable Street cheira a circo num estouro de manada. O roçar de punho, bandeira, garrafa, atiçador de lareira, pá e gente sendo empurrada feito tinta a pintar as pedras da calçada e, ora, reflete David Gascoyne, não haverá poesia que contenha a paixão e a intensidade disso, o ronco, o jazz em ouvido de couve-flor? Suspenso num mar de ombros, empurrado contra costas de gabardine numa intimidade raivosa, ele entrega sua volição ao animal em fúria no qual se fez componente. Só pode ir aonde ele for, o roçar dos sapatos comandados num empurra-empurra diplópode, um passageiro do tumulto.

A entrega ao consenso bruto traz uma sensualidade inesperada — o eletrizante calor humano e o movimento se esfregando contra os seus próprios, a enxurrada de uma paleta com cores de outubro lambuzando os limiares nublados, uma sinfonia de botas, tampas surradas de lixeiras e maldições floridas, rogadas em ídiche. “Enforque-se numa corda de açúcar e sua morte será doce!” Até o próximo sábado ele tem dezenove anos, lançou seu terceiro livro faz só um ou dois meses e se vê transbordante com o momento, trépido de história. Mulheres ululantes, pivetes arremessando tijolos, mas no geral um empurra-empurra de homens usando seu perfume de cigarros, rum barato e carne assada, atrás de sarna para se coçar. Ele nunca se sentira mais judeu em toda a sua vida do que nessa correria pungente de cotovelos, e a única coisa que teme aqui é ter uma ereção.

Com o aperto da confusão talvez cem metros à frente, o peito dele é o ribombar de uma bigorna. Além da maré de pescoços raspados e cabeças reviradas, ele enxerga os meirinhos com seus casacões azul-marinho, alguns deles a cavalo, brandindo cassetetes em arcos quebra-cabeças sobre a antiga face do East End. Essa tempestade de hematomas tem o seu olho, roxo e parcialmente cerrado, do lado de fora da loja de departamento Gardiner's, que parece já ter perdido um dos vidros da vitrine. Aqui estão os rapazes de azul, a mandíbula parecendo pernil cozido, olhos como bolas de gude pressionadas contra a banha, distribuindo concussões em professores e alfaiates a fim de proteger os bem-nascidos, também desprovidos de queixo, um pouco mais à frente na estrada: os rapazes de preto.

Pálidos feito fantasmas, hesitam a cada ruído, assustados e incrédulos diante da recepção que estão tendo em Whitechapel, a escala avassaladora de tudo. Pelas contas de David, parece ter uns mil, dois mil fascistas, apesar de darem a impressão de estar em menor número, encolhidos desse jeito. Talvez o dobro de policiais com porretes, mas, mesmo contando os camisas-negras junto com os camisas-azuis, os camisas-sujas ainda são maioria, dez para cada um. Das janelas do andar de cima dos dois lados, mães e esposas lançam xingamentos de gelar o sangue; carvão; legumes podres; água fervida; toletes de penicos ou os próprios penicos; uma frente de ar composta de mísseis. No geral, 1936 tem sido um ano engraçado.

Em meio à pancadaria e ao clamor, ele se lembra do rosto frenético de Dalí do outro lado do capacete empoeirado, entrando em pânico enquanto sufocava com o bigode amassado, durante a Exposição Surrealista Internacional de Londres, que David ajudara a organizar no último mês de junho. O artista havia insistido em aparecer de escafandro, depois percebera que não conseguia nem respirar nem tirar o capacete. Apenas por intervenção de David, usando uma chave inglesa, as manadas de girafas incandescentes e cisne-elefantes invertidos haviam sido poupados da extinção. Ao olhar para aquela fervura mortal ao seu redor, com incredulidade nos olhos luminosos de mariposa, o poeta se pergunta se acaso o surrealismo se esforça demais ou de menos. Uma menina furiosa com um braço só segura um membro de manequim de loja na mão restante, e há um *alter kaker* desdentado de olho gordo, arrastando um saco de bosta de leão surrupiado do zoológico para prender os cavalos da polícia. Tijolos vazados e evacuações pairam suspensos no ar outonal. Isto está acima do real, *sur*-real, o sentido que a palavra possuía antes de André Breton botar as mãos nela. Isto, ele pensa, é o verdadeiro fogo que derrete os relógios. Esta é a memória que persiste.

Algo está acontecendo perto do epicentro, uma nova corrente espiralando-se turbilhão adentro. A partir de fragmentos de diálogos que sopram pela turba, ele consegue ter uma noção do que está acontecendo. "É o Spotty!", "Spotty está chegando!", "Aí vêm o Spotty e os seus rapazes!". Este, ele presume, é o galo-de-briga local, Spotty Comer, e seus delinquentes *kosher*, o que confere uma aura de antifascismo à violência horrenda que eles já vinham perpetrando. Olhando de relance por cima dos bustos da estatuária sôfrega ao seu redor, ele enxerga o povo do apavoro chegando com suas boinas, pés-de-cabra, expressões de antracito; uma centena deles reunidos; uma cunha cinzenta de estragos ruidosos que se atira na direção da polícia, enquanto Comer ruge na ponta, brandindo alguma coisa pesada e ornamentada que David virá a descobrir mais tarde que é uma perna de sofá chumbada. A locomotiva ululante de carne atira o próprio peso contra a muralha de oficiais, sua única política sendo o máximo de sangue possível. É uma aliança emocionante, ainda que desconfortável, toda a sua ética em explosão.

A atmosfera instável se acende, ou talvez seja só o cérebro de David. O apertado estouro de manada em que ele se vê pende para a frente e depois recua; uma massa móvel e fluida que o leva consigo, suspirando de terror e empolgação. Letreiros mergulham e cortam ao seu redor, fatiando a visão, o tempo e a continuidade em fotos granuladas para os jornais de amanhã, em suas colagens amadoras e difíceis de entender. Alguém furou a barreira policial, capaz de ser Spotty Comer, e está afundando as costelas do gorila de 1,80 metro do lado de Oswald Mosley. Um cavalo da polícia se aproxima para rachar o crânio de um aprendiz de alfaiate, e atearam fogo, sem qualquer motivo aparente, a um lençol sujo. Ele está perdido na cascata de imagens, como num poema indisciplinado. O ano, o dia, o instante sobem num *crescendo* como um ataque cardíaco ou acorde em seu âmago, e a fotografia rodopiante sai caleidoscópica contra sua retina agredida: um menininho mancando sem um sapato, móveis arremessados, o lençol em chamas refletindo o laranja imundo das janelas de cima, gatos eriçados de choque, braseiros derrubados cuspindo rubis no crepúsculo, um visconde obscuro se acovardando aos prantos, uma chuva de tripa de peixe, a mulher gigante, rabinos apopléticos, menininhas de olhar calejado com facões, tachinhas reluzentes, veteranos militares, cães frenéticos, aves voando na direção errada como se estivesse havendo um eclipse...

A mulher gigante.

Atravessando a multidão, ela tem 2,80, três metros, e ninguém a enxerga. Prestes a apreendê-la, eles dão as costas para olhar alguma outra coisa, com um vago aspecto de aflição. A horda abre espaço para ela passar e não parece ter consciência do ato. É como se o mundo não a pudesse permitir. Mergulhada até a barriga em comunistas e pobretões, ela se desloca despreocupada em meio à multidão, onde David, atordoado, pensa estar à beira da morte. O gorro vermelho escarlate dela se assenta sobre o cobre derretido dos cabelos embolados, panos brancos e vermelhos amassando-se sobre um dos ombros — uma echarpe, cachecol ou toga, ele não consegue distinguir —, de modo que os seios ficam à mostra, não como provocação, mas como prova de sua autoridade inflexível. Acima dos postes mais altos, aquele semblante beatífico e olhos carinhosos voltam-se, comedidos, para os insurrecionistas que ladram e passam pelas suas saias, abrindo um sorriso de orgulho materno diante de todo aquele sangue e armas. Sobre a carne de coral, as sombras que se deslocam sob os seus movimentos parecem gravadas em aço e, por Deus, ela é mais alta do que uma casa! Por que não tem ninguém gritando, correndo, se ajoelhando? Por que ninguém repara? A saraivada de tralhas arremessadas passa ao largo dela. A mulher atravessa uma maré de pelejas, onde os rostos contorcidos se veem tão preocupados em seus esforços ferozes que não percebem o que de divino e insuportável caminha entre eles, tão linda que nem mesmo as roupas de cama em chamas ousam tocá-la.

Apoiando-se nos joelhos, David vomita nas calças. Ele viu a metáfora em pessoa, enorme, numa alameda de Londres, e agora há um zumbido nos ouvidos, e os olhos estão marejados a ponto de borrar o mundo. De lábios outrora úmidos por canções, a bile pende em fios retesos e, ao levantar a cabeça de novo, ela desaparece, talvez um mero truque de luz nas paredes manchadas de fuligem; talvez continuando seu passeio descendo aquela avenida histericamente cega. Nos meses após o motim, ele se junta aos Comunistas, vai para a Espanha e se vê, mais do que nunca, convicto na poesia, porém flagra-se apreensivo, desde então, a respeito das tábuas no assoalho da sua sanidade, tendo sentido sua frouxidão e ouvido uma ruptura ameaçadora.

Tímpanos: "O preto é sorte, o branco é forte", ele berra, a voz como sinos de igreja, o africano imaginário. Um sol infantil rabisca as penugens com giz de cera de cores simples e alegres enquanto navega pela multidão de Epsom, uma peça musical constante retinindo nos chapéus e nas cartolas pela pista. Os dos chapéus oferecem vivas ao reconhecerem-no, e os das cartolas, sorrisos condescendentes, mas todos ficam maravilhados como se, aos olhos ingleses, ele fosse um rinoceronte ou uma orquídea ou um continente.

— Spion Kop primeiro, e os outros lá longe — proclama ele, esse flamingo de teca, e uma brisa de junho levanta a cauda à la Roquelaure de sua casaca até transformá-la num par de asas bordadas.

Todos o tocam quando passa, a fim de esfregar a ferradura ou garra de leão que ele usa no pescoço ou acariciar os sóis, luas, estrelas e trevos-de-quatro-folhas costurados em seus trajes, o messias do hipódromo chegando para curar a lepra das más decisões equestres. Ele jura ter lido certezas em folhas de chá, estrelas ou entranhas de zebras, se necessário, depois confessa alegremente que é tudo bobagem e que o seu único guia espiritual são informações vazadas, embora essa confissão seja, é claro, também uma mentira.

— Uó-hó-hó-hó — brada, a voz retumbante saindo dos pulmões de couro em meio aos belos vestidos de riscas de giz. — Spion Kop leva o Derby!

Com uma camisa branca feito uma vela inflada e obscenas plumas de avestruz no mastro, saído dos sonhos imperiais, ele desfila pelas margens da pista ladeadas de cortes escovinha, inclina-se e balança ou dá passos rápidos em meio aos pingos de conversas e murmúrios estivais.

Sua celebridade o precede, assim como os credores decerto seguem no seu encalço. Por toda parte é conhecida a sua lenda tumultuosa — o príncipe abissínio sequestrado por um barco inglês, que naufragou em Portugal e chegou em Tilbury Docks como o maior vidente de corridas de cavalo que esta terra jamais viu. A parte de St. Croix nas Índias Ocidentais da Dinamarca e do filho foragido de um criador de cavalos chamado Peter Carl McKay são inclusões pífias, sem nenhum lastro real. Melhor esquecer e nem mencionar.

— *Uó-hó-hó-hó* — alardeia aos apostadores de roupas largas, colados ao guarda-corpo, os ricaços de binóculos. — Tenho um cavalo! — E, sim, ele tem mesmo, mas onde ele arranjou esse cavalo é outra história.

Foi, o quê, uns oito anos atrás? Uma época de vacas magras, quando seus muitos dotes não conseguiram evitar que os lobos viessem à porta; de fato, nem a porta ele conseguiu manter. Suas dicas voltavam para casa mancando, se é que voltavam, e seu bico de vidente mergulhou num período de declínio imprevisto. A venda de remédios, que ele mesmo produzia, seguia mambembe e, após o fracasso de seu negócio como dentista de rua — emitindo um ensurdecedor "*Uó-hó-hó-hó*" para abafar os gritos cada vez que ele arrancava um dente —, as únicas extrações dolorosas aconteciam na sua própria carteira. Por isso, a turnê de um espetáculo de negros com destino a São Petersburgo parecia uma oportunidade de ouro, pois um empreendimento teatral do tipo com certeza seria uma bela adição à sua história, se é que ainda havia espaço. Ele faz uma dancinha sob o sol da pista, uma fonte de gargalhadas vulcânicas e cores absurdas, pronunciando oráculos inestimáveis a seus súditos regozijantes. Não faz muito tempo desde sua grande aventura europeia, mas todas as coisas na vida, ele pensa, mudaram. Ele é um homem diferente, montado num pangaré diferente, num mundo diferente.

Na Rússia, descrevendo-se como membro da realeza da Abissínia, ele fora apresentado a outro chefe de Estado, o czar Nicolau. Embora talvez estivesse perplexo com o visitante, o czar parecia ser um camarada de bom coração e nem de longe o tipo que logo viria a ser assassinado sob acusações de ser um tirano medonho. Após o espetáculo de negros enfim levar embora toda sua parafernália ridícula, ele vagou pelo continente, da Itália à França e até a Suíça, valendo-se do hábito de ser expulso indignamente como se fosse um meio de transporte internacional. Foi esse o itinerário infeliz que o levou a uma Alemanha toda cagada naquele fatídico ano de 1914. Quando as autoridades de lá armaram um esquema para prender todos os homens de cor, ele acabou enviado a um campo chamado Ruhleben, na periferia de Berlim, sabe-se lá por quanto tempo. Ele vai num cortejo em meio aos espectadores da corrida, avançando sem pressa até o seu lugar favorito ao lado da linha de chegada, e nisso soa a sua voz tonitruante de livre-profecia: "Spion

Kop é o melhor, e o resto que se dane! *Uó-hó-hó-hó*!". Ele abre um sorrisão ao pensar na coincidência quase cômica de que Ruhleben fora construído sobre uma pista de corrida. Ao lado dos outros prisioneiros, dormiu em estábulos imundos, o que o levou a nutrir uma simpatia e tanto por aqueles quadrúpedes orgulhosos que costumavam ocupá-los, além de um ódio entranhado pelos alemães.

Naquele lugar frio e malcheiroso, dividira um leito de palha com outro colega de cor, mais velho, de Londres, que trabalhara como fogueiro nas ferrovias do reinado da rainha Vitória. Antes de a pneumonia levá-lo, sussurrou muitas confidências ao colega, comentando as dimensões mais esquivas de sua cidade natal e como elas poderiam ser aproveitadas por alguém dotado de tolice ou conhecimento suficiente. Foi um causo divertido, mas o mais provável, na sua cabeça, era que o velho fosse biruta ou um daqueles que inventam histórias improváveis só de farra. Mas então, com o fim da guerra e seu retorno a Blighty no ano passado, teve motivo para reconsiderar a avaliação pouco generosa. Foi até a Seven Sister's Road e fez conforme instruído, encenando a macumba cockney, e então viu com seus próprios olhos as extensões inacreditáveis.

Ele respira fundo o ar revigorante de Epsom — segurando-se para não fazer uma piadinha com os sais de Epsom — e saboreia a fragrância sedutora, que lembra grama, roupa lavada ou não, com uma base de suor axilar e notas doces de estrume. Ele se pavoneia entre as treliças dos agentes de apostas para admirar os gestos borrados de mãos pálidas, um jogo-da-velha ilegível até que se conheça o seu alfabeto, assim como aquele pedaço da metrópole que ele encontrara perto de Highbury, mediante os conselhos do fogueiro falecido. Lá encontrou algo chamado de Sarraceno Inferido e, nessa mesma verve, uma nobre amazona sobre um corcel extraordinário. Ela lhe disse que ele tinha a dádiva, mas que o sucesso seria aquele que vem no rastro da dádiva. Na hora, ele não conseguiu absorver direito a sabedoria da moça, mais preocupado em gritar de pânico diante de sua montaria aterrorizante e apressando-se para fugir daquelas extremidades intoleráveis, mas desde então passou a reconhecer a sacada dela como a melhor dica da sua vida parcialmente inventada.

Tão perto do poste de chegada quanto possível, ele defende seu território. Com quase 2,10 metros de altura, contando as plumas, os talismãs da sorte em seus panos esvoaçantes ocuparão todo o campo de visão daqueles que tiverem o azar de sentar-se atrás dele, e sua voz será o único rumor que ouvirão.

— Ponham tudo que vocês têm no Spion Kop! Preto dá sorte!

Alguns meses após o encontro com a amazona memorável, um acontecimento que relevou como se fosse resultado de uma indigestão, ele estava vadiando perto dos estábulos de Peter Gilpin, atrás de notícias úteis, como de costume. Então um dos meninos do estábulo perguntou para o chefe:

— A Dádiva está bem, você acha?

E recebeu a resposta:

— Ah, ela está ótima. Venceu o potro e é a melhor que temos.

O nome fez soar um alarme dos mais suaves. Dádiva era uma potranca do major Giles Loder, espécime raro que ultrapassara o promissor potro Spion Kop e era a contribuição do major para o Derby. Mas por que a preocupação do rapaz? Na hora ele engatou sua típica tagarelice barulhenta e chamativa, conseguindo, no meio disso, derrubar todos os envelopes lacrados contendo as previsões em cima das pedras do lado de fora do curral da Dádiva. No meio da farsa que se seguiu, usando sua expressão mais abatida, aquele que se passava por um garoto preto pobre e sem escolaridade se agachou para pegar os pacotes errantes enquanto examinava, mais de perto, a possível campeã. Ela fazia um gesto engraçado de abaixar a cabeça, de novo e de novo; para ele, uma indicação de quando um cavalo está ficando biruta. Foi então que caiu a ficha.

A égua não ia melhorar. Eles iam retirar a Dádiva, substituindo-a pelo segundo melhor cavalo. Spion Kop teria todo o treinamento e a atenção necessários para aliviar a decepção do major Loder.

Spion Kop seria "o que segue a dádiva". Por isso, ele investiu cada moedinha que tinha no azarão 100-6 e, sem cobrar, encorajou todo mundo a fazer o mesmo. Em algum ponto da pista que não dá para ver, um monstro de mil gargantas ruge as palavras:

— E foi dada a largada!

O tempo é amassado como um bilhete perdedor, e a corrida começa, acontece e termina tudo ao mesmo tempo. Os rostos no empurra-empurra ao seu redor passam, num piscar de olhos, por quinze expressões diferentes — esperança, ansiedade, triunfo louco e desespero —, enquanto tentam ler o valor do aluguel do mês que vem nos borrões cada vez mais indistintos. Ele avista o sucessor da Dádiva, com a silhueta de amarelo, azul e preto de Frank O'Neill em pé nos estribos, depois não dá para ver mais nada, conforme os sujeitos à sua volta tentam manifestar os resultados preferidos na base do uivo:

— Vamos, Arcaico!

— Você consegue, Orfeu!

Espiando ao redor de um chapéu ainda mais ostentador do que o seu, ele se esgoela de alegria ao reparar em O'Neill, de relance, um íncubo agachado, impulsionando Spion Kop para a primeira posição além do poste. O dia explode em confetes de parabenização. Ele corre para lá e para cá, batendo o pé, jogando os braços para cima e bradando:

— Não falei para vocês? Não falei para vocês?

Tudo se torna um sonho esplêndido. Fazendo uma turnê pelos agentes de aposta de Epsom para coletar os ganhos, vadeando num mar de jubilação e remorso, ele encontra os agradecidos beneficiários de seus conselhos empurrando cédulas e moedas em suas mãos e seus bolsos. Está mais rico do que poderia imaginar até mesmo nos seus sonhos mais loucos. Embora não haja dúvidas de que vai perder tudo até o fim do ano, tal detalhe não tem o poder de privar este momento perfeito de brilho. Recebendo notas de dez e tapinhas nas costas, com um riso sísmico, ele não consegue deixar de pensar na ilustre padroeira que lhe passou a dica enigmática e pode muito bem querer algum favor em troca. Imagina-a montada de lado naquela coisa de ossos polidos e articulados, que chacoalhava enquanto balançava a cabeça e o encarava com as órbitas vazias. *Ela*, sim, tinha um cavalo.

♫

Cordas: os decrépitos apartamentos para alugar são vizinhos de uma das Liberdades desaparecidas de Londres, e foi assim que a coisa entrou. Dotada de articulações engenhosas, uma massa central repleta de fendas e indentações paira à luz da lareira, quase imóvel, sob o teto baixo. Três de suas extensões, com inúmeros pontos articulatórios, a sustentam — uma perto da porta, outra do lado do fogo, a terceira ao pé da cama, ao lado de um penico revirado —, enquanto as outras duas estão erguidas, como um louva-a-deus, numa pausa contemplativa. A vidraria de um arranjo óptico em seu tórax cintila com o reflexo de uma chama oitocentista enquanto ela analisa a arte detalhada abaixo de si, fazendo sons de cliques e catracas, girando as devidas lupas até assumirem seu lugar, sua sombra trôpega lançando-se, vasta, contra o gesso descascado acima.

Após vários minutos de deliberação, são realizados ajustes delicados. Grudenta e reluzente naquele cor-de-rosa infernal, o pior de tudo é a sua beleza inapropriada. Todos os seus cinco membros, de muitas juntas, adornam-se com arabescos recurvados de quitina; mecanismos hidráulicos como caules de papoulas; decorações preocupantes que se aproximam do Noveau e apontam para uma estética hedionda. Membranas flácidas e pretas pendem em dobras sobre as extremidades estendidas do ser pentópode, cortinas de teatro farfalhando a cada exalação infrequente. Estendida sobre as pinceladas audaciosas na tela do colchão, pingando e rotacionando, cutucando e calibrando, cada movimento é um gesto de balé.

Ambos os braços superiores são, em seus movimentos, pescoços de cisnes blindados, mergulhando e retraindo-se com uma graça apavorante em meio ao miasma rubicundo. Inclinando, cortando, clique-clique-clique-clique-clique.

Um pouco depois das duas horas, quando já não é mais possível aperfeiçoar a imagem, a coisa faz uma manobra cuidadosa até assumir formato e tamanho mais manejáveis. Quatro de seus apêndices se dobram sobre si mesmos, tornando-se mais taludos e bem mais curtos. Ela se equilibra sobre apenas dois deles, enquanto sua quinta extrusão se enrola até virar um disco compacto e chato, do tamanho aproximado de uma cabeça, em cima da montagem toda. Acomodando-se, com um estremecimento repulsivo, aos contornos dessa nova configuração, suas membranas funéreas não diferem das pregas no caimento de um longo sobretudo, exceto pelo fato de que, de perto, gotículas leitosas de transpiração se tornam visíveis. Com o andar de uma centopeia ereta, ela atravessa o espaço inadequado da porta, abre a tranca com um dígito afiado e escapole, saindo na calçada fria.

No distrito adjacente de onde essa coisa vem, ela se chama "Papa das Lâminas" e não era para estar nem perto da Commercial Street.

Percussão: quatro dias desde o Natal e ele está violando os medidores de gás em Aldersgate, ou tentando. Funciona assim: você espera até ouvir as sirenes, e aí, quando estiver todo mundo dentro dos abrigos, é só entrar pela janela do porão e pegar todos os xelins para si. Só que ele pisou na bola: faltou força para abrir o medidor, e ele está com dificuldades para subir pela calha de carvão e voltar por onde veio. Seus colegas dariam risada se o vissem agora, tentando se arrastar de barriga, com pó de carvão por toda parte, chiando e tossindo. Como bandido, Dennis é um imprestável, essa ficha já caiu; mas, também, ele só tem nove anos de idade.

Com os dedos enroscados na estrutura de madeira da qual removeu a cobertura de arame ao invadir, mexendo-se como quem nada cachorrinho, ele tem só uma inclinação íngreme como apoio para o pé, esfregando todos os machucados e a pele exposta dos joelhos. E já começa a ficar com um pouco de medo, para ser sincero. Se não conseguir sair antes de darem o sinal de liberação e os donos da casa voltarem, sejam quem forem, vão chamar a polícia, e sua mãe vai ficar sabendo, e ele talvez vá para a cadeia. Em pânico só de pensar, o bico da botina enfim encontra um apoio nos tijolos laterais da calha de carvão, e com uma investida desesperada ele lança a parte de cima do corpo, de cara para baixo, na calçada gelada da rua. As sirenes já se mandaram, mas agora parece que algo abala os céus — os anjos estão arrastando os móveis, como dizem as senhorinhas quando tem trovão —, e por isso só agora lhe ocorre que existem coisas piores do que a polícia, a prisão ou a sua mãe, e é então que começa o bombardeio.

Mais fogo do que ele jamais viu na vida dispara pela escuridão, talvez por cima de Moorgate, e um segundo depois já nem é barulho mais; é como se o mundo levasse um murro. E aí outro e mais outro. Depois disso, ele para de contar. Fazendo sons que sequer consegue ouvir, está quase de pé quando seus pés falham e por pouco não é atirado de volta pela entrada de carvão. Caindo de cara de novo nas pedras da calçada e agora chorando, apesar de não querer chorar, faz um esforço para se apoiar sobre os cotovelos, feito uma lagarta, tentando ficar o mais abaixado possível. Rasteja o mais rápido que consegue até a esquina mais próxima, e a cada segundo vem mais um clarão estrondoso, de modo que ele consegue enxergar a própria sombra no meio de uma noite de domingo. Espremendo-se para virar a esquina que acredita ser da Glasshouse Yard, ele se surpreende em descobrir que ainda está vivo, sem nenhuma parte do corpo caindo, e escapole por baixo de um portão até uma área com cheiro esquisito aberta à noite estrondosa. Um curtume, onde ele se encolhe atrás de uma plataforma de madeira com pilhas de peles escorregadias, e não consegue dizer se é o mundo que está contraindo-se ou se é só ele.

E *bumbumbumbumbumbum* por que ele veio até aqui? Ele nem *bumbumbumbum* nem sabe no que ele ia *bumbumbum* no que ele ia gastar, os *bumbumbumbumbumbum* seus espólios, provavelmente em bala e *bumbum* bala e gibis, alguma coisa para sua mãe, e *bumbumbum* e agora *bumbumbumbumbumbum* e agora ele vai morrer, pelo visto.

Quanto tempo tudo isso dura, ele não faz nem ideia, como se fosse uma pequena eternidade por si só. Tem medo de que, a qualquer momento, uma das bombas vá despencar bem em cima dele, bem na sua cabeça, já que essa é a pior coisa que ele é capaz de imaginar. Começa a rezar, porque, ora, é o que é para fazer, mas só vai até "santificado seja o vosso nome" antes de se sentir besta e perceber que não acredita muito em Deus. Os baques das grandes explosões e os bombardeiros alemães em algum lugar lá em cima são as únicas coisas que ele sabe serem reais. Enfim, após um ou dois minutos de silêncio, ele ousa pensar que acabou, então se levanta e sai andando com pernas de geleia entre os carrinhos e as peles, passando de novo por baixo do portão e virando a esquina até a estrada principal, onde se senta na pedra fria da porta de alguém e fica olhando.

Cripplegate sumiu.

Não tem... mas como pode... não foi meramente destruída. Sumiu. Não tem nada lá. Nenhuma rua, nenhum prédio. Até em Moorsgate, tudo parece um campo enorme, um barranco onde plantaram incêndios em vez de grama. Parece o gramado de futebol do capeta. Sumiu. Mas, assim, esteve lá por centenas de anos. Desde os romanos, não é o que dizem? E agora, não deve ter passado nem meia hora, e foi tudo varrido e jogado fora. As barbearias, os varais, as cortinas, as casas de todo mundo, os lugares que ele conhece desde pequeno, tudo é um grande nada, pegando fogo: um buraco vazio em Londres. Ele não acredita nos próprios olhos.

Ele se levanta, se senta de novo e depois se levanta mais uma vez. Não sabe o que deve fazer, nem o que está fazendo. Sem qualquer motivo razoável, começa a seguir na direção da St. Paul's, sendo que ele mora no lado oposto, lá pela Old Street, em Shoreditch. Por um bom tempo, ainda fica com a impressão de que o chão está tremendo, mas é só o jeito dele de andar. Não consegue tirar os olhos dos destroços em chamas a menos de dez metros do outro lado da rua, lençóis de labaredas que sopram e se moldam com o vento feito roupa lavada. Há sons de estalidos, estrépitos e crepitações, e dá para ouvir os sinos dos bombeiros, mas ele não sabe de onde. Nos relances em meio à fumaça e chuvas de faíscas, ele distingue quatro prédios ainda em pé, os únicos em toda Cripplegate.

O mais próximo, a caminho do forno em brasa que talvez fosse a Beech Street, é o corpo de bombeiros. O fato de estar intacto lhe parece engraçado. Dá para ver que tem alguma coisa acontecendo por perto quando as espessas cortinas teatrais de fumaça negra saem do caminho, mas não é dali que o alarme está vindo, porque esse alarme, como ele descobre já meio tarde, existe apenas em sua cabeça. Passando dali — é a Chiswell Street que chama? — tem mais um lugar que não foi arrasado, pelo que parece. Talvez seja a velha cervejaria. Ele não tem mais medo. Não tem mais nada, na verdade. Tudo é demais, não dá para fazer nada a não ser ficar olhando, boquiaberto. Mais além, para o fim da rua, tem uma igreja que teve o telhado atravessado por uma bomba, fogo irrompendo pela carcaça estourada, e depois mais perto tem... o que é aquilo? No meio das chamas, é difícil distinguir.

É como um arco ou portão, uma forma elevada no meio das nuvens ondulantes e estouros de chamas, mas então, lá em cima, parece mais um prédio normal com uma ou duas fileiras de janelinhas minúsculas. Com os olhos ardendo loucamente, ele se esforça para dar uma espiada, porém o tempo todo o perde de vista em meio ao breu e aos clarões alaranjados. Alguma coisa não parece certa ali, não dá para saber bem se está mesmo lá ou se ele inventou aquilo a partir das luzes e sombras trôpegas. É o arco que está errado, ele decide por fim: é um arco aberto, sem nenhum portão para atravessá-lo, mas, quando se olha do outro lado, é só escuridão. Não dá para ver nem fogo, nem nada, ao passo que tudo ao seu redor virou fogos de artifício. Apertando os olhos, borrando a imagem, tentando entender o que ele não está vendo direito, numa mancha súbita de luz, Dennis avista uma figura exposta, um homem em pé, observando-o de volta.

Trajando uma casaca ou capa comprida, ele se inclina com uma das mãos contra a parede do arco, a fim de se apoiar, enquanto a outra cobre a boca, como se a cena lhe tivesse tirado o fôlego. É um sujeito calvo, e o pouco cabelo que lhe resta parece um monte de caudas de rato que caem, sebosas, nas laterais da cabeça. Não é alguém que daria para descrever como alto, nem parece que prestaria em uma briga, mas são os olhos que chamam a atenção, imensos como os de uma coruja. Ele está caído, encarando todos os incêndios, o bairro desaparecido, e Dennis não consegue se lembrar de algum dia ter visto alguém tão chateado. A expressão do homem o faz parar. Pensando melhor, ele se dá conta de que é algo medonho isso em que está metido. Bate uma fraqueza, e ele começa a dar meia-volta, tentando ver se dá para retornar por Aldersgate; porém, ao olhar ao redor, o altivo portal-mansão e o homem enlutado desaparecem. Restam apenas os escombros em chamas. Nem perplexo ele fica. Não ficaria surpreso se as pessoas vissem todo tipo de coisa depois de um bombardeio. Ele ouve as vozes urgentes dos adultos, sirenes de liberação e carros de bombeiro que não são apenas o zumbido em suas orelhas. Está começando a garoar, e ele só quer voltar para casa, se ela ainda existir.

Ao longo das próximas semanas, ele conta essa história aos seus colegas até nem ele estar prestando mais atenção, deixando de fora a parte do arco, que ele mesmo pôs na conta do trauma. Depois disso, meio que se esquece da experiência toda. Dois anos depois, após o coto amputado de Cripplegate tornar-se uma vastidão rosada de erva-bonita, que chamam de "rúcula de Londres", ele tem onze anos e começou a aprender sobre peças de teatro na escola. Está sentado, franzindo a testa diante da ilustração de um dramaturgo dentro de um oval rebuscado no frontispício, tentando entender quem aquela pessoa o faz lembrar, mas não tem interesse suficiente em levar o pensamento adiante.

Na verdade, será apenas em 1949, aos dezoito anos, que Dennis Knuckleyard terá motivo para pensar no que lhe aconteceu naquela noite, e depois disso não vai ter mais escolha. A essa altura, as vértebras secretas da cidade já terão tomado uma decisão elas mesmas.

♫

1

O melhor começo para um livro

"Era um dia frio e iluminado de abril, e os relógios batiam 13h" era, na opinião de Dennis Knuckleyard, o melhor começo de livro que conhecia. O inconveniente foi que essa revelação lhe veio durante um momento inoportuno no regime dos exercícios matinais do rapaz de dezoito anos, no qual um exemplar surrado de 1920 da revista adulta *Picture Show* era o único acessório. Sufocando um resmungo, ele se deu conta de que um orwellgasmo não seria possível e, após três ou quatro puxões desanimados, abandonou a empreitada de vez. Os mortos eram ele.

Era um raio de um dia miserável em Shoreditch, e os relógios não batiam coisa alguma, já que a maioria das igrejas ruíra pelas mãos canhestras da década anterior. Passava um pouco das 7h, a julgar pelo tom anil de detergente Reckitt decantando-se na luz de outubro sobre o quarto sobressalente de Ada Pé-na-Cova, passando pelas cortinas desalentadas. Sob a auréola do abajur de enfermaria, de um amarelo cor de papel pega-mosca, ele concedeu à sua namoradinha abandonada na página dezesseis da *Picture Show* um último olhar arrependido, de relance, antes de relegá-la, sem cerimônias, à pilha de escombros que cobria a mesa de cabeceira. Ela era de uma beleza enlouquecedora, os cabelos pretos como pétalas lustrosas de nanquim num corte na altura das orelhas que beijava o seu pescoço de peltre, o rímel feito fuligem de limalha de ferro capturada no campo magnético dos olhos incontestáveis. Um sorrisinho lúbrico, com um biquinho adornado por um ponto escuro de batom que avisava o observador que ali ele encontraria tudo que pudesse desejar na vida, ao mesmo tempo que o informava de que não tinha a menor chance. A pincelada trêmula, líquida, da sua silhueta. É provável que ela tenha morrido uma morte elegante, por meio de alguma patacoada à la Isadora Duncan, com o seu colar de pérolas engatado na hélice de um Spitfire, enquanto ao fundo a melodia crepitante de "If You Knew Susie" tocava de um gramofone.

No andar inferior, ele ouviu o incessante e furioso ladrar dos cães que eram os pulmões da proprietária idosa, o que significava que Ada já estava em pé e encarando aquele dia plúmbeo com sua ranhetice insuperável. Senhoria e chefe, ele pensou, e talvez, de quebra, também uma inquietante figura materna: ele tinha doze anos quando começou a fazer bicos na livraria de Ada Benson — a Livros & Revistas de Lowell, de acordo com a plaquinha, embora ninguém nunca a chamasse assim, e ele sempre tivesse presumido que fosse o nome do dono anterior. Então, quando Dennis fez quatorze anos e perdeu a mãe, Ada deixou que ele ficasse na casa dela, contanto que ganhasse a porra do próprio sustento e não confundisse Ada com a porra da mãe, nas palavras dela. Não que houvesse a menor chance de isso acontecer. A mãe de Dennis havia sido uma mulher agradável em vida, diferente daquele motor chiado de desprezo e má vontade que era Ada Pé-na-Cova.

Havia benefícios, no entanto. Durante períodos de calmaria na caixa registradora, ele tinha permissão para ler o que quisesse do estoque para lá de variado, contanto que não tirasse nada de dentro da loja. Isso constituía empréstimo, e Ada, em numerosas ocasiões, tinha deixado bem claro que ela não era a porra de uma biblioteca. Claro que a *Picture Show* em frangalhos, colhida de uma pilha qualquer perto do balcão entre uma dezena de outras que davam um último suspiro no cesto das barganhas, não estava inclusa no arranjo, que presumivelmente se aplicava apenas aos livros. Ele teve que ler o romance de Orwell em parcelas, empoleirado atrás do caixa, quando a loja havia recém-adquirido um exemplar pouco tempo atrás, em agosto. Seminovo, mal fazendo dois meses do lançamento, com o seu embrulho verde da Secker and Warburg ainda virginal, comprado por um comunista ofendido ou um conservador ofendido, que levara o romance para o lado pessoal. Dennis jamais sonharia em surrupiar uma coisa dessas para o seu quarto. Mesmo acomodada na segurança da estante de Lançamentos de Ficção do andar inferior, ela já tinha estragado a manhã dele.

A contragosto, ele se arrastou da cama quentinha, chegando às suas roupas geladas e ao dia ainda mais gelado, a ponto de dar para ver a fumaça da respiração. Esfregando com os cantos das mãos um resíduo dos sonhos nas órbitas congestionadas, ele foi sonambulando escada abaixo até as salas dos fundos da loja, aliviado por encontrar Ada e seu bombardeio bronquial na frente, arrumando as coisas ou contando os trocados. Foi até o quintal tirar água do joelho no lavabo externo, ensimesmado enquanto absorvia as manchetes de uma quinzena atrás em retalhos de jornal pendurados no prego torto, depois retirou-se às pressas até a cozinha, soltando balões de neblina, como nos quadrinhos. O banho de gato na pia de pedra rachada fez as vezes de uma tentativa perfunctória de higiene, enquanto a subsequente lambuzada de margarina na ponta dura e cinzenta de um pão racionado fingiu servir de café da manhã. Assim que ela o ouviu encher a chaleira e enxaguar o bule, Ada conseguiu, de algum modo, gritar e tossir ao mesmo tempo, lá da livraria, com aquela voz perturbadora feito uns cinquenta corvos; quatro bandos de aves carniceiras, pelo menos.

— Pode fazer um para a gente também, seu calhorda inútil — foi mais ou menos o que Ada disse, com uma puxada de catarro no lugar da vírgula.

Dennis assentiu com um resmungo, depois fez uma xícara de chá para cada um, com leite e dois torrões de açúcar, antes de levá-las, uma em cada mão, até a livraria e até Ada, abrindo a porta no caminho com o cotovelo. Por sorte, a patroa já estava vestida, com aquele robe cor-de-rosa horrível amarrado na cintura, e já tinha fumado meio Park Drive Plain, com a metade restante colada ao lábio inferior dobrado. Era essa a cara de Ada Pé-na-Cova, o tempo inteiro. Era o seu uniforme.

Os olhos apáticos de Ada desceram num relance até a xícara vaporosa, depois voltaram ao assistente já hesitante. Eram sarapintados de verde e cinza, como uma laje de mármore no fundo do mar colonizada por algas.

— Bem, metade ficou no pires e parece que mataram a vaca, mas *cof cof cof* é o que tem para hoje. — Então faltava leite, mas de resto estava satisfatório. Até mesmo bom. Dennis escondeu o alívio com um dar de ombros, à guisa de desculpas, e perguntou se ela iria querer que ele atendesse na livraria hoje. Bebericando o chá, Ada o empalou com uma expressão de pena.

— Dennis, meu amor, se eu não estivesse desesperada e à beira da morte, não iria querer você na porra da minha livraria nem hoje, nem nunca. Não aguento a sua cara. *Cof cof cof cof*. Não, o lugar onde você vai ficar hoje é lá em Charing Cross, numa birosca, a Livros do Harrison. Ouvi falar de um sujeito por ali que tem umas *cof cof* coisas do Arthur Machen de que anda querendo se livrar.

Repousando a xícara e o pires no balcão, ela começou o seu circuito rotineiro, arrastando os pés nas chinelas, que ou eram xadrez ou tinham umas manchas muito elaboradas. Fazendo um *tsc tsc* que dava até para ouvir, de costas para ele, ela devolveu os livros errantes às prateleiras designadas, esfregando as capas com a manga da camisola amarrotada. Sobre o crânio parcamente recoberto, erguia-se a massa rígida que outrora fora uma cabeleira, antes que décadas de negligência a compactassem até virar um chifre bege de rinoceronte. Arrependendo-se na hora, Dennis arriscou-se a fazer uma pergunta:

— E quem é esse tal de Machen?

Ada parou o que estava fazendo e girou devagar para examiná-lo com o tipo de expressão que se faz ao olhar para cocô de cachorro. Balançando tanto a cabeça quanto a crosta de destroços que outrora fora seu cabelo, ela retomou a reorganização antes de se embrenhar numa resposta coalhada:

— Era um escritor de verdade que não era nada que nem esse Hank Janson aí, por isso que você nunca ouviu falar. *Cof cof cof cof.* Veio do País de Gales, ficou biruta com Londres e lançou uns livros de terror divinos nos anos 1990. Morreu faz um ou dois anos, em algum lugar perto de Buckingham. Ficou meio fascista lá pelo fim da vida, mas ainda assim era bom pra caralho com as *cof cof cof cof* palavras.

Delgadas diagonais de luz se inclinavam pela vitrine, de modo que as partículas de poeira se exibiam como bailarinas. Havia algumas pessoas passando lá na frente agora, homens no geral, a caminho do trabalho, o que significava que deviam ser quase oito, e logo Ada abriria as portas. O sol, há dias desaparecido, veio se insinuando, furtivo, sobre as lombadas gastas ou os nomes dourados de autores esquecidos, polindo os tipos e títulos até formar um mausoléu acobreado de frases malquistas. Lembrando-se de mexer o chá só depois de já ter tomado três quartos dele, revirando o restinho até ficar só um sedimento diabético que mal dava para mexer, Dennis tentou aprender mais a respeito da missão de resgate do dia:

— Então, o negócio dos fascistas, é por isso que você acha que o cidadão aí quer se livrar desses livros do Machen?

Parada entre Medicina e Sobrenatural, Ada refletiu por um momento.

— Não, acho que não. Isso foi num livro lá na década de 1930, quando os escritores opinavam sobre a Guerra Civil Espanhola, e ele defendeu o *cof cof* Franco. Não, o mais provável é que ninguém hoje em dia dê a mínima para ele, em todo caso. Um peso morto que não daria para doar nem para a porra *cof cof cof cof* de um orfanato. É o que penso.

Sobre o esboço já quase todo apagado de uma rua lá fora, havia dois ou três possíveis fregueses apertando os olhos para a vitrine meio suja, na tentativa de enxergar os livros meio sujos do outro lado que representavam a estratégia de vendas de Ada: *Walter: minha vida secreta*. *O poço da solidão*. *O rapto da madeixa*. A benfeitora de Dennis disparou um olhar demorado, sem piscar, para sua prospectiva clientela do outro lado da porta meio de vidro, que dizia que, sim, ela sabia que eles estavam ali e, não, não deixaria ninguém entrar antes de o relógio bater as 8h, porque não gostava da cara deles. Espiando sua xícara com um olhar inconsolável, vendo as folhas de chá nadarem em círculos letárgicos pelo lodo de glicose, ele perguntou com cautela o motivo de Ada querer adquirir as obras esquecidas de um fascista galês que, pelo que ela mesma dizia, seriam impossíveis de vender.

Mais ao longe, um relógio sobrevivente começou a anunciar a hora, mas Ada ficou contente em interromper sua caminhada sem pressa na direção da porta, enquanto, ao mesmo tempo, respondia à dúvida do assistente e exacerbava o incômodo do público leitor que tremia de frio lá fora.

— Porque eu conheço *cof cof cof* a porra de um investimento quando vejo. Os livros estão todos assinados, raridades, segundo o otário lá da Charing Cross Road. Com o tempo, essa merda vai virar *cof cof* ouro, pode anotar. É que nem todo esse lixo ocultista... quase ninguém quer, mas quem quer mataria para comprar, e é um povo que nada na *cof* grana, no geral.

Fazendo girar a placa desbotada de papelão, de ECHADA para BERTA, ela fingiu não saber qual das várias chaves no molho destrancava a livraria, por isso testou todas, os olhos fundos reluzindo com um prazer perverso enquanto a pequena fila do lado de fora perdia a vontade de viver. Na opinião íntima de Dennis, o mais provável era que Ada Pé-na-Cova fosse um Drácula que se alimentava do desconforto humano. Por fim, a porta estava BERTA. Flagrando-se no meio de um paroxismo, ela deu as boas-vindas com um aceno hostil àqueles que buscavam abrigo, indicando o caminho, irritada, em meio a uma neblina úmida de borrifos pulmonares. Reduzido a um rebanho a ser pastoreado, o quarteto de homens desmazelados de meia-idade seguiu, ressentidos, na direção das prateleiras desejadas, enquanto Ada — com as meias corrugando nos tornozelos e ainda tentando fumar mesmo no meio de uma crise de tosse — foi se encontrar com o balcão e o subordinado constrangido. Seus olhos de creme coalhado analisaram a bagunça cristalizada na xícara do funcionário. Ela ostensivamente remexeu a própria xícara, depois deu um gole barulhento antes de abrir a caixa registradora e pegar duas notas de cinco e um punhado de notas de uma libra.

— Esse tal *cof cof cof cof* Harrison, ele diz que vale vinte pilas, o que ele tem do Machen. Eu concordo, mas ele *cof cof* vai ter que aceitar. O que eu te dou é uns quinze. Se conseguir barganhar mais com ele, pode *cof cof cof cof* ficar com o troco.

Ela empurrou o dinheiro e a lista rabiscada dos livros necessários na palma dele, e Dennis colocou tudo no bolso interno que não estava furado do casaco. A sineta acima da porta tocou com um tom de censura, conforme um dos quatro homens saiu junto com o sol, após sua breve intrusão, ambos sem comprar nada. Dennis não conseguia distinguir se a expressão de estricnina no rosto de Ada era direcionada ao não freguês ou à luz do dia indo embora. Após o que pareceu ser um interminável parágrafo de tosses, ela continuou a chiar instruções:

— Escute, fique de olho nas coisas raras de ocultismo também. Acho que é capaz de virar febre. E bote um casaco para não *cof cof cof cof cof cof* morrer de gripe.

Ele fez que sim com a cabeça, o que em geral era uma aposta mais segura do que responder qualquer coisa, e conduziu sua xícara envernizada de açúcar pela cozinha, apanhando uma capa de chuva de gabardine no caminho. De volta à livraria, ainda fechando a capa, Dennis reparou que um dos três clientes restantes estava se esgueirando até o balcão com um exemplar em boas condições de *Tóxico*, de Sax Rohmer, e uma expressão de superioridade. Isso, a julgar pela experiência de Dennis, não ia resultar numa transação lá das mais tranquilas. Ele fechou os botões às pressas e foi se aproximando da porta da frente, ansioso para sair antes que Ada tivesse a oportunidade de mostrar ao cliente um lado ainda pior de si, mas não conseguiu a tempo. O condenado já havia, a essa altura, chegado à caixa registradora e dado bom-dia à dona da loja com um sorrisinho arrogante que talvez acreditasse ser capaz de intimidá-la. Ada passou o botão de rosa que era a ponta da língua pelos lábios ressecados, e Dennis ficou tentando lembrar, com dificuldade, se algum dia já a vira piscar. Sequer tinha certeza de que ela possuía pálpebras.

— Uuh, Sax *cof cof cof cof* Rohmer, é? Ótima escolha, essa aí. Bem popular. *Cof cof cof*. Quer um saco de papel *cof cof*?

Com as lapelas agora já reluzentes de perdigotos, o homem surpreso (talvez um professor, doutor, alguém acostumado à autoridade) tentou repetir a estratégia de demonstrar uma atitude blasé e intrigada.

— Ah, ah. Sim, eu estava olhando a capa...

— Uhm. Muito atraente. Um lindo verde-oliva *cof cof* em tecido, pode reparar. Primeira edição, da Cassell, isto é, 1919, e por sete xelins está bem razoável *cof cof cof cof* o preço.

— Ah, ah. Não, eu estava olhando mais nos pontos onde tem marcas e nessa quebra na lombada. Que me diz se eu oferecer cinco?

Ainda sem nem um único lampejo de expressão a alterar suas feições líticas, Ada manteve o olhar fixo no do homem por um momento, depois olhou para baixo, para o volume amarfanhado em sua mão, como se não compreendesse. Por fim, jogou a cabeleira petrificada para trás e mais uma vez fitou aqueles olhos cada vez mais inseguros:

— Ah. *Cof cof cof*. Você quer pechinchar.

Para Dennis, já bastava. Com uma despedida rápida — "Certo, estou indo, então. Até depois" —, ele partiu na direção da saída, passando pelos outros clientes que se viam arraigados no chão enquanto assistiam aos desdobramentos da situação medonha no balcão. A voz defumada de Ada, atrás dele, foi subindo de volume.

— Você quer a porra *cof cof* de uma pechincha, não é? Entendi direito, seu *cof cof cof cof cof cof cof cof* corno pechincheiro de merda, hein?

Acelerado pela covardia, Dennis abriu com tudo a porta tilintante, rumo aos cheiros de gasolina, pó de tijolo, fumaça de carvão, esterco de cavalo, miúdos assados, curtumes fedorentos, partículas de fábricas de cola, urina com cheiro de cerveja, unguentos médicos e ar fresco lá fora. Apesar do ritmo urgente e das passadas de cegonha, ele mal havia cruzado metade da Gibraltar Walk quando a campainha da loja tocou mais uma vez. Não tinha a menor necessidade de saber quem era, mas ainda assim esticou o pescoço e espiou por cima do ombro.

A Livros & Revistas de Lowell ficava no topo da Gibraltar Walk, um único dente cariado a protuberar-se, sabe-se lá como, de uma mandíbula que não existia mais, removida na base do soco numa luta recente do campeonato. Todas as outras casas da rua e, portanto a rua em si, não passavam de uma pilha de pedra-pomes, e o mesmo se podia dizer da Gossett Street e da Satchwell Road. O cliente desafortunado estava saindo de ré pela porta aberta da livraria, onde se via o seu algoz com suas mórbidas chinelas e camisola, esquelética e chacoalhante como uma mulher montada por cabides de roupa. Ela brandia o livro de Sax Rohmer à frente, como uma caçadora de bruxas repelindo os hereges com uma Bíblia na mão.

— Cinco *cof cof cof* pilas, porra? Vou te mostrar a sua pechincha do caralho. *Cof cof cof*. Vou te dar uma pechincha do caralho num *cof* minuto. Aqui, quer pagar essa merda desses cinco pilas, não quer, seu *cof cof cof* gala rala de merda? Bem, que tal isso aqui *cof cof* de pechincha?

Numa tempestade de muco e exaustão, Ada rasgou a capa do livro e a arremessou contra o delinquente balbuciante que batia em retirada. Arrancou a lombada e fez o mesmo; depois, num frenesi enfisêmico, retalhou com as garras as entranhas do volume, seus títulos capitulares em negrito: **Kerry consulta o oráculo**, **A Vida noturna do Soho**, **A fumaça preta**, a maioria dos quais saiu esvoaçando pela memória vazia da Gibraltar Walk, atrás do homem assustado que agora corria por ela. Cuspindo no lugar onde ficava a sarjeta, a velha mais escrota do mundo voltou para o seu bunker malcheiroso enquanto os curiosos, afastando as cortinas do outro lado da Gossett Street, fitavam boquiabertos de terror e surpresa, como se isso não acontecesse manhã sim, manhã não.

Lá em cima, dentro de um enorme chumaço seboso de lã no céu, o sol que se fez aparente por um breve momento no interior da livraria não estava em lugar algum. Lamentando partilhar da mesma espécie que Ada Benson, que dirá do mesmo teto, Dennis virou as lapelas da capa de chuva para cima a fim de tentar parecer alguém mais misterioso e violento, alguém saído de um filme. Com uma passada que, para ele, poderia ser interpretada como a de um detetive ou agente secreto, partiu, taciturno, atravessando os restos mortais de Shoreditch, rumo à Old Street e à cidade estilhaçada que se empilhava mais além, cantarolando a música-tema de Harry Lime.

Dennis foi fazendo *dum-badum-badum-badum* até Clerkenwell, passando pela Gray's Inn Road, pensando aleatoriamente em sexo, livros, Orwell, Ada Pé-na-Cova, achar outro lugar para morar, sexo de novo, dinheiro e nas atrações relativas de uma morte solitária, porém dramática, nos esgotos de Viena, ao mesmo tempo que não prestava muita atenção na realidade material dos arredores. As mãos invisíveis dos contrarregras faziam correr a tela de um pano de fundo, um friso rastejante de prédios, hifenizados aqui e ali por destroços. Chaminés que exalavam uma meia-noite precoce rolavam sem que ele reparasse nelas, assim como os cavalos, carroças, bicicletas, carrinhos de mão, alguns carros e a marcha de uma multidão de estranhos. O transe absorto se interrompeu apenas ao atravessar a entrada da Red Lion Square, em Holborn, a suposta localização da cabeça desaparecida de Oliver Cromwell que fora roubada, pelo que lhe disseram, quando o rei Carlos II mandou exumarem o Lorde Protetor para o arrastarem pelas alamedas de Londres, após o cadáver putrefato ter passado a noite na epônima estalagem Red Lion. Na escala dos boatos, era um dos mais memoravelmente escabrosos.

Decidindo que o mais provável fosse que ele mesmo tivesse apoiado os republicanos, mas negado depois quando reinstaurassem a monarquia, Dennis passou por uma igreja de pele fuliginosa em Bloomsbury Way, e então, antes de chegar à Oxford Street, entrou na Charing Cross Road à esquerda.

A face ocidental de Londres se avultava à frente, com a caligrafia das placas e nomes gritantes dos produtos fazendo as vezes de reboco para maquiar uma pele arruinada. Desenrolando-se ladeira abaixo, rumo ao rio, a via do livreiro era um desfiladeiro afegão entre penhascos íngremes de varejistas e fachadas de loja espremidas como as lombadas em frangalhos de uma prateleira muito apertada, arquiteturas confusas que transformavam o recorte do céu acima numa tirinha pálida com beiradas de peças de quebra-cabeça. Munido apenas do nome "Livros do Harrison", quando um endereço com número lhe teria sido mais útil, Dennis se entregou à tribulação de ir investigando de porta em porta. A contragosto, desceu a longa avenida e afundou naquela melodia canhestra de cascos fazendo pocotó, berros e roncos de motor, e engrenagens roucas puxando catarro.

Demorou um bocado. Ele seguiu pela face leste da rua, apertando os olhos para ler as placas pintadas onde as palavras no seu idioma haviam se descascado ou desbotado até se tornarem o léxico estrangeiro de uma terra exótica; algum outro planeta do pós-guerra onde todo mundo tinha vindo parar. Saltando ligeiro pela Shaftesbury Avenue a fim de desviar de um caminhão, Dennis seguiu pela perna esquerda da bifurcação, passando pelos teatros desmoralizados da Leicester Square e pelo beco um tanto irreal da Cecil Court, constrangidamente encantadora. É verdade que havia uma livraria de ocultismo na metade do caminho, a Watkins, e Ada lhe dissera para ficar de olho nesse tipo de coisa, mas ela não ia estar atrás de coisas já marcadas por um negócio rival. O que queria eram novidades raras, desconhecidas, que poderia precificar de acordo com os seus próprios e insondáveis princípios esotéricos. Atravessando a rua movimentada, ele voltou para o outro lado, já não tendo mais tanta certeza de que a Harrison existia.

Decodificando com paciência a pintura dos escritos leprosos, por fim encontrou o lugar que procurava, de volta na ponta da rua, não longe da Foyle, entre duas lojas maiores e não muito mais largo do que um sanduíche generoso. Estava fechada. "Fechada até segunda ordem", dizia o papel colado no interior de uma porta parcialmente envernizada, com seu péssimo espaçamento. Fora isso, nada perturbava a escuridão do interior apinhado. Não havia luzes acesas nos fundos. Ninguém por lá. Bem, era isso, então. Não havia nada a fazer, pelo visto. Sendo-lhe a persistência uma qualidade estranha, Dennis desistiu na hora, desacostumado a recorrer à própria engenhosidade. Ele não dispunha de nenhuma. Tentar recorrer ao que não existia só poderia levar a ferimentos graves. Aos dezoito anos, essa avaliação convenientemente indulgente era o mais perto que Dennis já havia chegado da filosofia. O melhor modo de não fracassar, óbvio, era sequer tentar.

Nessa ocasião, no entanto, ele pensou em, pelo menos, perguntar na loja vizinha, nem que fosse só para contar à empregadora que havia se esforçado, por mais que, se fosse se orientar por qualquer definição válida de "esforço", isso não fosse verdade. Quem tocava o estabelecimento ao lado, especializado em livros religiosos de aspecto enfadonho, era uma mulher surpreendentemente solícita e dedicada, mais para o fim da meia-idade, que aos olhos de Dennis poderia ser a Anti-Ada. O tempo todo pedindo desculpas pela memória imperfeita, ela disse que o sr. Harrison não aparecia na loja fazia um ou dois dias, mas também que tinha a impressão de que ele era dono de um apartamento na Berwick Street, talvez em cima de uma loja de lãs, tudo isso sem nem uma única vez caracterizar Dennis como um imbecil, um desgraçado, um corninho traiçoeiro, um canalha vagabundo ou um aborto malsucedido. Agradecendo-a aos balbucios, ele saiu de lá o mais rápido possível, assustado pela decência da mulher e com medo de acabar pedindo-a em casamento.

De volta à tempestuosa estrada principal, ele ensaiou uma guinada à esquerda na Manette Street e escapuliu pela garganta rouquenha do Soho. Os outros distritos de Londres, do modo como os entendia, tinham uma tendência de se fundir uns aos outros sem qualquer mudança necessária de atmosfera. Com o Soho, por outro lado, dava para saber quando você estava ou não nele. O nó intestinal de passagens sombreadas parecia ter adquirido o intelecto coletivo e a personalidade que se espera de um formigueiro, se as formigas dispusessem de lâmpadas coloridas. O espírito brutalizado do Soho era dotado de uma simpatia sangue-frio — com um ar de diversão atrevida que sempre atraía uma turba de infelizes — e parecia presumir já saber o valor sórdido de cada um. Talvez soubesse mesmo. Ele nunca se demorava naquela área, por isso ela ainda lhe parecia um lugar estrangeiro, no sentido de ser ameaçadora e empolgante ao mesmo tempo. Com as mãos no fundo dos bolsos do casaco, ele atravessou a Soho Square, depois entrou como um fio no buraco da agulha que era a Queen Anne's Court até chegar na Wardour Street. As lixeiras ali outrora transbordavam de película para filmes jamais usada, pelo que ele ouvira falar, mas não se via mais tanto disso desde a guerra. Ninguém mais tinha dinheiro.

Dava para ler as notícias da economia no rosto das pessoas e nos olhos abandonados dos negócios particulares. Poucos dias após a guerra, os ianques haviam encerrado o programa Lend-Lease, o que tinha obrigado a Inglaterra a contrair dívidas debilitantes até sabe-se lá quando. "Agiotas vergonhosos", foi como um dos parlamentares os chamara. Já fazia quatro anos que os bombardeios haviam parado e ainda se racionava a maioria das coisas. Por isso, o negócio era fígado acebolado, crianças raquíticas de pernas bambas, soldados reformados sem ter onde morar e jovens da idade dele cometendo assaltos com as Lugers que seus pais tinham trazido de volta como lembrancinhas. Se ganhando já está assim, concluiu ele, então graças ao Cristo que a gente não perdeu.

Antes que se desse conta, Dennis estava ao sopé da Berwick Street, onde a avalanche de refugo do mercado se espalhava por toda a Broadwick Street, até o final, numa maré de cheiro forte de maços de cigarro Woodbine, hadoques pisoteados e, aqui e ali, uma folha de couve-lombarda parecendo uma esmeralda bicuda. Abrindo caminho aos chutes pelos detritos, procurando o burburinho de uma loja de lãs, ele vadeou pela rua íngreme entupida de carrinhos-de-mão, bancas e pessoas de casacos pesados comparando cenouras. Os ruídos da multidão se avolumavam ao seu redor enquanto ele se via ombro a ombro com gente de boné xadrez e véus de viúva, captando trechos de "Prossiga, então" e "Puta que pariu" e "Nossa, nunca que eu ia imaginar" embrenhados nas árias de um cachorro cheio de opiniões, um bebê chorão e os berros de duplo sentido dos feirantes. Parado ao lado de uma mesa dobrável ostentando um monte de cacarecos que valiam menos que o veludo sobre o qual reluziam, um homenzinho com o torso de um grandalhão parecia admirar a cena, intrigado, com uma sobrancelha erguida. Mas, claro, por Dennis ser alto, vivia com vergonha e pensando que estavam todos olhando para ele, muitas vezes com pena. Fazia excursões interiores para ensaiar brigas que nunca aconteciam.

E. J. Tate ~ Armarinhos, o único lugar ali que parecia vender lã, ficava na metade do caminho para o lado leste. Perto do recuo que dava na porta dos clientes ficava outra entrada, que abria direto na Berwick Street e provavelmente dava acesso a quaisquer que fossem os quartos na sobreloja. Foi ali que Dennis bateu, primeiro com educação, depois com mais urgência, aí gritou um "Ô de casa!" e deu umas pancadas feito um oficial de justiça antes de receber uma resposta vacilante de alguma tia solteirona; um falsete trêmulo do outro lado da porta:

— Quem é, por favor? Sou apenas uma idosa e não recebo vendedores.

Dennis soltou um suspiro. A coisa não estava indo bem, e por "coisa" entenda-se o dia ou talvez sua vida inteira. Esforçando-se para se fazer ouvir sobre a gritaria de um feirante a vender mariscos ali perto, ele ofereceu suas credenciais.

— Perdão, meu bem. Talvez não seja MARISCOS! o endereço correto. Sou da livraria de Ada Benson ÓTIMOS MARISCOS! em Shoreditch, estou procurando um tal de sr. Harrison. Ela ficou sabendo que ele tem uns livros de um tal Arthur COMPREM SEUS MARISCOS AQUI! de que gostaria de se livrar.

De algum ponto além dos painéis de madeira descascada da porta veio um silêncio pesado de reflexão, enfim substituído por quase um minuto inteiro de chaves virando em travas relutantes, correntinhas sacudindo nos suportes e ferrolhos deslizando. Por fim, a senhorinha frágil abriu o portal rangente e transformou-se, de forma assustadora, num cidadão atarracado de bigode, usando um pulôver mostarda sem mangas, com uns quarenta anos, num estado de evidente ansiedade. Os olhos miúdos, que saltavam de cá para lá, eram gotas de chocolate boiando em semolina.

— Desculpe por isso. O seguro morreu de velho. Entra rápido, estou deixando escapar todo o calor.

Sem o disfarce, a voz dele era grave e rasgada. Dennis se permitiu ser conduzido, às pressas, por uma passagem estreita que tinha um vago cheiro de gim e sovaco, de onde o calor já havia escapado ou jamais estivera. Enquanto o sujeitinho claramente preocupado trancava e passava o ferrolho de novo na porta, o visitante já inquieto examinava o carpete do hall de entrada, tentando determinar se o seu padrão gasto fora, no passado, composto de samambaias espraiadas ou enormes aranhas. Barricada a porta, o imitador residente de mulheres guiou Dennis pela escadaria que levava ao salão e seu assoalho ambíguo, fazendo a devida apresentação enquanto subiam:

— Sou Molenga Harrison. Não peguei o seu nome.

— Dennis. Dennis Knuckleyard. Como eu disse, Ada Benson me mandou.

— Sim. Sim, já ouvi falar de Ada Benson. Agora, Knuckleyard. Que nome engraçado.

Os dois então se viram no patamar ínfimo que antecedia os alojamentos estagnados de Harrison no primeiro andar. Dennis assentiu com um grunhido. Sim, era um nome engraçado. Ao que parecia, nunca houve outra pessoa na história da humanidade que se chamasse Knuckleyard. Ao longo de muitas conversas de mútua perplexidade com a falecida mãe, os dois concluíram que o seu ainda mais falecido pai devia ter simplesmente inventado o sobrenome, fosse para fazer graça ou substituir outro ainda mais feio, se é que tal coisa era possível.

Sob a luz cinzenta do sol que caía da manhã lá fora, a cozinha/copa de Harrison desaparecia, transformando-se numa fotografia com superexposição. Fosse apenas um tom mais pálida, sequer existiria. A organização era perfeita, exceto pela dúzia de aviões de aeromodelismo feitos com primor de pau-de-balsa e pendurados do teto. Estavam altos o bastante para Harrison passar sem dificuldade por baixo deles, mas eram perigosos para a figura mais elevada de Dennis. Alguns estavam lá havia tanto tempo que a poeira os transformara em mistérios pênseis e amorfos que, até onde dava para saber, poderiam muito bem ser morcegos mortos.

Com um aceno de cabeça, Harrison apontou o convidado na direção de uma poltrona prolapsada sentou-se num baú-banco do lado oposto, após tirar, das profundezas de seu interior, uma caixa de papelão com o nome da marca de sabão em pó "Oxydol" carimbada nos dois lados. Com os olhos rudimentares a toda hora tremendo na direção do simulacro de impassividade que era Dennis, o homem mais velho deitou o receptáculo no tapete esgarçado entre os dois com um cuidado exagerado, como se fosse uma criança frágil ou uma bomba que ainda poderia explodir.

— Aqui. Vinte pilas pelo conjunto todo. Não dá para ser mais justo do que isso.

Preservando o que ele esperava que pudesse parecer uma aura de inteligência, Dennis não disse nada. Do interior do bolso do casaco, buscou a lista rabiscada que Ada lhe fornecera, abrindo as dobras superiores da caixa a fim de avaliar o conteúdo.

Que era uma maravilha, por sinal. O tempo que Dennis tinha de serviço sob Ada Pé-na-Cova não havia sido o suficiente para que ele pudesse ser descrito sequer como um projeto de bibliófilo, mas era o suficiente para reconhecer as emoções que tais almas buscavam quando uma caixa repleta daquelas irrompia bem diante dele. Não era só o cheiro inebriante de papel antigo — mascarado, em todo caso, por um laivo de flocos de sabão —, mas sim o glamour radiante dos livros no interior, que subia ao redor dele numa exalação de desejos até então jamais reconhecidos. Era um carisma concebido a partir de estilos lindos e esquecidos de fontes gravadas em painéis de tecido pálido, tudo permeado por histórias implícitas de sua publicação ou personalidade e ensopado com o fantasma de um escritor falecido.

Ao colocar a mão na caixa, ele puxou o volume que estava por cima, desfazendo o arranjo bem-organizado e vendo a capa inteiramente preta e riscada por um padrão losangular, com o título numa tira de papel colada na lombada estreita. *Ornamentos de jade*. Sim, ele constava na lista de Ada, com um comentário adicional de que era parte de uma tiragem de mil exemplares, todos assinados e enumerados. Dennis conferiu, como deveria, o interior do livro, a fim de alimentar a impressão de que sabia o que estava fazendo. Havia páginas cortadas à mão e um frontispício com arabescos verdes que ostentavam a marca de Alfred A. Knopf, Nova York, datada de 1924. Ao folhear a coletânea de contos de cabo a rabo, ele encontrou o número do exemplar, impresso em tinta cor de jade, 673, e embaixo dele a assinatura cinzenta, cuja linha dava um salto ligeiro do final de Arthur até o traço ascendente de Machen. Partículas evanescentes de goma-laca acompanhavam o traço deslizante e abriam uma rachadura espectral que atravessava vinte anos até esses poucos segundos da realidade íntima do autor, suas dores fugazes, suas noções momentâneas quando estava vivo. Ocorreu a Dennis uma noção turva de que todos os autógrafos eram assombrados, escritos a partir de um material mais denso do tempo.

O próximo livro era mais grosso, mais velho, mais sinistro: *A casa das almas*, publicado em Londres, uma primeira edição de Grant Richards, de 1906. O papelão em tons de espuma diluída do mar ostentava uma das ilustrações de capa mais assustadoras que ele já tinha visto, uma forma obscura e eriçada, algo entre um ser humano e uma mosca ou besouro, sentada no meio de um jardim de cogumelos de aspecto letal. Dos chifres erguidos dessa monstruosidade, pendiam sinos de templo em tons de ciano brilhante. Dennis se esforçou para manter as sobrancelhas fixas e tentar não parecer impressionado, o trabalho mais árduo que tivera nos últimos dias. Com o rosto deliberadamente sério, ele disparou um olhar para Harrison, a essa altura já agachado, todo tenso e nervoso, na beirada do baú-banco.

— Uhm. Muito bacana. Em boas condições. É uma pena que não tenha tanta demanda pela obra dele hoje em dia, por conta, sabe, de toda aquela história de fascismo e tal.

Harrison franziu a testa, evidentemente perplexo, e seus lábios contraídos transformaram as pontas do bigode em lagartas epilépticas. Ao se dar conta de que estava correndo perigo com as improvisações políticas, Dennis partiu para um território menos contencioso:

— Apesar que, o que dificulta mesmo vender esses títulos é mais o fato de que ele foi esquecido pelo público. Sei que é chocante, mas esse povo mais jovem, a maior parte, nunca nem ouviu falar dele.

Ele balançou a cabeça, pesaroso, lamentando os jovens ignorantes de hoje que desconheciam Machen, um grupo do qual ele mesmo fazia parte até as dez para as oito daquela manhã. Pouco à vontade, Harrison ofereceu uma interjeição gutural:

— Certo, quinze paus. Está a troco de reza.

Nessa ocasião, Dennis percebeu que era mais fácil manter o jeitão sério, pois suas feições se viam paralisadas pelo choque de ter esbarrado em alguém ainda pior de barganha do que ele. Suprimindo a euforia, ele continuou, inspecionando a caixa de Oxydol e o tesouro ali contido, fingindo não ter ouvido a redução de preço de queima de estoque do vendedor. Cada volume novo que removia da pilha enclausurada para conferir na lista da chefe era mais misterioso e atraente do que o anterior — *A sala aconchegante*, embrulhado num papel que parecia pena de pavão, Rich & Cowan, 1936; *O grande deus Pã*, na edição original John Lane Keynote, 1894; um exemplar de *Os três impostores*, assinado e dedicado a Max Beerbohm — até esbarrar num item andrajoso, que não causava a menor boa impressão, ausente no catálogo de Ada e que, aparentemente, não era de Arthur Machen. Encadernado em pano, com a capa bem desgastada e o nome da editora ilegível na lombada partida, mas datado de 1853 no interior. *Uma caminhada por Londres: meditações sobre as ruas da metrópole*; seu autor, alguém chamado reverendo Thomas Hampole. Dennis apontou com ele, intrigado, na direção de Molenga Harrison.

— Será que era para este aqui estar no meio? Não encontro na lista da srta. Benson.

O livreiro ausente contemplou a anomalia à sua frente com um olhar fixo e ressentido, sem piscar, sua tez leitosa amarelando para complementar seu pulôver.

— Cinco pilas. Pegar ou largar.

Era francamente inacreditável. Mesmo não sendo o cúmulo da perspicácia, Dennis sabia que era melhor parar quando se estava ganhando. Apressando-se para devolver a mercadoria inspecionada de volta ao pacote de detergente, ele se levantou para o aperto de mãos, fechando o negócio, e se viu sob ataque de um Havilland Mosquito e um Bristol Beaufort, que batiam contra a sua testa como se ele fosse uma versão mais mole do King Kong. Para arrematar a esquisitice do momento, Harrison fez questão de ignorar os dígitos estendidos daquele homem alto à sua frente até que eles detivessem entre si uma das notonas de cinco libras de Ada.

Assim resolvida essa transação para lá de singular, o livreiro agitado parecia ávido em despachar o cliente e a caixa frouxa de Oxydol de seus arredores imediatos o mais rápido possível. Ainda bestificado por aquela primeira experiência bem-sucedida na vida, Dennis permitiu que ele o conduzisse às pressas até o patamar da escada, descendo os degraus e atravessando o saguão das talvez-aranhas, com a caixa volumosa segurada em ambas as mãos à frente do corpo, como uma retangular gravidez de nove meses. Só após destrancar, desacorrentar e desaferrolhar a porta da frente, enquanto estavam os dois em pé no limiar, cercados pela tagarelice mercantil da rua, Harrison encontrou algo a dizer ao visitante desajeitado:

— Então, você acha que Machen foi um fascista?

Tentando não deixar que a caixa de livros escorregasse e caísse, Dennis desejou ter dado ouvidos ao que Ada tinha a dizer sobre o assunto, mas sempre achava a voz dela insuportável e costumava não absorver muita coisa. Lembrando o pouco que conseguia, ele arriscou um blefe, com ares de autoridade:

— Pois é. Pois é, ele lutou pelo Franco na Guerra Civil Espanhola, pelo que me disseram.

Franzindo o cenho, Harrison ficou olhando para o nada, perplexo, o bigode se contorcendo ao redor de considerações balbuciadas. Tendo aparentemente chegado a uma conclusão, ele transferiu sua careta de incerteza para Dennis.

— Mas aí ele estaria com sessenta anos.

Claramente um peixe fora d'água, Dennis tentou se desvencilhar do homem, recuando morro abaixo enquanto fugia da conversa malfadada:

— Pois é, bem, é assim que são os galeses. Um povo durão.

Despedindo-se com um silencioso aceno de cabeça, ele deu meia-volta e se afastou do livreiro atônito, saindo todo atrapalhado no meio do empurra-empurra da feira, trazendo o fardo saponáceo à sua frente. Talvez porque não precisasse mais ficar à procura de uma loja de lãs, pôde reparar em muito mais coisas da Berwick Street na descida do que na subida. Ele reparou naquele mesmo sujeito de porte estranho que o vinha encarando desde que estava indo até a casa de Harrison, meia hora antes, e que continuava lá, em pé, atrás de seus cacarecos reluzentes, ainda acompanhando Dennis com olhos fartos e melancólicos. Parecia ser o resultado mais excessivamente literal de algum romance de circo entre uma anã e O Homem Mais Forte do Mundo, com seu peito largo e ombros feito um encouraçado empilhados precariamente sobre perninhas de jóquei. A partir dessa nova perspectiva, Dennis se deu conta de que a disparidade entre as duas metades do comerciante era causada por um dos membros inferiores ser uns bons doze centímetros menor do que o outro, uma divergência compensada por um sapato enorme com plataforma de ferro. Com pouco mais de um metro e meio, um casacão pesado e chapéu homburg, além de uma gravata incongruente enfiada num anel de prata diante do pescoço atarracado, ele parecia não tanto alguém que fora parido, mas sim forjado por um ferreiro.

Tragando uma bituca, ele retribuiu o olhar de Dennis, sem piscar nem se deixar constranger, claramente cagando e andando para a possibilidade de alguém estar de olho. Apesar de ser mais jovem, mais alto e não aleijado, Dennis foi o primeiro a desviar o olhar, intimidado pela severidade superior do outro homem. Decidiu ignorar o desconforto por meio da imersão nas dificuldades de manejar o fardo através da multidão de cotovelos lanosos, cestos de fibra de ráfia esfarrapados e as outras distrações xexelentas daquela rua íngreme.

E havia uma miríade delas. Em mesas dobráveis, farfalhavam gibis de terror de cores berrantes, e peixes inespecíficos se apresentavam de perfil, ressentidos, contra tábuas brancas, como se estivessem posando para fotos da polícia. Carrinhos contendo caixas de repolho transbordavam com as cabeças da realeza decapitada do reino vegetal.

Mais para o fundo do gradiente abarrotado de gente, fazendo uma pausa para ajustar a pegada na caixa ingovernável, ele avistou um conhecido — se não alguém com quem ele conversava, pelo menos um conhecido de reputação. Maurice Calendar, que estava ao lado de uma barraca de hortifruti, papeando com o dono, era considerado por muitos o homem mais estiloso de Londres, embora ninguém fosse pensar uma coisa dessas ao vê-lo ali. Com vinte e tantos anos e o cabelo preto coberto com esmero de Brylcreem, Calendar usava o mesmo casaco de chuva fulvo que se via por toda parte, usado por todos os jovens da cidade que recebiam um salário decente, a mesma camisa engomada e gravata neutra, o mesmo chapéu de feltro cor de fumaça. Havia quem dissesse que ele fora o primeiro a se vestir desse jeito, muito antes de qualquer outro; mas não parecia, aos olhos de Dennis, que tivessem bolado grandes inovações desde então. Não eram só os trajes comuns. Calendar parecia, de algum modo, estar mais redondo, mais inchado, com movimentos mais lentos do que da última vez que Dennis esbarrara nele. Parecendo estar sem fôlego, o esmorecido criador de modas apoiava todo o seu peso na estaca da barraca do Frutas e Legumes Frescos de M. Blincoe & Filho, agraciando o brucutu monolítico que era o seu proprietário. O rosto deste era como o lado plano de um tronco partido, com um nariz tão quebrado que quase não tinha mais três dimensões, verticilos que quase daria para imaginar serem olhos e rugas suficientes para sugerir uma textura de madeira.

Tendo reconquistado o controle de sua obstrução alongada, Dennis foi marchando pelo Soho, dirigindo-se de volta à Charing Cross Road e cogitando parar para beliscar alguma coisa com uma xícara de chá em algum ponto da Strand. Seria bacana. Talvez desse para ver o seu colega, o Clive. Ao refazer seus passos pela Broadwick Street, ele disparou uma rajada de minas terrestres de história e meios fatos desconexos. Não foi em algum lugar por ali que um médico vitoriano tinha impedido uma epidemia de cólera, só de tirar a alça de uma bomba-d'água suja de esgoto? Morosamente, Dennis especulou que era bem provável ter uma bomba-d'água ruim na área, deixando entrar toda a merda, e que os sofrimentos da Inglaterra poderiam ser aliviados por alguém qualificado em medicina e munido de uma chave inglesa suficientemente grande.

Dennis não tinha lá uma avalanche de amizades, e por "avalanche" entenda-se mais de três amigos. Havia perdido contato com as outras crianças da escola quando tinha ido morar na casa de Ada Pé-na-Cova, o que era compreensível. Ele não se ressentia pelo abandono dos seus colegas e também teria mantido distância no lugar deles. Ao mesmo tempo, na falta de um interesse romântico que não fosse a garota da *Picture Show*, só lhe restava Clive Amery e o "Tolerável" John McAllister. Ironicamente, ele conheceu esses dois colegas mais duradouros devido ao mesmo fator que o fez perder todos os outros: sua proximidade a Ada Benson. Tolerável John era repórter do *Daily Express* que às vezes dava uns pulos na Livros & Revistas de Lowell para explorar o talento de Ada para fofocas raras, e, se aparecesse a oportunidade, Dennis falava com ele depois, enquanto o sujeito voltava para Shoreditch. Clive, por contraste, foi um apostador que deu sorte de ligar para o estabelecimento quando a gerente repulsiva tinha saído para estragar um jogo de *beetle* beneficente da igreja e Dennis estava sozinho com a caixa registradora. O aprendiz de advogado dotado de um senso de humor deslumbrante estava atrás de *Coisas que eu sei sobre reis, celebridades e pilantras*, de William Le Queux, e os dois se entenderam na hora. Era em Clive Amery que Dennis esperava esbarrar enquanto manejava aquele desajeitado recipiente de sabão pela Strand.

Ele ia agarrando o pacote e xingando no caminho pelo antigo bulevar, que ainda lembrava uma ocupação romana e mal tinha se dado conta das bombas voadoras, hesitando a cada tantos passos enquanto se aproximava da próxima vitrine, e foi um novo choque ver o seu reflexo. Dennis era um troço feito de barbante, com nós encaroçados fazendo as vezes de joelhos e cotovelos, encurvando-se de leve para trás sob o peso da caixa, como um tipo de corcunda ao contrário. As laterais e a nuca raspadas, deixando um gramado castanho e espetado em cima do crânio de camurça navalhada, lhe davam um aspecto de cardo murcho. Ele admitia que, dada aquela aparência, não era de se admirar ele ainda ser, aos dezoito anos, tecnicamente virgem. Sim, ele havia recebido uma punheta de Susan Garrett aos quatorze, mas isso se podia dizer de qualquer um.

A firma onde Clive trabalhava tinha seus escritórios na extremidade leste da Strand, perto da Suprema Corte; por isso o jovem gênio jurídico com frequência passava a hora de almoço no Café do Bond, mais ou menos na metade do caminho. Foi para lá que Dennis direcionou sua carga quase intolerável, virando-se para abrir a porta da frente com a bunda e entrando de ré como se chegasse para uma audiência papal. Embora a gerência estivesse desconfiada do recém-chegado e sua robusta inconveniência, o lugar em si o envolveu com um aroma, vapor e calor que ele não sentia havia semanas. Uma série fragmentada de pedidos de desculpa levou Dennis até os fundos do café, onde ele se viu aliviado num instante ao encontrar Clive relaxando a sós numa mesa para quatro pessoas, rabiscando bilhetes num bloco de notas entre goles cuidadosos de café preto fumegante.

Aparentemente ignorando os olhares de admiração de um bando de secretárias do outro lado do corredor, Clive jogou para trás o cabelo loiro que caía sobre seus olhos e deu umas batidinhas reflexivas com o lápis na parte inferior dos dentes da frente. Ele era tudo que Dennis não era. Clive era engraçado — de propósito e não por conta de sua anatomia —, capaz de conversar à vontade com qualquer um e de jogar charme até mesmo num tijolo de concreto. E, ao passo que Dennis era uma silhueta problemática na qual as roupas caíam como que por acidente, Clive ficava bonito com seu traje todo chique — era só um terno comum risca de giz azul-marinho, mas seu caimento era como seda e, de perto, dava para ver o talhe, a qualidade. Sapatos bem polidos. Um relógio de pulso elegante. Abotoaduras de cavalo. Resmungando de cansaço, Dennis atirou o corpo na cadeira de frente para o jovem bacharel e a caixa na cadeira ao lado. Amery ergueu os olhos com um incômodo que se transubstanciou, de imediato, em puro deleite:

— Macacos me mordam, é Knuckleyard. O que está pegando, meu caro? Finalmente cravou uma faca de manteiga cega naquela velha horrível para quem você trabalha? E é por isso que está procurando um advogado brilhante capaz de te garantir a prisão perpétua em vez da forca? — Ele acenou com a cabeça na direção da caixa. — É a cabeça dela aí dentro?

Foi um lindo pensamento que fez Dennis rir com o nariz.

— Acertou na mosca. Então, em todo caso, esse tal advogado brilhante que estou procurando... Conhece algum?

Clive abriu um sorriso caloroso para ele.

— Oras, seu canalha debochado. Só por causa disso, vou deixar que enforquem você. Depois arrastem e esquartejem, se quiserem. Gostaria de uma xícara de chá?

Dennis estava a meio de caminho de informar a Clive que, sim, ele adoraria uma xícara de chá e talvez um pedaço de bolo, se não fosse demais, quando um homem com cara de ofendido, as mangas arregaçadas e ares gerenciais atravessou o café a todo vapor, encostando na mesa deles e roncando feito um trem:

— Os lugares são para fregueses, filho, não para a sua laia. Vamos, pode levantar daí e pular fora.

Como um primeiro passo rumo a uma resposta, sem dúvida esquecível, Dennis ficou ali parado com a boca aberta, feito um idiota, enquanto Clive se inclinou para a frente e estendeu um dedo indicador bem cuidado na direção do gerente:

— Talvez eu possa interromper o senhor bem aí.

Surpreso, o homem voltou o olhar hostil para o companheiro de Dennis, muito mais apresentável, que devolveu o olhar com tranquilidade enquanto sacava um cartão de visitas do bolso do terno com um gesto ensaiado, mantendo-o no ar para que o proprietário furioso o lesse:

— Clive Amery, Jessop & Wilks. Eu tinha esperanças de que marcar uma reunião com o meu cliente aqui no seu estabelecimento pudesse poupá-lo de ter que lidar com mais uma dose de publicidade indevida, mas me parece que não é o caso. Este homem é sir Dennis Compton-Knuckleyard, o quinto lorde Oxydol. O senhor já ouviu falar da dinastia do sabão Oxydol, não?

Admirando-o, deslumbrado, Dennis desejou que sua própria voz fosse tão classe média quanto a de Clive e tivesse o tom de alguém acostumado a ser ouvido. Com a enunciação correta, dava para se safar de qualquer coisa. O gerente, se é que era isso mesmo, agora parecia inseguro e cada vez mais inquieto. Ao responder à pergunta do advogado, ficou assentindo com a cabeça suada, murmurando alguma coisa que, aos ouvidos de Dennis, parecia muito a palavra murmúrio. Clive prosseguiu:

— Não sei se o senhor acompanha algum dos jornais de qualidade, mas, se sim, não é possível que a aflição de sua graça aqui lhe tenha escapado. Serei direto. Ele está sofrendo com ocupações... Uns tipinhos durões que estiveram no exército e que, só porque alguém explodiu a casa deles, acham que têm o direito de morar onde quiserem, seja nas casernas em desuso do exército, seja nas mansões de nossos estimados magnatas saponáceos. Cá entre nós, uma multidão deles tomou conta do lar admirável do meu cliente. Como pode ver, pegaram todas as roupas decentes dele e o deixaram com esse corte de cabelo de presidiário. Isso e as poucas heranças que ele conseguiu transportar nessa caixa surrada com o emblema de uma família outrora orgulhosa. Eu lhe peço encarecidamente que repense sua avaliação anterior de seu caráter e, a não ser que o senhor por acaso seja o quarto lorde Oxydol, que não se refira a ele como "filho".

Na metade dessa explicação, Dennis se viu obrigado a bater com a mão na boca e virar o rosto, na esperança de que o gesto pudesse ser interpretado como uma pontada de sofrimento reavivada. Nessa mesma verve, talvez o sacudir de seus ombros pudesse ser visto como uma tentativa de segurar o choro. A essa altura, o suposto dono do café já pedia desculpas sem ressalvas. Tentou até mesmo se curvar diante de Dennis, mas o resultado, com o abaixar do tronco e os movimentos dos braços para os lados, mais ficou parecendo uma mesura constipada. Contorcendo-se de remorso, o homem perguntou a Clive se havia algo que ele poderia fazer e ouviu como resposta que, com uma xícara de chá, uma lasca de bolo de fruta e mais um café para ele, dava para esquecer toda a infeliz ocorrência. Secando a papada ensopada, o humilhado mandachuva do café saiu cambaleante e logo voltou com o que lhe foi pedido e mais desculpas. Com benevolência, Clive fez pouco caso e botou um florim na mão do pobre coitado — "pelo transtorno" — e lhe garantiu que, a seu próprio modo modesto, ele estava ajudando na batalha contra o comunismo.

Quando se viram a sós mais uma vez, exceto pelos risinhos das secretárias próximas, os dois engataram uma conversa animada e cheia de digressões, em meio a borrifos de bolo de frutas mastigado, da parte de Dennis. Ele contou a Clive dos livros de Machen, o que fez o outro jovem abrir um sorrisão com seu retrato falado, um tanto florido, de Molenga Harrison e sua armada aérea empoeirada.

— Não, estou falando sério. Era toda a Batalha da Grã-Bretanha, mumificada e pendurada no teto dele.

Amery, por sua vez, contou histórias divertidas sobre alguns casos recentes de trabalho, o que, como era de esperar, levou a uma avaliação da notável explosão de atividades criminosas na Londres do pós-guerra.

— A maior parte dos roubos simples e diretos vem de soldados que voltaram para casa acostumados à atitude militar no que diz respeito à propriedade. Se falta alguma coisa no seu kit, você afana do colega a uns cinco beliches do seu. É como funciona no exército, simples assim. Pequenos delitos sancionados pelas autoridades são parte da cadeia de fornecimento, mas parece que, se aplicarmos esse princípio na vida civil, dá um ou dois anos de cana. Quem iria imaginar? Agora, assalto à mão armada, aí já é todo um outro bule de catástrofes. Nesse caso, no geral são uns idiotinhas bocudos que só viram combate no cinema e cujo arsenal dá para encontrar em qualquer loja de tralha. Então eles pegam um joalheiro em plena luz do dia, sem nem um carro de fuga, atiram num transeunte e vão parar na forca. Não, tudo isso é esperado. A única novidade desde a guerra, a meu ver, são esses assassinos lunáticos.

Ele deu um golinho em sua bebida preta e fumegante, depois prosseguiu:

— Sabe como é. Os birutas. Aqueles que matam as pessoas porque elas estão usando sapatos marrons ou porque é terça-feira. Teve o Neville Heath, que assassinou aquelas duas meninas e usava uma meia dúzia de nomes falsos, incluindo “Rupert Brooke”. Ou olha para o Haigh, dois ou três meses atrás. Foram nove, pelas contagens. Mais que Jack, o Estripador. Tomava o sangue delas num caneco, dissolveu os corpos em barris de ácido e morreu de rir quando recebeu o veredito. Pode anotar o que eu digo, jovem Knuckleyard, vamos ver muito mais dessa boa gente no futuro, doidos de pedra que matam por prazer. É quase de imaginar que tem gente que não lidou bem com cinco anos levando bomba na cabeça.

A essa altura, Clive pediu licença para visitar as instalações sanitárias nos fundos do café, dando uma piscadinha para as secretárias ao passar pela sua mesa, o que as transformou em meras gelatinas sussurrantes. Dennis passou esse tempo catando migalhas perdidas de bolo com o dedo úmido e tentando ler os rabiscos de Clive no bloco de notas de ponta-cabeça. No topo da página estava o que parecia ser o nome de outra advocacia — Dolden, Green, Dorland & Lockart —, e então, embaixo, lembretes para reuniões, conversas agendadas e coisas assim: “Falar com Harwell na quarta, caso Collins”; “A declaração de Vaughn tem oito anos já — não quis processar por calúnia na época?”; “Malcolm e Paul, bar na sexta” e uma variedade desses apontamentos morosos. Foi uma surpresa feliz para Dennis descobrir que até mesmo alguém como o seu colega era capaz de ser muito, muito enfadonho. É claro que não demorou nada após o supracitado colega retornar e se sentar para ele dizer algo engraçado que desencantou esse contato fugaz entre Dennis e a autoestima.

— É claro que, para mim, o culpado por essa violência hedionda é Dick Barton, agente especial.

Dennis cuspiu a última golada morna do chá. Muito se falava disso nos jornais, creditando toda essa bagunça do cacete, de Heath a Haigh, incluindo tudo no meio de caminho, ao epônimo protagonista durão do seriado radiofônico. Dennis ter achado graça disso levou Clive a dar um suspiro de reprovação.

— Pode rir. Só sei que, quando escuto a música-tema, me dá vontade de matar alguém, em geral eu mesmo. Tenho certeza de que não posso ser o único.

A dupla ficou entretida em expandir esse conceito durante uns bons quinze minutos: "Então, o que você diz é que John Haigh só precisava ouvir aquele *dum-diddlum-diddlum-diddlum* que aí ele pensava: 'Certo, é hora de comprar mais um barril de ácido hidroclorídrico'". E isso deu lugar a outro diálogo em que Clive, ao comentar a vasta quantidade de correspondência envolvida no próprio serviço, deixou o amigo mais novo impressionado ao mencionar um abridor de cartas marroquino que ele chamava de *kris*, comprado numa loja de lembrancinhas de Portobello. Seu estilo naturalmente exótico com certeza deixaria qualquer um com inveja. No final, enquanto Clive pensava num terceiro café e Dennis estava meio que ansioso para voltar e cantar vitória para Ada a respeito de seu sucesso notável, os dois deram um aperto de mãos e se separaram.

Manobrando para sair do assento, Dennis mais uma vez pegou a rocha de Sísifo com cantos pontiagudos que era o seu fardo e fez uma saída trapalhona e demorada do Café do Bond. No caminho, passou pelo hipotético proprietário no balcão da frente, que parecia estar em dúvida se devia ou não fazer uma reverência e como fazê-la. Nessa ocasião, ele optou pelo balanço para a frente e para trás de um metrônomo pego de surpresa, interrompendo a reverência só para sair correndo do lugar atrás da caixa registradora e segurar a porta de vidro para o seu freguês sobrecarregado. Concedendo ao servo intimidado o que ele achou ser um gesto suficientemente aristocrático, acenando com cabeça, o quinto lorde Oxydol e sua caixa de papelão heráldica continuaram subindo a Strand rumo ao breu das latitudes da Fleet Street.

Descendo a passos pesados e claudicantes uma estrada famosa por ser só sarjeta, Dennis reparou que a mística da Fleet Street, com suas lâmpadas e dramas de última hora, não era perceptível do nível da rua e imaginou que era assim mesmo e ponto. A mitologia só era visível de longe. O lugar que as pessoas conjuravam quando pensavam na cidade e seus pontos turísticos não estava, de forma alguma, visível; uma ideia luminosa de Londres que ou havia sido demolida durante a guerra ou então estava escondida.

Como esperava que fosse acontecer, ele esbarrou no Tolerável John McAllister. Isso foi logo saindo de um beco que dava acesso à Cheshire Cheese, de onde o jornalista fatalista surgiu assim que Dennis passou com seu obstáculo, embora a interação entre os dois acabasse sendo lamentavelmente breve:

— John. Como estão as coisas?

— Ah, bem, você sabe... tudo tolerável. Escuta, Dennis, não posso ficar de papo, colega. Nós todos estamos a caminho de Westminster, para ver o que o Attlee tem a dizer agora que a China está mais vermelha que beterraba. Ele deve dizer: "Minha nossa". Por que você não procura a gente amanhã, que eu vou ficar o dia inteiro aqui? Um abraço, Dennis. Manda um oi para a Ada.

Carrancudo, Dennis observou o jornalista indo embora no meio de um clamor de fundo de pedestres lúgubres e Ford Poplars petulantes, todos pretos e lisos como táxis-girinos. Espiando a figura desaparecer por cima das abas de cima da caixa cada vez mais impossível de manejar, Dennis começou a se preocupar que pudesse estar parecendo um Kilroy rabiscado numa porta de banheiro embaixo da legenda "É o quê? Sem perspectivas?". Sentindo-se envergonhado de súbito, deu meia-volta e retomou a onerosa jornada rumo ao leste. No extremo da rua, a cúpula branca da igreja de São Paulo se insuflava no horizonte banguela, uma lua caída do céu.

Ele conseguiu chegar até Ludgate Circus sem incidentes, mas, ao passar pela Bride Lane, a sua sorte, por assim dizer, o abandonou. A rua íngreme foi minguando e, à direita, contra um poste de luz do outro lado do pátio da igreja de Santa Brígida, apoiava-se uma mulher mais linda do que qualquer outra que ele já tinha visto nas revistas, além de estar em cores. Ela fez Dennis parar ali mesmo na metade do caminho, onde ele ficou aturdido, lutando para aceitar que não era fruto da sua imaginação.

Foi o cabelo que chamou atenção primeiro, mais ou menos na altura dos olhos. Era uma noite de Guy Fawkes antecipada, derramando-se em ondas de fogueira que acendiam o colarinho puído de seu casaquinho preto, um laranja incendiário que se destacava contra a paleta pétrea da passagem nublada dos funcionários da gráfica. Algo em torno de 1,65 metro, belamente encorpada, com um cigarro aceso numa das mãos, ela tinha o olhar virado meio para longe de Dennis enquanto folgava, de modo que ele só conseguiu flagrá-la de meio perfil, um meio perfil forte e de sérios intentos. Salto alto e meias. Dava para ver um brinco de pressão do mesmo tom de verde eletrizante do olho visível dela, e Dennis já estava tardiamente avaliando a provável profissão da mulher quando, alertada pelos seus passos hesitantes, ela virou o rosto e o esmagou com seus olhos verdes e nem um pouco curiosos.

— Oi?

Aquele rosto era um primor — provavelmente um pouco mais jovem do que ele imaginou a princípio — e não revelava o menor vestígio de interesse pelo seu público não convidado. Quando ela se virou, ele reparou, com surpresa, que na outra mão, a que não segurava o cigarro em brasas, havia um livro aberto. Era leitora, então; talvez estudante. Desarranjadas de súbito suas suposições indignas, Dennis ficou sem saber o que dizer, exceto por algumas palavras fátuas:

— Desculpa. Vi que você estava lendo. — Não era verdade. — Eu gosto de livros. Aqui tem uma caixa de livros que estou carregando. Trabalho numa livraria. — O que era verdade, mas, falando assim, fazia Dennis parecer um simplório. A jovem mulher, talvez moça, era difícil dizer, agora o contemplava com uma expressão preocupada.

— Que bacana.

Ansioso para corrigir a impressão que estava causando e antes que conseguisse evitar, Dennis deixou escapar a coisa menos interessante e convincente que já dissera em toda a vida para uma mulher bonita, ou para uma mulher feia, ou para um homem ou qualquer coisa que fosse:

— Haha. Não, tudo bem, não tem nada de errado comigo. — E, ao perceber como isso soava, embora fosse tarde demais, ele acrescentou: — Qual é o livro, então?

Ela o encarou durante muito tempo em silêncio, como se estivesse tentando entendê-lo, olhou de relance para a capa do volume que tinha em mãos, deu uma tragada profunda no cigarro, expirou e olhou de volta para Dennis.

— *Igrejas de Londres*.

Ah. Ela era religiosa. Por isso estava ali encostada num poste de luz do outro lado da Santa Brígida, a capela das gráficas. Sentindo-se mais constrangido do que nunca pelas coisas que havia presumido, ele mexeu as sobrancelhas numa expressão óbvia de confusão até ela enfim dar o golpe de misericórdia:

— Eu estava por aqui na semana passada e achei ter visto alguma coisa no pátio da igreja. Por isso estou lendo a respeito.

— Então, e aí, você acha que viu um fantasma?

Afastando as chamas de cabelo dos olhos sem fundo, ela olhou para ele com uma indiferença quase palpável.

— Não. Não, não foi um fantasma. Você pode me lembrar por que é mesmo que estou falando com você?

Agarrando o fardo para evitar que deslizasse e caísse, Dennis abaixou a cabeça de um jeito desconfortável:

— Não, eu, eu só, só vi você aí parada, lendo o seu livro e pensei, bem...

Devagar, um sorriso começou a se abrir naquele rostinho perfeito.

— Pensou que eu fosse prostituta.

Pego no pulo e incapaz de encontrar algo para dizer, ele deu uma risada autodepreciativa, praticamente uma confissão. O sorriso da moça evaporou, deixando no lugar aquele aspecto paciente e compassivo que se faz necessário ao explicar as coisas para uma criança de quatro anos.

— Bem, o engraçado é que eu sou mesmo. Só que eu sou uma prostituta que sabe ler. Boa noite para você.

E, com isso, como se ele nem estivesse ali, o bálsamo precioso da atenção dela retornou ao livro sobre igrejas em estado de desintegração, livro este que sequer era capaz de saber a sorte que tinha, nem de ser atormentado por ereções inoportunas. Grato por seu ocultador recipiente de Oxydol, Dennis enfim teve a capacidade de autoconsciência para perceber que havia passado vergonha. Quando não ocorreu de a Bride Lane se abrir e tragá-lo para debaixo da terra, ele se esforçou para seguir o exemplo da ruiva e fingir que a conversa nunca tinha acontecido. Enquanto todas as suas células tentavam se afastar umas das outras, contraindo-se de constrangimento, ele foi arrastando aquela caixa idiota por Ludgate Hill, sem sequer sonhar que o incidente recém-acontecido acabaria sendo apenas o segundo pior contato com uma mulher que teria naquele dia.

Ao sair de Warwick Lane, ele encontrou um restaurantezinho de peixe com batata onde comprou um bacalhau para si, junto com quatro pence de batatas, acomodando a carga para conseguir se sentar agachado sobre uma parede parcialmente desmoronada e comer a sua primeira refeição quente dos últimos dias, em cima de um exemplar do *Daily Telegraph* da semana anterior. Ele pagou com os trocados que restavam: estava bem ciente de que Ada disse que poderia ficar com o troco se conseguisse fazer Harrison abaixar o valor para além de quinze pilas, mas estava igualmente ciente de que, já que a diferença acabou sendo uma nota de dez, ela iria estripá-lo e usar suas entranhas de cinta-liga se ele a interpretasse literalmente.

Agachado sobre a alvenaria arrebentada, ele se refestelou com a massa farta de pele e gordura, os pedaços reluzentes se desmanchando como páginas numa revista mal grampeada. Com os olhos lacrimejando da overdose acética saboreada nas batatas, ele deu uma espiada na rua ao seu redor, sob a luz do sol racionada que gradualmente abandonava o dia. Tudo havia sido revirado, e no meio da estrada havia um abrigo antibombas obsoleto, escancarado, vazio e já não mais repleto de famílias assustadas. Sobre uma cerca de ferro corrugado, havia ainda cartazes retardatários de propaganda de guerra, parcialmente apagados pela ferrugem.

Londres era assombrada por seis anos de céus incendiados, sanduíches de língua e chuvas de slogans. Máscaras de gás encarando embaixo do assoalho das salas de todo mundo. Dennis engoliu o seu grude, depois lambeu os dedos e depositou a rosa amassada de jornal, tornada transparente pela gordura, na lixeira de alguém. Apanhando mais uma vez sua caixa de aflições, ele seguiu em frente em seu retorno a Shoreditch.

Ele se esforçou para subir a Aldersgate, rumo ao lusco-fusco que se instaurava e ao contrafluxo de mais pessoas do que o normal. Em meio a pedidos de desculpas, ele foi abrindo caminho pela multidão em travessas rebitadas, a luz amarelada feito gema de ovo vinda de um farol de Belisha gotejando sobre rostos desgastados até perderem quase toda a expressão. Do outro lado da rua, com sua investida ocasional de veículos, a nulidade de Cripplegate ardia em tons de cor-de-rosa sobre as folhas de rúcula-de-Londres, desafiando o ocaso que se aproximava. Do meio dos vazios e ausências cobertos de plantas, ele conseguia distinguir os sítios isolados dos arqueólogos, fitinhas brancas fugindo da brisa renovada.

Ajustando a pegada na caixa ao passar por cada bueiro, ele se lembrou dos achados sobre os quais havia lido ou ouvido falar em meio às fofocas que passavam pela livraria de Ada: e não é que o pessoal da Luftwaffe na verdade eram um bando de historiadores perspicazes, ajudando a escavar partes de Londres jamais vistas há séculos? Perto da Muralha de Londres, os limites da cidade romana, fragmentos da portaria que dera nome ao Cripplegate haviam sido exumados; um arco — fortificado e imponente com seus andares superiores — que dava acesso a um forte situado ali desde antes de os romanos esbarrarem na ilha e a idade de repente virar das trevas. Havia sido demolido uns dois séculos antes, quando tinham precisado alargar a estrada, depois apagado da memória falha da metrópole até aquele ano, quando fora trazido de volta das ruínas da vizinhança aniquilada.

Caracteristicamente, Dennis nunca ligou as escavações à coisa que ele podia ou não ter visto aos nove anos. Ele editara sua própria história de modo a cortar esse vislumbre do outro mundo quase que na mesma hora em que aconteceu, relegando-o a uma concussão e, com efeito, suprimindo-o. Quanto a todos os outros momentos daquela noite tempestuosa, eles também se perderam, enterrados embaixo dos frufrus montanhosos com os quais Dennis adornava a narrativa em suas diversas recontagens no parquinho, de modo que muitas das memórias dele não passavam de coisas que ele esquecera que tinham sido inventadas. Aos nove anos, pelo que lembrava, ele era já um bandido empedernido, para quem desatarraxar um medidor de gás era tão natural quanto respirar, não alguém que tinha feito isso uma vez na vida porque um menino mais velho dissera que era fácil e quase acabara se matando no processo. Quanto àquilo que aconteceu quando os fogos de artifício pararam, ele só sabia que havia salvado um gatinho; não, um cachorro amedrontado; não, uma menininha que havia se perdido dos pais, e por isso não tivera tempo para testemunhar visões na fumaça amarfanhada, na chama jorrante.

Ele passou pela Glasshouse Yard sem nem pensar na vez que se abrigara lá durante o bombardeio, agora mais preocupado com a caixa e a vida, ambos cada vez mais impossíveis de manejar. Nenhuma dessas coisas parecia muito firme em sua mão, e a sensação era de que poderiam escorregar a qualquer momento. Que tipo de futuro tinha ele? Como poderia construir um futuro para si tendo por matéria-prima apenas esses resquícios falidos de bombardeios? Adentrando soturno o caminho ruborizado de ramos de erva-bonita do outro lado da rua, ocorreu-lhe que tanto ele quanto Londres partilhavam da mesma aflição, de modo que nenhum dos dois era capaz de imaginar qualquer coisa além dos escombros; além da paralisia e da inércia vital do trauma de guerra; nada além dessa servidão a Ada Pé-na-Cova até acabar também exaurido e hediondo, embora essa última ansiedade coubesse apenas a Dennis, já que Londres não parecia se incomodar tanto.

Sentindo-se velho, ele foi tropeçando pela Old Street e reclamando de sua artrite de papelão, sem saber como preencher o tempo entre o momento presente e a própria morte. Os únicos dois serviços que era capaz de se imaginar fazendo eram, primeiro, agente secreto e, depois, num distante segundo lugar, escritor. Dennis achava que daria um espião decente, porque, com mais de 1,80 metro e uma cabeça que parecia uma galinha com o traseiro depenado, ele se sentia imperceptível. Escrever, por outro lado, era uma óbvia fantasia que esperava abandonar quando crescesse. Na escola, gostava de fazer as redações, mas desde então tentara fazer uma ou outra coisa nesse sentido e fora um fiasco que não dera em nada. Tinha dezoito anos. Não tinha nenhum assunto sobre o qual escrever, porque nada lhe havia ocorrido ainda, exceto o bombardeio de Cripplegate e aquele momento logo depois quando resgatara a freira cega. Era óbvio que não tinha a menor aptidão para a ficção, nem criatividade ou qualquer coisa do tipo. Por isso, teria que ser a espionagem.

Ao passar pelos resquícios mutilados da igreja de São Lucas, com seu teto destruído e aquele campanário peculiar que parecia um cenotáfio avultando-se contra o cair da noite, Dennis refletiu sobre como era provável que tivessem sido suas ambições literárias infantis que o haviam levado a considerar o trabalho numa livraria um passo na direção certa, como se ser coveiro pudesse naturalmente levar a uma carreira como assassino profissional. Acaso ele não teria ouvido falar que o seu brometo da manhã, Orwell, outrora trabalhara na W. H. Smith e, como resultado, pegara ranço de todo o conceito de livros? Dennis continuava a amar os livros de todo o coração — eram a única escotilha de fuga no submarino sitiado que era sua existência —, mas receava estar começando a detestar idosas.

Inclinando-se conforme a carga no interior da caixa de Oxydol deslizava de um lado para o outro, ele passou pela estação movimentada e caiu na estrada principal rumo a Austin Street. Naquela extensão conhecida da Virginia Road, ele se flagrou estudando a calçada sob seus pés, ao redor da caixa intrometida, com o máximo de atenção possível, a fim de discernir, sob a luz cadente, o quanto do que ele pisava eram folhas caídas e o quanto era lixo, o lixo sendo menos suscetível a furtivos cocôs de cachorro. Ao se aproximar da Gibraltar Walk, sentiu uma satisfação obscura ao reparar em algumas páginas com títulos em negrito de *Tóxico*, de Sax Rohmer, em meio às outras coisas díspares que farfalhavam na sarjeta — **Os cigarros de Buenos Aires**, **O sonho de Sin Sin Wa**, **O sufocamento**, recortes saborosos agarrados à meleca dos bueiros.

As lâmpadas elétricas, as poucas que havia por aquelas bandas, acendiam-se uma a uma. Sua aparição era a versão visual de como soa uma sequência descendente de notas num xilofone, o tilintar radiante de um tom de âmbar aprofundando-se em violeta. A Livros & Revistas de Lowell se avolumava, solitária, no escuro, o lugar que já fora o cume da Gibraltar Walk, mas que agora era, com efeito, apenas a própria Gibraltar Walk. Ele estranhava chamarem aquele lugar por um nome que significa “passeio”. Não tinha como as cinco passadas necessárias para superar a fachada da loja constituírem um passeio, a não ser que você fosse ainda mais avesso do que Dennis a exercícios físicos. A estrutura-relíquia encabeçava uma fila onde todas as outras coisas tinham morrido enquanto esperavam, tinham batido as botas e sido varridas para longe. Era como se o Alto Comando dos alemães tivesse deixado esse único lugar em pé, talvez por medo de um mal maior.

A julgar pela placa de ECHADO pendurada na entrada obscura, deduziu que já devia ter passado das 17h, e assim foi levando a sua carga pelo trecho de ardósia e urtiga que restava do prédio vizinho, dando a volta até a porta dos fundos. O trajeto era complicado, e Dennis teve que abaixar a caixa e apanhá-la de novo, duas vezes ao menos, antes de conseguir desbravar a armadilha mortífera no quase breu dos fundos da loja. Não era como se o espaço entre as paredes de concreto fosse o que poderíamos chamar de bagunçado. Ali na dele, em um dos cantos, ficava o casebre caindo aos pedaços com o lavatório de Ada, mas havia também o inconveniente canteiro de flores dela. Media cerca de 1,80 metro de comprimento por noventa centímetros de largura e parecia ter sido planejado de modo a causar o máximo de obstrução possível; uma barricada deprimente de terra preta que, de algum modo, parecia produzir apenas flores natimortas. Tropeçando e xingando a mureta de tijolos do canteiro, Dennis foi mancando até a porta, onde repetiu todo o processo de descer e apanhar de novo a caixa antes de conseguir entrar. Quase chorando de alívio, enfim depositou seu tesouro macheniano na passagem dos fundos, onde a chapeleira estava em melhores condições do que qualquer um dos itens pendurados nela.

Ada o aguardava na cozinha.

Numa banqueta, estava sentada diante da mesa lacerada onde apoiavam-se uma revista, uma xícara parcialmente consumida de chá e uma tigela de nozes rachada, enfeitada com padrões de salgueiros. Havia habilmente rachado os crânios morenos bem na costura, antes de arrancar e devorar os cérebros murchos ali contidos, esmagando os lobos cobertos de ameias entre seus cerca de doze dentes remanescentes. Ainda usando o roupão que já fora rosa e os chinelos de talvez-xadrez, ainda ostentando uma cabeleira de vapor engomado e o que eram meias ou pele frouxa caindo sobre os tornozelos, Ada levantou-se assim que ele entrou, o que o deixou confuso e fez com que ele se sentisse meio feminino por um breve momento.

— Bem, consegui todos os livros do Machen. Você nunca vai adivinhar o quanto eu...

Ada atirou sua meia xícara de chá frio, completa com o enfeite flutuante de leite coagulado, na cara de Dennis e em sua boca infelizmente aberta.

— Pode sair da minha casa, seu *cof cof cof cof cof cof* ladrãozinho *cof cof cof cof* do caralho.

Isso pegou Dennis de surpresa. Com os olhos arregalados e dando murmúrios de incompreensão, ele pescou a nota de cinco que restava em seu bolso, junto com seus cinco subordinados verdinhos, e brandiu-os na direção da proprietária, como se fosse um crucifixo.

— Mas, mas, mas olha, eu comprei tudo por cinco pilas. Dez de troco...

Enquanto as feições dela se aglomeravam de pura revolta no centro da cara, Ada sibilou como resposta:

— Eu não *cof cof cof* quero o seu dinheiro de merda.

Mesmo assim o agarrou com um golpe de ave de rapina, para enfiá-lo na bolsa marsupial da camisola. Dando um passo adiante, até o olhar sulfúrico nivelar-se na altura do queixo dele, ela lançou seu veredito tísico:

— *Cof cof cof cof cof cof* porra pode *cof cof* ir pegando a sua trouxa, seu *cof cof cof* merdinha ingrato. Roubando do *cof cof cof cof* caralho do meu estoque...

Pingando e perplexo, aterrorizado em pensar na possibilidade de ficar sem trabalho ou sem teto, Dennis não fazia ideia de qual fora seu crime, nem do que lhe estava acontecendo. Recuando, ele se agarrou desesperado a qualquer resquício de racionalidade que pudesse ajudar a explicar aquela situação pavorosa.

— Não, não, o livro do George Orwell eu nunca tirei da livraria. Li inteiro no balcão...

Ela arremessou na direção dele as nozes que restavam, junto com os entulhos cranianos de seus camaradas mortos.

— George *cof* Orwell? O porra do George *cof cof cof* Orwell? Não estou falando do *cof cof cof* George Orwell. Estou *cof cof cof cof cof* falando disso aqui!

Ada agarrou a revista, a que estava sobre a mesa que ela estava prestes a jogar em cima dele, e a sacudiu diante do rosto gotejante de Dennis. Até aquele momento, ele não havia pensado que seria possível existir algo pior do que ficar sem teto e desempregado, mas então reconheceu o periódico como o exemplar da *Picture Show* que estava conferindo mais cedo. Sua vida sexual inteira, basicamente, estava sendo balançada diante de seus olhos vacilantes, apanhada no punho da velha peçonhenta. Um calor de caldeira de cobre começava a subir nas bochechas de Dennis, e ele soube que estava corando. Só não sabia que estava da cor de uma cereja.

— Olha, eu ia devolver, eu só, eu só, só peguei emprestada porque, porque tenho interesse em filmes. Um monte de gente da minha idade, todos nós temos interesse em filmes. Eu não ia afanar nada.

Inclinando a cabeça feito um cachorro intrigado, ela apertou os olhos, primeiro olhando para Dennis e sua coloração vívida, depois para a *Picture Show*, depois indo de um para o outro mais umas vezes, enquanto sua fúria homicida pouco a pouco dava lugar a um estado inexpressivo de perplexidade. Enfim, no fundo da sopa inimaginável que era a psiquê de Ada, parecia que ela havia chegado a um entendimento. Ergueu os olhos de *sour cream* a fim de cruzá-los com o olhar de Dennis e então fez uma coisa medonha com o rosto que ele nunca tinha visto.

Seu sorriso era o sol nascendo sobre o quintal de um açougueiro, sua luz atroz insinuando-se sobre cada canto e expondo cada espetáculo sangrento. Os cantos da boca foram rastejando até as orelhas pendulares, expondo todo o cemitério de magnólias que era a sua dentição. Ada Pé-na-Cova Benson estava claramente derivando algo muito parecido com prazer humano da situação, uma baita diversão em sua vida abominável.

— *Cof cof cof* ha ha ha ha ha *cof cof*. Dennis, meu bem, você devia ter falado. Ha ha ha ha *cof cof*. Claro que pode ha ha ha *cof cof cof* pegar emprestada. Só me devolve ha ha *cof cof cof cof* em boas condições quando ha ha ha ha *cof cof* quando tiver terminado. Sem pressa. Ha ha ha ha ha ha *cof cof*. Até amanhã cedo. Ha ha ha ha *cof*.

Ela empurrou a revista amassada para cima dele com um tapinha inquietante em cima da mão, antes de dar meia-volta e sair com passos vacilantes na direção do próprio quarto, deixando uma salva de risadas caninas e tosse pairando no ar atrás de si. Agora que seu abrigo e emprego pareciam estar garantidos até o futuro próximo, Dennis não tinha certeza de por que não estava sentindo um alívio maior. Ele olhou para os fragmentos de casca de noz ainda presos ao seu rosto molhado e franziu a testa. Não tinha a menor ideia do que havia acabado de acontecer e imaginou que jamais fosse ter. Como acontecia com a maioria de suas suposições derrotistas, esta também acabou desacreditada em menos de vinte minutos.

Ele limpou o rosto, trancou a porta dos fundos e subiu a escada crepitante até seu quarto, levando a revista recém-disputada como um rolo em uma das mãos. No patamar, ainda dava para ouvir os risos de Ada entre os acessos de tosse, ou possivelmente o contrário. Acendendo a luminária e fechando as cortinas magoadas, ele se sentou na beira da cama, entre os queixumes das molas do colchão, e, na falta de qualquer outro material recreativo, abriu a *Picture Show* na página 16.

E lá estava ela, ainda mais irresistível do que ele lembrava. Ele a sorveu como uma bebida num copo alto, começando pela parte de cima: o cabelo, o rosto, os seios modestos definidos pelas dobras que pendiam no fino tecido do vestido, as pernas derramadas, os pés com o peito arqueado como as costas de um gato furioso. Embaixo da foto havia uma legenda quase microscópica com os créditos, na qual não havia reparado antes. Aproximando a página do rosto, ele pôde ler o nome: "Ada Mae Lowell, em *Expresso estelar*".

A ficha não caiu na hora, mas, quando aconteceu, ele foi reduzido a uma pasta lamuriosa debaixo da avalanche de uma compreensão que rasgou sua alma. Lá embaixo, no pé da escada, Ada oscilava entre gargalhar e engasgar, o que era ainda mais desmoralizante do que o capacete de gaiola de ratos de George Orwell. Com os olhos vazios e encarando fixamente o nada, Dennis conjecturou que aquele havia sido, de longe, o pior dia da sua vida.

Desta vez, ele precisou esperar até a manhã seguinte para que lhe provassem o contrário.

2

Uma caminhada em Londres

Ela estava branca feito um lençol — mais do que Dennis — quando ele desceu as escadas de sanfona no dia seguinte e a encontrou sentada à mesa da cozinha, com toda a animação e o aspecto de uma estátua de cera. Diante dela, estavam os conteúdos desembrulhados da caixa de Oxydol, esta vazia e ignorada ao lado da cadeira dela, arreganhada como se prestes a entrar em cirurgia, privada de suas entranhas.

— Ada?

Ele passara a noite anterior inteira se contorcendo, elencando na mente todas as coisas que eram preferíveis a se deparar com Ada Benson — nome de guerra Lowell — outra vez na vida. A lista incluía, em grande parte, causas de morte capazes de levar embora um dos dois antes do amanhecer. Ou ambos, só que aí pareceria um pacto suicida entre amantes, o que ainda era melhor do que encarar o brilho debochado daquelas bolas de naftalina que a proprietária tinha no lugar dos olhos. Em todo caso, tais foram seus pensamentos durante aquelas horas da madrugada torturadas pela vergonha; mas, quando a cobertura de suspiro sobre o crânio de Ada girou para encontrá-lo agora, não foi nem escárnio, nem um tipo de gracejo sacana que se aninhava naquelas órbitas rachadas. Se fosse qualquer outra pessoa além de Ada Pé-na-Cova, ele diria que parecia assustada.

— *Cof cof cof*. Dennis, meu bem, senta aqui. Acho que é capaz de estarmos meio encrencados.

Subitamente desejando que a conversa pudesse ter como assunto suas escolhas infelizes de auxílio masturbatório, ele puxou uma banqueta de madeira para perto de Ada e se empoleirou nela de modo precário, inclinando-se com os cotovelos apoiados entre *A glória secreta* e *A colina dos sonhos*.

— O que foi?

O olhar dela estava fixado mais uma vez na mesa apinhada e sua variedade de livros. Ele tinha a preocupante impressão de que a chefe estava fazendo um esforço considerável para manter a calma, tanto que mal tossia. Manter a calma, no entanto, era algo muito fora do personagem para Ada, e Dennis percebeu, com um despertar de terror, que, ao contrário de todas as conversas que os dois já haviam tido, nesta ela estava tentando *não* o assustar.

— Quero saber *cof cof cof* como foi que você levou este lote por cinco pilas. E não me diga que foi o seu dom de barganha, porque nós dois sabemos que você não *cof cof* tem nenhum. O que aconteceu entre você e Harrison?

Ele começou a tagarelar sobre como o livreiro havia fingido ser uma velhinha e sobre os caças poeirentos pendurados no teto de Harrison, parando de repente quando ela fechou os olhos e levantou a palma enrugada diante dele, balançando-a de um lado para outro num gesto cansado de refutação.

— Dennis, eu estou *cof cof* cagando para o que ele tinha pendurado no teto. Só me conta como foi que você *cof cof cof cof* passou a conversa nele.

Incapaz ele mesmo de compreender como foi que tinha conseguido o desconto impressionante, Dennis balançou a cabeça e franziu a testa na direção da caixa de Oxydol enquanto fazia força para tentar lembrar.

— Ele queria vinte quando eu cheguei, como você disse. Aí eu disse que não tinha muita procura por Machen hoje em dia e ele desceu direto para quinze. Eu continuei conferindo os livros e aí cheguei naquele que não estava na lista, perguntei e ele disse que eu poderia levar o lote todo por cincão. E, por cinco pilas, bem, achei que não teria erro.

Ada soltou um suspiro profundo.

— Sim, *cof cof cof*. Sim, imagino. E esse livro que fez baixar o preço, que não está na minha lista... Estou *cof cof cof* correta em pensar que seja este aqui?

A ponta de lança sebosa que era a unha do seu indicador bateu duas vezes sobre a capa dilapidada do livro mais banal dentro do que era, no mais, um arranjo suntuoso. Era *Uma caminhada por Londres*, as *Meditações nas ruas da metrópole* do reverendo Thomas Hampole, um título tão monótono que Dennis nem se dera ao trabalho de ler até o final. Ele fez que sim com a cabeça, apreensivo.

— Pois é, é esse mesmo.

Aqueles olhos carregados de bolsas agora o olhavam com algo que beirava a pena. Ele se viu desconfortável com todas aquelas expressões faciais desconhecidas que Ada estava produzindo. No meio daquele seu cáustico e perpétuo desdém, Dennis sempre conhecia bem o território, mas essas novas configurações lhe eram incômodas.

— Imagino que não *cof cof cof* tenha lhe ocorrido que era desse item que ele estava tentando se livrar desde o começo, esse filho da puta *cof cof* traiçoeiro? Não, claro que não. Nem sei *cof cof cof* por que é que eu pergunto.

Dennis apertou os olhos e ficou encarando o volume corriqueiro, pardacento e surrado como se tivesse sido encadernado a partir de um saco de pancadas, esperando que ele se explicasse sozinho.

— E aí... Tem algo de errado com ele, então?

Sua empregadora demorou um momento para responder, estudando aquela anomalia de Hampole num estado plácido de deliberação antes de olhar para ele de volta com uma expressão incompreensível.

— Dennis, meu bem, este livro não é de verdade.

A frase ficou parada no ar encanado da cozinha e ninguém sabia o que fazer com ela. Dennis mais tarde viria a se dar conta de que haviam sido essas poucas palavras que tinham permitido que o mais-que-natural entrasse em sua vida, mas, naquele momento, só conseguia revirá-las na mente para cá e para lá, sem compreendê-las, um macaco perplexo com uma arma carregada em mãos.

— Você quer dizer que ele é, tipo, falsificado?

Cansada, Ada balançou a cabeça de fio dental encrustado.

— E por que é que alguém iria falsificar *cof cof* uma merda de um lixo desses? Não, Dennis, você não está me ouvindo. Quando eu digo que este livro não é de verdade, quero dizer que ele não *cof cof cof cof* existe. Não está nos catálogos. Não está nas bibliotecas. O porra do Arthur Machen o inventou *cof cof cof* para um romance, depois usou de novo num conto, e não existe o menor vestígio dele, fora isso, em porra de lugar nenhum. *Cof cof*. Não era para estar aqui. Ele vem de *cof cof cof* um outro lugar.

Sem compreender nada do que fora dito, mas vendo-se num momento em que era crucial que Ada achasse que ele tinha compreendido, Dennis levantou uma das sobrancelhas com ares profissionais, e fez o que achou que fosse uma pergunta pertinente:

— De onde é, então?

O que suscitou mais um suspiro profundo.

— Não sei se eu consigo explicar de um jeito que você *cof cof* compreenda. Sem querer ser cruel, Dennis, mas você é *cof cof cof* um burro do caralho. Me parece que você não consegue entender uma porra de uma palavra que eu diga na *cof cof* metade das vezes.

Ele fez que sim com a cabeça, como um pseudointelectual, acariciando o queixo por barbear. Ada prosseguiu, apesar disso:

— Olha só, me deixa *cof cof* colocar as coisas nestes termos. Existe uma outra Londres, Dennis, que ninguém sabe que existe, e a maioria das pessoas nunca *cof cof cof cof* chega a conhecer.

Por fim, ele havia captado uma ideia do que Ada estava dizendo; ou foi o que presumiu, perigosamente.

— Ah, sim. O submundo londrino. Estou acompanhando.

Durante um período um tanto excessivo, ela o encarou com um olhar desprovido de rancor, mas também de esperança.

— Uhm. Sim, esse tipo de coisa. Tudo que você precisa saber é que nós precisamos devolver isso ao lugar de onde veio, e aí tudo vai ficar bem *cof cof cof* talvez.

— O quê? Devolver para o Harrison?

Ela refletiu a respeito.

— Se ainda for uma opção, seria *cof cof* ideal. É um bom lugar para você começar, em todo caso. Só garanta *cof cof cof* que eu nunca mais veja essa merda aqui em casa de novo.

Dennis registrou essa mudança nos pronomes, de "nós" para "você". Ao perceber que essa bobajada trabalhosa agora era sua responsabilidade, ele se esforçou ao máximo para tentar fugir dela:

— Será que não dava para a gente, sabe, simplesmente jogar fora ou botar fogo?

— Não, Dennis. Nem fodendo. Isso aqui vem de uma parte diferente de *cof cof* Londres, e não é assim que funciona. Só o fato de a gente saber que isso está aqui já é bem ruim, que dirá tentar *cof cof cof cof* queimar um pedaço ou dar descarga. Vi isso acontecer uma vez no passado, com o *cof cof* Teddy Wilson, e aquele livro de Soames, a porra do *Fungoides*, e *cof cof cof* confia em mim, não é isso que você quer.

Reparando tardiamente que ela ainda não havia dado a primeira tragada do dia, Dennis estava, ao mesmo tempo, assustado e distraído, incapaz até o momento de absorver muito daquele conselho cautelar além do "não" inicial. Já estava decidido a interpretar tudo que ela dissesse como as excentricidades supersticiosas ou compulsões malucas de uma velha que ele, infelizmente, teria que evitar contrariar. Ele faria o que ela lhe dissesse, ao pé da letra, mas não estava sendo pago o suficiente para se embrenhar nas teias de aranha mentais de Ada.

Ada Benson, da sua parte, estava ciente, claro, de que a atenção plena que o seu funcionário estava prestando nela era uma farsa ridícula, mas achou que seria adequado perseverar. No que restava da consciência de Ada, ela se sentia, assim, não mal, exatamente, mas também não estava feliz, para colocarmos nesses termos, quanto às coisas em que o estava envolvendo. Para sermos justos, não era bem que estivesse despachando Dennis rumo à morte certa — uma morte incerta, na pior das hipóteses, a julgar pela sua experiência —, mas ainda assim ela sentia que precisava lhe fornecer uma palestra básica de segurança, mesmo ele claramente não estando nem aí.

— O que você tem que fazer é *cof cof cof* convencer Harrison a pegar isso de volta por *cof cof cof* vontade própria. Não dá para só colocar na caixa de correio dele. Quebre todos os *cof cof* dedos do sujeito, se precisar, contanto que ele declare claramente que aceita tomá-lo de volta. Agora, se por qualquer motivo Harrison não estiver *cof cof cof cof* mais disponível, tenho certeza de que *cof cof* alguma outra coisa vai aparecer. Apesar de que, se alguma coisa aparecer *mesmo*, seria melhor que o livro estivesse de novo nas mãos de Harrison antes disso *cof cof*, se é que você me entende.

Era óbvio que não entendia, mas Dennis já estava envolvido demais a essa altura para admitir. Ele reparou, porém, no tom crescente de urgência na voz de Ada, e perguntou se dava tempo de tomar um banho rápido e fazer a barba. Ela não apenas permitiu sem reclamar, como também se prontificou a arranjar uma boa camisa limpa para ele e lhe fritar uma salsicha, ovos e bacon, "como um *cof cof cof cof* agradinho". Ele estava acordado não fazia muito tempo e achou isso ao mesmo tempo tocante e carinhoso, não agourento.

Pouco depois, após substituir as cerdas na sua mandíbula por gordura e gema de ovo, esfregadas por um lencinho nada bonito, Dennis parecia quase apresentável. Na porta dos fundos, ficou aliviadíssimo em descobrir que era apenas o livro presumivelmente amaldiçoado de Hampole que ela queria que ele devolvesse para Harrison e que não precisava levar toda a caixa de Oxydol. Em vez disso, Ada deixou que ele levasse uma sacolinha útil, de papelão marrom com alças de cordinha, na qual colocou, às escondidas, tanto o *Uma caminhada em Londres*, de Hampole, quanto *A sala aconchegante*, de Arthur Machen, por algum motivo, vestindo o seu embrulho como se fosse um casaco bordado.

— Esse aí não é para o *cof cof* Harrison. É mais para você. É todo de *cof cof cof cof* contos, e tem um chamado "N" no qual você talvez queira dar uma olhada, se tiver *cof cof cof* a chance. Pode ser que ajude você a ter uma noção do que está acontecendo, para variar, se as coisas chegarem *cof cof cof cof cof cof* a esse ponto. E, ah, eu quero que você fique com isso aqui.

Era o troco que ele havia trazido para casa, ou metade, pelo menos. Ela empurrou as notas de cinco libras, aveludadas e flácidas de passarem de mão em mão, contra a palma da mão de Dennis.

— Eu falei que você podia ficar com metade do troco... — Na verdade, ela tinha dito para ficar com o troco todo, mas Dennis não ia discutir. — E sou uma mulher de *cof cof* palavra. Uma graninha pode ser útil, se esse trabalho acabar demorando mais do que o *cof cof cof* esperado. Boa sorte nisso tudo, meu bem. Tudo bem que eu tiro sarro de você pelas costas com todos os *cof cof* fregueses, mas debaixo disso tudo eu sei que *cof cof cof cof* não é culpa sua que você é um inútil. Você não é um menino mau, Dennis, e tenho certeza de que daria um *cof cof* ótimo rapaz. Só não fale dessa Londres diferente para ninguém. Seria o mesmo que *cof cof cof cof cof cof* condenar os pobres fodidos.

Dennis tropeçou em cima do canteiro de flores inconveniente de Ada, passou pelo portão rangente dos fundos e já estava a caminho da Virginia Road quando lhe ocorreu que, apesar desse último aviso para manter sigilo, ela não parecia lá muito preocupada por ter revelado a ele aqueles detalhes todos. Essas inconsistências eram o motivo pelo qual ele levou as admoestações de Ada tão a sério quanto instruções para não pisar nas rachaduras entre a Gibraltar Walk e a Oxford Street. Ele nunca a via usando sapatos, mas aquela história toda era obviamente só mais uma pedra nas chinelas surradas de Ada. Já com a autoconfiança elevada pelo seu desprezo quanto às opiniões dos mais velhos, ele foi winston-smithiando pela cidade, pensando em como seria opressor ter câmeras e telas em toda parte. Era a situação mais horrenda que Dennis era capaz de imaginar, mas ainda eram 7h35. O dia era uma criança.

Dennis mal teve tempo de dar uma golada do ar anêmico da Berwick Street e já percebeu que as coisas haviam dado muito errado. Sem surpresa alguma, a primeira coisa que saiu errado foi o próprio Dennis: perdido nos planos de evitar a Polícia do Pensamento por via do método de não pensar, ele automaticamente repetiu a rota da manhã anterior e estava na metade do caminho até Charing Cross Road quando lembrou que não precisava voltar à livraria de Harrison. Obrigado, mais uma vez, a invadir aquela travessa congestionada a partir da entrada inferior, ele esbarrou na segunda coisa errada, que era a Berwick Street.

Enfrentando um derramamento de caixotes e tomates estragados enquanto navegava a prensa dos frequentadores da feira, sua impressão imediata foi a de que alguém havia desligado o som. Ainda dava para ouvir os ruídos dos pés, os zumbidos de carros motorizados próximos, o farfalhar de sacolas de papel, mas todas as pessoas haviam se calado. Ninguém dizia nada mais alto do que um burburinho. Ninguém vendia mariscos. Os fregueses e feirantes negociavam aos sussurros, e as conversas eram conduzidas por meio de olhares significativos, cujos significados ele desconhecia. Era como se os movimentos do mundo naquele trecho específico do Soho tivessem pausado ou anunciado um intervalo. Não parecia certo.

Fosse qual fosse sua origem, essa atmosfera insólita havia permeado a rua íngreme até a última pedra diminuta da sarjeta, de modo que todos os rostos e todos os detalhes pareciam irradiar um aspecto desconfortável de portento. Um cão, talvez arrastando algo que Dennis era incapaz de ver, andava de costas. A capa de uma *Radio Times*, rasgada na lateral, fazia quicar o olhar gélido de Arthur Askey numa calha entalada e, debaixo do toldo de tela listrado da Frutas e Legumes Frescos de M. Blincoe & Filho, uma procissão de aparições do Soho observava Dennis em silêncio, com um interesse evidente.

Ele reparou de cara nos observadores, mas fingiu não reparar, já tendo o suficiente de atividades incompreensíveis com que lidar. Um dos membros do grupo, ele pensou, havia sido o sujeito desproporcional com o sapato montado que tinha feito cara feia para ele na manhã anterior, enquanto o homem ao lado dele parecia um pouco Maurice Calendar. Ele teve a breve impressão de haver pelo menos mais uma figura ali em pé embaixo do toldo com os outros dois, mas fora rápido demais em desviar o olhar para ter certeza. Abalado pelo clima predominante na rua, ainda sem saber como faria Harrison aceitar de volta um livro cuja presença lhe era claramente insuportável, a capacidade de preocupação de Dennis já estava no máximo, mesmo sem esse escrutínio enigmático. Com as cordinhas da sacola se esgueirando pelo punho subitamente suado, ele encolheu a cabeça entre os ombros levantados e prosseguiu no meio daquele gradiente mudo, insistindo em dizer para si mesmo que aquela empreitada era só uma coisa qualquer que ele estava fazendo num dia qualquer.

Assim ficou até observar a ambulância comum e as viaturas prosaicas que tinham se reunido do lado de fora da E. J. Tate ~ Armarinhos e bloqueado toda a parte de cima da rua no processo. Desacelerando até parar, seus sapatos se recusaram a levá-lo além de onde estava e ali ele ficou parado, encarando, em companhia calada e mórbida de uma aglomeração de curiosos. As portas de trás do furgão papa-defunto estavam escancaradas, e era possível identificar o objeto que entrava, apesar do lençol que o cobria, por conta da cúpula tensa erguida no meio. Ou era uma maquete da igreja de São Paulo ou era Harrison. Os homens da ambulância não pareciam estar lá com grande pressa. Os policiais presentes, porém, pareciam agir com mais propósito.

Havia uma meia dúzia de tiras, a maioria deles ali para segurar a multidão anêmica usando apenas a imobilidade e uma ausência de expressão, e dois homens com capas de chuva cinzentas, obviamente do Departamento de Investigações Criminais, interrogando uma mulher horrivelmente abalada — presumia-se que fosse E. J. Tate — dentro da loja de lãs no andar inferior. Havia também o que parecia ser um grupo de meganhas de patente mais alta, um deles com o uniforme de superintendente e dois à paisana, em trajes caros, parados longe da ação quase silenciosa e inspecionando tudo com um aspecto severo. Dennis pensou que talvez representassem o Esquadrão Fantasma do Inspetor Capstick, a nova narrativa anticrime de Londres de que havia ouvido falar, e chegou à conclusão de que eles não estariam lá para investigar a morte de causas naturais de um homem de meia-idade com aspecto doente, cujos chegados conheciam pelo nome de Molenga. Enquanto ele ficava ali parado, com os olhos arregalados, tentando digerir o que estava vendo e pensando no que fazer, os sapatos de Dennis tomaram uma decisão antes que ele mesmo se decidisse. Girando sobre o pivô de suas solas finas de tão gastas, eles o tiraram de perigo descendo a Berwick Street com uma pisada como a dos bonequinhos de plástico chumbado que parecem conseguir descer ladeiras, mas que, na verdade, apenas obedecem à gravidade.

Sua cabeça adolescente, tentando escapar de suas circunstâncias de nove modos diferentes ao mesmo tempo, estava paralisada. O que isso significava? O que devia fazer? Será que tinham matado Harrison? Com o estômago embrulhado, ele se lembrou de Ada dizendo que a tal "outra Londres" de que andara falando era o submundo londrino ou, em todo caso, foi o que ele achou que ela tinha dito. Com certeza não tinha nada a ver com aquele volume surrado que, no momento, ele trazia pendurado na sacola de papelão marrom, não é? Não, não podia ser, porque nesse caso ele estaria embrenhado num enredo petrificador, um enredo de assassinato, e não estava a fim disso. Assim como todos os seus conhecidos, Dennis preferia viver a vida como uma comédia leve e não pensava que aguentaria uma mudança de gênero teatral. Assustado, num tumulto interno, Dennis foi descendo a ladeira em meio aos consumidores mudos, olhando fixo para a frente e tentando furiosamente não olhar na cara de ninguém. A rua passou por ele em um borrão, uma névoa periférica de janelas, portas e placas não lidas; tornou-se uma paisagem alarmante da qual ele desesperadamente não queria fazer parte, nem reconhecer. Foi por isso que ele não conseguiu reparar no corpo pirotécnico que vinha atravessando a turba da feira até quase estar em cima dele.

— *Uó-hó-hó-hó*! O branco é forte, o preto é sorte!

A voz era uma explosão na via pública atônita, toda escandalosa e pré-histórica. No susto do momento, Dennis foi incapaz de diferenciar entre aquele som de trovão e a visão igualmente ruidosa do espetáculo que o confrontava. A experiência toda era uma detonação aterrorizante da invisibilidade que ele acreditava ter conquistado.

Havia um sujeito com roupas de cores berrantes barrando seu caminho, da mesma altura que Dennis, mas ostentando uns bons trinta centímetros de plumas de avestruz que explodiam do coque apertado no cabelo e o faziam parecer um gigante. Tropeçando e trepidando sobre a calçada encrustada de sujeira, numa túnica zodiacal em constante movimento, seu sorriso amplo convidava — ou talvez obrigasse — os observadores a virem se deleitar com sua mera existência. Tendo visto as fotos nos jornais, só em preto e branco, Dennis se deu conta, com a sensação crescente de que logo descobriria estar só sonhando, de que estava na companhia do oráculo autolendário das pistas de corrida, o príncipe Monolulu.

Paralisado pelo estarrecimento, Dennis percebeu que, ao seu redor, a Berwick Street havia, mais uma vez, voltado à sua vida normal e barulhenta. As pessoas tagarelavam mais uma vez, como se a voz estentórica do pretenso africano de algum modo lhes desse permissão também. O jovem desafortunado mexia os lábios como se tentasse fazer perguntas que era incapaz de formular ou de compreender, ao que o informante esportivo se inclinou para perto, com um sorriso conspiratório, e apontou com a cabeça para tudo que estava acontecendo atrás de Dennis, na parte de cima da rua.

— Tenho um cadáver! *Uó-hó-hó-hó*!

Dennis deu um passo para trás diante desse tufão de alegria tão próximo, mas Monolulu o saudou com um aperto firme num dos ombros do seu casacão. Na outra mão, do nada, o implausível falastrão sacava agora um envelope branco lacrado, que balançou provocativamente diante do rosto amedrontado de Dennis.

— Acho que a pistola já anunciou que foi dada a largada, senhor, e todo mundo partiu! Ninguém gosta de levar esse chute ligeiro no posterior que é uma maré de azar, mas não temas! Minha dica (inteiramente grátis, é claro) há de conduzi-lo vitorioso à linha de chegada! O preto é sorte!

Monolulu, feito o surto pesaroso de imaginação colonial que ele era, passou seu envelope para o interior da sacola do rapaz com uma mão ágil e, mais uma vez, deu a sua gargalhada ensurdecedora. Sentindo-se compelido a dizer alguma coisa, pelo menos, Dennis conseguiu pronunciar "Mas eu não gosto de corrida", o que acarretou mais uma rajada de risos do abissínio inventado.

— Perdoe um pretinho pobre e sem escolaridade, mas a velocidade com a qual eu te vi correr de uma cena de crime me levou a pensar o oposto! Tenha coragem, senhor! O branco é forte!

Nisso, aquela miragem fabulosa deu um passo para o lado e, oferecendo um gesto esvoaçante de seus trajes talismânicos, feito um pássaro, permitiu que sua vítima perplexa continuasse a descer a ladeira. Foi a primeira conversa da vida de Dennis com um estrangeiro, e ele não sabia ao certo avaliar como a coisa havia transcorrido. Não sabia nada ao certo, exceto que precisava fugir da Berwick Street, com toda a sua loucura, assassinatos, polícia metropolitana e Monolulu. O único plano que ele conseguira bolar até então — que era, em essência, acordar na sua cama — parecia cada vez mais improvável de dar certo, por isso ele saiu às pressas do Soho à procura de um lugar calmo para entrar em pânico e calcular equivocadamente a coisa toda, de modo que mesmo aquela população, mais furtiva do que a média, achava que ele parecia bem suspeito. Imitando o pêndulo de um relógio antigo, sua sacola fatídica ia balançando para a frente e para trás à sua frente enquanto ele escapulia, marcando os segundos na contagem regressiva de sua expectativa de vida, ou pelo menos era o que parecia. Quando lhe ocorreu de ir ver o Tolerável John, ele cravou as unhas no conceito e se agarrou a ele como um afogado a um frágil banco de areia.

— ... aí trouxeram a maca e tinha polícia por toda parte! Não tinha nem como eu devolver o livro, né, já que ele morreu? Aí, em todo caso, voltei correndo pela Berwick Street e lá embaixo, sem brincadeira, do nada dou de cara com aquele que prevê as corridas, sabe, o príncipe Monolulu? Era ele, John, sem mentira nenhuma. Falou um monte de coisa no meu ouvido que eu não entendi, empurrou uma das dicas dele para cima de mim e me despachou depois. Não faço a menor ideia do que está acontecendo, nem do que eu devo fazer agora, por isso pensei em vir ver você. O que você ia dizer?

Um miasma dourado, o bar sem janelas do Chesire Cheese ressoava com o tilintar e murmúrios de talvez meia dúzia de fregueses, uma calmaria nada incomum para aquele horário numa terça de manhã. Aqueles *habitués*, galeões de gabardine, emergiam das neblinas nicotínicas de vez em quando para seguir da cadeira do bar até os banheiros, possivelmente em zigue-zague a fim de evitar aqueles fantasmas literários que surgiam após o quinto caneco e se amontoavam no albergue parcialmente vazio, desviando dos peidos imortais de Dickens, Tennyson, Twain, Conan Doyle e Chesterton que ainda reluziam numa atmosfera onde a última vez que circulou ar foi durante o Grande Incêndio de Londres.

Dennis havia entrado dramaticamente naquela lendária casa Tudor de má reputação, apesar de que o fato de ele ter tido de fazer isso três vezes — dada a ausência de John nas duas primeiras, o que acarretou duas saídas anticlimáticas até a Lyons Corner House ali perto — acabou prejudicando um pouco o efeito da performance. Quando ele entrou com tudo pela terceira vez, menos granada e mais papel molhado, e encontrou o jornalista ocupando a poltrona costumeira, os dois começaram a falar ao mesmo tempo até McAllister dar de ombros e falar: "Vai você primeiro". Uma vez aparentemente concluída a invectiva quase *nonsense* do jovem, Tolerável John inclinou-se para a frente de um jeito pessimista, que era o único modo dele de fazer qualquer coisa.

— O que eu ia dizer era que topei com a Ada Benson lá no escritório do *Express* uma hora atrás. Ela estava com aquele casaco de pele rançoso em cima da camisola, mas ainda de chinelinho. Todo mundo da velha guarda lá conhece ela, por isso não foi o desastre profissional que poderia ter sido, mas ainda assim foi meio que uma surpresa. Mais um choque, pensando bem. O cabelo dela não se mexeu uma única vez em toda a nossa conversa. Já reparou nisso?

Dennis, convencido de que Ada andando por aí de chinelo era um presságio temeroso, fez que sim com a cabeça, apreensivo. Com a voz mais trêmula e aguda do que o esperado, ele perguntou ao colega mais velho, mais sábio e mais visivelmente deprimido o que era que ela queria. John disparou-lhe um sorrisinho constrangido, como se a última coisa que quisesse fosse passar más notícias, embora fosse assim que ele ganhasse a vida.

— Ela queria que eu dissesse uma coisa para você, se a gente se encontrasse. Disse que não era seguro para você frequentar a livraria por um tempo; talvez até um bom tempo, dependendo do que acontecer. Acontece que ela recebeu umas visitas hoje de manhã, depois que você saiu. Uns tipinhos sinistros. Eles estavam atrás do livro que você tentou devolver para o Harrison, esse tal de *Caminhada por Londres*. Só Deus sabe o porquê. Chuto que, pelo que você disse, eles estiveram na Berwick Street e fizeram Harrison contar para quem foi que ele vendeu o livro. Então o mais provável é que ele tenha dado o endereço da livraria da Ada e o seu nome infelizmente memorável.

Colado a frio no assento pelo medo que sentia diante desse desenvolvimento, a pergunta que Dennis mais precisava fazer era "Eu vou ficar bem?", porém, sem querer soar tão empedernido e egoísta quanto sabia que era, ele abriu caminho para essa pergunta egoica com uma demonstração inicial de preocupação pelos outros:

— A Ada vai ficar bem?

Coçando as partes com pessimismo, o jornalista atarracado afirmou aos resmungos:

— Uhm. É, acho que com certeza. Ela falou para esses sujeitos que nunca nem viu o livro, porque você havia fugido com ele e o troco que devia para ela. Aparentemente, Ada puxou o facão que deixa embaixo da caixa registradora e falou para os capangas que era melhor para você eles encontrarem seu rabo antes que ela. Basicamente, ela jogou você na merda. É o impulso reptiliano dela de autopreservação. Pelo que ouvi, o facão deixou os caras agitados, e eles deixaram ela em paz para virem procurar você.

Dennis sentiu como se alguém o tivesse atingido no esterno com uma picareta. Era assim, então, que era a vida, uma coisa que podia mergulhar você num pesadelo insondável a qualquer momento? Com certeza, era tudo um equívoco terrível; não devia estar acontecendo com ele, sendo que ele não havia feito nada para causá-lo. Debatendo-se entre o pavor e a revolta, Dennis se agarrou à irrelevância.

— Mas, mas, mas eles não são vilões dos maus, então. Digo, não podem ser, não se foram espantados por uma velha nas últimas.

John, ciente de que Dennis estava tentando reduzir o problema até que ele ficasse de um tamanho manejável, lançou-lhe um olhar demorado que compensava em pena o que faltava em otimismo.

— Dennis, colega. É a Ada Pé-na-Cova.

— E daí? Eles têm medo de pegar pleurite dela?

McAllister pareceu intrigado por um momento, até captar qual era o equívoco de Dennis.

— Não chamam ela assim porque a tosse faz parecer que vai morrer logo. Teve um cidadão, isso foi nos anos 1930, que tirou uma boa grana dela. Ela mandou uns conhecidos atrás dele para apagarem o sujeito com clorofórmio e deixarem ele amarrado, e aí, quando ele acordou, estava num caixão, numa sepultura, no quintal de Ada. Ela disse exatamente o que achava dele, e aí os colegas botaram a tampa no caixão e encheram o buraco. Deixaram o cara lá uns dez minutos, só para botar medo nele, depois o tiraram. Só que, a essa altura, olha só como são essas coisas, ele já tinha apagado por causa de um infarto. Aí Ada e os dois capangas olharam um para o outro, deram de ombros e enterraram de novo. Ela só começou a tossir um bom tempo depois disso. Lamento, amigo. Achei que soubesse.

Ele nem sabia do facão embaixo da registradora. Nada no mundo era como ele imaginava, nem nunca tinha sido, pelo visto. Dennis estava sentado à mesa do bar, pálido e imóvel feito mármore, enquanto repórteres preocupados enfrentavam marés azuis e marrons de fumaça em seu ir e vir atrás dele. Ele não sabia o que dizer nem pensar, exceto pela noção de que estava metido numa encrenca mortal e pela visão persistente do canteiro mal posicionado da proprietária, agora florindo de significados. Tolerável John prosseguiu, preenchendo o buraco enorme que seus comentários tinham aberto na conversa com um buraco maior; um abismo escancarado tão profundo que ninguém viveria o suficiente para ouvir o baque, caso caísse lá dentro:

— Quanto a serem vilões dos maus... Um deles era Jack Spot.

Dennis deu risada, mas foi uma coisa peculiar e involuntária que já soava mal antes mesmo de ele sufocá-la em pleno fluxo. O submundo da cidade, como todos sabiam, era dominado por Billy Hill. Só que, agora que Hill havia acabado de sair da prisão, era o seu parceiro, Jack Spot, quem era visto mexendo nas alavancas ensanguentadas e mecanismos quebra-braços dos crimes londrinos. Então, era por isso que aqueles policiais seniores — o Esquadrão Fantasma de Capstick, pelo que ele havia especulado — estavam lá na casa de Molenga Harrison de manhã cedo. Era Spot, com o nome e descrição de Dennis, que estava atrás dele e de um livro caindo aos pedaços que ninguém queria, que dirá Dennis. Arrependendo-se seriamente de ter descartado tão cedo a ideia de acordar na cama, ele só conseguiu repetir o nome do gângster com um tom de voz abatido e desesperançoso.

John deu um suspiro triste de confirmação.

— Ada reconheceu o sujeito. Já haviam se encontrado ao longo dos anos e disse que ele ainda parecia um filho da puta todo inchado, com aquela manchona na bochecha. Todos esses matadores do East End no fundo têm medinho da mamãe, e é isso que Ada lembra, provavelmente. Mas não me pergunte por que é que o Spotty quer esse livro. Ela não faz ideia, tanto quanto você. Uma coisa que ela disse foi que não é para você entregar para ele. Disse que seria muito pior do que todas as outras coisas que ela falou para você não fazer.

Entregar aquela coisa infernal para o Spot era a estratégia substitutiva que Dennis estava construindo em sua mente agitada no momento — talvez os dois pudessem se encontrar num café: "Aqui está o livro, Jack. Desculpa a confusão" —, e foi com desespero que ele recebeu essa nova proibição.

— Bem, o que é para eu fazer? John, nada disso faz sentido algum. É uma loucura. Digo, você já viu que lixo é esse negócio que está fazendo as pessoas morrerem? Aqui...

Ele esticou a mão na direção da sacola, mas John jogou as duas mãos para cima, alarmado.

— Não. Não, não, não. Não, Dennis, não quero olhar para isso. Não quero ter nada a ver com isso, e nem é por causa do Jack Spot. Com ele, se eu puder ajudar, encontrar um lugar para você ficar, algo assim, eu ajudo. Mas, por favor, não me fale a respeito das outras questões. Já é ruim o suficiente que isso aconteça no comércio de livros de vez em quando. Não queremos isso na Fleet Street.

Ainda sem ter a menor ideia de qual era o negócio ou a coisa que ele não deveria mencionar, Dennis deixou a sacola em paz, mas ficou fixado, em vez disso, no que John havia acabado de dizer.

— Como assim, "de vez em quando"?

Com um aspecto desconfortável, McAllister olhou para a esquerda e para a direita, no meio das nuvens de Woodbine, para garantir que ninguém pudesse ouvi-lo antes de se inclinar para a frente e responder:

— No nosso serviço, nós, repórteres, escutamos umas histórias que você não encontra nos jornais. No geral, é porque são histórias sobre pessoas que podem dificultar a nossa vida, mas às vezes é algo diferente, que você sabe que o melhor é deixar quieto. Já ouviu falar de Teddy Wilson?

Dennis automaticamente respondeu que não, já que costumava ser o caso, mas aí lembrou que Ada havia mencionado o nome de manhã, só que ele não conseguia, de jeito nenhum, lembrar o que ela dissera a respeito. Com sua calvície reluzente, John preencheu as lacunas:

— Ele tocava uma livraria em Lewishan, dez ou onze anos atrás, pouco antes da guerra, e aconteceu com ele o mesmo que com você. No caso, foi uma professorinha gente boa que apareceu na loja dele com um monte de livros de poesia dos anos 1990 para vender, tudo baratíssimo. Coisa boa. Richard Le Gallienne, Ernest Dowson, todos eles. Teddy pegou tudo, que nem você fez com os livros do Machen, e então, assim como você, ele encontrou algo inesperado no meio das barganhas. Nesse caso, foi um livro chamado *Fungoides*, de um tal de Enoch Soames. A questão é que Enoch Soames não existe. Ele é de um conto de Max Beerbohm, em que um poeta obscuro dos anos 1890 viaja para o futuro buscando sua posteridade só para descobrir que é lembrado por causa de um conto de Max Beerbohm.

John deu um gole em seu meio caneco de *pale ale*, onde uma cortina de renda de espuma cobria a parte não submersa do interior do vidro, depois continuou:

— Você entende o problema do Teddy. E aí as coisas começaram a acontecer, ou foi o que ele pensou. Para dizer a verdade, ele estava perdendo um pouco as estribeiras a essa altura. Disse que tinha um gato que estava atrás dele e às vezes ficava falando de um anão maligno. Isso ele botava na conta de estar com o livro de Soames. Até tentou devolvê-lo para a professora, mas ela mudou de nome e foi embora. Quis passá-lo para a frente, mas ninguém se ofereceu para comprar. No fim, ele me contou que atirou o livro numa fogueira, mas o negócio não pegou fogo, por isso ele tinha planos de jogá-lo no rio. Se jogou ou não, eu não sei dizer, e quando encontraram Teddy Wilson, bem, ele não estava em condições de falar qualquer coisa que fosse.

Ele baixou o tom de voz dramaticamente, apesar de não ter ninguém num raio de três metros. Dennis fez a pergunta desnecessária:

— Quer dizer que ele morreu?

McAllister olhou na direção dos céus, para o teto defumado do Chesire Cheese, encheu as bochechas feito um zéfiro eólico sobre um mapa e expirou, ruidosamente, antes de olhar para Dennis de novo.

— Pior. Segundo um polícia que saiu do batalhão não muito tempo depois, Teddy Wilson, quando foi encontrado, estava virado do avesso. A pele e o rosto e tudo o mais estavam no meio dele, e ele mesmo estava contido dentro do que restava do canal alimentar.

Apesar de ser uma frase de matar conversas, poucos minutos depois Dennis conseguiu dar uma resposta, mais uma vez desnecessária:

— Mas isso não é possível.

John concordou com a cabeça.

— Não é mesmo, e é por isso que todo mundo foge de incidentes como este... A polícia, a imprensa, todo mundo. Um sujeito virado do avesso, não é possível uma coisa dessas, assim como uma edição seminova de *Fungoides*, de Soames, e aquilo que você tem na sua sacola. É por isso que eu não quero me envolver, nunca. Essas coisas que estou dizendo são só para você não tentar destruir o livro, nem jogar fora. Vai ter que pensar em alguma outra coisa. Qual foi a dica que você disse que Monolulu deu?

Ainda tentando digerir o conceito de um homem virado do avesso, só para descobrir que era impossível, Dennis nem lembrava mais do seu encontro com aquela retumbante Cassandra dos hipódromos. Erguendo uma das mãos para aplacar McAllister, ele puxou o envelope branco lacrado de onde estava aninhado entre *A sala aconchegante* de Machen e *Uma caminhada em Londres*, de Hampole, na sacola malquista ao lado da cadeira. Rasgando desajeitadamente a parte de cima, encontrou um segundo envelope dentro do primeiro, este pardo, menor e aberto. Na frente havia onze palavras, impressas ou carimbadas: CARTAS SURREALISTAS PARA PREVISÃO DE CORRIDAS — LEIA AS INSTRUÇÕES COM CUIDADO. Embaixo dos olhos apertados de Tolerável John, ele puxou a aba cor de chá antes de extrair dali as mais ou menos duas dúzias de cartas ilustradas e o folheto de instruções que as acompanhava. Dennis não fazia ideia do que estava vendo, distraído por sua própria voz interior, que alternava entre gritar "virado do avesso?" e "Jack Spot?" em volume e histeria crescentes.

O prometido folheto de instruções provou-se impenetrável, não importava se lido com atenção ou imprudência, e, embora as cartas parecessem igualmente confusas, era mais difícil desviar o olhar delas. Cada uma representava o mesmo rosto masculino com uma linha contínua de fumaça de cigarro que se torcia e enroscava em si mesma, ocasionalmente vagando a ponto de representar uma asa ou uma sugestão de semblante bestial; formas derretendo-se em outras formas, vaporosas. Não havia um modo racional de conectar as imagens com corridas de cavalo, que dirá com a situação de Dennis. Em silêncio, ele passou as cartas para John, que puxou de um bolso interno um par de óculos feios do National Health a fim de examinar o baralho direito.

— Eita. Bem, nisso pelo menos eu vou poder ajudar. Estas cartas foram feitas pelo Spare, o artista e mago, ou é o que dizem dele. Quando comecei a trabalhar no *Express*, tinha um camarada lá, o Dennis Bardens, que era amigo dele. Acho que lembro de ouvir Bardens me contar dessas cartas para previsão de corridas... Foi Spare quem fez, lá em 1936 ou por aí, e disse que eram "surrealistas" para se aproveitar da grande exposição sobre o surrealismo que teve naquele ano. Não suporta o mundo da arte, pelo que me dizem, por isso ele fica ao sul do rio. Tinha um estúdio em Walworth Road, mas foi bombardeado bem no começo da guerra, e ele tem andado mal das pernas desde então, pelo que relatam. Mora num porãozinho em Wynne Road, lá em Brixton. Austin Spare. Parece ser um sujeito interessante, mas não vou saber dizer por que Monolulu achou razoável te entregar os delírios de Spare assim do nada. Mais uma bebida?

Tomar mais uma bebida era um plano muito melhor do que qualquer coisa que Dennis havia bolado até o momento, de modo que ele aceitou a oferta do repórter com um aceno de gratidão. Enquanto John estava no bar, o menino de recados condenado colocou as cartas de volta no envelope pardo, dentro do envelope branco rasgado e na sacola ao seu lado no chão. Nisso, Dennis reparou que estava tentando nem mesmo encostar no livro de Hampole, usando *A sala aconchegante* de Machen como uma barricada profilática. Sabia que esse comportamento era apenas uma superstição infantil, mas, também, virar do avesso? Jack Spot? Na falta de uma saída racional daquela situação ridícula e aterrorizante, as saídas irracionais eram o que lhe restava.

Logo John emergia da neblina espessa do interior do bar carregando um caneco cheio em cada mão, o que fez Dennis sentir-se obrigado a ir pegar a próxima rodada depois dessa, e assim por diante. Era um perigo constante beber com jornalistas. A conversa dos dois homens contornava o problema de Dennis num círculo cada vez mais amplo, sem chegar a qualquer conclusão útil. Com a voz já cheia de dúvidas no momento em que a ideia saiu de sua boca, McAllister sugeriu se aproximar da polícia, embora sem dúvida não fosse dar certo. Não era possível mantê-lo a salvo de Jack Spot, não indefinidamente, e ele seria expulso do xadrez se sequer mencionasse o *Caminhada em Londres*. Além do mais, em janeiro, viera à tona essa coisa de alistamento de paz, dezoito meses de serviço nacional para todos os homens com mais de dezoito anos. Dennis tinha esperanças de que, morando clandestinamente na casa de Ada, conseguiria escapar, por isso as atenções da lei eram a última coisa que queria. Não, tinha que ter outro jeito, exceto que não tinha.

Após um período de tempo imensurável naquele estabelecimento esquecido pela luz do sol, John ficou com a impressão de que devia dedicar pelo menos uma ou duas horinhas aos escritórios do *Express*. Ele refez a oferta de um lugar para ficar e disse "Você vai ficar bem", mas balançou a cabeça de um lado para o outro enquanto falava as palavras. Desaparecendo na baderna dos anéis de fumaça ao seu redor, deixou Dennis ali para acalentar os resquícios de um quinto caneco junto com as esperanças minguantes de ainda estar vivo a essa hora do dia seguinte e de encontrar a saída certa. Conferindo os processos mentais para garantir que não estava bêbado demais para pensar direito — sem uma única vez considerar que isso era desnecessário para pessoas sóbrias —, ele passou em revista o menu desapetitoso de suas opções enquanto terminava a bebida, aqueles goles finais que tinham mais gosto de cuspe do que de cerveja.

A primeira resposta de Dennis aos enroscos da vida era sempre não fazer nada e simplesmente ver o que acontecia; exceto que, nas circunstâncias atuais, isso significava ficar sentado esperando para que Jack Spot o encontrasse, de modo que não dava para partir daí. Devolver o livro a Harrison era impossível agora sem a intervenção de um médium espiritualista. Queimá-lo ou descartá-lo resultaria em ter suas entranhas viradas para fora, como o tal do Wilson; um fantoche invertido, mas fazendo mais sujeira. No entanto, dar o livro a Spot, de acordo com a proprietária, de algum modo pioraria as coisas, como se isso fosse possível. Envolver a polícia estava fora de questão e, em sua neblina de cerveja, a única e débil luz visível era algo que Ada dissera: "Dá para simplesmente enfiar na caixa de correio dele". Dennis tinha quase certeza de que fora isso que ela tinha dito, mas também poderia ter sido "Não dá para simplesmente enfiar na caixa de correio dele", pensando bem. Ainda assim, ele quase conseguiu raciocinar, significava que o plano da caixa de correio tinha uma chance, pelo menos, cinquenta-cinquenta, de dar certo, probabilidades muito melhores do que qualquer um dos outros esquemas contemplados.

Ele iria até o Soho, agora que os meganhas já tinham todos desaparecido, e despacharia o volume de Hampole de volta ao lugar de onde viera, se com isso Ada estivesse se referindo ao apartamento agora vazio de Molenga Harrison, e ele tinha cinquenta por cento de certeza absoluta de que era isso, sim. Sentindo-se bem melhor agora que tinha uma estratégia operacional sólida e estava meio bêbado, ele virou o restinho aguado do caneco e se levantou do modo mais decisivo que podia. Apanhando a sacola assombrada pelas alças gêmeas, Dennis saiu das premissas intocadas pelo sol e foi pego de surpresa pela noite que já havia caído lá fora. Só ao se desviar por um pequeno beco da Fleet Street, onde o Cheshire Cheese se encontrava havia quase quatrocentos anos, lhe ocorreu que nem uma única vez em seu longo papo John McAllister chegou a descrever qualquer parte das tribulações de Dennis como toleráveis.

É claro que olheiros o avistaram antes de ele chegar na metade do caminho pelas dobras de breu da Berwick Street. A feira já havia terminado e sido levada embora, exceto pelos detritos invisíveis no escuro flácido embaixo dos seus pés, e na ausência de seu ruído e movimentação veio uma intensidade de silêncio, um vazio mais abandonado. Fora uma meia dúzia de boates ou cabarés furtivos, as ocupações mais legítimas da área fechavam às seis e deixavam o distrito parecendo uma labiríntica armadilha de sombras, onde os postes apenas reforçavam a escuridão piscante. Dennis ascendeu, com a sacola em mãos, ao silêncio deserto pontuado pelo som de seus tropeços e do seu sapato raspando a calçada. A partir da apreensão borbulhando no estômago, deduziu que não estava nem perto do estado de embriaguez que esperava estar para essa empreitada mal pensada, só bêbado demais para não ter nem a menor chance de executá-la direito. Acima dele, as diagonais de ardósia e os peitos das chaminés se inclinavam numa postura conspiratória, suas geometrias negras contra um céu londrino sem estrelas. Até aí tudo bem, e ele achava que seu plano imprestável talvez desse certo no fim, quando dois homens irromperam do abrigo sob as portas de E. J. Tate ~ Armarinhos, a alguma distância na ladeira à frente, com capas de chuva cinzentas farfalhando ruidosamente na brisa, como se saídos de um pombal.

Um dos sujeitos usava um chapéu de feltro e o segurava contra a cabeça com uma das mãos enquanto corria. Fora isso, eram silhuetas em movimento, retalhos monocromáticos correndo com determinação ao longo da rua cega pela noite, na direção dele e da sacola, as solas batendo com força contra as feições partidas por ervas daninhas da calçada enquanto as fachadas apagadas das lojas rebatiam o eco.

— Ei! Vem cá, porra!

A voz de cão furioso acordou Dennis no susto e suas tripas gelaram com a convicção de que ele não iria lá, porra, de jeito nenhum. Com uma virada súbita, ele se atirou de volta à escuridão de onde viera, desesperado para não escorregar e bater as botas por causa de um abricó podre no chão. Seus passos pesados se esforçaram freneticamente para compensar a força da gravidade, e ele seguiu destrambelhado pela escuridão convoluta do Soho com os pensamentos em frangalhos, partidos ao meio pelo choque.

Deu uma guinada à direita perto do fim da rua, entrando na Broadwick Street, sem qualquer motivação ou volição consciente, enquanto os perseguidores seguiam em algum ponto atrás dele, sem dar para dizer se longe ou perto. Por que diabos ele tinha vindo? Era a pior ideia que poderia ter tido: voltar à noite à cena de um crime, onde havia agora matadores de verdade no seu encalço e Dennis não conseguia enxergar aonde estava indo. Todas as impressões visuais eram uma nuvem de fotos de pouca exposição, viradas de ponta-cabeça ou sobrepostas e passando num lampejo: os tijolinhos de beiradas mal-acabadas de um terraço da casa do fim da rua; placas de metal ilegíveis por conta da fuligem; quatro ou cinco curiosos assustados que tinham se recolhido para dentro de suas portas, ansiosos para não se envolverem no que acontecia.

Com o pocotó dos gângsteres ganhando tração, ele se impulsionou até o outro lado da rua e dobrou na Ingestre Court, ou Ingestre Street ou Ingestre Place — não dava para ler —, e fez uma guinada à esquerda, depois à direita, com a sacola pendurada balançando-se na horizontal por virtude da força centrífuga ao virar as esquinas. Acaso o trovão de pedra e borracha de seus caçadores sem rosto soava mais alto às suas costas, mais próximo? Brewer Street, possivelmente Bourchier Street, e aí nomes que ele não reconhecia, bocas cariadas de vielas que poderiam levar a um beco literalmente sem saída, e o tempo todo o baque de seu coração indistinguível do baque das botas dos homens logo atrás.

Ele não tinha a mais vaga noção de onde estava, nem de destino, exceto qualquer lugar longe daquele dilema insuportável; por isso, entre a cerveja e a adrenalina, viu-se num estado sem precedentes de desnorteamento, em termos tanto físicos quanto psicológicos. As fachadas inclinadas com janelas obscuras passavam num borrão pela periferia de sua visão, e cada golfada de ar descia escaldando a sua goela. Ao passar, arfante, por uma entrada estreita, pôde ver o que parecia ser o portão de madeira de um quintal, que ou estava entreaberto ou desencaixado das dobradiças, abrindo-se apenas alguns passos à frente dele. Se Dennis conseguisse chegar lá antes que o vissem entrando, era possível que passassem reto, como nas perseguições que ele já tinha visto nos filmes. Ensandecido de pânico, abriu o portão com um puxão e estava a meio caminho andado quando se deu conta — espera aí, tinha algo errado, ele não estava enxergando direito, não podia ser — de que não era de fato um portão, mas meras tábuas de madeira apoiadas na parede da passagem, mas então como foi que ele o tinha aberto? Incapaz de refrear o tombo do embalo, ele mergulhou adiante e então

ele está de joelhos e vomitando num paraíso translúcido, lavando a sarjeta feita de ouro, onde correm, até o tênue menisco de seu vômito sobre as pedrinhas áuricas, tampinhas de garrafas com insígnias de cervejarias e patas aracnídeas de cortiça afinada, suas beiradas frisadas a reluzir e tilintar no que bebem a bile e cerveja... imediatamente erguendo-se com repulsa, ele vacila e vai cambaleando para dentro de algo avassalador... ao seu redor há estruturas estranhas, formas inapreensíveis, salpicadas de um lusco-fusco luminescente, porém inconfundivelmente ainda do Soho, por conta de seu jeito torto, sua atmosfera assinalada... o ar que ele respira parece forte demais para os seus pulmões, o que o deixa enjoado mais uma vez, e agora os besouros-tampinha rastejam sobre os seus sapatos... ele não sabe o que isso tudo quer dizer, mas sabe que não vai aguentar...

é quase a Dean Street, se não pela escala, então pela estridente acústica subterrânea, as impossibilidades... obstruído pelos brilhos, ele vê a paisagem urbana se contorcer à beira de uma biologia famélica... postes de peônias com pétalas moldadas de vidro murcho sobre caules que são o cano metálico de uma arma, e cabos pênseis rangem com folhas de borracha preta... movimentos de canto de olho, o farfalhar num relvado de lixo tremelicante, camisinhas-taturanas, nada ali é inanimado... ele tenta dar alguns passos, mas as pernas estão bambas, e a partir de alguma cintilância impossível de rastrear surgem caranguejos de pedaços de caixotes cujas oito patas são farpas articuladas; mariposas de páginas amassadas de revistas de sacanagem, seios pintados de cinza e asas estragadas pelo contato com a água; um rastejar de larvas de mosca-cigarro, as cabeças pretas de queimado e as bundas ensopadas; anacondas de canos que se descolam das paredes para rastejar clangorosamente sobre as lajotas folheadas; moluscos de chiclete se aproximam a fim de investigar se ele é comestível e, ao compreender o que está acontecendo de verdade, ele solta um grito retardatário...

a ponta da asa de uma libélula de papel-alumínio corta a sua testa, de repente fazendo sair sangue, e as pedrinhas douradas da calçada abrem as mandíbulas de jacaré com dentes de cacos de garrafas de leite... um aquecedor elétrico de barra, arrastando-se e raspando o chão, começa a enroscar a serpentina ao redor de um de seus tornozelos... lacraias de baquelite, suspensórios-tarântula... quando, em meio ao crepúsculo, uma força locomotiva chega como um foguete na sua direção enquanto ele se ergue, se esgoela e golpeia vespas de parafusos de perto dos olhos... uma figura humana inchada, deslocando-se em velocidades tremendas, de modo que ele pensa que aquela gente de tocaia na frente do armarinho conseguiu segui-lo até aqui nesse fim de mundo ululante... a coisa dá uma freada brusca a poucos metros dele, esparramando um monte de caracóis de dedais e terra de jornal, e um caranguejo-caixote é esmagado até virar um punhado de palitos de fósforo pelo impacto, estremecendo ao focalizar, parado, como uma versão bastante inflada de Maurice Calendar...

quase irreconhecível desde que Dennis o vira no dia de ontem, o criador de modas inchado se avoluma dentro do casaco fulvo pálido, e mesmo a pele descascada parece apertada demais... ensopado de transpiração, arfando de cansaço, ele não parece bem... entre as goladas de ar, ele diz: "Você é o Knuckleyard? Escolheu o pior caminho possível. O Soho Total é um vividistrito, seu filho da mãe paspalho. Vem", e aí ele chuta o aquecedor, que solta a vítima e vai rastejando aos choramingos sobre a calçada inestimável, depois afasta uma borboleta vagamente pornográfica e agarra Dennis pela outra mão, a que não traz a sacola, e os dois partem...

tragados pela pura velocidade, com riscos futuristas contra o fusco, os dois homens avançam sobre a penumbra que fervilha e se debate... subindo esbaforidos uma ruela que é mais do que a Bateman Street... uma matilha de lixeiras com rostos amassados rolam para cima deles, fáceis de saltar... crocodilos de dobrões abrem a boca sob seus pés; o truque é pisar com força sobre o erário de suas maxilas superiores, onde os músculos, mais finos e fracos, não conseguem impedir que a boca se feche... insetos de legumes pútridos e limiares dos quais línguas florescem... descendo a Firth Street Absolute, onde vermes poliquetas se refestelam em poças lúridas de óleo Esso... o ninho de medusa de correias de bicicleta a meio caminho de subir o batente de uma porta suada se atira, aos cliques, contra eles, azeitado e letal... fervendo pela Older Compton Street, onde a folhagem e fauna inorgânicas são menos evidentes, Dennis se posiciona com a cabeça para a frente no turbilhonamento daquele Maurice Calendar distendido... as luzes se deslocando pelas ranhuras do espaço...

no epítome da Greek Street há ainda menos horrores, e as parreiras de meias abarrotadas são menos predominantes... caminhantes passam aqui e ali, com trajes extravagantes em meio à penumbra que cintila... perto da base da ladeira há um velho poste com bico de gás, raízes grossas de ferro encasuladas em sua base, onde há um fantasma à espera, translúcido e enlutado em trajes de um tecido tão desgastado que deixa transparecer sua desolação... Maurice diz, sibilante: "De Quincey", sem explicação; sem sequer uma pausa em sua passagem meteórica... as coisas passam num lampejo, quase sem dar tempo de vê-las... refletores traseiros vermelhos oneram um galho de um portão como se fossem frutinhas... tartarugas de calotas... bueiros com dentes incisivos... acima, galáxias coloidais, suspensas... e, num átimo, o Soho ficou para trás, e eles vão parando, aos tropeços, ali naquela avenida infinita, naquela noite gigantesca...

ele não consegue absorver nada, exceto pela fabulosa enormidade... a amplitude agorafóbica desse novo bulevar, seu céu apinhado de estrelas e aparentemente decantando um crepúsculo etéreo... figuras que podem não ser de gente deslocando-se sobre o pavimento-ostentação... algumas em velocidades que as tornam borrões coloridos, pulsando em movimentos sacádicos, como se seguissem sobre tubos pneumáticos de seu próprio movimento... indo e voltando sobre a rodovia reluzente, há meios de transporte impronunciáveis, carruagens suntuosas que deslizam cerca de meio metro acima do lustro da ampla estrada, carros com pernas artificiais de leopardos no lugar das rodas... a arquitetura ao redor se contorce, de estilo em estilo, conforme, na paisagem mais ao longe, torres estupefacientes golpeiam as nebulosas acima... e a menos de um metro está a figura estufada de Maurice Calendar, quase dobrado no meio enquanto recupera o fôlego, com as mãos infladas contra a calça excessivamente apertada nos joelhos...

isso que é perder o lustro... aquele que já foi um inovador da moda parece prestes a estourar, a carne tão retesada contra as empunhaduras e o colarinho que a pele é indistinguível da camisa, como se as roupas estivessem pintadas no corpo... ele ergue um olhar exausto na direção de Dennis, mas ainda está cansado demais para conseguir falar... manchas de eczema em suas bochechas rosadas, punhos rechonchudos, no cenho úmido, onde não havia mancha alguma antes... esmagado por milagres, capturado pelo impulso do mistério, Dennis diz: "Eu estou... onde a gente... isso..." antes de se fechar de novo, incapaz de fazer as perguntas suficientemente grandes... e Maurice Calendar levanta uma das mãos para indicar que precisa de um minuto... depois, após uma longa pausa, ele enfim responde, usando os suspiros minguantes como pontuação...

todo som, toda sílaba se evanesce, borbulhante, em sussurros líquidos a uma distância aural: "Você está na Londres real, nos Índices da Charing. Não está mais na Londres Curta", e ele se interrompe a fim de respirar por poucos segundos, enchendo os pulmões com ruidosas tragadas... uma forma enorme de gelatina sobre rodas passa aos solavancos e constelações anônimas transbordam do firmamento... "É a Londres na teoria, não na prática. Olha, amigo, estou nas últimas aqui. Eu sou decenal e, se não levarmos você logo para casa, chegarei ao próximo estágio e aí vamos nós dois pro saco. Aonde quer que eu leve você?", e aí ele fica encarando fixo como se Dennis devesse saber do que ele está falando, ou onde está, ou qualquer coisa que seja...

começando a tremer como se fosse entrar em choque, Dennis gesticula na direção do asfalto dourado, das carruagens gastropódicas, dos prédios que apodrecem e se regeneram ao mesmo tempo, e balbucia: "Mas... como pode? ... não é...", ao que Calendar faz uma expressão lamuriosa e responde com um resmungo cansado... ele claramente vai precisar ensinar esse tal de Knuckleyard antes que possa prosseguir com seus próprios assuntos urgentes... não está feliz... "Escuta, o Pé-de-Ferro viu você na casa do Harrison ontem. Ele imaginou o que tinha no fardo, o livro do velho Hampole, e sabia que era encrenca. Jack Spot está atrás dele, pelo que nos contou Monolulu. Ele acha que, com o livro, vai conseguir entrar aqui. Eu e o Gog, Gog Blincoe, falamos que a gente ia se revezar para ficar de olho caso você aparecesse nos arredores da Berwick Street. Nós dois somos daqui, por isso entrar e sair não é um trabalho tão grande quanto é para os curtenses. Agora é melhor você sumir do Grande Durante antes que ele apronte com a sua cabeça. Não é um lugar bom para deixar você, com os capangas do Spotty por toda parte, por isso vou perguntar de novo... aonde quer que eu leve você?"... incapaz de compreender mais de uma pitada do que fora dito, Dennis só consegue trazer à tona na mente a imagem consoladora de Tolerável John, que lhe ofereceu um lugar para ficar se nada desse certo... após um prólogo de "Eu não... por que é que... não é possível" e coisas assim, ele acaba dizendo: "Street Fleet" algumas vezes, mas por sorte Maurice entende o que ele quer dizer... com um aspecto aliviado, apanha Dennis pelo cotovelo, murmura "Certinho", e os dois se esticam em vetores de velocidade novamente...

tudo faz zum... Maurice arrasta Dennis, Dennis arrasta a sacola, dois borrões refletem brevemente no brilho do caminho sob os pés deles... nesses tais Índices da Charing, há reverência e terror afora, vestidos como se para uma noitada... entidades passeiam, flâneurs *abstratos, cada um dos quais trajando seu carisma único feito uma estola... uma senhora cujo cabelo foi laqueado até virar um galeão com um grau absurdo de detalhes, apresentando mastros e velas e cordas e portinholas para canhões... na Leicester Square celestial, os teatros foram substituídos por mecanismos gigantescos que lembram as diversões radiantes das arcadas à beira-mar, realizadas como palácios... as bochechas de Dennis formam ondas que fecham até suas orelhas... de ambos os lados dessa estrada principal deslumbrante, erguem-se edifícios que parecem feitos de palavras e letras moventes, cada fachada como uma página que paira na corrida dos dois homens, nessa agitação alucinante...*

os dois fazem uma curva à esquerda, no fundo da rua, onde a Eleanor Cross roça em céus superpopulosos, depois dispara numa visão irradiada da Strand... essa experiência toda é mais que demais; um embate entre espetáculos que competem agressivamente... o cheiro é suntuoso, e o som, de fora deste mundo... no meio da rua, o trânsito fantasmático se bifurca em torno de um falo de mármore esculpido com dimensões estarrecedoras, de cuja cabeça descem fitinhas de mastros festivos... montado sobre a glande colossal, há um cilindro branco e prateado que se inclina na direção da noite a pairar sobre tudo, um telescópio enorme e complicado demais para o olho humano, como se a vasta ereção tivesse ejaculado uma nova astronomia... no ritmo em que os dois estão indo, os pontos turísticos derretem e se fundem uns nos outros... perto da boca da Surrey Street, uma figura humana imóvel, um jovem com o sobretudo de um velho, está em pé com a cabeça jogada para trás e os braços erguidos como se fosse abraçar o instante, ensopado em uma luz esmeraldina que se derrama apenas nele mesmo... Maurice diz: "Arthur Machen", mas o nome escapa em meio ao movimento frenético antes de ter a chance de ser ouvido...

e, num átimo, as várias premissas da Fleet Street apresentam-se engenhosamente desdobrando-se a partir de um jornal, sua alvenaria de séculos severos de manchetes... Calendar freia e crava os calcanhares na entrada dessa alameda imensamente ampliada, mas a derrapagem resultante os leva até o outro extremo... parando enfim em nuvens de pó de ouro levantadas, Dennis espirra toda uma fortuna, esfregando riquezas nos cantos dos olhos...

atordoado e prestes a desabar, ele se apoia em Maurice, a essa altura rechonchudo e mole feito um travesseiro... um servindo de apoio ao outro, eles se flagram em meio a flores fluorescentes, sua altura várias vezes maior que a deles... parecem estar situados no terreno verdejante de um ornamento de vidro do tamanho de uma catedral feita de linhas ondulantes, em vez de buscar a retidão... Dennis está perdido, cada pedaço dele... não tem a menor ideia de qual parte da metrópole essa joia real e seu jardim representam... seu salvador corpulento, que agora conta com marcas de tom insalubre igualmente no casaco e nas papadas, o observa com solenidade... até a voz de Maurice soa diferente; uma nasalidade congestionada que não se evidenciara até então... "Esta é a abertura de Fisbo, na Alsácia Furiosa, saindo dos Altos Escândalos. Por ela você chega em Bride Lane. Posso garantir que você vai chegar inteiro, mas depois eu vou ter que ir de verdade, antes que chegue a um ponto em que eu não consiga nem me mexer mais" ... de fato, o líder dos estilos parece estar pior a cada momento, os olhos começando a ficar turvos... vagamente consciente de estarem discutindo sua libertação dessa condição insuportável, Dennis leva uma mão atrapalhada até a sacola e resgata Uma caminhada em Londres, *brandindo o livro enquanto tenta dar voz a suas apreensões e incertezas... "Mas isso... não dá para eu só... sabe, algum lugar por aqui... se eu deixasse..." Maurice faz que não com a cabeça descascada...*

impulsionando Dennis na descida de uma ladeira coberta de relva entre caules superdimensionados, o robusto pioneiro sartorial apoia uma mão delicada, porém insistente, entre as espáduas do jovem... os dedos de Calendar, ao que parece, estão começando a se fundir um no outro... "Não, colega, isso não é algo que dê para você só deixar em qualquer lugar. O que você tem aí é o que chamam de vazamento. É preciso levá-lo até os Cabeças da Cidade e deixar que eles resolvam. É só seguir a dica do Monolulu e você vai ficar... ah. Aguenta firme", e Maurice faz os dois pararem... flutuando na direção deles em meio à luz das estrelas, serpenteando entre as trombas verdes e lisas de um buquê gargantuesco, chega uma gaze fosforescente que paira até mais ou menos a altura da cabeça... o movimento sinuoso de uma cobra na água... Dennis fica imóvel enquanto ela se aproxima, amassando e relaxando a tessitura branca como se o farejasse, feito um cão... após uma pausa pensativa, ela dispara na direção do brilho estelar, e Maurice retoma tanto o comentário inútil quanto a caminhada ladeira abaixo... "Não se preocupe com isso aí. É um dos Arcanos, cujo título é Cortejo Dela. Segundo as informações que reuni, ela se atrai pelo cheiro de poesia"... o zumbido insetoide nas inflexões de Calendar agora fica mais pronunciado... com o coração martelando contra as grades penitenciárias das costelas, Dennis está convencido de que está à beira da morte; talvez já esteja morto, com o sangue coagulando num beco escuro do Soho... já estão quase no fim da descida, e Maurice faz com que parem ali mesmo com seus passos hesitantes...

ele direciona a atenção de Dennis para um ponto na beira da trilha, onde duas grandes inflorescências se enroscam, com apenas alguns metros de relva a balançar entre elas... pode ser a sombra das cápsulas florescentes muito acima, mas, no intervalo que separa os caules com vários metros de grossura, parece pairar uma escuridão mais espessa, a cessação da neblina estrelada... Maurice ainda está com uma das mãos — mãos? apêndices? nadadeiras? — apoiada nas costas do jovem, e, no que ele se inclina para confidenciar alguma coisa, vem dele um cheiro engraçado... sua voz agora é umas cinquenta moscas dentro de um pote de geleia... "Olha, sei que a primeira vez é dureza, antes de pegar o jeito com a pericorese, mas vai lá encontrar o Óstin, como o príncipe-ras falou. Ele vai cuidar de você. Agora, por mais que eu quisesse ficar aqui de papo"... sem movimentos bruscos, ele conduz Dennis até chegarem mais perto da penumbra abdicada, a negra ausência em meio à cintilação... "mas vou ter que deixar você aqui e voltar às minhas acomodações na Upper Beak Street em Soho Total, senão vou fazer uma baita sujeira. Talvez eu veja você daqui a um ou dois meses, mas já não serei mais eu a essa altura. Eu sou assim mesmo. Boa sorte nisso tudo, Knuckleyard. Só tome cuidado com os espasmos anamórficos", e com isso Maurice dá um empurrão em Dennis que o joga para a frente... tomado de surpresa, ele tropeça e cai de cara na escuridão enquadrada pelos brotos monstruosos... só que eles não estão mais lá, tudo — o que está acontecendo? — tudo sumiu, os cheiros e sons desaparecem bruscamente, o lugar todo desaparece, ele cai e quando dá por si

ele está de quatro, com os joelhos contra a calçada dura de Londres no meio da noite, caindo no choro.

Está entupido de palavras, nomes, imagens e sensações que sequer poderia começar a apreender; sequer sabe a ordem em que os acontecimentos se sucederam, como um sonho do qual mal se lembra. Está em frangalhos, todas as certezas de quem era e onde estava afundadas numa aterrorizante areia movediça de incompreensão. As tentativas do rapaz de dezoito anos de desenvolver uma personalidade adulta capaz de funcionar no mundo se desfizeram como uma toalha de papel, e o mesmo vale para o mundo em si. Nada na existência era o que ele imaginava que fosse, e Dennis, chorando, ficou se lamuriando numa rua irreconhecível, a sacola numa das mãos e o livro duplamente maldito do reverendo Thomas Hampole na outra.

Gradualmente, um pouquinho por vez, a cidade que ele conhecia foi retornando, obscura nos pontos onde a outra era iluminada pelas estrelas, fria onde parecia não ter qualquer temperatura. Ele ouviu o ronronar do trânsito motorizado não muito longe dali, e em algum ponto por perto vozes intermitentes numa pândega embriagada, sons que não eram espirais evanescentes em trinados aviários e ecos daquele alhures recém-concluído. Algo havia acontecido para o qual não havia palavras, nenhuma linguagem que não fosse ranho e choro. Unido à metrópole traumatizada ao seu redor, Dennis estivera nas trincheiras.

Na postura de um cachorro em meio aos fragmentos desprovidos de sentido de si mesmo, ele fungava e choramingava, remotamente consciente de uma batida rítmica e reverberante que parecia se aproximar, crescendo em volume na escuridão da ruela. *Pic-poc-pic-poc-pic*, aí uma hesitação, depois *pic-poc-pic-poc-pic*, e enfim:

— De onde você saiu?

Erguendo uma cabeçona que parecia pesada demais para o próprio pescoço, Dennis tentou focalizar, com os olhos marejados — foi difícil abrir o esquerdo, por algum motivo —, a fonte daquela voz inquisidora, feminina e desconhecida, muito embora, nas circunstâncias atuais, tudo fosse desconhecido. Era uma jovem, no escuro exceto por algumas réstias errantes oriundas de um poste mais para cima na rua, suficientes, em todo caso, para incendiar o metal derretido de seus cabelos. Ele resmungou e reconheceu a linda caminhante com quem se encontrara, minha nossa, ontem apenas? Tinha uma compreensão vaga de que devia estar em Bride Lane, evidentemente onde ficava o ponto da garota, e agora alguém que ele desejara breve e inutilmente estava ali em pé, observando-o enquanto ele chorava de soluçar, feito um menininho. Dennis não se sentia como Winston Smith, nem Harry Lime. Não se sentia nem mesmo como Dennis Knuckleyard. Abjeto e miserável, ele olhou para cima, para ela, em meio a lentes feitas de salmoura tremelicante:

— L-lugar nenhum. Eu... sei lá. Eu sei lá.

Ajustando-se à luz, ele viu que ela agora franzia as sobrancelhas, intrigada. Agachou-se até ficar na altura do olhar dele e o inspecionou mais de perto. Por um momento fugaz e irrelevante, ele pensou que o joelho levantado dela era o mais lindo que ele já tinha visto. Ela conseguiu manter o tom de voz calmo e investigativo, ainda que desse para perceber que isso exigia certo esforço:

— Eu desci aqui faz nem dois minutos, para esticar as pernas, e não tinha ninguém. Agora aqui está você. Andou brigando, foi?

Nem sabia. Andara brigando? Tinha tomado porradas na cabeça que explicariam tudo aquilo? Por que ela tinha feito a pergunta? Parecia que ele havia acabado de levar uma surra?

— É só que sua boca está cheia de vinho. E está com um corte no supercílio.

Dennis levou uma das mãos, hesitante, até a testa, de onde os dedos voltaram úmidos e grudentos. Isso, pensou, explicava o porquê da dificuldade para abrir o olho: era a cola vermelha. Mas como foi que havia acontecido? Catando, perplexo, o quebra-cabeças bagunçado das lembranças recentes, ele conseguiu dizer:

— Não. Não, não foi uma briga. Foi meio tipo... papel-alumínio, ele só, ele só veio voando para cima de mim. Eu nem...

E então ele se deu conta de como parecia estar falando bobagem e caiu mais uma vez em soluços dolorosos.

A garota se levantou judiciosamente, talvez numa tentativa de evitar assustá-lo com movimentos súbitos, alisando a saia enquanto dava um passo para trás. Dennis sentia que, na avaliação dela, ele estava passando de patético para possivelmente perigoso, mas não havia nada que pudesse fazer para se salvar. Sua cabeça estava cheia de criaturas selvagens, objetos estranhos que ele não tinha onde colocar. Para piorar a situação, havia outras pessoas por ali na noite próxima — um velho camarada dando umas tragadas do outro lado da rua, passeando com o cachorro, enquanto um casal de jovens dava risadinhas —, e Dennis soube que ele e a ruiva que se afastava devagar deviam ser uma cena e tanto... ou ele, pelo menos, devia ser, ali de joelhos, aos berros; um bebezão grande e tosco. Ele estava lhe dando o último tipo de atenção que alguém da profissão dela queria receber, e era possível ouvir uma distância cada vez maior na voz da jovem conforme ela começava a se afastar:

— É, bem, pelo menos não foi uma tocaia. Devia tomar mais cuidado, cara.

E aí foi *pic-poc-pic-poc-pic-poc* enquanto ela dava meia-volta e seguia alameda acima, presumivelmente a fim de retornar ao seu ponto junto ao poste do outro lado da rua do pátio da igreja de Santa Brígida. O único ser humano com quem ele tinha tido contato desde que Tolerável John saíra do Cheshire Cheese o estava abandonando ali, sozinho, com a boca cheia de pericorese, vividistritos, aberturas de Fisbo e libélulas de papel-alumínio. O medo desesperado de ficar sozinho com aquela experiência impronunciável acabou sendo maior do que o medo de não parecer másculo, por isso Dennis a chamou, em meio à escuridão que se alargava entre os dois:

— Era como cortinas de renda?

Pic-poc-pic... a garota parou e virou de volta para ele.

— O que foi que você disse?

Ele mesmo nem sabia direito, e menos ainda o porquê de tê-lo dito. Provavelmente era porque havia começado a associar o pátio da igreja rua acima com a escultura de vidro do seu delírio, a bolha de sabão contornada que se erguia em meio às imensidões florais. Nos fragmentos espraiados dos turbilhões da memória, ele tinha certeza de que aquilo estava conectado a algo que ela dissera no dia anterior.

— A coisa que você disse que viu. Eram umas cortinas de renda, mas todas brancas e reluzentes?

Durante dez segundos, reinou um silêncio, e então, sem pressa, *pic... poc... pic... poc... pic... poc.* Ela estava ali, em pé, olhando para baixo, diretamente entre Dennis e o poste ladeira acima, com as mãos no fundo dos bolsos, o rosto ilegível em sombra, o cabelo uma auréola de cobre.

— Que livro é esse?

Pego de surpresa, ele desviou o olhar, descendo dela até o *Uma caminhada em Londres*, aí enfiou o volume seboso de volta na sacola às pressas, exatamente como se fosse um doido. Ele se deu conta já tarde demais.

— Eu, eu, eu, eu não posso contar. Não, não tenho permissão. É melhor você nem ficar sabendo, para ser franco. É, é, é muita encrenca.

Mais uma vez seguiu-se uma pausa prolongada enquanto ela pensava, examinando aquela pilha ensanguentada e balbuciante de destroços que era Dennis, concluindo que talvez o livro fosse, de fato, muita encrenca. Com um suspiro misto de resignação e incômodo, ela se agachou de novo e o empalou com um olhar indiscutível.

— Escuta o que eu vou dizer. No bolso do meu casaco tem um molho de chaves, e uma delas eu não uso para abrir porta alguma, porque mandei afiarem. Se você se engraçar comigo... ainda que, olhando para você, admito que não seja muito provável... mas, ainda assim, se um dia você se engraçar, é bom entender que eu vou furar o seu olho. Fui clara?

Ele fez que sim devagar, ansioso para convencê-la de que era uma pessoa direita, mas aí estragou o efeito ao dizer que ela estava sendo alcalina, quando queria dizer cristalina. Ela se levantou.

— E, sim, eram cortinas de renda e eram todas brancas e brilhantes. É por isso que eu estou fazendo o que estou fazendo. Não porque você tenha um sorriso charmoso ou uma bela personalidade. São as cortinas de renda.

Ela estendeu uma mão surpreendentemente miúda, desarmada, na direção dele, ali embaixo.

— Certo, então. Recomponha-se. Eu sou Grace Shilling, e você vem comigo para minha casa.

3

A mansão Merda-de-Gato

Num lavatório feminino da Cannon Street, deserto exceto pela sua presença, Dennis ouvia sua salvadora irritada insistir para que ele enxaguasse o sangue do que, pelo visto, acabou sendo um corte até que pequeno, revirando a água na bacia rosa e lascada como o enxaguante bucal de um dentista.

— Você não vai a lugar nenhum com esse sangue todo escorrendo. Isso atrai tubarão e polícia.

Secando-se com tapinhas, ele tirou os olhos da toalha de papel ensanguentada para ver o próprio reflexo no espelho da pia e, durante alguns segundos, percebeu que não conseguia se identificar direito com o próprio rosto. Pareceu-lhe por um instante uma coisa que ele meramente estava vestindo, os olhos inexpressivos feito botões.

Quando já estava quase apresentável, os dois seguiram rumo ao leste, atravessando a cidade atordoada. Com um cabelo moldado e sacudido pelo vento, a mulher era uma vela a guiá-lo pela Threadneedle Street, cuja massa aos fundos mascarava profundas ansiedades atrás de uma fachada imperturbável, igual a todo mundo. Eles vagaram pela atmosfera turva de Bishopsgate, ainda relativamente populosa mesmo àquela hora, ela o puxando pelo braço sem sacola em meio à luz acesa dos bares e dos comerciantes fechando as portas. Devia servir para que os dois parecessem mais um casal e não dessem tanto na cara, mas também permitia que ela puxasse seu animal resgatado na direção correta com uma pegada firme e até mesmo dolorosa no cotovelo protuberante de Dennis. Na vasta escuridão adiante, ele ficou surpreso ao reparar em como o céu estava com poucas estrelas, quando em geral o seu número o maravilhava.

Fora uma ou outra palavra brusca de sua guia pavio-curto, os dois continuaram pela estrada principal sem conversar, uma capacidade que ainda faltava a Dennis. Ele havia começado a se preocupar com a possibilidade de estarem se aproximando de Shoreditch, aonde Ada falou que ele não deveria ousar ir, quando a ruiva — Grace era o nome dela, não? — o levou marchando até o outro lado da estrada, para dentro da Folgate Street. Estavam em Spitalfields, com casas altas que se empilhavam nas sombras do Leather Apron dos dois lados, cortando a noite panorâmica acima em retângulos constritos; transformando as alamedas em canais humanos, talhos profundos sedimentados pela história. Pelo visto, do outro lado da Folgate Street ela tinha um apartamento no térreo, no qual eles foram forçados a entrar por meio de pantomimas e instruções ditadas por Grace só mexendo os lábios, a fim de evitar os reclames das tábuas do assoalho no hall de entrada. Não queria que os vizinhos pensassem que ela estava trazendo trabalho para casa, mesmo que, aos olhos de qualquer um que fosse, Dennis não tivesse a menor cara de trabalho.

Eram três cômodos pequenos, mas eles cheiravam a segurança e a ela. Os dois despiram o casaco e, quando ela tirou os sapatos num chute e perdeu uns sete centímetros no processo, Dennis sentiu-se ainda mais canhestro em comparação. Ele se empoleirou no sofá, só joelhos e cerdas craniais, enquanto ela servia uma xícara de chá para cada um antes de se unir a ele ali. Embora a caneca tivesse uma rachadura e uma mancha de tanino em anel, ele virou numa golada o conteúdo hiperaçucarado com gratidão, até que, em questão de minutos, parecia ter passado por uma transfusão de sangue. Vívidos olhos verdes acompanhavam cada movimento seu.

— Você tem nome ou devo continuar pensando em você como "o peso morto"?

Ele lhe deu um olhar resignado antes de retornar a atenção à xícara marcada pela maré de cerveja.

— Pois é, eu, uhm, sou o Dennis. Dennis Knuckleyard.

Ele ficou esperando a reação de desdém e incredulidade, mas a única coisa que ela fez foi levantar uma sobrancelha finíssima e dizer:

— Uhm. Bem, é um nome útil.

Pego de surpresa pela palavra "útil", quando esperava um "idiota", Dennis nem pensou em perguntar o que ela queria dizer. O comentário não soou sarcástico, e lhe ocorreu que poderia até mesmo talvez contar como um tipo de elogio. Grace pegou dez cigarros Craven "A" da bolsinha largada e o mascote do maço, uma cabeça de gato, preta contra o fundo vermelho, adquiriu uma elegância imediata naqueles dedos brancos. Acendendo o cigarro, ela exalou uma pluma de fumaça azul, uma salamandra que se contorceu no ar, tão sofisticada que quase o convenceu a começar a fumar ali mesmo, e estreitou o olhar viridiano até ele mais parecer a lâmpada de um interrogatório.

— Então, Dennis Knuckleyard, o que você sabe sobre cortinas de renda?

Dennis abaixou a cabeça e esfregou a nuca a contrapelo dos fios raspados, sem prestar muita atenção. Ela parecia tão calorosa, tinha uma presença tão revigorante, e ele não queria mesmo que acabasse virada do avesso. Contou o que podia:

— É, tipo... acho que eu me meti em algo horrível por terem me contado umas coisas, e não quero que você acabe na mesma situação. Então, se faltarem uns pedaços, não é porque eu não quero contar; é porque eu não ouso contar. Tudo bem para você? — Ela tragou o cigarro e fez que sim com a cabeça. Ele prosseguiu. — O único motivo de eu estar envolvido nisso tem a ver com o lugar onde eu trabalho, na Livros & Revistas de Lowell, ali subindo a rua em Shoreditch. Enfim, apareceu um livro lá...

Ele foi parando de falar ao reparar que ela já lhe oferecia uma expressão afrontada de descrença antes de ele sequer contar qualquer coisa de incomum.

— Espera um minuto. Livros de Lowell, essa é a loja da Ada Pé-na-Cova Benson. Você trabalha para ela? Me contaram que ela pegou uns seis sujeitos e enterrou todo mundo vivo no quintal.

Atônito e aturdido, ele se viu de boca aberta. Será que tinha sido a última pessoa a saber do histórico homicida de Ada? Lutou para encontrar uma resposta adequada, mas só conseguiu dizer "Pelo que eu ouvi, foi só um", percebendo, depois de dizê-lo, que não era uma grande defesa, nem dele mesmo nem da empregadora. Grace agora tinha ar de cansaço, mas indicou que era para ele continuar a narrativa. Pigarreando, Dennis recomeçou:

— Apareceu um livro num lote. Estava um trapo, mas deixou a Ada bem agitada. Ela disse que, assim, não era exatamente amaldiçoado, mas era como se fosse. Disse que era para eu devolvê-lo ao lugar de onde tinha vindo, antes que algo medonho acontecesse, mas eu não consegui e aí aconteceu. O camarada de quem comprei o livro, cheguei lá na casa dele no Soho bem na hora em que estavam colocando seu corpo no carro do necrotério. Havia capangas por toda parte. Alguém o apagou, e depois descobri que foi por causa do livro. Uns criminosos ficaram sabendo do que ele podia fazer e ficaram interessados, tipo algo saído do *Dick Barton*. Certeza que parece que estou inventando tudo isso.

Ela fez que sim com a cabeça, apagando a bituca na metade de um bivalve que parecia ter sido arremessado pelo mar no verniz da mesinha de centro instável, o suvenir de um estuário.

— É, parece sim, mas eu também nunca ouvi uma única história a respeito de Ada Pé-na-Cova que sequer chegasse perto de parecer plausível. Então, quando você diz que esses bandidos ficaram sabendo do que esse livro era capaz, o que seria isso, exatamente? O que esse livro é capaz de fazer, além de assustar Ada Benson?

Dennis analisou o papel de parede pálido de cor de lavanda, sustentado por tachinhas nos pontos onde estava descascando, e se esforçou para pensar em algo que desse para contar sem perigo.

— Bem, ele... ele vem de um lugar que é meio especial e talvez essas pessoas achem que o livro vai servir para elas chegarem lá, meio que nem um ingresso para o cinema. Sei lá. Só sei que eu passei por lá e não é para mim. Está me deixando uma pilha de nervos, num ponto em que eu estou aqui me tremendo e vendo coisas. Você viu como eu estava na Bride Lane. Não sou sempre assim, juro.

Ela levou isso em consideração. Arregaçando até os cotovelos as mangas do suéter cinza que usava embaixo da capa de chuva, ergueu-se do sofá e buscou um bule para encher os canecos antes de responder.

— Eu acredito. Espero que não tenha ninguém que seja sempre assim, mas o que isso tem a ver com minhas cortinas de renda? Quando você disse que estava vendo coisas...

A ideia das alucinações lhe ofereceu um modo de falar de sua experiência que beirava o racional, e Dennis se agarrou a ela com ambas as mãos.

— Foi uma das coisas que eu vi, um pedaço de gaze flutuando a poucos metros do chão, reluzindo feito um farol. Eu estava, sabe, perto do pátio da igreja quando aconteceu, por isso pensei que seria o que você também viu. É uma coisa que não era para eu mencionar. Só posso lhe dizer que o nome é "Cortejo Dela", mas não sei o que significa. E ela gosta de poesia, pelo que parece, mas não consigo ver como, já que é uma cortina. E só. É só o que eu sei a respeito.

Grace se recostou no assento para encarar o teto branco enquanto ruminava o que tinha ouvido. Quando voltou a inclinar a cabeça de cobre incandescente na direção de Dennis, tinha no rosto o que parecia, pelo menos, o prelúdio de um sorriso.

— Gosto do som desse nome, "Cortejo Dela". Então, tem alguma conexão com santa Brígida, como se fosse um cortejo nupcial ou algo assim? Para mim isso é poesia. Poético demais para ter sido inventado por alguém chamado Knuckleyard, em todo caso. Você não está me passando a perna, acho. Me parece relativamente inofensivo, e essa é a melhor história de perrengue que eu ouço há anos. Mas o que vai fazer a respeito dessa confusão em que se meteu e que não dá para contar para ninguém? Tem alguém que pode ajudar, lá onde você mora?

Ele fez que não com a cabeça.

— Ela disse que não era para eu voltar lá enquanto isso estiver acontecendo. Eu moro na casa da Ada Pé-na-Cova.

— Puta que pariu.

— Pois é. Agora, quanto ao que eu vou fazer, não faço a mais vaga ideia. O livro é o xis da questão. É para eu levá-lo de volta a algum ponto naquele outro lugar, mas, agora que vi um pouco de lá, não sei como seria possível. Tive uns, digamos, colegas curiosos que me ofereceram conselhos, mas não entendi bulhufas. Passei por aquele camarada negro, o informante de corridas, Monolulu. Ele chegou em mim na Berwick Street como se soubesse o que estava acontecendo e me entregou uma coisa que, enfim... aqui, pode ver se quiser. Não acho que seja proibido.

Dennis fuçou na sacola, mais uma vez evitando contato com a catástrofe encadernada que era o volume de Hampole, e apanhou o envelope com as cartas de previsão de corrida de cavalo. A anfitriã pegou o objeto, mas não o examinou na hora, mantendo os olhos fixos em Dennis, em vez disso. Estava franzindo a testa de novo, e o que pareciam ser os princípios de um sorriso rapidamente evaporaram.

— Espera aí. Você está me dizendo que o negro mais famoso do país deu isso aqui para você, do nada, e que ele de algum modo sabe da encrenca em que você se meteu? Vou contar uma coisa, você não facilita para eu acreditar nisso tudo, não é? Digo, fala sério, o príncipe Monolulu?

Ele deu de ombros em desamparo, e abriu as mãos.

— Foi o que aconteceu, só isso. Eu estava... eu estava vivendo uma vida bem diferente quando acordei hoje cedo, e aí tudo desmoronou em cima de mim. Tive um dia bem engraçado. — Foi a melhor resposta que ele pôde bolar.

Grace o contemplou por uns momentos, indecisa, depois se voltou para o item apoiado no colo. Tirou o pequeno envelope pardo de dentro do outro, branco e maior, e fez uma careta incrédula diante das palavras CARTAS SURREALISTAS PARA PREVISÃO DE CORRIDAS, antes de tirar e examinar as cartas em si. Virou uma delas, depois outra, e aí a desconfiança foi escoando, gota a gota, como se fosse um líquido. Enquanto estudava o arranjo de imagens, apertando os olhos e se inclinando para perto, a fim de traçar seus contornos fumegantes, suas feições caíram num estado de maravilhamento infantil, que fez com que Dennis mais uma vez se perguntasse quantos anos ela tinha. Era mais velha do que ele, a julgar pela voz, pelo porte e pelas maneiras, mas não muito. Talvez vinte e um ou vinte e dois? Uma hora, ela descolou o olhar dos oráculos de papelão e o fitou de novo.

— Nunca vi ninguém desenhar assim antes. O modo como ele faz os traços, é como se estivesse enrolando lã, como se entrasse em transe e levasse todo mundo junto. Qual é o nome dele?

Ela falava como se soubesse algo a respeito de arte, e Dennis ficou contente por, nessa única ocasião, poder dar a impressão de saber alguma coisa também.

— É um tal de Spare, que mora lá em Brixton. Meu colega, o John, deu a entender que eu talvez devesse ir até lá e ver se ele me ajuda. Alguém... uma outra pessoa me sugeriu a mesma coisa. Não tenho certeza se era piada ou não, mas o John me disse... Austin é o primeiro nome do artista, Austin Spare. Dizem que é um mago.

Tirando labaredas de cabelo dos olhos, um gesto que ele poderia ficar o dia inteiro observando, Grace deu uma última olhada nas cartas antes de colocá-las de volta nos dois envelopes e entregá-las para Dennis, que as devolveu à sacola/albatroz. Ela acendeu outro cigarro e então respondeu:

— Um mago. Bem, ouso dizer que já ouvi coisas mais estranhas do que isso, hoje mesmo, inclusive, com você. É um artista incrível, não tem como negar. Certo. Você vai acabar sendo uma perturbação do cacete, mas pelo menos é interessante. Se não tem para onde ir, pode pousar aqui até se acertar. Não vou achar ruim também se aceitar o conselho do seu amigo e ir ver esse tal de Spare lá em Brixton. Mesmo que não possa ajudá-lo, gostaria de saber mais a respeito dele. Pode fazer isso amanhã, e vou contar como sua parte do aluguel.

Ao aceitar as condições sem hesitação, Dennis ficou balbuciando seu alívio e gratidão, enquanto ela o lembrava de que tinha uma chave afiada. Os dois relaxaram um pouco em seguida, enquanto Grace levava um fósforo até um fogão malcheiroso de parafina, aliviando consideravelmente a friaca de outubro. Ela perguntou se ele já tinha comido alguma coisa, depois o conduziu até a cozinha minúscula, onde fez para os dois uma omelete de queijo com cebola, acompanhada de pão com manteiga, mantendo um diálogo lacônico enquanto servia a comida em dois pratinhos esmaltados. Devorando tudo, faminto, a boca cheia demais para conversar, ele descobriu que ela tinha sido uma das evacuadas, as crianças mandadas para algum lugar fora de Londres durante as hostilidades. Havia ainda milhares delas, quatro anos após o fim da guerra, ainda por reencontrar seus lares e famílias. Às vezes era porque as antigas casas não estavam mais em pé ou porque os pais haviam sido mortos ou estavam pobres demais para aceitar os filhos de volta.

Grace pertencia à primeira categoria. Abrigada com um casal na região rural de Derbyshire e sofrendo com a atenção indesejada do marido, ela tinha fugido de volta ao cadáver estripado da metrópole nas semanas finais da guerra, só para descobrir que havia sido privada da mãe, do pai e da casa por uma bomba voadora. Durante um tempo, dormiu onde dava — banheiros públicos, igrejas explodidas, carros abandonados —, sobrevivendo do que conseguia afanar de lojinhas ou varais. Dennis imaginou que devia ter dezesseis ou dezessete anos quando tudo aconteceu. Como era inevitável, Grace aprendeu por observação qual era a melhor opção de emprego para meninas sem recursos e, com relutância, foi dançando conforme a música. Pelo que ela mesma relatava, até que tinha se dado bem: conseguira sobreviver sem um cafetão nem protetor, o que não era fácil, nem de longe, mas era como muitas das mulheres no jogo preferiam tocar os negócios. Não a maioria, de modo algum, mas um bom tanto delas. Foi dormindo nuns pulgueiros de uns albergues até ter dinheiro para alugar aquelas acomodações em Spitalfields, e agora lá estava ela. Talvez um dia quisesse virar atriz ou dançarina. Tendo, a essa altura, já devorado a omelete, Dennis se intrometeu dizendo que um dia esperava poder ser um agente secreto, ao que Grace respondeu mandando-o virar gente.

Antes de deitar, apanhou para Dennis um cobertor de flanela, para ele poder dormir encolhido no sofá, com instruções para complementar o cobertor com a capa de chuva se ficasse frio demais após ela desligar o forno de parafina. Havia uma cópia da chave da frente para o dia seguinte, caso ele voltasse de Brixton antes de ela chegar em casa, e Grace lhe explicou que havia um banheiro compartilhado no andar de cima, mas que ela preferia, se a alternativa fosse alertar os vizinhos, que ele mijasse na pia da cozinha. Deixando um abajur para Dennis conseguir enxergar no escuro, fez questão de informá-lo, um tanto desnecessariamente, na opinião dele, que dormia com o perturbador molho de chaves debaixo do travesseiro, e, com isso, desejou boa noite.

Ele estava sobrecarregado demais com uma voltagem desconhecida para considerar a ideia de dormir já de cara, e não dava para fechar os olhos sem começar a repassar as filmagens da corrida pelas avenidas impossíveis, arrastado no rastro de um Maurice Calendar cada vez mais expandido. Desejando ter algo para ler que, no mínimo do mínimo, pudesse entediá-lo até perder a inconsciência, Dennis de repente se lembrou do livro de Machen que Ada tinha sugerido que ele consultasse, *A sala aconchegante*, no momento aninhado na sacola ao lado de *Uma caminhada em Londres*. Sentindo falta de uma pinça, timidamente removeu aquela primeira edição da Rich & Cown do receptáculo de papel pardo e virou as páginas até o conto que a proprietária havia recomendado, com o título ambíguo de "N.".

A princípio, sofreu com o que percebia ser o empolamento da apresentação da narrativa, mas após uma ou duas páginas o verniz da linguagem e a atmosfera da história já o haviam seduzido. Parecia ser sobre um grupo de amigos simpáticos, ainda que um tanto briguentos, que se encontravam para rememorar a Londres desaparecida de que se lembravam da juventude enquanto tomavam um copo ou dois de ponche batizado. Alternando-se entre tons avunculares e argumentativos, discutiam sobre a suposta existência de uma área paradisíaca em Stoke Newington, chamada Canon's Park, sobre a qual havia boatos, mas nem o menor resquício de evidências.

Era um causo contado em cinco partes, e Dennis só conseguiu chegar na terceira antes de começar a ficar todo arrepiado. Descendo um pouco a página de abertura, apareceu o seguinte: "... e ele, por acaso, entreviu um livro pardo e esfarrapado no desalinho de suas prateleiras... chamava-se *Uma caminhada em Londres: meditações nas ruas da metrópole*. O autor era o reverendo Thomas Hampole, e o livro era datado de 1853". Disparando um olhar nervoso de relance para seu receptáculo com alças de cordinha, Dennis prosseguiu com a leitura. O restante da terceira parte era um longo trecho do volume do reverendo Hampole, no qual o clérigo amigável expunha uma filosofia heterodoxa. Hampole argumentava que uma realidade mais absoluta persistia por trás do cenário frágil do mundo da matéria, uma realidade constituída de nada além do "Caos Celestial", com uma anedota do reverendo para dar sustento à ideia, que aparentemente se referia à localização de

Stoke Newington recentemente debatida pelos colegas beberrões e rabugentos do conto.

A sala de estar de Grace, iluminada pelo abajur, foi se recobrindo por um sudário de incômodo cada vez maior, enchendo-se de sombras com as quais não estava acostumado. Agora lamentando--se pela escolha infeliz de literatura de ninar, Dennis perseverou nas seções restantes da narrativa, rumo à conclusão. Embora cada vez mais enervado, descobriu que ainda era capaz de apreciar o modo cauteloso e oblíquo de Machen de contornar o tema assombroso — sua concepção do reino humano como uma mera cortina de segurança, um tapete dilapidado, esgarçado em vários pontos, cobrindo um mundo mais substancial. No penúltimo episódio de "N.", um dos camaradas bebedores de ponche passava uma noite numa taverna conhecida como o Rei da Jamaica, onde os trabalhadores com quem ele bebia ofereciam mais confirmações do endereço desse local liminar de Stoke Newington. Isso levava a um capítulo de encerramento em que os companheiros desbocados se reuniam mais uma vez, e agora um dos camaradas, Arnold, se via convencido, pela experiência, de que o Éden esquivo de Stoke Newington existia, enquanto os colegas pareciam inabaláveis no ceticismo. E então Dennis chegou às frases finais do conto, em que Arnold fazia um resumo sucinto de sua compreensão dos eventos: "Acredito que exista uma pericorese, uma interpenetração. E é possível, de fato, que nós três estejamos sentados agora em meio a rochas desoladas, às margens de córregos amargos... E com que companhia?".

Dennis fechou *A sala aconchegante* e deixou que caísse de volta na sacola sem nem ver o que fazia, indisposto até a olhar para o livro de Hampole a essa altura. Tirou o casaco e foi até a cozinha claustrofóbica, pisando na ponta dos pés, onde urinou em silêncio na pia, depois ligou a torneira por uns segundos até sentir-se um pouco menos bárbaro. Arrumando o cobertor, casaco e paletó no sofá truncado, tirou os sapatos e escapuliu para dentro da roupa de cama improvisada, dobrando o corpo comprido numa desconfortável postura em Z naquele sofá curto demais. A palavra "pericorese" da conclusão do conto estava impregnada em seus pensamentos fugidios, onde ressoava de um modo desconcertante, em parte porque ele não sabia o seu significado, em parte porque tinha certeza de que Maurice Calendar a havia usado. Conforme a exaustão começou a envolvê-lo em braços pesados, Dennis esticou a mão para apagar o abajur com um clique e falou para si mesmo que não havia compreendido o conto de Machen, ao mesmo tempo que tinha medo de tê-lo, sim, compreendido. Uma hora ele acabou pegando no sono.

O sol inesperado o despertou à base dos tabefes, ali numa sala desconhecida, com um transbordamento imediato de um pavor inespecífico. Separando as pálpebras coladas pelo sono, ele reparou, antes de tudo, num único filamento de cabelo ruivo dourado caído sobre o braço mais próximo do sofá, o que trouxe à tona uma lembrança de Grace — Grace Shilling, tinha sido o nome que ela dissera? — e de onde ele estava. Seu olhar depois pousou na sacola, que explicava e identificava o pavor.

Desamassando-se, ele se sentou ereto, deduzindo pelo timbre do silêncio que era a única pessoa no apartamento térreo e talvez na casa inteira. Era evidente que havia dormido mais do que pretendia, e sua salvadora desconfiada sem dúvida já havia ido embora para tocar o dia. Ela devia ter se vestido e tomado café com um esforço considerável para não acordar o estranho que babava no sofá, o que Dennis achou ao mesmo tempo tocante e constrangedor. Assim que se sentiu relativamente confiante de que nenhum dos vizinhos de Grace estava em casa, foi com cuidado até o andar de cima e encontrou o banheiro que ela havia mencionado, para dar um trato em si mesmo com um banho revigorante de água fria e uma escovada antes de furtivamente sair em disparada de volta para os quartos lá embaixo. Estes, por sua vez, sem a presença dela pareciam privados de uso ou sentido, como palcos desertos quando os personagens e diálogo se viam alhures. Vestindo o paletó, sapatos e casaco, Dennis ajeitou o local o melhor que pôde, ou seja, deixou o cobertor dobradinho numa das pontas do sofá e mais uma vez fez correr a água na torneira da pia da cozinha, só para garantir. Após apanhar a sacola e embolsar a chave da casa que lhe fora confiada, ele partiu, adentrando a Folgate Street e a quarta-feira.

Spitalfields encolhia os ombros de tijolos cobertos por cicatrizes, apático diante do dilúvio surpresa de luz do sol, e encurralava o breu entranhado do distrito em alamedas estreitas e sombreadas onde a escuridão poderia vadiar até cair a noite. Fazendo careta e apertando os olhos, Dennis desceu a Commercial Street e passou pela feirinha ruidosa e pela igreja com línguas de fuligem que lambiam seus cadavéricos flancos brancos, onde encontrou um café de aparência alegremente desgrenhada, recente demais para ter servido ovos fritos a Jack, o Estripador. Ali ele se exaltou com um robusto sanduíche de linguiça — lajes de pão fresco, macias e assadas a ponto de ter flocos fuscos nas pontas, absorvendo a gordura quente dos embutidos —, ingerido junto de uma xícara de chá que virou numa temperatura escaldante, pela adstringência. Após pedir a uma garçonete desnutrida uma segunda xícara que pudesse ficar ali aninhando, olhou com preocupação suas profundezas fumegantes e tentou pensar na própria situação, logo dando-se conta da impossibilidade tanto do pensamento quanto da situação. Havia uma máfia atrás dele e, além disso, ou tinha esbarrado em algo sobrenatural ou estava enlouquecendo. Ele se via agora prestes a ir ao sul do rio, até Brixton, atrás de um mago que lhe fora recomendado por uma excêntrica celebridade que dava dicas de corrida de cavalo. Tudo a respeito da vida e das circunstâncias de Dennis estava, ao que lhe parecia, numa condição insuportável de tão precária.

Quando chegou à metade da xícara, Dennis foi atingido por algo que reconheceu, apesar da raridade do fenômeno, como uma ideia sensata: se estava prestes a desbravar um perigo, deveria ter consigo alguém com um grau de influência capaz de compreender seus problemas e talvez intervir se as coisas entrassem pelo cano. Tolerável John já dissera que não queria se envolver, mas ainda tinha Clive, Clive Amery, o herói de Dennis em vários sentidos, alguém com capacidades de sobra, que tinha conexões com o sistema jurídico e por isso era perfeito como garantia ou rede de segurança. O nome mal teve tempo de lhe ocorrer e um dardo radiante de esperança já irrompia em meio às nuvens de suas ansiedades, trazendo uma sensação de reconforto, ainda que incerta, que ele não se permitia sentir fazia dias. Ele terminou o chá às pressas e soube que, de algum modo, essa decisão faria uma diferença enorme no desdobramento de suas tribulações. Inflado por tal otimismo repentino, pagou e saiu do café após pedir para carregarem seus bolsos com moedinhas de cobre como troco.

Foi sacolejando de volta pela Commercial Street até a igreja enegrecida pelo incêndio e se espremeu dentro de uma cabine telefônica que ficava de um dos lados do seu pórtico intimidador. Lá dentro, a pilha comprida de ar estagnado exalava um cheiro moderno, de plástico, que era contraposto por subtons excrementícios, e o diretório imenso ficava jogado, com orelhas de burro, como um toco de árvore em decomposição. Ao virar as páginas finas, Dennis vasculhou a memória em busca do nome da firma onde Clive trabalhava, procurando Dolden, Green, Dorland & Lockart antes de se lembrar que essa era outra companhia; um nome apenas observado no bloco de notas de Clive. Por fim, a astúcia intermitente de sua mente inconsciente lhe forneceu o nome Jessop & Wilks, cujo número foi fácil de encontrar, após o longo e inútil beco sem saída de Dolden. Discando o número, ele sentiu uma satisfação obscura nos cliques rápidos ouvidos enquanto o disco girava de volta ao zero após cada dígito.

Quando alguém apanhou o telefone no outro lado, fez-se um bipe que prosseguiu até o número suficiente de moedas de um centavo terem sido enfiadas na fenda ranhurada. A voz de uma mulher anunciou o nome da companhia num tom de voz inquisitivo, e Dennis perguntou se sir Dennis Compton-Knuckleyard poderia ter uma conversinha com o sr. Amery. Quando Clive atendeu o telefone no próprio ramal momentos depois, parecia contente e intrigado por essa interrupção não solicitada em seu expediente.

— Lorde Oxydol! Bem, que prazer inesperado receber uma ligação do senhor. Por favor, me diga que se trata da minha condecoração como cavaleiro.

Dennis deu risada. Não estava acostumado com telefones e sempre se maravilhava com a proximidade que eles permitiam ter com alguém que estava a quilômetros de distância, mais do que com alguém ali no mesmo espaço, onde não havia aquele mesmo senso de intimações ditas aos sussurros, craqueladas, no seu ouvido.

— É, bem, falei com meu colega, o duque de Persil, mas ele disse que sujou. Olha, Clive, desculpa ligar no seu serviço. É só que acabei envolvido em algo meio peculiar e queria que você soubesse disso, caso aconteça alguma coisa. Para você poder, sei lá, ficar de olho para mim. Não estou mais morando com a Ada, aí estou meio que me virando por conta agora.

— Meu querido, você sabe que sempre fico de olho em vocês, trabalhadores. Caso contrário, já teria perdido meu relógio e abotoaduras faz tempo. Do que exatamente você está falando?

Do outro lado dos vidros sujos da cabine telefônica, Dennis observou um mendigo com a cara vermelha e um cabelo que parecia uma escova de chaminé passar em zigue-zague entre os matinhos e as pedras com cocô de passarinho do pátio da igreja adjacente, tentando escapar do brilho ofuscante ao qual não estava acostumado. Contou para Clive do que estava falando, só que não exatamente:

— Não posso contar tudo, mas existe uma parte secreta de Londres que quase ninguém sabe. Tem uma gangue de vilões atrás de mim, que querem ser apresentados a esse lugar e... ai. Espera aí.

O telefone começou a apitar, de modo que ele colocou mais moedas na entrada antes de prosseguir.

— O que eu fiz foi que esbarrei por acidente em algo importante e estou tentando, também por acidente, pular fora. Estou prestes a ir até Brixton, onde me falaram que tem um sujeito que pode me ajudar. Ele mora na Wynne Road. Você vai rir, mas foi um dos livros que eu tinha na minha caixa de Oxydol que causou isso tudo. Preciso levá-lo de volta ao lugar de onde veio nessa, bem, parte diferente de Londres de que falei. Sei que tudo isso parece maluquice, mas, se eu puder encontrar você em breve, aí conto a história toda. Só preciso de alguém que tenha a cabeça no lugar para conversar sobre tudo isso. Talvez até sexta o pior já tenha passado, aí eu posso passar na Bond de novo na hora do seu almoço. Pode ser?

— Dennis, isso é fascinante para cacete, absolutamente fascinante, colega. Sempre soube que você tinha profundezas ocultas, e agora está aí, foragido, com criminosos na sua cola e me contando sobre alguma parte terrivelmente exclusiva de Londres, apartada do olhar do público. É bem a minha praia! Por mais que odeie admitir para um bolchevique maltrapilho como você, estou bem impressionado, jovem Knuckleyard. Muitíssimo impressionado, na verdade. Você tem uma capacidade invejável de se meter em encrencas interessantes, e eu serei todo ouvidos na sexta. Pode ser logo depois da uma?

Aliviado, Dennis teve tempo de balbuciar que estava de acordo, grato, e se despedir às pressas antes que o telefone apitasse de novo e ele recolocasse seu peso de plástico de volta no local de repouso. Enquanto abria a porta pesada da cabine com um empurrão do ombro para mais uma vez encontrar-se na algazarra matutina de Spitalfields, ele se deu conta de que se sentia bem, apesar dos bandidos, livros e visões insanas. O breve papo com Clive servira para deixá-lo com um humor muito melhor. Não era tanto o fato de a ligação fazer com que ele se sentisse mais seguro — o envolvimento de Clive não impediria ninguém de dar um tiro em Dennis num beco —, mas mais que Clive havia ficado impressionado com o que estava acontecendo. Isso significava muita coisa. Não era sempre que Dennis impressionava as pessoas, que dirá pessoas em quem ele se inspirava. O tom admirado do jovem bacharel fez com que as tribulações de Dennis mais parecessem uma aventura, uma série esdrúxula de anedotas que ele poderia contar para Clive quando se encontrassem no dia depois de amanhã. Imensamente revigorado, ele foi dando passos largos em meio à agitação ensolarada e suja da Commercial Street, rumando até Aldgate e a Ponte da Torre, em busca da ferida úmida do Tâmisa.

O sol se escondia conforme Dennis chegava ao outro lado do rio de ferro, lembrando a ele e a todo mundo que ainda era outubro e que qualquer verniz de otimismo estava sujeito a se retirar de repente, graças a nada mais que os caprichos da meteorologia. Ele foi trotando até Elephant and Castle — uma corruptela de Infanta de Castile, se ele bem lembrava — e pegou o ônibus que ia pela Kennington Park Road até Brixton.

Em algum ponto da Brixton Road, pensou ter avistado a Wynne Road bifurcando-se da artéria principal por meio de uma escotilha estriada que abriu na condensação da janela esfregando com a manga do casaco. Apanhando a sacola, saiu correndo do seu assento até a plataforma de trás, mas o veículo sacolejante não lhe apresentou uma oportunidade para sair até desacelerar para a próxima parada, no que ele já tinha passado meio quilômetro, pelo menos, de onde ele devia ter descido. Dennis foi caminhando de volta pela via pública da depressão até onde pensou ter visto a rua, reunindo no caminho suas primeiras impressões do distrito famosamente dilapidado. Com construções sebosas agarrando-se à existência ao lado de trechos pulverizados que já haviam desistido de lutar, parecia-lhe a mesma coisa que todas as outras partes de Londres: nem pior, nem melhor. Ele imaginou que as bombas fossem grandes forças niveladoras. Nenhuma surpresa aí.

Tampouco os rostos de Brixton que encontrou lhe pareciam mais desprovidos ou desalentados do que os que se encontravam nas ruas de Shoreditch. No fluxo ao seu redor sobre a calçada cinzenta e rachada, havia os mesmos jovens maridos aflitos que haviam trocado a farda pelo uniforme de gari, as mesmas viúvas velhas e robustas que haviam perdido parentes em duas guerras mundiais e ostentavam vasos sanguíneos rompidos como um blush barato, as bocas todas vincadas pela pobreza, os olhos todos ensanguentados na determinação feroz para sobreviver. Olhando o desfile quase monocromático ao redor, lhe ocorreu que os ingleses lidavam com a privação retrabalhando o sofrimento até que se tornasse uma mitologia fuleira. Dividiam um cigarro com Gracie Fields na porta da casa da Mother Kelly ou desmaiavam junto com Flanagan e Allen embaixo das arcadas. Todos moravam em músicas, em bordões do rádio, em cenas dos poucos filmes a que haviam assistido, e encontravam um heroísmo sentimental que poderia mantê-los aquecidos durante o longo inverno econômico. Com uma aplicação feroz de sua vontade, transformavam seus capotes pulguentos em casacos de pele.

A única coisa diferente que Dennis viu, algo jamais visto antes em Shoreditch, foi uma dupla de sujeitos de cor conversando parados do lado de um lugar que havia sido alvo de uma bomba, logo depois da Stockwell Road. Provavelmente eram daqueles que tinham vindo da Jamaica de barco, três ou quatro meses antes. Ele se sentiu meio decepcionado, uma decepção infantil por não serem nada exóticos. É óbvio que não esperava a teatralidade cartunesca de um Monolulu, mas imaginava que os caribenhos fossem mais — não sabia ao certo — tropicais ou algo assim, em seu modo de se vestir e de se portar, jogando a cabeça para trás ao dar risada e ostentando túnicas coloridas de salada de frutas. Em vez disso, os dois homens vestiam o traje típico da Grã-Bretanha: camisas brancas debaixo de terninhos pretos mal talhados de segunda mão e sapatos herdados do tio falecido de alguém. Conversavam com urgência e pareciam gelados e tensos. Ninguém dava risada.

Wynne Road, um pouquinho mais adiante, acabou revelando--se um corredor lastimável de casas geminadas. Pelo menos era misericordiosamente breve, caso ele precisasse ir de porta em porta. Por sorte, não precisou. Dennis perguntou para uma matrona de passagem, carregando um cesto cheio de tripas e pés de porco, se ela conhecia um artista que morava ali na rua, ao que ela deu uma risada gutural por reconhecer a figura.

— Ah, tá procurando o velho Spare, então, né? Ele mora na Millie Pain, no cinco. Cuidado, hein, senão ele te transforma em alguma coisa nojenta com o vudu dele ou coisa parecida. É um bruxo de marca maior... ou o que sobrou de um. Não conta pra ele que eu disse isso.

Evidentemente animada após esse diálogo, a portadora de miúdos foi-se dando risinhos alegres, deixando Dennis para ir atrás do número cinco em meio às residências surradas que se inclinavam ali sob aquele céu branco, em branco.

Apesar da competição acirrada, a habitação de Spare era a que tinha os ares mais derrotados em toda a fileira de casas, com telhas faltando no telhado e uma umidade residual nas partes inferiores da alvenaria. A porta mal-ajambrada e as janelas sugeriam um processo de afundamento, enquanto as lajes do lado de fora se viam parcialmente ocultadas por cocô de pombo em rajadas consteladas feito estrelas, junto de três gatos desgrenhados. Eles andavam em círculos e miavam em tons alternados, implorando e reclamando, gatos de rua esquálidos com rabos embaraçados e orelhas rasgadas. Dennis foi obrigado a se inclinar sobre essas sentinelas sarnentas para bater na porta, e, quando uma mulher alta e pálida respondeu, o trio desnutrido fluiu para dentro da casa, na altura dos calcanhares dela, apenas abrindo passagem para um quarteto de outros felinos que estavam passando pelo portal na direção oposta. Um dos fugitivos, uma coisa cinzenta grotesca de tão enrugada, com olhos de limão azedo, era possivelmente a criatura vivente mais feia que ele já vira. Aparentemente desligada da maré pulguenta que se reunia ao redor dos seus chinelos, a mulher esguia ficou encarando Dennis por um tempo um tanto excessivo antes de dizer:

— Pois não?

Parecia ter uns cinquenta e tantos anos, com uns olhões grandes e molhados, um queixo pequeno e para trás, embora fosse provável que tivesse sido uma mulher suficientemente bonita na juventude. Trajava o que parecia ser um longo avental de piquenique, de uma época bem diferente, com um cardigã azul-marinho todo furado por cima e uma forca frouxa de vários colares de contas que desciam até a cintura. Havia um rumor de batom cor-de-rosa em torno da boca e uma indiferença absoluta nos olhos reluzentes de ostra. Intimidado, Dennis engoliu seco, duro.

— Desculpe perturbar. Estou procurando um colega, um artista de nome Austin Spare. Queria saber se...

Ela sacudiu a cabeleira cinzenta de um modo quase imperceptível, seus traços ainda imóveis.

— Receio que o sr. Spare não possa receber mais nenhuma visita no momento.

Vendo que ela estava prestes a fechar aquela porta mal presa às dobradiças, ele deixou escapar no desespero que o artista recluso lhe havia sido indicado pelo príncipe Monolulu, um nome que fez os olhos levemente hipertireoidizados da mulher se revirarem na direção do céu. Ela exalou com força pelo nariz e fez *tsc, tsc*. Retornando um olhar já resignado ao visitante canhestro, disse “Por favor, espere aqui” com um tom irritadiço, antes de desaparecer de sobre o carpete desgastado do corredor rumo aos fundos da casa. Ao alcançar o fim da passagem, virou numa esquina e saiu de vista — embora ainda desse para ouvi-la, perturbadoramente — enquanto gritava para alguém, com uma voz diferente do timbre educado que usara com Dennis:

— Óstin? Óstin, tem um sujeito aí querendo te ver.

A resposta foi cascalhosa e abafada. Era difícil dizer de onde vinha.

— Bem, fala pr'ele que eu não tô.

— Ele diz que o Monolulu mandou ele pra cá.

Uma longa pausa.

— Ô, caralho. Aí acho qu'é melhor ele descer. Porra de Monolulu.

Aparecendo à vista mais uma vez, a mulher veio deslizando pela passagem amontoada de sombras, deixando pender laços de colares que chacoalhavam à meia-luz.

— O sr. Spare diz que irá recebê-lo no estúdio. Fica na outra ponta do corredor, descendo à sua direita.

Ela indicou com a cabeça que era para o convidado claramente indesejado entrar e então, aproveitando que ele estava de costas, fechou a porta e pareceu evaporar com um retinir e um tilintar que desapareceu na escuridão ao redor. Sozinho naquele silêncio vazio, Dennis seguiu pelo canal obscuro, as narinas contraindo-se por conta do perfume pesado e desalentador de umidade. Não eram as acomodações que ele esperava que um mago tivesse, nem um artista, nem, oras, ninguém, a bem da verdade. Na extremidade do corredor, a partir de uma alcova apertada para a direita, o que parecia ser a porta de um porão estava entreaberta e dava para uma escada de tijolo e alvenaria, descendo rumo a uma claridade artificial que vazava do interior. Sem alternativa, ele desceu ao submundo, apreensivo, incerto quanto aos próprios passos, tanto em relação aos degraus lascados quanto em qualquer outro sentido.

Ao chegar lá embaixo, com os ombros zebrados por conta da cal nas paredes da escada, ficou paralisado diante da miudeza impossível do reino subterrâneo que encontrou: não tinha nem meio metro quadrado; era um cubo de frio e energia comprimidos, enterrado no centro claustrofóbico do mundo. Uma janelinha de porão na outra parede havia sido coberta com tábuas, de modo que o fardo de iluminar o espaço recaía sobre a lâmpada de sessenta watts, pendurada e desnuda, da qual pingava apenas um sedimento tênue de luz. A iluminação débil, pardacenta como frutas amanhecidas ou fotografias de herança, se acomodava em pó de sépia sobre as duas cadeiras do recinto, ambas contendo pilhas de jornais; sobre uma cômoda surrada, com as gavetas impedidas de fechar graças a latas e ferramentas; sobre uma vegetação rasteira de imagens que se contorciam apoiadas contra as laterais do recinto, carrancudas, em telas, cartas de baralho e placas de circuitos de rádio; sobre um assoalho nu de pedra fervilhando de gatos; sobre o cavalete delgado ao lado do qual estava o homem.

Com as costas para os degraus do porão, o artista estava posicionado a meros centímetros do retrato em papel sustentado por tachinhas sobre o qual se empenhava com giz de cera de tons pastel, talvez inclinando-se para ver melhor a imagem sob aquela iluminação inútil, ou então sem espaço no chão para dar um passo para trás. Trajava uma chapa de chuva apesar de estar dentro de casa e sapatos velhos que aos poucos se desmanchavam em seus componentes, seu cabelo explodindo em parábolas cinzentas de fumaça, como se emanassem de um acerto em cheio de uma bomba V. Nem robusto, nem alto — talvez 1,75 ou 1,80 metro —, era uma figura construída de pó que, em todo caso, preenchia, ao ponto de quase estourar, aquele quartinho com a torre vibrante que era a sua presença. Isso antes de ele se virar e se pronunciar:

— E quem é você, que eu nunca nem vi?

Era uma voz granular e crocante, como caminhar sobre madeira queimada, e um rosto inesquecível: as bochechas esvaziadas pela queda dos molares de trás, a pele de cor de chuva nos pontos onde não havia se barbeado, a boca um risco de caneta, irregular e desconfiada, e então, embaixo dos nós da testa, os dois escapes gêmeos de uma fornalha incandescente. Um corpo exaurido numa capa de chuva, um velho paletó de tweed, suéter, camisa, colete, todas as roupas ao mesmo tempo, sustentado apenas pelo clarão de magnésio dos olhos. Presa naqueles faróis inesperados, a boca de Dennis se abriu e se fechou três ou quatro vezes até ele se lembrar das palavras:

— É Dennis. Dennis Knuckleyard.

O ilustrador errante franziu a testa e depois balançou a bola de algodão que era a cabeça, emitindo um ruído intrigado que soava como um ralo de pia. Ao redor de Dennis, na periferia da visão, sátiros imbecílicos se contorciam contra os limites de traços a lápis e pareciam partilhar da alegria de seu progenitor.

— *Hã hã hã*, tá mais pra *Knacker's-yard*. Dennis Abatedouro. Pode entrar, se for entrar, e senta aí antes que eu me torça o pescoço todo. Tu pode ficar naquela cadeira ali, a que não tem gato.

Num esforço consciente para não despertar o gato malhado esparramado no outro assento, Dennis tentou obedecer, mas não sabia bem o que fazer com os jornais amontoados que faziam as vezes de almofadas sobre as cadeiras. Não havia lugar para eles no chão, e no fim ele acompanhou o gato, sentando-se com um farfalhar outonal em cima de um travesseiro amassado de *Tit-Bits* e *Reveilles*. Enquanto isso, Austin Spare ignorava a chegada do novo convidado e continuava a esfumaçar a bochecha envelhecida de uma senhora cuja delineação ele havia interrompido. Após alguns minutos, quando já tinha obtido ou então abandonado o efeito que buscava, o famoso feiticeiro jogou o pequeno toco de Amarelo Nápoles sobre a cômoda prolapsada, virando-se do cavalete instável para inspecionar mais minuciosamente o visitante.

— Então, foi o Monolulu que te mandou pra cá, foi? E que que é que aquele pagão filho duma égua jogou no meu colo agora? A julgar pela tua fuça, tu não veio aqui pra posar. Sem querer ofender.

Incapaz de compreender que Spare estava apontando sua inaptidão para ser retratado, Dennis garantiu àquela aparição esparramada que não havia se ofendido nem um pouco, para então explicar a situação o melhor que conseguia, ou seja, de modo bem medíocre. Ele tinha chegado até a parte do livro de Hampole e Molenga Harrison quando o artista disse "Ai, minha nossa" e, sem nenhuma cerimônia, catou o gato semiconsciente para deixá-lo no chão, a fim de poder se sentar sobre os jornais empilhados na cadeira ao lado do novo conhecido. Abaixo do jardim suspenso da testa, lanternas fosforescentes pendiam na direção de Dennis.

— Sei onde isso vai dar. Tu esbarrou no Grande Durante, é esse o resumo? Se encontrou com a Theoria.

No ar obscuro que pesava com o cheiro de gatos e terebintina, sob o olhar de caricaturas viscosas, Dennis transmitiu sua incompreensão por meio de uma série prolongada de tiques barulhentos.

— Não sei o que é isso.

O visionário do pulgueiro mexeu o queixo cindido.

— O quê? A Theoria? Ah, é uma palavra metida à besta. Eclesiástica. A essência divina de uma coisa, até onde eu entendo, que nem com Platão e o mundo de formas ideais dele. Não importa muito como chama. Você foi parar na outra Londres, não foi? — Dennis fez que sim com a cabeça, tristonho, um menininho admitindo ter invadido uma terra devastada e proibida. Spare fez uma careta, nada surpreso, e prosseguiu. — Pois é. Pois é, imaginei. E quantos anos tu tem? Uns dezessete, dezoito? Não é idade pra se meter nessa patacoada, não é? Eu tinha dezesseis quando dei uma bizoiada na Bela dos Motins, passando no meio de um quebra-quebra lá fora de Newgate. Nunca mais fui o mesmo.

Distraído pela filigrana ambiente de seios e animais que derretiam dando pinotes na periferia de sua visão, Dennis se esforçou em acompanhar o que estava sendo dito.

— Mas, quer dizer, "Bela dos Motins", o que é isso? E o que é essa outra Londres, como sequer é possível que ela exista? Não faço ideia do que está acontecendo. É como se tudo tivesse ficado com um parafuso a menos desde a guerra.

O pintor esticou um dos braços e permitiu que a gata deslocada esfregasse a testa em seus dedos multicoloridos. Parecia pensativo, com os lábios fazendo um beiço e o cenho fumegante franzido, todas as feições apertadas numa banda comprimida na metade do rosto.

— Bem, não tô discordando, mas a outra Londres já tinha um parafuso a menos desde antes da guerra. Desde antes dos romanos, até. É um substrato simbolista, pode-se dizer, sobre o qual a nossa Londres se apoia. A velha Bela dos Motins, ela é um dos tais Arcanos, como dizem, um dos grandes símbolos que passeiam por aquelas bandas. Entende, o mundo de lá é mais real do que este daqui. Nosso mundo é só uma sombra perto daquele outro na parede da caverna de Platão. Se esta Londres é o que chamam de Fumaça, aquele lugar é o Fogo, tá acompanhando? Isso aqui é o eco, lá é a música.

De repente, como se tivesse pensado alguma coisa, o conjurador com o lápis grafite abandonou a felina que procurava agradá-lo e sentou-se ereto, inclinando o crânio enevoado na direção oposta a Dennis, querendo observar seu modelo a uma distância de mais alguns centímetros. Os olhos incendiários se apertaram até virarem um feixe estreito conforme Spare foi pesando a narrativa provável do jovem degringolado.

— Espera aí... tu falou desse tal de 'arrison, ele morava lá em Berwick Street? Por acaso, tu não... não. Tu não foi parar no Soho Total na primeira visita, foi? Com todas as tarântulas de casca de banana e carrinhos de mão de madeira com mãos nos apoios? Ah, pobre diabo, como foi que saiu de lá antes de uma caixa de correio comer todos os seus dedos?

Embora o assunto o deixasse morto de medo, Dennis ficou surpreso ao se flagrar gostando desse diálogo extraordinário no porão. Conversar com alguém que tratava a história toda com tranquilidade, como se não fosse mais do que algo que às vezes acontecia no fluxo normal das coisas, era um alívio inacreditável, um alívio que ele nem sequer tivera consciência de que necessitava. Dennis arriscou abrir um sorriso pesaroso e gesticulou na direção do corte cicatrizando no supercílio.

— Esse aqui veio de uma libélula de papel-alumínio, mas imagino que podia ter sido bem pior. Não, foi sorte. Um sujeito que eu já vi por aí, o Maurice, ele veio para cima com tudo, rápido feito uma flecha, e me puxou de lá antes que os jacarés da calçada me engolissem.

Passou um vagão pesado pela Wynne Road lá fora, de modo que o porão estremeceu, como num rufar consonante de tambores. Spare deixou escapar uma gargalhada que era quase um latido.

— Maurice Calendar? O que é que esse pavão tava fazendo na rua tão tarde na década? Pensei que já estivesse no casulo dele a essa altura. Não, ele é bacana, o Maurice. Fácil de lidar, não acha? Sendo alguém da outra Londres? Nascido e criado lá, o Maurice. Ele e o amigo feirante, o velho cara de pau, Blincoe, são uns dos poucos que passam boa parte do tempo neste mundo, indo e voltando entre os dois que nem iô-iô. Imagino que toda a corja da região deve tá de butuca atrás de você... Blincoe, Maurice, Monolulu, Pé-de-Ferro. Devem ter ficado sabendo do seu livro do Hampole no segundo em que ele foi parar no Soho, aposto. Vamos dar uma bizoiada nele, então, nesse livrinho que tá causando a algazarra toda.

Pressupondo ociosamente que "Pé-de-Ferro" fosse o homem desproporcional com o sapato embutido que tinha visto na Berwick Street, Dennis levou a mão nervosamente até a sacola e reparou que ela tremia ao passar *Uma caminhada em Londres* para o interlocutor subterrâneo e envolvente.

— Desculpa. Ele ainda me assusta um pouco, para falar a verdade. Maurice disse que eu preciso levá-lo até um pessoal que ele chamou de os Cabeças da Cidade.

Folheando o volume mal preservado com uma carranca de desaprovação, Spare desviou o olhar na direção de Dennis por um momento, antes de voltar à sua inspeção aborrecida das *Meditações nas ruas da metrópole* do reverendo Hampole.

— Bem, eles não são gente, ou pelo menos não são mais. Porém, vendo bem esse balaio de gatos, eu diria que Maurice acertou na mosca. Relances do sobrenatural aqui e ali, não tem problema, mas um artefato como este... Aí é evidência. Capaz de a casa cair. É um vazamento, uma indiscrição, por assim dizer, e os Cabeças vão querer o livro de volta. Não é uma boa ideia deixá-los esperando, mas não posso ir a mais lugar nenhum hoje, porque tem gente que eu vou encontrar mais tarde. Chega amanhã cedinho e eu vejo o que a gente pode fazer. Enquanto isso, po'deixar isso aqui, se não for doer demais em você. — Spare agitou o livro no ar. — Vai estar a salvo comigo, mas não sei se contigo estaria. Quando tem uma dessas coisas por aí, tudo pode acontecer.

Dennis, muitíssimo ciente de que esse "tudo" era uma categoria que incluía "virar do avesso", só pôde expressar com um aceno da cabeça a sua concordância e gratidão por alguém tirar voluntariamente aquele objeto infernal das mãos dele. Sabia que ainda seria necessário fazer uma segunda visita ao lugar no qual ele nem sequer suportava pensar, mas imaginou que desta vez não seria tão ruim. Estaria na companhia de Spare, seria durante o dia e confiava que estaria preparado para a experiência. Começando a sentir um pouco de desconforto em ser observado por todas as quimeras rastejantes que decoravam o estúdio/caixão daquele ilustrador do outro mundo, Dennis se perguntou se podia confirmar o encontro na quinta de manhã e então ir embora. O artista, no entanto, não parecia ter grande pressa para despachá-lo.

— Aqui, cabou de me ocorrer. Tu disse que essa coisa escapuliu de um conto de Arthur Machen, se eu ouvi direito. — Ele segurava o livro numa das mãos, antes de entregá-lo, com um arremesso desdenhoso, à pilha bagunçada de amputados e hieróglifos que perigava cair da cadeira. — Bem, no caso dessa gente que eu vou encontrar mais tarde, talvez tu queira vir junto. São dois diletantes, Ken Grant e a patroa, a Steffi. Ken conheceu o velho Crowley, que bateu as botas faz um ou dois anos, e imagino que estejam esperando que eu seja sua Besta substituta. Não, obrigado, amigo. Não é pra mim. Ainda assim, são cheios da grana, têm interesse nos meus desenhos, e essa tal de Steffi é uma gata, e é por isso que eu ando com eles. A questão é que eles conhecem gente pra me apresentar, e não é pouca gente. Inclusive, um que disseram que viria junto hoje é o Johnny Gawsworth. É um belo dum pinguço, mas foi editor e biógrafo do Machen. Falei pra gente se encontrar em Elephant and Castle, lá pelas sete, aí tu pode vir se der vontade. Capaz de tu aprender uma coisa ou outra.

Embora não tivesse lá muita certeza de que queria aprender qualquer coisa que fosse a respeito da obra de Arthur Machen, o jovem achou que seria grosseiro não aceitar o convite de Spare, já que o homem estava se esforçando tanto para ser solícito. E, além do mais, Elephant and Castle era caminho para o apartamento de Grace em Spitalfields. Não faria mal tomar umas com Austin e seus colegas de magia antes de voltar para casa, faria? Murmurando que parecia ótimo, se Spare tivesse certeza de que não seria invasivo demais, Dennis flagrou o próprio olhar sendo atraído a umas das formas crípticas contornadas de tinta que forravam o estúdio naufragado, dando-se conta tarde demais de que era um pênis intrincadamente enrugado e disforme de proporções absurdas. Na verdade, agora que ele reparava, havia genitálias rastejando por toda parte naquele recinto gélido, como moluscos barbados, e um rubor subiu às faces, involuntário. Por sorte, o anfitrião parecia contente demais pensando na noitada por vir para reparar.

— Pode ser bom pra dar umas risadas, nunca se sabe. Vamos lá em cima dar uma fuçada atrás de algo pra beliscar antes de ir. É melhor forrar o bucho antes de mandar a manguaça.

O pintor já estava em pé e prestes a subir as escadas subterrâneas, com todos os gatos do porão imediatamente alertas, uma torrente peluda que fluía pelos degraus de penumbra à sua frente. Apanhando a sacola agora perceptivelmente mais leve, Dennis conferiu para garantir que o livro do reverendo Hampole ainda estava ali onde Spare o arremessara — e não farfalhando atrás dele, atravessando o chão entulhado de maravilhas do estúdio — antes de seguir seu novo colega e o êxodo felino pelos degraus de tijolos. Conversando educadamente, enquanto voltavam aos trancos até o nível da rua, Dennis ofereceu uma pergunta casual:

— Seu quarto fica aqui no andar de cima, então?

Já quase chegando ao último degrau, a figura de cabelos de névoa parou e deu meia-volta para examiná-lo, franzindo a testa encrustada de verrugas numa expressão intrigada.

— Como assim? A gente saiu agora do meu quarto. Estúdio, sala e, se colocar as duas cadeiras de frente uma pra outra, é onde eu durmo também. Não é nenhum palácio, verdade, mas, quando a Millie me ofereceu este lugar depois que os Fritz explodiram minha última casa, eu me mudei na hora. Cavalo dado não se olha os dentes.

Agora os dois estavam em pé no corredorzinho obstruído onde os gatos esperavam por eles, andando em círculos e miando, difíceis de distinguir contra um carpete tão sarnento e descolorido quanto sua própria pelagem. Dennis estava sem palavras, sofrendo para assimilar o fato de que alguém com toda aquela habilidade estivesse morando, trabalhando e dormindo numa masmorra úmida, pouco maior que o canteiro de flores de Ada Pé-na-Cova. Não era de admirar que o homem parecesse estar doente, apesar do vigor naqueles olhos incendiários; uma alma mais que saudável encarcerada em uma carne mais que doente. Indo na frente de Dennis naquele corredor, rumo à porta mais próxima, o gênio mofado ainda murmurava coisas sobre a desmaterialização de seus aposentos anteriores.

— Foi o 'itler quem mandou bomba lá, de vingança porque eu não quis pintar o retrato dele. Pintar aquele facho cuzão? Uma pinoia! Foi o mesmo bombardeio que fodeu com meu braço de desenhar, o que quer dizer que por uns anos eu pintava com o esquerdo, antes de voltar a conseguir usar o direito. Aqui, vou te falar, entra pela cozinha. Eu ganhei uma grana fudida desenhando sacanagem na semana passada e aí comprei um saco de carvão, e a Millie disse que a gente vai poder acender o fogo mais tarde.

A cozinha da casa, mal equipada e pequena, era em todo caso muito mais animada e espaçosa do que as acomodações subterrâneas do artista, e lá o carvão cuspia uma promessa de brasas a partir de uma lareira embutida e o assoalho era de azulejos xadrez, em vez de monstros amassados. Com ordens para se sentar ao lado da mesa da cozinha enquanto o anfitrião de muitos casacos caçava algo comestível, Dennis ainda tentava digerir a última declaração daquele encantador miserável. Retrato de Hitler? Sacanagem? Veio-lhe uma suspeita de que o seu novo conhecido talvez estivesse simplesmente inventando os detalhes, mas depois se perguntou por que estava contestando coisas que, pelo menos, eram possíveis em algum grau, depois de conversarem sobre um lugar que não era; procurando pelo em ovo. Dennis se ocupou com um exemplar da *Reveille* da semana anterior que encontrou em cima da mesa — um artigo com uma reconstituição do que acontecera nos assassinatos de Whitechapel sessenta anos antes — enquanto Spare encontrava, sobre o fogão, uma meia frigideira de *bubble and squeak*, que então levou ao fogo.

Essa mixórdia bem-vinda de restos de repolho, batata, bacon cozido e sabe-se lá o que mais acabou rendendo uma refeição apenas para Dennis, ao passo que o único alimento para o ilustrador foram as últimas goladas de uma garrafa de leite encontrada no freezer de carne corroído perto da porta dos fundos. Devorando seu banquete de sobras, Dennis se perguntou como alguém conseguia se manter vivo nessas condições, que dirá ainda preencher uma tela, ou uma sala, com aquela energia de outro mundo e aquele refinamento grosseiro.

Quando a dupla estava terminando os repastos variados, ocorreu um incidente curioso, difícil de apreender: com o simples intuito de preencher o silêncio que recaiu depois de ele parar de mastigar, Dennis gesticulou para o pseudojornal semanal com especulações requentadas quanto ao Estripador, aberto na matéria da capa. Comentando que ele mesmo estava alojado em Spitalfields no momento, Dennis perguntou a Spare se o artista tinha alguma opinião, qualquer que fosse, a respeito dos homicídios históricos de popularidade contínua. Austin replicou amassando as páginas centrais da publicação em uma bola, que arremessou na lareira crepitante, sem nem levantar o braço, enquanto levava um dedo aos lábios como admoestação e fitava o menino de dezoito anos com suas órbitas incendiárias. O mais estranho foi que, logo em seguida, Spare disse algo que não parecia ter nada a ver com o artigo recém-incinerado, embora tudo no seu porte e jeito de falar transmitisse o exato oposto:

— E escuta só, o mesmo vale pr'esse pessoal que a gente vai encontrar depois... nem um piu sobre a Londres diferente. Gawsworth e os Grants nunca nem ouviram falar, e é melhor deixar assim. Machen conhecia, pelo que dizem, e idem o Crowley e a velha calcinha-de-anjo, Dion Fortune. Talvez Mathers e alguns dos outros, mas, fora isso, é um segredo entre nós, pobres diabos, que conhecemos aquilo só porque não tivemos escolha. No que diz respeito ao Grande Durante, é boca de siri, entendeu? Tem uns jeitos medonhos de morrer nesta vida, mas tagarelar sobre aquele lugar consta entre os piores, na minha experiência. Então, nem uma só palavra até amanhã.

Será então que o velho carnaval de Jack, o Estripador, tinha algo a ver com a outra Londres? Após as admoestações do suposto mago, não seria Dennis que ia perguntar. Os dois discutiram outros assuntos, e o morador do porão, com sua palidez de cogumelo, passou o prato e o garfo de Dennis embaixo da água da torneira, depois se despediu da proprietária antes que ambos saíssem no meio da neblina que levantava e da escuridão que já caía. Enquanto caminhavam até Elephant and Castle, o distrito e o bar homônimo, Spare conduzia um papo amistoso a respeito de Brixton, com as mãos nos fundos dos bolsos, quase invisíveis contra a noite coagulada ao redor, exceto pelo borrão intermitente de amarelo-ovo dos faróis.

— Brixton tá indo ladeira abaixo desde que eu cheguei. Antes, se tu chegasse encoxando uma mulher apoiada na janela pra enrabar ela, ela pelo menos olhava pra trás pra ver quem era. A área ainda tinha um pouco de classe na época, pode crê. Toda pimpona.

Por volta da hora em que os dois chegaram à famosa hotelaria, os outros convidados já estavam ali, assentados com um ar nervoso num canto do balcão do bar e visivelmente mais bem-vestidos do que os fregueses do estabelecimento, que não estava apinhado, por ser o meio da semana, mas bastante ruidoso mesmo assim. Uma partida de arremesso de dardos estava em andamento, beija-flores com pesos de metal batendo o bico contra o alvo esburacado, e, no piano do bar, um cadáver seríssimo ia fazendo o plim-plim-plim do tema de Harry Lime, uma melodia a serpentear pela multidão pândega do bar, melzinho na chupeta de um envenenador. Vários dos fregueses rubicundos e robustos deram alô para o "Óstin" e pareceram contentes em vê-lo, ninguém mais que o trio de invasores que se acuava naquele cantinho de ansiedade.

Os Grant pareciam ser um jovem casal bem-apessoado, ambos com cabeleiras escuras, a do marido tendo um brilho de alcaçuz, enquanto a da esposa descia numa cascata nanquim até os ombros. Os dois olhavam maravilhados para Spare, como se ele fosse um grifo, mas um grifo que havia passado maus bocados. O outro sujeito, Gawsworth, trajava um tweed inadequado tanto para o século quanto para aquela parte da cidade, e já estava invertebrado de tanto beber. Parecia ter sido derramado feito mostarda sobre uma cadeira de carvalho, de onde as pernas transbordavam sobre o assoalho envernizado. Spare, parecendo ainda mais desnutrido sob a luz mais forte do bar, apresentou Dennis como um "estudante que eu tô ajudando a dominar a perspectiva" — uma bela escolha de palavras —, e Kenneth Grant insistiu em fornecer um caneco de cerveja *stout* tanto ao artista quanto ao pupilo de súbito iniciado. Os dois conversavam por cima da mesa lotada, com uma rede frouxa de fumaça azulada de cigarro tremelicando acima, brevemente atando-se em nós até virar um dos grotescos de Spare antes de desenredar-se e transformar-se em outro.

Ken e Steffi, que era como eles se chamavam, sem demora monopolizaram o tracejador pálido com uma torrente de questões ocultas enquanto o tema de Harry Lime se transformava em "Don't Bring Lulu". Acaso Spare não havia colaborado uma vez com Crowley no periódico deste, *The Equinox*? Qual fora a impressão dele da Grande Besta? Quando a resposta acabou sendo "um gigolô italiano desempregado", o tema da conversa passou para as lembranças do casal daqueles últimos anos em Netherwood, a pensão em Hastings, onde Ken se lembrava de ter estado presente à ocasião da reconciliação entre Crowley e a magista cristã Dion Fortune, também falecida pouco antes.

— Eles se davam muito bem, pelo que eu me lembro, mas, agora que morreram, o cenário ocultista está um tanto vazio. Seria até possível dizer que você é a última montanha nele, Austin. Eu lembro de Crowley ter dito, certa feita...

Ficava aparente que a mesa estava dividida entre aqueles que tinham tido a sorte de um dia ter conhecido Aleister Crowley e aqueles que tinham tido a sorte de não o ter conhecido, estes últimos sendo Dennis e John Gawsworth, os quais, desqualificados, acabaram caindo numa conversa marginal.

Gawsworth era de uma simpatia imensa. Talvez tivesse uns trinta e tantos ou quarenta e poucos anos, com um rosto franco coberto por uma barba bem-feita e uma expressão permanente de surpresa e desconfiança, como um gatuno flagrado pela luz de uma lanterna inesperada. Dobrando-se em sua cadeira para se inclinar, a fim de se fazer ouvir sobre as vaias e vivas do jogo de dardos, o autoproclamado Sancho Pança de Arthur Machen deu voz a conspiratórios discursos paralelos, com o tom perplexo de um aristocrata do interior ilhado nas ruas perigosas de uma cidade abominável:

— Eles têm razão, é claro. Esses últimos anos foram bem cruéis aos tipos do ocultismo. Estão morrendo como moscas: o velho Crowley, Fortune, Harry Price, todos eles. Uma pena e tudo mais, mas, quando Arthur Machen faleceu no penúltimo Natal, todos os barões da magia pareciam ter se esquecido dele, tanto quanto os críticos.

Aqui o escudeiro literário balançou a cabeçorra com ar melancólico e deu mais um gole de gim, com um cotovelo apoiado sobre a película de bebida derramada que cobria a mesa, onde os tucanos da Guinness davam sorrisinhos nas bolachas de bar ensopadas. Dennis perguntou se então Machen tinha alguma conexão com o mundo da magia, ao que Gawsworth rosnou uma afirmativa:

— Poxa, eu que o diga! Ele entrou para a Ordem da Aurora Dourada, sabe, lá para aquela época cor de malva do fim do século, quando tinha um monte de escritores fazendo isso, Algernon Blackwood, Sax Rohmer e por aí vai. Mas, com Machen... Sei lá. Acho que teve muito a ver com a perda da Amy, a primeira esposa dele. Machen me disse que ficou inconsolável, o pobre coitado, devastado pela tristeza e num estado mental precário. Tanto que parece ter sido atormentado pelos personagens das próprias ficções, ou foi o que ele me disse, e seus passeios noturnos eram por uma Londres que havia sido substituída por uma cidade inteiramente diferente. Foi depois dessa experiência que ele entrou para a Aurora Dourada. Esperava descobrir o que lhe acontecera, imagino, mas acho que não deu lá muita sorte. Não ficou muito tempo na ordem, em todo caso. Ele achava a Cabala intrigante, mas o resto todo... as fantasias e os nomes secretos e tudo o mais... ele considerava um monte de sandices pomposas. Não tinha papas na língua, o Machen.

No balcão, alguém com uma boina fez um comentário questionável para uma garçonete magrela e foi violentamente levado a criar intimidade com a calçada lá fora nas mãos de um proprietário do tamanho de um touro. Tentando afetar ares de erudito, Dennis olhou para Gawsworth com uma expressão cismada.

— Então, essa cidade diferente que Machen pensou ter visto... causou uma impressão duradoura nele?

Gawsworth, apesar de perdido em sua neblina de gim, foi enfático:

— Ah, minha nossa, sim. A ideia de que havia um mundo superior oculto por trás do nosso foi central na obra dele, até o final, mas Londres parecia ser o único lugar de onde ele podia vê-lo. Na primeira visita aqui, ele teve o que imagino que daria para chamar de visão, ficando maravilhado na Strand e testemunhando o que ele descreveu como a essência sagrada de Londres; sua "Theoria", como colocou. Ele tinha um tesão por terminologia religiosa obscura, quando dava na telha. Depois, assim que Amy Hogg morreu, ele teve mais alguns relances, como falei. Eu costumava achar que era uma questão metafórica, sobre o mundo diferente que se abre àqueles dotados da visão poética, mas hoje em dia já não tenho tanta certeza. Às vezes me vem uma desconfiança desconcertante de que ele estava falando em termos literais... sobre algum lugar que, para ele, pelo menos, tinha uma existência física. Diria que essas revelações foram as experiências mais profundas que ele teve na vida.

Do outro lado da mesa, Steffi Grant parecia constrangida ao repassar as dificuldades suscitadas pela morte de Crowley em encontrar um sucessor, enquanto o marido acenava com a cabeça, pensativo, e Spare examinava as próprias unhas sujas. Cada vez mais absorto no que Gawsworth dizia, Dennis conduziu a conversa ao assunto proeminente em sua cabeça:

— É engraçado, eu estava lendo um dos contos de Machen ontem à noite mesmo, sobre a outra Londres, escondida atrás desta aqui. O título era só a letra N. Não sei se você já ouviu falar...

Do fundo da melancolia nostálgica, Gawsworth se acendeu como uma árvore alcoólatra de Natal cujas bochechas eram luzinhas coloridas.

— Se eu já ouvi falar? Meu caro rapaz, ele foi publicado por minha causa! Ele tinha todas essas histórias que ninguém jamais viu sem ser nas antologias de fantasma da maravilhosa Cynthia Asquith, e pensei que seria melhor reuni-las numa coletânea. Machen não gostou da ideia e se esforçou bastante para me dissuadir. Disse que todos os contos não estavam à sua altura e não valiam a pena, o que era papo furado, mas também suspeito que ele muitas vezes se irritava quando eu me deixava levar pelos meus entusiasmos. Por fim, ele insistiu em incluir um conto novo, para que a coletânea pudesse ter, a seus olhos, algum mérito. E esse conto foi o "N.". Para mim, é um dos melhores e, pelo visto, acabou sendo uma das últimas obras importantes dele.

Pensativo, Dennis bebericava sua *stout* e, usando um bigodinho de espuma, perguntou a Gawsworth o motivo de o conto ter esse título, com medo de que a resposta pudesse ser algo mais gritantemente óbvio para um leitor mais atento do que ele. No entanto, o biógrafo só pôde abrir as mãos e arregalar os olhos já arregalados, fazendo um beiço com o lábio inferior numa carranca de espanto.

— Não faço a menor ideia. Perguntei a mesma coisa, quando ele me mandou. Sugeri que poderia ser um "N." de norte, porque o tema é o norte de Londres, mas ele só olhou para mim e sorriu... Um sorriso um tanto irritante, eu pensei. Não confirmava nem negava. Só consegui tirar dele um de seus enigmas. Ele me deu um tapinha no joelho e disse: "Aqui começamos a segunda metade que falta do alfabeto de Londres". Entenda o que quiser disso.

Ele fez uma pausa e continuou:

— Um dos maiores escritores que este país já viu, mas Deus é testemunha que o homem era um purgante. A mente capciosa dos galeses, sabe como é, sempre pensando em como ludibriar o público. "N." é um exemplo maravilhoso... Primeiro, amolece o leitor com fatos improváveis, como a dificuldade em localizar a parte precisa de Stoke Newington onde Edgar Allan Poe frequentou a escola, por exemplo. Depois, após estabelecer um ar de reportagem autêntica, ele introduz elementos inventados, mas que soam igualmente convincentes, como o livro que ele descreve e do qual cita uns trechos, *Uma caminhada em Londres*. Diabólico de esperto, não acha? Enquanto recurso literário?

Dennis se deu conta de que, do outro lado da mesa, Austin Spare lhe disparava um olhar de aviso, enquanto parecia enlevado pelo papo dos Grant, a fim de lembrá-lo de que havia coisas que não se podia discutir ali. Devidamente repreendido, Dennis fingiu surpresa e procedeu com cautela:

— Eita! Bem, eu caí nessa igual um patinho. Achei que fosse um livro de verdade de que eu nunca tinha ouvido falar. Então quer dizer que Machen inventou tudo?

Gawsworth sorriu, orgulhoso de seu conhecimento privilegiado e ignorante do de Dennis. Até os tucanos de papelão pareciam entretidos enquanto se afogavam sob suas lentes de *pale ale*.

— Tudinho. Inventou o livro, o autor... O reverendo Hampole, não é? Foi tudo inventado para um romance anterior, *O círculo verde*, e depois referenciado de novo em "N.". Cada uma das obras trata de uma Londres maior do que aquela que nós percebemos, por isso imagino que ter o mesmo livro imaginário em ambas as histórias faz um certo tipo de sentido torto. Onde foi que você encontrou o conto, por acaso? Espero que não seja uma versão editada em alguma revista fuleira.

Do outro lado do bar, o jogo de dardos foi cancelado por consenso mútuo antes que alguém furasse um olho. A fumaça-ambiente de tabaco, azul e pardacenta, estava mais pesada agora, bem como os xingamentos interjecionados: carambas haviam se metamorfoseado em cacetes conforme a noite foi avançando, até uma hora eclodirem em sua forma adulta de caralhos. Dennis enfiou uma das mãos no interior de sua sacola, ao lado da banqueta, puxando um exemplar de *A sala aconchegante*, junto com o oráculo para corridas de cavalo de Spare que acabou puxando por acidente, ainda no envelope do príncipe. Gawsworth regozijou-se como quem se reencontra com um filho amado após uma longa separação. A convite de Dennis, ele pegou a coletânea em mãos, virando-a aqui e ali, admirando o papel de parede dos embrulhos verdes e brancos, levando-o até o nariz rosáceo para aspirar seu buquê estagnado.

— Pela madrugada! Você também não diria que é uma criatura magnífica? Sabe, faz anos que não vejo um desses. Ganhei o dia. Por acaso gostaria de tê-lo autografado? Digo, sei que fui apenas o compilador, não o autor, mas ainda assim, se quiser, seria um prazer imenso, para mim, deixar o meu rabisco nele.

Embora o volume tecnicamente pertencesse a Ada, Dennis não via como a assinatura do compilador pudesse fazer mal à rentabilidade. Ele abriu um sorriso e assentiu com sua cabeça de frango depenado, garantindo ao cuidador do legado de Machen que tal rabisco seria uma honra tremenda. Com um sorriso radiante como o de uma criança, ainda que uma criança alcoolizada, Gawsworth sacou do bolso da camisa uma caneta-tinteiro lindamente maltratada e passou a deixar sua inscrição em *A sala aconchegante*, com uma tinta azul-claro e uma caligrafia nítida que mal tremia. A atividade chamou atenção da outra metade da mesa, e o comentário jocoso de Spare saiu num quase-grito por cima dos sons do piano próximo, que no momento estava passando de "Hush, Here Comes a Buzz Bomb" para "I Live in Trafalgar Square", sem qualquer mudança notável de modulação:

— Macacos me mordam, não sabia que hoje era noite das tietes. Ei, Dennis, que que é isso aí, essa outra coisa no envelope branco? Parece uma das dicas que o Monolulu sai dando por aí.

Dennis admitiu que era isso mesmo e confessou timidamente que ali estavam as Cartas Surrealistas para Previsão de Corrida de Cavalos do próprio Spare. Em meio a uma alegria considerável, o artista pediu a caneta de Gawsworth e insistiu voluvelmente que também deveria fazer um favor ao jovem visitante e assinar a própria obra para ele.

— Pra quem eu dedico? Boto só Dennis Knacker's-yard ou o quê?

Atingido por um impulso que era ou muito altruísta ou muito egocêntrico, Dennis perguntou se o envelope pardo com as cartas poderia ser dedicado a Grace Shilling.

— É a mulher da casa onde estou ficando no momento, e ela acha a sua arte fenomenal.

Sob o título impresso do envelope interior, Spare assinou com cuidado: "Para Grace Shilling, com carinho, do seu vale-nada,

Austin Osman Spare". Todos deram risada, Dennis recolocou os dois itens assinados na sacola e, tendo ao que tudo indicava exaurido um repertório restrito, o pianista pálido mais uma vez recomeçou o tema de Harry Lime.

Terminando a *stout*, confirmando o compromisso no dia seguinte em Wynne Road e apertando a mão de todo mundo, Dennis apanhou a sacola e saiu do Elephant and Castle antes que a etiqueta exigisse que ele pagasse uma rodada para todo mundo. Sendo do tipo solícito, ele não se sentia bem fazendo esse tipo de coisa, mas também, já que estava meio falido, o fato só pesou na sua consciência até ele passar da luz do segundo ou terceiro poste.

Demorou uma hora de céu nublado para chegar em Spitalfields — atravessando a Ponte da Torre, enquanto uma massa imensa de água negra rebentava-se, invisível, lá embaixo —, sem estrela nenhuma, um céu esvaziado de promessas, de beira a beira. Ele foi caminhando pelas Minories até Aldgate, enquanto a cidade cuidava das próprias feridas, emitindo ruídos sonâmbulos ao seu redor, com burburinhos de brigas distantes e tossidas de carros com o escapamento estourado. Ao cortar pela Whitechapel High Street até o cu da Commercial Street, o vento leste fazia soprar uma cadeia de sinos de viaturas de um ponto localizado em algum lugar do rio às costas de Dennis, que se permitiu pensar que estava fazendo algum progresso com todo aquele dilema lunático. Ele ia conseguir chegar ao fim disso intacto e, com sorte, sem virar do avesso. Com a assistência de Spare, a essa hora na noite seguinte ele já teria devolvido o livro indistinto e aterrorizante ao lugar de onde viera, como estipulado pelo ex-senhorio, e era capaz de estar a alguns passos de recuperar algo parecido com uma vida normal. Todos os seus problemas tinham irrompido feito traças de *Uma caminhada em Londres*, e ele estava certo de que se dissolveriam assim que se livrasse do livro. Seus pés começavam a reclamar enquanto ele passava na frente das portas fechadas do café onde tinha engolido um desjejum mais cedo, enquanto via-se decidido a encarar a situação com uma atitude mais positiva.

Para ele, sua aventura sendo arrastado por Maurice Calendar pela impossibilidade que era a Londres diferente tinha sido até bem emocionante, só não tanto quanto fora assustadora. O encontro com Austin Spare e seus associados lhe parecera cheio de mistério e encantamento, mas a maior compensação para as circunstâncias atuais de Dennis era, de longe, Grace Shilling. Ele estava desmesuradamente orgulhoso de si mesmo por ter instruído Spare a assinar as cartas de corrida para ela. Não que achasse que o presente fosse fazê-la cair nos seus braços ou na sua cama: se servisse para que ela parasse de lembrá-lo com tanta frequência da tal chave afiada, Dennis já ficaria mais que contente. Tudo que queria era voltar ao apartamento dela e ver como ficava aquele rosto quando estivesse feliz com ele.

Ele passou pela igreja de Spitalfields, agachada noite afora com aquela torre de chapéu de burro e uma boca de escotilha de pedra, um palhaço gigante gritando apenas silêncio sobre os quintais ao redor e os históricos Dez Sinos, inflada de luz e vozes do outro lado da Fournier Street. Um pouco mais adiante, ele atravessou a rua e virou à esquerda na Folgate Street, ensaiando no caminho o que ia dizer para Grace ao apresentar o autógrafo de Spare. Será que devia tentar uma abordagem mais distante ou precisava criar expectativa? Pela primeira vez na vida mal começada, estava voltando para casa e se encontrando com uma mulher que não era nem sua mãe, nem Ada Pé-na-Cova, e percebeu que estava ansioso, com apenas um leve toque de apreensão.

Ao chegar ao que tinha certeza de que era o número correto, ele buscou a chave da casa emprestada no bolso e entrou no maior silêncio possível, tentando evitar as tábuas do hall inferior que Grace havia destacado como as mais encrenqueiras em termos de barulho. Dava para ver, por conta da dobra tênue de luz embaixo da porta da sala, que ela estava em casa, mas ele pensou que seria melhor bater, por educação, antes de entrar. Após uma pausa mais demorada do que esperava, Grace falou para entrar, com um tom de voz monótono que sugeria que não estava lá muito entusiasmada para o reencontro; mas, também, ela não sabia das cartas de corrida.

Ele havia dado dois passos para dentro antes de se dar conta de que as coisas haviam saído muito errado. Grace estava sentada, toda ereta, sobre o sofá de pernas bambas, imóvel e branca de pavor. Não estavam a sós. Havia um sujeito ali que parecia um Glenn Miller mais ameaçador, em pé ao lado do forno apagado, e, como Dennis percebeu tarde demais, outro cidadão atrás dele, perto da porta. Um terceiro se empoleirava no sofá ao lado de Grace, um brutamontes com um sorriso ardiloso, uma marca de nascença proeminente numa das bochechas e olhos que pareciam encontrar graça no medonho.

— Vejam só quem resolveu aparecer — disse Jack Spot.

4

Papas e pot-pourri

Ao lado do cinzeiro de concha na mesa de centro, havia uma navalha, aberta em V numa posição de dez para as duas nos ponteiros do relógio, antecipando a encrenca que viria às quinze para as três.

Se tivessem tido tempo para conversar sobre o assunto, era provável que Grace e Dennis concordassem que ambos tinham uma parcela equivalente da culpa pelo pesadelo de que agora partilhavam. Dennis, da sua parte, não havia informado Grace do fato de que o criminoso assassino atrás do livro de Hampole era Jack Spot, nem do fato de que Spot já estava em posse do nome dele. Por outro lado, Grace não deixou claro para Dennis que, quando ela comentou que o ar durão da sua alcunha era "útil", ela queria dizer que dava para usá-lo como se fosse o nome de um cafetão quando quisesse ameaçar clientes difíceis ou que não pretendiam pagar: "Você sabe, né, que eu sou uma das meninas do Dennis Knuckleyard?". Já havia aplicado a estratégia duas vezes naquele dia, o que era evidentemente um número de vezes maior do que devia.

Os dois estavam sentados lado a lado num sofá tão precário quanto a situação, os olhos fixos à frente, sem se entreolhar. Estavam ambos aterrorizados e se esforçando ao máximo para não deixar transparecer, contemplando no mesmo plano, acima da lâmina dobrada e do cinzeiro, a figura acomodada do outro lado da mesa diante deles, numa cadeira tirada da cozinha de Grace. Dois capangas impassíveis se postavam em silêncio, um de cada lado — Glenn Miller à esquerda, um sujeito de pele negra clara à direita —, um par de colchetes contendo, à parte e enroscada como uma mola, a malevolência do homem sentado.

O conhecido rei do submundo, com um terno bacana de alfaiataria de cor ocre e uma gravata azul de seda, encarava a sacola que Dennis havia acabado de entregar. Spot franziu a testa, que ia ganhando espaço sobre o couro cabeludo, numa expressão inauspiciosa de perplexidade. Todo janota e perigoso, como uma granada embrulhada num lencinho, o homem alto e bem-alimentado por fim ergueu o olhar intrigado para o jovem casal de frente para ele, do outro lado da mesa decorada pela navalha. Seu sotaque maldisfarçado do East End saiu como o rosnado de um cão raivoso que enfrentava dificuldades nas aulas de locução:

— Cadê a pourra do meu livro, hein?

O balão de medo que vinha se inflando no interior de Dennis ao longo dos últimos cinco minutos agora era maior que ele próprio, contendo tanto o rapaz quanto Grace em sua imobilidade paralisante, um *crescendo* de aflição no aguardo de um inevitável e catastrófico estouro. Tentativas desesperadas de tecer estratégias revelaram-se inúteis, todos os pensamentos perdidos numa borrasca, além de absurdamente distraídos pela semelhança notável do capanga da esquerda com um líder de bando desaparecido. Sob a revelação esmagadora de que era capaz de se ver morto ou com uma orelha a menos em poucos instantes, Dennis só podia fiar-se em instintos que ele sabia serem notoriamente inconfiáveis, instintos que estavam todos, naquele momento, extenuando-se para aconselhar que, fizesse o que fosse, ele não tentasse inventar história. Sua única meia-chance, até onde dava para ver do interior daquela ansiedade inflável, era ser o mais direto e verdadeiro que a circunstância permitisse. Ele limpou a garganta, ainda intacta.

— Sr. Comer... — Inacreditavelmente, a memória de Dennis conseguiu buscar o nome verdadeiro de Spot em um dos artigos de jornal sobre homem e o fez bem na hora em que era necessário. — Sr. Comer, estou apavorado demais para conseguir mentir para o senhor. Eu queria, por Deus, que o senhor tivesse encontrado Harrison na noite antes de eu me encontrar com ele, e não depois, porque aí seria o senhor quem teria o fardo dessa coisa desgraçada e não eu. Esse livro... não é o que o senhor pensa que é.

Não estava indo bem. O olhar de Spot, até então apenas intrigado, agora estava refrigerado. A voz dele vinha da outra margem de um sorriso preocupantemente congelado, enquanto o executor da esquerda ia ficando mais parecido com Glenn Miller a cada instante.

— Ah, é? E o que eu penso que é?

Dennis percebeu que estava piscando adoidado, ciente de que as próximas palavras poderiam deixar suas faces em frangalhos. Ao lado dele, no sofá sôfrego, Grace respirava devagar pelo nariz.

— Se eu estiver correto, o senhor pensa que é um passaporte para... bem, uma outra parte de Londres, que a maioria das pessoas não sabe que existe. E, sim, estar em posse do livro significa ter alguma coisa a ver com, sabe, o outro lugar lá, mas não é que nem um passaporte. É... sei lá. É mais como uma intimação ou convocação. É mais uma sentença.

Parecendo agora mais interessado, o mafioso estreitou seus olhos calculistas.

— E como é que é, então?

No rádio da cabeça de Dennis, tocava "In the Mood", de Miller, só que não, na verdade. Com os ouvidos cheios de clarinetes imaginários, ele seguiu adiante, fazendo um resumo que serviria como sua defesa e/ou últimas palavras:

— É uma série de obrigações sem recompensa, apenas penalidades. Me falaram que quem não devolver objetos como *Uma caminhada em Londres* de volta para o lugar de onde eles vieram arrisca acabar... O senhor já ouviu falar de alguém chamado Teddy Wilson, lá de Lewisham Way? Foi encontrado em um estado que eu nem consigo imaginar, só por tentar jogar fora um livro como esse que o senhor está procurando.

Spot, a essa altura, dividia uma mesma carranca de preocupação com o seu cúmplice robusto, de pele negra clara, e então se voltou de novo para Dennis:

— O sr. Kankus aqui, faz um tempo, me informou de um camarada que ele ouviu falar, do sul do rio, que apareceu, digamos, numa condição incomum. Foi esse Wilson, não foi? Todo revirado...?

— Revirado do avesso? É, foi ele.

Ele sentiu Grace endurecer ao seu lado no sofá, e não dava para culpá-la. Assim como Jack Spot, o livreiro virado do avesso era outro detalhe da sua história que ele não havia considerado digno de compartilhar. Não parecera ser a hora certa, mas agora ele precisava admitir, a contragosto, que o momento atual era pior ainda. Spot jogou o beiço inferior para a frente, pensativo, enquanto refletia sobre o argumento de Dennis. Tamborilava com os dígitos de uma das mãos contra o verniz desgastado da mesa, um anel em relevo no mindinho somando uma batida metálica à percussão. Após alguns momentos, o criminoso-celebridade fez parar esse acompanhamento musical tenso e expirou fundo, como se tivesse chegado a uma conclusão insatisfatória. Com um ar de profundo arrependimento, ele apanhou e abriu a navalha, contemplando Grace e Dennis com olhos estranhamente paternos e profundamente decepcionados.

— Bem, tudo que tu me disse é bem útil e eu vou levar isso em conta, pode crê. Só que, por outro lado, não deu pra deixar de reparar que tu evitou o xis da minha questão, que, se eu bem me lembro, foi "Cadê a pourra do meu livro?".

Dennis agora estava rígido como Grace, ambos transformados num casal de madeira de uma dessas casas do tempo pintadas dos alemães, pálidos como se atingidos por um raio. Quando Spot havia sacado o item de cabo de madrepérola pela primeira vez, os dois haviam reparado no bolso interno tubular feito sob medida do paletó de onde pegara aquela malignidade cuidadosamente guardada: era evidente que era algo como uma especialidade. Com a coluna ereta por conta da eletricidade do pânico, Dennis tentou pensar em algo não desfigurador para dizer, ao mesmo tempo que não parava de se perguntar: quando Spot talhasse sua cara no meio, será que o mais alto dos dois executores não ia berrar "Pennsylvania, 6500"? Com a boca quase seca demais para falar, que dirá tagarelar, ele não teve escolha senão ater-se à honestidade como a melhor política possível:

— Em Brixton. Tem um sujeito lá que me falaram que poderia me ajudar a devolver o livro até, bem, o outro distrito. Ele prometeu me levar para lá amanhã de manhã, e disse que o livro devia passar a noite com ele para a minha própria segurança.

Jack Spot esfregou um dedo indicador ocioso na lateral do nariz e olhou de relance para cima, sorrindo, observando a dupla de pesos-pesados antes de olhar de volta para Dennis, já com o breve sorriso evaporando-se.

— Pelo que me parece, ele meio que se enganou com essa parte, não foi? Agora, por que tu não faz uma graça pra gente e conta o nome desse filho da pouta e onde ele mora?

Porque, oras, aí haveria algum motivo para não matarem os dois, Dennis e Grace, assim como haviam matado Molenga Harrison? Porque seria aterrorizar a vida de um indivíduo talentoso por quem Dennis tinha afeição? Porque seria covarde da sua parte? Todas essas respostas borbulharam no interior das bochechas mordidas do adolescente, e eram todas mais ou menos inadequadas. À espera da inspiração, ele tentou enrolar, de um modo não muito convincente:

— Vocês não querem nada com ele. É só um velho sujeito que mora num porão com um monte de gato, pintando e tagarelando sobre magia. É meio biruta, para ser honesto. Melhor deixá-lo de lado. Ai, meu Deus, não, não...

Essas últimas sílabas foram suscitadas pelo movimento do chefão mafioso, que se inclinou para a frente e aproximou o utensílio de barbear na direção dos olhos de Dennis, que ficaram fechados durante vários segundos até ele se dar conta de que o carrasco havia parado. Ele reabriu os olhos diante do rosto de Spot, a poucos centímetros do seu, as feições contorcidas pelo embate entre a raiva e a trepidação, com a mancha titular na bochecha esquerda tremendo como uma ilha vulcânica num mar cor-de-rosa cada vez mais escuro.

— Pera aí. Pera um minuto, pourra. Tu disse Brixton e que ele pinta. Não é aquele fulano lá, né, aquele da magia das trevas dos jornais? Spare. Melhor não ser o pourra do Spare, senão...

Dennis fez que sim em silêncio e se preparou para o golpe, mas Spot bateu a navalha na mesa com um rosnado de angústia e exclamou:

— Aou, pourra! Pouta que me pariu! Que pourra! Que pourra!

E mais outras coisas nessa linha durante o que pareceu ser um tempo insuportável de tão longo. Os tenentes-brutamontes pareciam tão assustados e perturbados pela diatribe do comandante quanto as pretensas vítimas, todo mundo imóvel, encarando enquanto uma garbosa granada de malevolência furiosa estremecia, prestes a explodir, num apartamento de Spitalfields pequeno demais para contê-la. No fim, Glenn Miller interveio, falando com um sotaque profundo do East End que reduzia bastante o que, fora isso, era uma semelhança notável:

— Jack, não me vá ter um filho pela boca. Não é nada que a gente não dê conta. A gente chega em Brixton antes de fecharem as bodegas, arrancamos o seu livro da mão desse palhaço desse Spare e vai ficar tudo chuchu-beleza.

A potestade do crime não pareceu visivelmente apaziguada por esse resumo bem-intencionado. Ele empurrou a cadeira da cozinha para trás e, ficando em pé, confrontou o subalterno equivocadamente otimista.

— Não, Sonny. Não vai, pourra nenhuma. Já ouvi falar desse sujeito, é uma pourra de um feiticeiro. Mexe com uns ziriguiduns mágicos e não é só uns truquezinhos de carta, não, pourra. Já passei por todo o azar que eu aguento, muito obrigado. Nem fodendo que eu chego perto dele.

Nisso, o capanga mais robusto e de pele mais escura, o sr. Kankus, tentou introduzir uma cascalhosa voz da razão ao diálogo cada vez mais barulhento:

— Que conversa fiada, Jack, você sabe que é. Deixa a gente bater um papo que ele entrega o lance na hora, dois palitos. Tô cagando se ele vai rogar praga em mim ou não.

Spot se virou para fixar um olhar furioso no subordinado, a voz saindo como o apito que avisa que a caldeira está para entrar em erupção:

— Solly, tu não tá me escutando. Esse pouto faz chover. Faz chover até bosta, se quiser. Não tem um lugar pior nesta pourra de país inteiro para essa pourra deste livro ter ido parar. — O senhor das corridas de cavalo pareceu perceber algo naquele momento. Apontando uma carranca para o nada, voltou as atenções infelizes mais uma vez para Dennis. — Isso, se é que ele tá lá mesmo, claro. Como sei que tu não tá de sacanagem com a minha cara com essa poutaria toda do caralho, tentando me passar a perna, mencionando o nome desse sujeito só pra me embromar? Quem garante que o pourra do Spare sequer sabe quem tu é, hein?

Esforçando-se muito para evitar movimentos bruscos, Dennis fez gestos nervosos na direção da sacola que repousava esquecida aos pés do mafioso.

— N-na sacola. Tem um baralho que ele fez. Mandei assinar o pacote para a dama aqui.

Enquanto dizia essas palavras, ele fez um aceno com a cabeça para o lado, no que pôde ter uma visão de relance da expressão apavorada que, por um breve momento, levou Grace a contorcer os lábios e pálpebras, embora não desse para saber ao certo se era por conta do presente autografado ou por ter sido chamada de "dama". Spot, enquanto isso, abaixava-se para apanhar os envelopes que estavam um dentro do outro em seu relicário de papel-pardo. Extraindo o pacote interior, mais escuro, de sua contraparte externa mais pálida, ele fechou a cara de novo numa expressão de fúria intolerante voltada para a frase impressa, depois para a dedicação autografada logo embaixo, depois para Dennis.

— O que é isso, então? Uma pourra de um baralho surrealista de previsão de corrida de cavalo? Esse corno tá me passando a perna em fazer dinheiro com corrida? Porque, se é isso, ele deve ser bruxo pra pourra. — Dennis percebeu que não conseguia oferecer nenhuma resposta pertinente, e assim Spot transferiu seu escrutínio indesejado para Grace. — E tu que é a Grace Shilling, então? A Grace de um Xelim. Oras, eu diria que é um preço bem competitivo.

Grace calmamente retribuiu o olhar enfurecido do gângster, assim como o comentário desrespeitoso:

— Pois é. Eu costumava ser Grace Tanner, de "nota de dez", mas estou me virando melhor hoje em dia.

Isso arrancou uma gargalhada gutural de Solly Kankus e permitiu a intrusão de uma breve normalidade coloquial no que, fora isso, era uma atmosfera volátil. Aproveitando a oportunidade para jogar mais panos quentes na situação, Grace prosseguiu com o mesmo tom sério, fitando os olhos de pavio curto de Spot sem piscar.

— Olha, para ser honesta, isso tudo está me dando nos nervos. Alguém se importa se eu acender um cigarro?

A cara do Napoleão de Whitechapel enuviou ponderosamente. Sua ira era uma onda de força ígnea avançando contra a mulher sentada ali através das comportas de sua cara, porém rebentando-se, confusa, contra a impassividade que ela demonstrava. O rosto de Spot afastou-se do demonismo e assumiu uma expressão insatisfeita de perplexidade.

— Pois, na verdade, até que não é uma má ideia. Eu bem que podia dar um trago também. Por que tu não acende aqui e fica de boquinha fechada?

Fazendo um biquinho de ressentimento diante dessa exigência que iria lhe custar alguns de seus cigarros Craven "A", fortemente racionados, Grace puxou o maço de dez de uma bolsa preta empoleirada entre os tornozelos e, após fazer questão de pegar um para si primeiro, ofereceu o resto aos outros presentes. Todos, exceto Dennis, pegaram um, e os três criminosos intrusos abaixaram, com reverência, o semblante parcamente iluminado diante da chama de um mesmo isqueiro para acender os cigarros, como se fossem os três reis magos do inferno na manjedoura. Parte da tensão na sala se dissipou em meio à neblina de fumaça que se acumulava sob o gesso do teto ou em meio às precipitações grises que se acumulavam no cinzeiro de concha, sobre a mesa ao lado da navalha ainda aberta. Recostando-se, Spot olhou para Grace e Dennis, reflexivo.

— Olha só, pressupondo que tudo que vocês disseram bate, até onde dá pra ver, isso ainda me deixa, digo, deixa a gente aqui, com um problemão da pourra. Entendem, preciso conversar com um sujeito dessa... outra vizinhança, digamos. É uma questão de importância pessoal, entendem? Então, se me dizem que não vai dar, de que me servem? Por que que eu não dou cabo de vocês dois aí e descarto toda essa lorota de uma pourra de livro mágico como sendo só um monte de merda?

Tendo já chegado à conclusão de que essa lorota de uma porra de livro mágico era muito pior do que um monte de merda, Dennis só podia admitir que a pergunta era até razoável e bem colocada. Na falta de uma resposta imediata, ele só conseguiu recair de volta ao improviso enquanto se debatia para bolar um plano ou quiçá o plano de um esboço grosseiro da primeira versão de um plano.

— Talvez... olha, talvez tenha algo que eu possa fazer para arranjar o que o senhor quer. Não tenho certeza, mas pode ser que sim. — Dennis deixou seu olhar disparar primeiro na direção do Glen Miller, depois para o sr. Kankus, do outro lado, antes de voltar para Spot. — Talvez a gente possa falar mais abertamente sobre o outro lugar...?

Spot passou a língua no interior da própria bochecha, empurrando a verruga de um jeito incômodo de ver, enquanto refletia. Enfim, ele lançou um olhar de admoestação na direção de Dennis. Não tinha como não entender o que estava em jogo.

— Justo. Posso ver que talvez essa sugestão faça sentido, jovem. — Ele olhou, de relance, para os seus associados, oferecendo-lhes um aceno perfunctório de cabeça. — Certo, então. Solly, Sonny, levem essa fruta lá fora enquanto eu e o dom Knuckleyard temos nossa discussão. Botem-na no carro, uns dez ou vinte minutos, e sem gracinha, pelo menos enquanto eu não tiver uma ideia melhor de como lidar com essa pourra desse vespeiro.

A fruta, rimando com puta, era obviamente Grace, enquanto o próprio Dennis era, provavelmente, a porra desse vespeiro. Com certeza, era assim que ele se sentia, seu estômago como um receptáculo para coisas venenosas que zumbiam lá dentro e outrora haviam sido intestinos. Erguendo-se diante dos convites que os duplos subordinados de Spot sussurraram, Grace pronunciou, com cuidado, um "pachorra do caralho", enquanto era retirada das próprias acomodações, bancadas com muito suor. De forma inesperada, ela olhou de volta para o limiar da porta e disparou um sorriso apertado e ansioso, como quem diz "sei que a sua burrice vai ser a nossa desdita, mas boa sorte mesmo assim". Era um olhar de quem havia deixado a régua bem baixa, e por isso ele se sentia grato ao extremo. Aí a porta se fechou, com um clique, e Dennis ficou a sós com o picareta mais janota e brutal de Londres. Jack/John/Jacob Spot/Comacho/Comer/Colmore abriu um sorrisinho amigável, com a intenção de deixar o jovem de dezoito anos pouco à vontade, e obteve um sucesso visível.

— E aí? — cobrou. — Vamos lá, pourra, quero ouvir. Não temos o dia inteiro.

Dennis respirou fundo, aproveitando enquanto ainda tinha a capacidade de respirar.

— Os dois colegas lá fora, foram eles que estavam de tocaia atrás de mim na Berwick Street, na noite de ontem, terça-feira. Não foi?

Spot fez que sim com a cabeça. Não estava impressionado.

— Foi, sim. Sonny, o Ianque, e Solly, o Turco, mas não são a dupla mais difícil de identificar, não é? Só que é notório que é difícil pra pourra fugir deles se estão atrás de você, então como foi que um gala rala que nem você conseguiu? Falaram que te viram entrar num bequinho de merda e aí sumiu. Aonde tu foi?

Mais uma vez, Dennis nutria a esperança de que a verdade poderia libertá-lo.

— Eu fui parar na Londres errada, na parte que corresponde ao Soho. Foi horrível. Entrei por acidente, e tudo estava vivo e tentando me comer. Tinha uns caixotes estourados que viraram aranhas de madeira avançando em mim, latas de lixo com as tampas batendo que nem presas e cobras de metal feitas de calhas. Olha, eu não sou nem de longe tão esperto como o senhor, sr. Comer, mas não sou otário para contar uma história assim sem pé nem cabeça, não quando o senhor tem uma navalha aí na mesa, se não fosse isso o que eu vi. A outra Londres é um hospício do caralho que não foi feito para pessoas vivas normais. Só de lembrar eu já fico querendo vomitar, e vou ter que voltar para lá com o Spare amanhã cedo, às dez, senão vou acabar igual o colega livreiro lá, ou algo tão ruim quanto. Para ser bem sincero, se não fosse a Grace, a srta. Shilling, que me recebeu aqui e nem ouviu essa história toda, era capaz de o melhor ser mesmo o senhor dar cabo de mim e acabar logo com esse sofrimento.

A expressão no rosto de Spot, esculpida num alabastro suado, era ilegível, mas não indicava pura descrença. Parecia capaz de estar tentando, sem sucesso, imaginar aracnídeos de caixotes.

— Pois é, e é capaz de eu ainda fazer isso mesmo se tu não me der um motivo para o contrário. O que aconteceria se eu fizesse, hein? O que acontece se tu não aparecer lá no barraco do feiticeiro de manhã porque você e a sua senhorita meia-coroa aí acabaram indo boiar junto com as camisinhas lá nas escadas de Wapping?

Era uma cena e tanto que ele concebera. Dennis engoliu a seco, de um jeito não muito bonito.

— Não sei. Imagino que o Spare teria que levar o livro do Hampole de volta aos Cabeças da Cidade sem mim, e aí seria o fim da questão.

O chefão do crime do East End fez uma careta, insatisfeito.

— E depois disso? Quem são esses Cabeças da Cidade que eu nunca nem vi?

Incapaz de se lembrar de alguma vez ter estado por dentro das coisas, Dennis, em todo caso, flagrou-se ciente de estar cada vez mais por fora. Mais ou menos em todo caso, ele prosseguiu:

— Não tenho certeza, mas parece que são eles que mandam na outra Londres, tipo um comitê ou... — Aí ele se calou. Algo lhe ocorria, mas ele não sabia bem como dizê-lo. — Sr. Comer, posso perguntar uma coisa? Não entendo por que é que, depois de tudo que eu contei, as cobras de calhas e lixeiras famintas, o senhor não me desceu a navalha ainda. Tem algo que o senhor viu ou ouviu que lhe diz que eu não estou mentindo? Desculpe. Talvez não devesse perguntar.

Spot apagou a bituca do cigarro no cinzeiro e ficou refletindo. Dennis foi submetido a uma longa encarada avaliadora antes de receber uma resposta:

— É tu soprar uma palavra disso que seja, e acabou pra você. Última palavra, último sopro. Me entende? — Dennis fez que sim com a cabeça, e o tirano do pedaço prosseguiu. — Foi em 1936, Batalha de Cable Street. Talvez tu tenha ouvido falar. O pourra do sir Oswald Mosley e os pourras dos camisas-negras, todos a caráter e idichificados, quer dizer com medo de judeus, gritando aos quatro ventos lá onde eu cresci. Bem, eu não ia tolerar uma coisa dessas, nem preciso dizer. Tava com meus vinte e poucos anos só, nessa época, mas fui lá no meio da muvuca com um bando de outros guris judeus, poutos da vida, meus rapazes, e a gente deu neles, os cuzões fascistas e os meganhas que tavam protegendo eles. Foi assim que eu ganhei meu apelido, entende? O "Spot" é de "ponto", porque eu já tava sempre no ponto quando surgia encrenca.

A história que Dennis ouviu era diferente, mas tinha a impressão de que não era hora de contradizê-lo nem de olhar para a mancha distintiva que era a origem mais provável do apelido de Comer. Spot seguiu em frente:

— Bem, em todo caso, a gente saiu numa investida direta contra os guarda-costas da polícia, tentando chegar em Mosley e companhia. Eu tinha uma perna de sofá que enchi de chumbo e tava quebrando a cabeça do cuzão do lado do sir Oswald quando os meganhas todos caíram em cima de mim duma vez. Me botaram na pourra do hospital, mas, bem na hora que eu desmaiei, olhei pra pancadaria ao redor e vi a coisa mais absurda: tinha uma pourra de uma mulher de seis metros de altura, sério. Ruiva, que nem a sua senhorita Nota-de-Dez aí. Estava com as tetas pra fora e caminhava em meio à multidão, simples assim, bem de boas, e todos desviavam o olhar, como se não estivessem vendo! Seis metros de altura, eu te juro! A gente pode dizer que foi aí que eu percebi que tinha algo esquisito pra caralho rolando em Londres, e os pedaços que eu vim ouvindo ao longo dos anos só deixaram tudo mais esquisito. Aí tu me fala das suas aranhas de caixote de feirante, e eu não vou nem pestanejar, não é?

Mais uma vez, o argumento do rei do crime era impecável. Decidindo arriscar, Dennis fez uma interjeição que pensou que talvez pudesse ser relevante:

— A mulher que o senhor viu, acho que talvez pudesse ser alguém chamada de "Bela dos Motins". Spare mencionou esse nome para mim. Disse que já viu ela uma vez, quando era novo.

Spot ruminou essa informação com uma careta contemplativa.

— Bela dos Motins, é? Pois. Pois bem que parece mesmo. — Spot disparou para Dennis um olhar que parecia tão fora do personagem que o rapaz demorou um momento para identificar os sentimentos envolvidos aí, de incômodo e irritação. — Esse negócio de magia é um circo da pourra, não é, não? Umas pourras de uns gigantes e gente virada do avesso. Pourra, chega a me dar arrepio, isso eu te digo. Pourra, não é certo, é?

De repente, parecia que Spot estava precisando ser validado. Compassivamente, Dennis fez que não com a cabeça.

— Não. Não é, não. Do que eu vi, é uma loucura. Bem um show de horrores mesmo. Olha só, sei que não é da minha conta, mas se o senhor já viu como é a outra Londres e não gostou, então por que está tão determinado em chegar lá? O senhor disse que precisava falar com alguém daquelas bandas...

Isso lhe rendeu mais uma pausa pensativa, enquanto o chefão dos bandidos considerava as alternativas. Enfim, parecendo ter chegado a uma decisão, ele se inclinou para a frente com os cotovelos apoiados na mesa e fixou o olhar em Dennis sem nem piscar.

— Filho, não sei se eu posso confiar em você, mas sei que eu posso te matar. Então, vamos deixar isso entendido, tudo bem? Então, aí tu me pergunta o que eu quero dessa pourra de piquenique de duendes, então vou te dizer: quero paz de espírito. Quero saber com certeza que não tem nenhum cuzão trambiqueiro pronto pra me apagar antes d'eu chegar à porra dos quarenta. Entende, a minha vida inteira eu dei duro pra ter o que tenho. Costumavam ser os carcamanos que mandavam nas pistas todas, Harryboy Sabini e tal. E aí chegam o pourra do Kimber e seus Brummy Boys e expulsam os Sabinis, e aí chegamos nós, eu e o Billy 'ill, e fazemos o mesmo com eles. Kimber coopera com a gente agora, na paz.

Spot fez uma rotação curiosa da cabeça, com um estalo audível da cartilagem, depois apertou a gravata de seda numa casa a mais da sua forca.

— Claro que, com o Billy passando tanto tempo fora, no xilindró, a manutenção da operação 'caba sobrando pra mim, no geral. Gosto de pensar que consegui expandir tudo até virar um negócio bem lucrativo. O problema é que ganhar esse tipo de reputação significa que eu precisei botar o meu nome, na papelada e tudo o mais. E, agora que o Billy saiu da cadeia, eu sei que ele pensa que eu tô me pavoneando e tentando dominar tudo. Digo, graças a mim, a gente tá melhor do que nunca, mas vem encrenca por aí, consigo sentir. Entende, enquanto o Billy tava preso desta última vez, eu cometi o que eu admito que foram um ou dois erros. A confusão no aeroporto de Londres do ano passado, pra começo de conversa... A gente achou que tinha conseguido chapar os guardinhas, mas não, e no fim eles acabaram sendo policiais à paisana. Nada que dê pra ligar a mim, mas todo filho da pouta lá sabe que fui eu. E o mais importante é que o Billy sabe e não gostou.

Lá em cima, além do teto descascado do apartamento de Grace, alguém bateu e tropeçou nas escadas do andar superior, talvez os outros inquilinos da casa em uma visita ao sanitário. Spot deu uma fungada apática e remexeu nas abotoaduras, demonstrando seu mal-estar por estar chegando ao cerne da história.

— Minha situação não é tão confortável quanto eu gostaria e eu bem que podia ter uma ajudinha pra sair dessa encrenca. Do que eu pude pegar daqui e dali ao longo dos anos, entendi que nada acontece por aqui sem terem decidido por lá. E, pelo que me falaram, todas as várias empreitadas da cidade têm uns representantes mandados dessa terra encantada lá deles, e isso inclui atividades criminosas. Essa outra Londres lá é o tocador de realejo, e a nossa Londres cá é só a pourra do macaco, pelo que eu sei. Do que me disseram, tem, tipo, um deus dos vilões nesta Londres diferente, e imagino que seja o camarada com quem eu preciso bater um lero... ou, se não for possível, alguém precisa conversar com ele por mim. Entende o caminho que a minha mente tá fazendo aqui?

Com um misto de esperança e preocupação, Dennis achava que sim.

— O s-senhor se refere aos Cabeças da Cidade que eu estou para encontrar amanhã? Bem, eu não sei quem eles são exatamente e nunca ouvi falar nada sobre esse tal de deus do crime, mas, bem, talvez eu possa apresentar o seu caso para eles, talvez marcar uma reunião, se isso servir para tirar a Grace e a mim da reta.

Os dois estavam inclinados, um de frente para o outro agora, e Dennis reparou que, com seus longos cílios, havia algo de feminino nos olhos do arquicriminoso. Eram quase fofos, apesar de estarem cheios de tantas coisas feias. Spot fez que não com a cabeça e suspirou.

— Não. Receio que "talvez" não seja o bastante. Não vai tirar ninguém da reta. Entende, o que eu penso é que tu vai precisar dum forte incentivo pra essa presepada de amanhã sair do jeito que eu quero. É assim que vai ser: você e a sua gata podem pousar aqui esta noite, com um dos meus rapazes lá fora, vigiando a frente e os fundos. Amanhã cedo, a gente vem e alguém te leva pra Brixton, enquanto a menina fica com a gente, o dia inteiro, se necessário. Se tu aparecer aqui amanhã à noite com algo que eu nem quero saber, aí a gente apaga os dois. Se tu sumir, aí a gente dá cabo nela, depois vamos atrás de você... e a gente vai te encontrar. Quero ser claro pra pourra aqui. Por outro lado, se tu voltar com boas notícias pra mim, todos nós teremos a pourra do nosso final feliz, não é? Então, chegamos a um acordo de cavalheiros?

Spot entendeu a palma de uma das mãos com expectativa e vincou o rosto no sorriso sardônico de um vendedor triunfante. Dennis ficou encarando, abismado, os dígitos estendidos e rosados, com as unhas bem-feitas.

— Mas... eu não faço a menor ideia de como funciona a outra Londres. Só estive lá uma vez. O senhor sabe que eu não posso prometer manter a minha parte da barganha.

A mão e o sorriso permaneceram, ambos, como estavam.

— É verdade. Mas eu posso prometer manter a minha parte, e é nisso que tu devia prestar atenção.

E foi assim que, quando os pesos-pesados trouxeram Grace de volta à sala dela, alguns momentos depois, Dennis Knuckleyard e Jack Spot estavam fechando aquele negócio com um aperto de mãos, mas o aperto de verdade era o nó no estômago de Knuckleyard. A navalha, já dobrada, foi se acomodando de volta no bolso interior do paletó. Esse intervalo na companhia dos gângsteres não parecia ter perturbado Grace nem um pouco, e parecia haver certa diferença no modo como os dois capangas a estavam tratando, no modo como Solly, o Turco, gesticulou com educação na direção da metade vazia do sofá, indicando que era para Grace se sentar. Os dois homens, no entanto, mantinham ainda uma hostilidade implacável quando olharam para Dennis.

Agora com simpatia, Spot reiterou os arranjos para aquela noite e a noite seguinte, antes de anunciar que Sonny, o Ianque, poderia levá-los de carro de volta a Hyde Park Mansions e sua namorada Rita, em Cabbell Street, enquanto Solly, o Turco, ficaria lá fora para a primeira vigília. No que os três homens estavam indo embora, o capanga de pele mais escura esticou a cabeça para trás, pela porta, e falou com Grace:

— Quando eu voltar aqui amanhã cedo, querida, trago aquele maço de Craven "A" que te prometi. Desculpa pelas ameaças e tudo e tal. Tenha uma boa noite.

Grace concedeu ao homem um sorrisinho de gratidão, que era metade careta, e, fuzilando Dennis com o olhar em uma saraivada final, ele desapareceu. Tanto Dennis quanto sua anfitriã incomodada flagraram-se tremendo, e assim Grace acendeu o forno de parafina e os dois ficaram se entreolhando, horrorizados, ainda que fosse um horror relativamente temperado. Mais tarde, Grace viria a agradecê-lo pelas Cartas Surrealistas Para Previsão de Corridas de Cavalo autografadas, e os dois conversariam antes de ela se fechar no seu quarto e deixar Dennis sozinho e praticamente insone no sofá; porém ali, no rastro da partida de Spot, os dois se viram sem palavras, emudecidos pelos transtornos do dia. Ambos sabiam que tinham muito o que conversar, inclusive sobre suas contribuições individuais para aquela situação, mas nem ele nem ela sabiam por onde começar. Por fim, Grace rompeu o silêncio, referindo-se ao problema que pesava na cabeça dos dois:

— Por acaso aquele sujeito não era a cara do Glenn Miller?

Na quinta-feira de manhã, os dois estavam acordados e já vestidos às 8h, que foi a hora em que voltaram Jack Spot e seus homens. Todos, exceto o empreendedor do crime, tinham o aspecto abatido de quem não havia conseguido descansar. Solly Kankus, que não era nem de longe turco e na verdade era primo de Jack Spot, virou o cuidador de Grace durante o dia, enquanto o próprio Spot ia e vinha em meio a outros negócios. Após flagrar Kankus entregando às escondidas um maço de dez Craven "A" para Grace assim que chegou, Dennis concluiu que, entre todos os matadores que havia para mantê-la refém, aquele ali não era dos piores. Quanto às suas próprias tribulações, ficou decidido que Sonny, o Ianque — agora carregando um bastão preto que era preocupantemente parecido com uma bengala-espada — levaria Dennis de carro até o ponto de encontro com Spare, em Brixton. O trajeto para o sul, conduzido sobre uma maré de fumaça azul que espiralava do escapamento do carro, sob um céu escuro feito uma arma, não rendeu quase nada em termos de conversa. Dennis descobriu que Sonny era tão ianque quanto Solly era turco; seu nome verdadeiro era Bernard Schack; e, sim, era mesmo uma bengala-espada que ele levava. Os dois haviam acabado de estacionar do outro lado da entrada para a Wynne Road quando Sonny deixou uma coisa bem clara, enquanto o passageiro ansiosíssimo saía pela porta de trás.

— Aquela rapariguinha, a Grace, vale uns dez de você. É só tu decepcioná-la e não dar as caras hoje à noite com o que o Spotty quer, e eu juro solenemente que vou fazer picadinho de você, da goela até o cu. Agora levanta.

Enquanto partia, meio corcunda, para atravessar a Brixton Road rumo ao seu destino malfadado, Dennis conseguia sentir os olhos do Glenn Miller, aquele gélido fac-símile, perfurando-lhe a espinha vertebral. Grace, pelo visto, havia causado certa impressão.

Todo cinza, o terraço amarfanhado se refestelava no luxo da sua desolação enquanto Dennis avançava até a porta de Spare, mais uma vez forrada de gatos, embora talvez fossem gatos diferentes dos do dia anterior. Ao responder à batida frouxa à porta, a proprietária, a mulher alta com um jeitão de papel de parede desbotado, nem se deu ao trabalho de lhe dirigir a palavra, preferindo só acenar com a cabeça para a entrada do porão na outra ponta do corredor, um chacoalhar das contas fazendo as vezes de palavras. Dennis estava na metade do processo de pedir desculpas mal articuladas quando ela desapareceu, sem deixar nada além do fantasma daquele perfume barato como prova de que um dia estivera ali. Temendo que nada de bom fosse sair daquilo tudo, temendo que ele e Grace fossem parar debaixo da terra ao cair a noite, ele desceu os degraus de tijolo descoberto que levavam até o permanente brilho elétrico do artista.

Aquele cubículo absurdo de minúsculo parecia, de algum modo, diferente do que estivera no dia anterior, e Dennis se deu conta, com um sobressalto, de que Spare — quase do outro lado do recinto, abaixado de costas para a porta — havia dado uma arrumada nas coisas, pelo menos realocando as montanhas de exemplos sofisticados de refugo. Áreas até então ocultas da parede ficaram visíveis, expondo o gesso desgastado e uns rabiscos infantis em giz, como um retângulo torto, talvez remanescente de algum cálculo geométrico improvisado, que sem dúvida estivera oculto atrás de uma duna de faunos maliciosos. Spare, deslocando uma pilha de diabos desfiados de perto da cômoda, olhou ao redor com um sorriso amigável ao ouvir os passos hesitantes de Dennis às suas costas. Havia apenas quatro gatos, mas pareciam ser mais.

— Ah, sr. Knuckleyard! Bom dia pra você. Ainda tô me aprontando, saí da cama faz nem muito tempo. Enchi um pouco a cara com os Grant e o Gawsworth depois que tu foi pra casa ontem à noite. Um raio me parta que aquele Johnny Gawsworth não consegue parar. Chamou a gente pra ir na casa dele depois da saideira, pra servir um café pra nós com as cinzas de M. P. Shiel dentro. Pau no cu dessa merda. Falei pra ele que café me deixava peidão desde as minhas experiências na Primeira Guerra, aí vim cambaleando pra casa dormir. E você? Que tipo de noite tu teve?

Obviamente, foi uma saga e tanto. Spare era mais uma pessoa para quem Dennis não havia falado nada a respeito de Jack Spot. Apesar de abrir um sorrisinho ao ficar sabendo que o mafioso morria de medo dele, a charneca arejada de suas feições nublou-se diante da menção do acordo com Spot, usando a vida e o bem-estar de Grace como barganha. Cercado, como estava, por horrores copuladores, o mago torceu a boca de desgosto.

— Bem, que azar. Deixa as coisas um bocado mais complicadas, mas vamos ver o que dá pra fazer. Aqui, seguinte, abre ali a porta daquele armário pra nós, pra eu guardar essas últimas tralhas aqui, e aí a gente pode já ir tocando as coisas.

Ávido em colaborar, Dennis estendeu a mão, fechando-a em torno da maçaneta bulbosa do armário, antes de se lembrar de que aquilo até então não passava de um monte de voltas rabiscadas em giz, preenchendo a metade de um retângulo torto, e que a cela de Spare era pequena demais para que coubesse um armário, mas a essa altura

a porta parcamente rabiscada se abre para dentro, dando num jardim botânico listrado por réstias de sol, e há verão em seus pulmões, um trovão orquestral em seu coração acelerado, a força suave da mão de Spare contra as costas de Dennis, encorajando-o a seguir rumo ao som e à luz de uma manhã traduzida...

trêmulo, ele está cercado por um círculo de pedras soltas escavado a uns bons três metros no solo, com escadas de terra e madeira que levam à superfície, flores anônimas brotando dos interstícios... acima, o céu é um deslumbre a se derramar... o oráculo do sul de Londres sai de um quintal submerso, fechando atrás de si um portal que, deste lado, parece feito de madeira sólida, e ele mesmo parece um homem diferente ... as camadas de roupas andrajosas ainda são as mesmas, e idem o rosto bem delineado, mas onde ficava a brasa de pedra-pomes que era o cabelo do pintor agora se vê uma fosforescência ofuscante, o quadro de um filme preso no portão do projetor, que se derrete até virar um clarão vazio... o tom de voz dele é o de quem se desculpa... "não queria te passar a perna assim. É só que fica mais fácil atravessar se não estiver pensando nisso conscientemente, esbarrando numa porta que nem é uma porta de verdade. Meio como os sigilos qu'eu faço: só funcionam quando não tão na tua mente"... Spare segue até os degraus grosseiros e passa uma das mãos em sua alva juba de fogo de santelmo, meio constrangido... Dennis agora está reparando nos rostos em miniatura, malformados, uma grotesca precipitação no rastro do estranho desenhista... "Desculpa pela minha peruca também. É só que é assim que eu fico quando venho pra cá. Nem bote reparo nessas massas que ficam me seguindo por aí. São personalidades atávicas que eu tô liberando. Enfim, vamos lá. Quanto mais cedo a gente começar, mais cedo a gente termina"... solenemente, os dois sobem os degraus na direção da abertura, com Spare à frente e Dennis afastando os rostos imbecis que se derramam do cabelo de raio globular do velho estranho...

Brixton, no andar térreo, em toda parte, é um rodopio envolvente de tintas gigantescas num fluxo constante entre terraços de tijolos malcuidados e os campos dos jardins suburbanos; entre o monocromático puro e um tecnicolor maduro até demais; um debate furioso entre séculos discordantes... o crânio do céu engloba tudo e faz chover luz numa queda direta de um embate de luta livre ou teatro grego... Dennis não está vomitando, mas ainda se vê longe de sentir firmeza na pisada conforme o chão se transforma de gramado em asfalto... não consegue digerir tudo que vê, não tem espaço para fazer isso, e Spare já vai na frente, impaciente, adentrando o que às vezes é imundície, às vezes são flores, vazando um rastro de semblantes insuportáveis... "A gente vai pra Ponte da Torre, ou Arcada de Bran, como chamam cá. E de lá pra onde estão os Cabeças... e eu tô aqui com seu livro da moléstia no meu bolso, aliás. Volto pra cá depois que a gente terminar, mas mandei avisarem o Monolulu, então com sorte ele encontra a gente e te leva no resto do caminho pra casa. Agora, te prepara e tenta não pisar nas fadas ou formas rudimentares"... os dois caminham mais ou menos para o norte, no que poderia ser uma versão exagerada da Brixton Road, onde sebes bucólicas florescem em lanchonetes atlantes de batatas fritas, venezianas com escritas sem sentido e empreitadas insondáveis antes de murcharem até voltar a ser relva e touceiras carregadas de morangos monstruosos... atrás de si, eles deixam paládios fugazes de Art Déco, moinhos de cristal que espalham borrões de paletas de maquiagem, e os eus descartados de um místico ranzinza...

quase tão biliar quanto na primeira excursão, Dennis vai cambaleante por onde Spare dá passos largos, ambos os homens enfiados até a cintura nas contorções da história, rumando para Camberwell Imaculada por entre deslizes e fulgências de um horizonte ao outro... há figuras borradas que se tornam nítidas por um momento a todo o redor: uma criança cinzenta discursa sobre um tablado; um carrinho de bebê abandonado guarda um bebê de um ano com a pintura de um raio sobre suas feições perplexas... e uma grande criatura-tornado revira o centro da estrada, atravessando símbolos contorcidos, o tempo líquido, descendo sobre a Queima de Brixton enquanto o artista e o rapaz de recados passam por ela, seguindo na direção oposta... Spare inclina as melenas ofuscantes na direção do espetáculo... "Esse aí é um dos tais Arcanos. É o Sarraceno Inferido"...

com aproximadamente dois metros e meio de altura, ele se debate e se agita e se desfia numa nuvem de fitas de uma grife incomparável, tiras chicoteantes de couro com zíper cobrindo tecidos vívidos, jeans folgados, saias-orquídea e ternos de segunda mão esgarçados numa lida constante... sua silhueta e porte ora são de homem, ora de mulher, fluindo em gênero sem enrosco de um momento ao outro, de ondulante para angular, da postura caída de um bêbado para a dança e um espalhar-se tumultuoso... exposta em ritmos intermitentes, a pele do ser passa pelos espectros do bronze mais pálido até o retinto que é quase azul... seu cabelo também, ejetando-se como um matagal esférico, descascando-se em cordas balouçantes de nós até retrair-se numa camurça fina na qual de algum modo foram gravadas runas crípticas, ou então oculta por um chapéu pork-pie, por trançados amarelos-verdes--vermelhos, por véus completos e pela breve insolência angular de uma boina... seis braços ele tem, que reprisam o fluxo e o gesto contínuos de um deus hindu, e nas muitas mãos uma montagem fugaz de garrafas coloridas, brochuras, discos de gramofone, facas, pistolas, bíblias, cigarros de palha, belas bolsas, exagerados hambúrgueres americanos... conforme essa metamorfose esvoaçante desce com pressa pela avenida atônita, o coração do distrito, traja um envelope de muitas canções e músicas de uma diversidade desvairada, fragmentos que surgem e somem como o girar aleatório do botão de um rádio... a aparição começa a se afastar deles, minguante naquela via pública reluzente, e Dennis se vira maravilhado para Spare, buscando uma explicação...

com as feições sob aquela luz de outro mundo emanada por sua juba-auréola, o benzedeiro de Wynne Road aponta um queixo protuberante para o fenômeno cada vez mais remoto, que ruma para o sul... "Ele tem essa cara e faz esses sons porque é constituído de pedacinhos do passado e pedacinhos do futuro, arremessados como uma salada histórica. Ele tá nesta Cidade de Cima des'que se tem memória, mas hoje em dia aparece muito aqui na Queima de Brixton ou lá na Notting 'ill Sublime, onde tão chegando os caribenhos. Tentei desenhá-lo, mas é quase impossível captar o movimento, todas essas amarras de anos diferentes eternamente rodopiando ao redor"... inocentemente, Dennis pergunta se aquele ser impressionante não é talvez a essência das pessoas negras, mas Spare faz que não com a cabeça, deslocando uma breve chuva de Calibãs de caspa, e diz: "Não. É o Sarraceno Inferido, a essência do qu'os brancos imaginam dos negros"... e os dois continuam com seu passeio espectral, e a grande distância que atravessam desliza suavemente num borrão torrencial de quintais e milagres enquanto eles refazem os passos da noite anterior, até chegarem em Alta Walworth e no perímetro da Lambeth Ardente, pulsando sob o meio-dia infinito...

o Elephant and Castle é substituído por uma tremenda esfinge, da altura da igreja de São Paulo e construída de pedra calcária... o corpo é um paquiderme de guerra que veste um howdah encastelado nas costas e tem um rosto esculpido que lembra Eleanor de Castilha, a Infanta, a aposta de sua simbologia... a criatura monumental de cabeça de mulher parece mais estável e mais contínua do que as estruturas ao redor, que apodrecem e se regeneram a cada segundo... Dennis fica sem palavras, golpeado pelas ruas que são apenas e inteiramente linguagem, deixando o papo furado para o seu guia incandescente... "Sem querer falar o óbvio, mas foi daqui que o Blake tirou a Golgonooza; a cidade quádrupla que tá eternamente caindo e se reconstruindo, com tudo que tem. Pra falar a verdade, é da onde eu mesmo tiro meus bodes que viram tetas e cera de vela, todas as formas rudimentares em que eu falei pra você não pisar mais cedo. Todos nós, artistas, poetas e trambiqueiros, ganhamos muito do Grande Durante, e, se às vezes ele precisa de um favorzinho em troca, melhor não bobear. É por isso que tô contigo agora... digo, você me parece um jovem bem do bacana, mas sei que é o que os Cabeças querem, então é minha obrigação, se preferir assim. E do Monolulu, se o maldito filho duma égua se der ao trabalho de aparecer"...

em meio ao gramado rural temporário que torna peluda a calçada sob os seus pés, Spare aponta para um dos supracitados apanhados de substâncias materiais em transição, as formas rudimentares... pálidas e reluzentes na relva, a princípio uma porção descartada de frango assado, mas os músculos saborosos se descascam e se reamarram nos ossos protuberantes... a pele crocante em pétalas, levantando-se da carne que se bifurca e se parte em novas configurações, e enfim é uma mulher, nua, de dez centímetros de altura, sacudindo a gordura de suas asas que se desdobram antes de alçar voo e ir embora, atordoada, em meio a caules que se encolhem de volta no meio-fio e nas pedrinhas... nisso Dennis pergunta: "Aquilo... Aquilo era uma fada?", e o ilustrador do cabelo-clarão aponta com a cabeça, fazendo surgir uma outra dúzia de momentâneos libertinos, brutos e cretinos minúsculos... "Se preferir. Fadas e duendes e tud'o isso aí, eles brotam naturalmente da pseudomatéria de cá, o bolo lendário. Trezentos, quatrocentos anos atrás, quando as pessoas falavam desse lugar, chamavam de Cocanha ou Terra das Fadas. Não se tem tantas fadas por aqui nos últimos tempos, por sinal. É um século diferente, em que todas as formas indecisas se resolvem num material mais freudiano e moderno. Em todo caso, não dá pra gente ficar vadiando o dia todo, não se quisermos te levar até o Tribunal do Coco"... com medo de perguntar o que seria isso, Dennis entra na linha atrás do seu xerpa sujo de tinta e os dois marcham rumo à embaralhada história urbana sob o brilho torrencial do céu...

aproximando-se do palácio preto e fumegante de uma estação ferroviária exagerada, os dois contemplam uma grande e violenta ponta de vidro que dispara para cima como se quisesse retalhar a estratosfera, mas então se abaixa até se achatar no piscar de um olho dilatado... sobre uma Borough High Street exaltada, com o rio oculto tombando não muito além, Spare de repente agarra seu jovem protegido pelo braço magrelo e o arrasta até a Epifania da Stoney Street. "Ah, porra. Gruda na parede, rápido. É um espasmo anamórfico"... apressando-se em obedecer, Dennis lembra que Maurice Calendar usou a mesma expressão num contexto de aviso também, mas nada o preparou para como a experiência o deixaria desnorteado... não compreende o que está vendo... há uma onda visual que faz estremecer a paisagem, desde o Super-Borough correndo para o leste até a Bermondsey Perfeita, uma distorção móvel que se desloca pelo chão e pela atmosfera, tudo pelo qual ela passa se expandindo num instante, ficando enorme antes de vir uma contração ligeira assim que esse tremor lenticular vai embora... prédios inflam, entidades se alongam, inchando e minguando num pulso sísmico de lente olho de peixe... trânsitos de carruagens e palanquins se esticam igual borracha para cima e depois voltam num estalo para um tamanho manejável, continuando a jornada como se nada tivesse acontecido; como se o que acabou de acontecer fosse bem normal... de fato, Dennis imaginaria que as imagens avolumadas seriam um problema só dos seus olhos, não fosse pelo nervosismo de Spare...

após um intervalo tenso e imensurável, a frente de pressão óptica se reduz e vira uma barulheira-enxaqueca na Rotherhithe Desdobrada, bem para o leste desta totalidade incessante, quando então o encantador indigente solta uma exalação entrecortada... "Foi perto demais pro meu gosto, isso aí. Espasmos anamórficos são um padrão climático, aqui onde as formas todas tão sempre mudando e nada é estável. Se vê bem de vez em quando, mas, quando acontece, tem que passar longe"... o artista se vira e vai embora, subindo a alameda relativamente estreita de árvores, não, chalés, não, filigranas de prata rastejante, e Dennis segue atrás dele, balbuciando perguntas num esforço literal e figurativo para tentar acompanhar... "Mas por que é que todo mundo diz que são perigosos? As coisas e as pessoas que eles afetam voltam ao normal logo depois, sem nenhum estrago, parece"... evidentemente irritado, Spare o fuzila com o olhar, por cima do ombro, em meio à garoa de personas depravadas... "Bem, sim, isso é porque as coisas e as pessoas que eles afetam são feitas de ideias, e aí não importa se tu estica e puxa elas um pouco. Se fossem feitas de carne e osso e pedaços de cartilagem que nem a gente, aí seria uma história diferente, pode anotar. Não, é um bom efeito, e eu posso usar nas minhas pinturas, mas já vi o que acontece com quem não sai da frente a tempo. Pode perguntar pro Jack Neave se esbarrar nele. Agora, cala essa matraca e me segue até aqui. Vou te mostrar um treco perigoso, se é isso que tu quer"...

lá em cima, sua corrupção paradisíaca esbarra nos Desesperos da Clink Street, onde tem algo terrível... desce um peso, uma gravidade que deixa seus passos mais lentos, puxados na direção do cais e do armazém que bordejam o rio ainda invisível... à esquerda deles, estende-se uma ausência do comprimento da rua, uma larga área de demolição que, praticamente sozinha em meio aos terraços metamórficos, parece não se renovar continuamente... como se outrora tivesse existido uma grande e sinistra estrutura assomando por aqui, com uma única muralha imponente e vacilante ainda em pé no extremo mais ao norte, onde o enrosco da alvenaria vazia, lá pela metade da muralha, marca os resquícios de uma ornamentada rosácea... muito tardiamente, passa pela cabeça de Dennis que deve ser onde ficava a prisão que deu nome às prisões em toda parte... a janela arruinada agora dá para uma cavidade enorme, onde as regiões das celas mais profundas da famosa penitenciária foram escavadas, suas entranhas expostas ao céu implacável do eterno meio-dia... com a mão grudenta firme sobre seus ombros, o tutor de Dennis o empurra com delicadeza até as beiradas da cratera... "Já que tamos de passagem, achei que tu devia ver. Vai lá, dá uma bizoiada. Eles tão num buracão, aí não podem te fazer mal".

no fundo dos nove metros daquela bocarra nas entranhas escavadas do cárcere, fica uma incubadora de pesadelos, com criaturas que não são nem insetos, nem guarda-chuvas, aranhando-se fastidiosamente sobre os escombros penais, subindo umas em cima das ranhuras e indentações das costas intrincadas das outras, várias dúzias, soltando cliques e sons de catracas... em pé sobre a beirada ruinosa do abismo, Knuckleyard mexe a cabeça de um lado para o outro numa postura aterrorizada de negação... ao examiná-las, vê que as coisas possuem apenas cinco patas, estão mais para estrelas-do-mar articuladas do que para aranhas, com uma membrana preta e reluzente estendida entre cada membro... zunindo e tinindo, procurando agarrar-se às laterais irregulares daquele chiqueirinho subterrâneo, mas logo tombando de volta na lida, viradas para cima, chutando, medonhas e majestosas como esqueletos de pianos... cintilâncias de lentes num dorso exposto por um breve momento... com cada tentativa malograda de fugir, elas se modificam, dobrando partes do corpo rejeitadas nas muitas aberturas da carcaça, organismos como canivetes suíços, deslizando, fechando-se e abrindo-se de uma configuração para outra, com todas as extremidades tendo punhos de agulhas, ganchos e facas assustadoras... um ninho escancarado de besouros, contendo máquinas pavorosas...

agora a mão nos ombros de Dennis o puxa de volta da beirada do precipício escabroso, de modo quase paternal, e os murmúrios do hierofante do porão continuam no ouvido do rapaz... "Isso aí a gente chama de Papas das Lâminas. Eles tão aqui des'que se amarrava cachorro com linguiça, mas ninguém tem a menor ideia do que são. Chutam que são os precursores desses maníacos homicidas que a gente tanto ouve falar no presente, o 'eath e o 'aigh e essa laia, coisas que matam por prazer. É uma visão medonha do caralho que tu não esquece, e tu deve estar se perguntando por que é que eu te mostrei, pra começo de conversa"... ainda em choque, com o olhar inexpressivo, Dennis só faz que sim com a cabeça enquanto é conduzido por becos estupefacientes na direção da ponte, enquanto Spare explica... "Quero que tu saiba o quanto tem que levar isso aqui a sério e quais são as consequências se algo sair pela culatra: um tumulto grande o suficiente nesta Londres seria o fim da linha pra outra; pra nossa Londres. Até os pequenos enroscos aqui causam catástrofes lá de onde a gente vem. Lembra de ontem, quando tu tava na cozinha e eu joguei no fogo aquele artigo da Reveille? Bem, é por isso: um dos Papas fugiu em 1888 e, pior ainda, conseguiu escapar para a Londres Curta antes de alguém se dar conta. O mais provável é que entrou por uma das Liberdades, sabe, essas áreas em Londres que contavam com a permissão de regulamentações diferentes de comércio, já que são as passagens mais antigas pro Grande Durante. Meu chute é que ele usou a entrada da Liberdade de Norton Folgate, lá em Spitalfields, perto de onde a sua pequena faz o ponto. Aquela coisa passou o outono livre e matando mulheres, e precisou duns pesos pesados daqui pra trazer de volta. Olha que foi sessenta anos atrás, mas ainda falam do causo na Reveille, então teja avisado. Qualquer coisa que leve pra cá, a gente não diz nada"...

a essa altura eles já chegaram ao delírio febril que é a Ponte de Londres, e Dennis não tem certeza se consegue continuar... sua visita anterior a essa província móvel, na qual ele se ocupou mais em vomitar e berrar, não durou mais do que dez minutos, enquanto esta tribulação delirante parece não ter fim, e a pressão de meramente existir sob esse nível de intensidade é quase insuportável... o artista faz uma referência casual a Grace Shilling, sentada lá agora em Folgate Street com os homens de Jack Spot, apostando a vida no retorno de Dennis... e isso ainda desperta uma pontada de pânico nele, mas, observando tudo a partir dessas paragens alucinadas, nada parece tão real ou tão imediato assim, onde não há nada, exceto o mais-que-real, e muitas eras são mais imediatas... a dupla atravessa a continuidade fervente da ponte, convulsionando entre madeira romana e olmos normandos, pedras do século 12, pilares que se dissolvem a partir de dezenove grandes arcos até virarem cinco, três, conforme o vão se estende pela eternidade gélida e ondulante de um Tâmisa eterno... as beiradas da estrutura são um fomento de moinhos, igrejas, casas, borbulhando até uma altura de sete andares sôfregos antes de a fervura baixar... a maré fantasma de transportes e pedestres se desloca às margens da visibilidade ao seu redor, dinamarqueses e insurreições campesinas, procissões fúnebres para reis falecidos com quinhentas mãos trazendo tochas, lacraias metálicas e ônibus de dois andares numa viagem anacrônica...

e então a travessia do rio fica para trás, e, com a repentinidade de uma jornada onírica, os dois se veem na mortalha da Ratcliffe Highway, num borbulhar de fantasmas de putas e marujos, aproximando-se de Shadwell Melancholy... o clangor e clamor dos piratas que se afogam em suas correntes nas Velhas Escadas de Wapping vêm chegando à terra lá das águas atemporais, os sons distorcidos e contorcidos na acústica peculiar desta latitude... virando à esquerda numa Cannon Street Road lisonjeada, Dennis percebe que ainda não viu as calçadas áureas de sua vinda anterior, pensando que talvez elas só estejam nos distritos centrais na cidade quádrupla e não sejam esbanjadas na periferia... com relutância, ele concede que esses foram os primeiros pensamentos quase coerentes que conseguiu formular desde que virou aquela maçaneta no porão do artista de Brixton... vencido pela enormidade da experiência, ele está convicto de que há coisas que estão lhe escapando, coisas que não está vendo direito... um problema de visão que o vem atormentando nesta empreitada atual, um movimento cinzento e borrado em sua periferia ocular que some quando ele olha direto... está prestes a mencionar isso a seu cicerone sabido quando o mago levanta a palma de uma das mãos e manda parar, e a cessação do movimento derruba do cabelo de arco voltaico de Spare mais uma camada de caspas com rosto... "Chegamos"...

subindo um pouco a salsa notoriedade da Ratcliffe Highway, pouco antes da briga com os camisas-negras em perpétua recorrência na Cable Street, eles param do lado de fora de um lugar que parece uma bodega canonizada, vestindo o seu cheiro de lúpulo como uma auréola... uma capela da inebriação de cantos arrebitados que parece, assim como a Elephant and Castle ou a estripada The Clink, imune à transmutação contínua que aflige os vizinhos... a placa articulada tem como decoração mais uma ambiguidade simbólica — um jovem príncipe francês usando uma coroa dourada cujo corpo é o de um boto — com a legenda "Coroa & Golfinho"... aparentemente perturbado, Spare franze a testa para ambas as direções da estrada e murmura: "Ainda nem sinal do puto do Monolulu, então", virando-se para se dirigir a Dennis e pescando no bolso do casaco o volume azarado de Hampole no processo... "Conto que ele vá aparecer no tempo dele, então a gente pode muito bem seguir com o que temos pra fazer. Este lugar aqui parece um pé-sujo, mas está mais para um parlamento. É onde os Cabeças da Cidade se reúnem e onde, com sorte, eles vão pegar esse terror gótico das tuas mãos sem maiores incidentes. Vem, vamos passar à sala da frente para terminar logo com isso"...

a porta de metal e vidro da entrada principal do estabelecimento se abre para uma breve passagem onde os lírios do papel de parede se mexem, murchando ou desabrochando de modo independente, e então se passa por uma porta ferrolhada e se chega aos murmúrios assombrados do espaçoso bar do Coroa & Golfinho... os Cabeças da Cidade estão dispostos num círculo irregular no perímetro da sala... cada uma das cabeças está contida dentro de uma redoma de vidro com uma quantidade generosa de pot-pourri para disfarçar quaisquer odores, todas são vivas e tagarelas, nenhuma ainda está unida ao corpo... longas diagonais de poeira e luz se inclinam pelas frestas nas cortinas de veludo fechadas, definindo uma radiante penumbra interior, carregada com a olência de flocos de pétalas e o sussurro de um diálogo ancestral... há talvez trinta ou quarenta dessas decapitações fofoqueiras, a julgar pela estimativa paralítica e vacilante de Dennis... anestesiado, ele acompanha Spare enquanto o artista atravessa o pálido tapete cor de vinho do recinto, por meio de uma lacuna conveniente entre os crânios engarrafados que leva ao centro do tribunal anelar... o burburinho envidraçado começa a baixar, e dúzias de olhos que deviam ter secado e virado órbitas vazias há muito tempo se viram, intrigados, na direção de Knuckleyard e do mago itinerante...

descamando mais personalidades redundantes, Spare brande no ar a primeira edição surrada de Uma caminhada em Londres *e toma o palanque... "Senhores, senhoras, minhas desculpas por interromper a discussão. Sou Zos, adepto da Brixton Curta, e tô aqui pra ajudar este menino mortal a devolver este artefato vazado para que vocês o guardem em segurança. É o livro do 'ampole, aquele em que o Arthur Machen deu uma espiada quando veio pra cá pela primeira vez. Já causou algum estrago, apesar de, por sorte, não ter chegado nem perto da bagunça que foi a coletânea do Soames,* Fungoides. *Como é que continua acontecendo isso dessas coisas desgraçadas saírem daqui? Com todo o respeito"... o encantador encara um grupo específico de troféus vigilantes enquanto fala, porém Dennis ainda se vê incapaz de distinguir entre as compotas de restos mortais, todos largados e desmazelados, todos pálidos, exceto por um ou outro que parece ter sido mergulhado no piche... do receptáculo ao qual Spare parece estar se dirigindo, uma das eminências degoladas puxa um pigarro da garganta rasgada... um homem de meia-idade, com cabelo preto que cai em madeixas lisas e sebosas sobre as feições carnudas, encrustadas de verrugas na linha da bochecha e do cenho, ali atrás do vidro com manchas de digitais, e Dennis se dá conta, com um sobressalto, que é Oliver Cromwell...*

claramente longe de seu suposto descanso final em Red Lion Square, a relíquia dos mortos, o Lorde Protetor exumado e esquartejado parece estar ao mesmo tempo com raiva e constrangido, mexendo-se com um farfalhar de desconforto naquele ninho de flores secas... "Vossa excelência, estamos tão perplexos com essas fugas quanto o senhor. Pode ser que seja a obra de partes interessadas na disrupção de nossa cidade superior a fim de que isso sirva aos seus imperativos pessoais, mas se é obra de

Ossos-Nus, de Arcanos fora de controle ou alguma outra facção, não podemos ter certeza. Fique tranquilo que a questão chegará a uma resolução com rapidez e grande severidade"... a voz abafada soa desgostosa e mandona, eriçando-se com uma impaciência equivocada, e os olhos frios do regicida se voltam agora para Dennis... "Obrigado por sua pontualidade e discrição em retornar essa infeliz diabrura para nós. Meu nome é Oliver Williams-dito--Cromwell. E quem é o senhor?"... Dennis percebe que as mãos estão tremendo, as palmas de repente molhadas de transpiração, enquanto responde à cabeça cortada do revolucionário mais bem-sucedido e mais implacável da Inglaterra... "Sou Den, Den, Dennis Knuckleyard. Desculpe. Não estou acostumado a isso"... as capitais cativas se mexem na medida que lhes é possível no meio de suas pétalas e espinhos perfumados, os olhos se cruzando, conspiratórios, erguendo o que resta das sobrancelhas... por fim, após conferir com seus vizinhos de cabelos brancos e ruivos nos potes ao seu lado, o que resta de Cromwell direciona mais uma vez seu olhar de pedra para Dennis... "Knuckleyard. Este é um clã do qual até hoje não ouvimos falar. A alcunha nos parece absurda, mas de algum modo não é desconhecida. Amigo Swedenborg, quais seus pensamentos sobre a questão do nome desconcertante do jovem gajo?"...

a aparição de cabelos brancos no receptáculo adjacente é um homem mais velho, cuja pele é um papel liso como se tivesse sido passado a ferro, a barba enrolada como um gato adormecido sobre pétalas esmagadas de lavanda, sua voz cantada quase inaudível debaixo da cúpula reluzente... "Ele é, penso, conhecido do nosso futuro, pois acaso não somos nós anjos que nada conhecemos do tempo? Dito isso, a decisão quanto à admissão dele não cabe a nós, e já está resolvida, em certo sentido. Se esse Knuckleyard pré-lembrado veio para nos trazer benefício, malefício ou ambos, podemos apenas nos sentar em nossos bulbos lustrosos e deixar que essa comédia ou outro gênero teatral se desdobre, como é preciso"... após um momento de contemplação, o ovo maligno que agora é tudo que há de Cromwell se sacode e balança de leve, gesticulando na medida em que é capaz disso... uma onda de concórdia parece correr pelos crânios em volta, transmitida num idioma de franzidos, piscadelas, beiços e roncos indecisos... uma mulher de olhos protuberantes, talvez Ana Bolena, começa a soluçar...

assim que o artigo na programação se vê satisfatoriamente resolvido, o conselho de crânios garbosos aos poucos retoma o zumbido apiário da abafada conversa anterior, fazendo um zunzunzum suave em suas colmeias de vidro separadas... muitíssimo desencorajado, Dennis guarda a impressão de que já foi concluída a audiência à la Lewis Carroll, mas então Spare dá um passo à frente, a cabeleira de farol/frota a derramar camafeus de deformidades... "pera um minuto. Peço a vossa ilustre licença, pois ainda não terminei. Esse jovem gajo, como você o chamou, pôs a vida dele e a de uma pessoa querida em perigo por vossa causa. Agora mesmo, há um gângster da Londres Curta, Jack Spot, que fez a namorada dele de refém, ameaçando executar os dois se Dennis não puder marcar uma reunião entre Spot e a epítome dos comportamentos criminosos do Grande Durante, que eu acredito que seja ainda 'arry Lud. Tem mais um sujeito que morreu porque vocês não conseguiram manter seus livros assassinos nos canis. Já deu de avacalharem com o nome esquisito dele, agora tirem esse pobre coitado do aperto e mantenham a paz aqui e lá, pode ser?"...

diante dessa impertinência, os delegados reunidos franzem seus muitos cenhos, exceto por alguns cobertos de piche endurecido, incapazes disso... tentando balançar a cabeça, mas conseguindo apenas fazê-la tremer, o tirano puritano é inflexível na recusa... "Não. A um rufião comum, ainda em vida, não será concedida entrada aos nossos recintos sagrados"... no meio da comoção engarrafada, o espécime ruivo que reside ao lado de Cromwell levanta a voz estridente para acima do burburinho sussurrante... "Por vossa vênia, sou John, que é também Williams, falsamente acusado como assassino de Ratcliffe e por isso emblema da injustiça e sua irmã santimonial. Em questões de criminalidade, possuo a autoridade sênior. Proponho que ao mestre Lud seja concedida a permissão de partir para o domínio transitório, a fim de conduzir esse diálogo sem infrações"... ao que se segue um debate breve e mudo, em sua maior parte, ao término do qual os horrores cheirosos chegam a algum tipo de consenso, e os resquícios de Cromwell são obrigados a fazer concessões a contragosto... "Muito bem. Se o mestre Lud estiver de acordo, permitiremos esse diálogo. O senhor propõe um local e ocasião?"... após conferir primeiro com os suplicantes humanos, o bode expiatório ruivo sugere o Arnold Circus em Shoreditch — onde aparentemente existe uma brecha entre as duas Londres — oferecendo a meia-noite do próximo dia como horário para o diálogo, ao que o arquiteto do interregno concorda amargamente... "Então estamos resolvidos. Por favor, deixe o livro maldito no chão onde o senhor está, para que os nossos servos possam guardá-lo de imediato. Eu lhe desejo um bom dia"... despachados, os dois homens passam num silêncio apreensivo pelos lírios em eterno murchar e eterno desabrochar do corredor, voltando ao currículo cintilante da Cannon Street Road, enquanto um príncipe-ras arrependido, Monolulu, aguarda ansioso que eles emerjam...

deslumbrante em sua erupção de plumas de avestruz e trajes talismânicos bordados, o dândi das pistas é a África sonhada pela Inglaterra, que parece menos deslocado aqui do que na Berwick Street terrena... "Ah! Sr. Spare e o nosso jovem corredor da terça passada! Perdoem-me pela lentidão de minha chegada, mas passei essa manhã fugindo dos biltres enganosos que se dizem meus credores. Danem-se eles e essas tais promissórias! E como foi a prosa com os pães santificados? Conseguiram devolver o ziriguidum orelhudo sem mortos, nem feridos?"... Spare faz que sim com a cabeça, e atavismos carrancudos rebentam contra a túnica de luas e trevos do falso príncipe... "Imagino que correu bem, visto que nenhum de nós tá usando a bexiga de cueca. Há complicações, no entanto. Jack Spot tá atrás de um papo com o 'arry Lud e vai apagar nosso amigo aqui e a pequena dele se isso não rolar. Pode falar pro Pé-de-Ferro, quando encontrar ele, que os Cabeças deram permissão pra gente marcar uma reunião amanhã, lá nos pardieiros do Arnold Circus. Ele vai saber o que fazer"... o informante e o conjurador conversam enquanto borbulha a alma da Cannon Street Road, prismática, por toda parte ao seu redor... mais uma vez no canto do olho de Dennis há movimentos de pó colorido, mas, quando ele olha, não tem nada lá... coçando a cabeça e deslocando feridas de identidades obsoletas, Spare parece pouco à vontade, ansioso para ir embora... "Não gosto de ficar por aí muito tempo de uma vez, caso me dê uma coisa-ruim. Monolulu aqui vai te acompanhar de agora em diante, e eu vou dar um pulo de volta pelos Séculos do Tâmisa até o meu buraco negro que é Brixton. Espero que tudo dê certo, jovem Knuckleduster. Venha nos procurar, caso chegue em casa intacto"... e com sua literal cabeça de fósforo e cauda de cometa de monstruosidades descamando-se, ele sai caminhando ladeira abaixo, rumo aos massacres de Ratcliffe e ao rio em seu turbilhão de momentos de litros aos bilhões...

enquanto suas cores mancham o festival no entorno, o príncipe Monolulu oferece um sorriso encorajador e dá um tapinha no ombro de Dennis... "Vamos logo, sinhô, que assim a gente se livra logo deste pepino. O sr. Spare tem razão em dizer que demorar demais aqui só vai nos levar ao hospício, e devemos correr para o nosso compromisso na Stoke Newington Milagrosa"... altivo como um barco fluvial e igualmente envolvido em jogatinas, com os talismãs dos trajes esvoaçando-se como bandeirolas, ele vai a todo vapor em meio ao misto de mito e crônica enquanto Dennis se balança no seu rastro, capturado pela energia agitada do homem...

os dois avançam pelas fantasias de Whitechapel e Spitalfields, onde a imponente igreja é agora uma treliça de adagas de marfim cruzadas, com manchas marrons nas lâminas, e onde, num mundo abaixo deste, Grace Shilling segue engambelando sua companhia desagradável à espera de que Dennis chegue em casa... lá estão expostos albinos, um desfile de crocodilos no efluente Nilo de uma calha e ainda, em sua visão lateral, bolas de pelos ópticos que se desmancham após o mais fugaz olhar direto... Dennis está no encalço de Monolulu, em meio a um emaranhado espremido de passagens elisabetanas, povoadas por servos intermitentes e centuriões que piscam, abaixando-se sob vigas de madeira baixas que crescem em pleno ar a fim de fechar as lacunas destas ruas estreitas e inclinadas que ele desconhece, e pergunta ao seu guia decorado de símbolos onde eles estão... o curandeiro de Epsom faz uma pausa em meio a uma revoada temporária de gansos mansos e olha para trás, sobre o ombro adornado, para o adolescente boquiaberto... "Oras, estamos na Persistência de Cripplegate, uma parte famosíssima da nossa querida Londres de antigamente, massacrada por aqueles filhos da puta dos alemães, e não vou pedir desculpas pelo linguajar. Um jovem rapaz na flor da idade como o senhor não deve se lembrar do lugar"... e eles passam pelas alamedas amontoadas que vacilam entre pedras e lama, os gansos se dissolvem num cavalo de carga preto que exala vapor, e Dennis solta um ganido de empolgação ao perceber onde está... "Eu já estive em Cripplegate, quando era pequeno e minha mãe me levou lá numa loja uma ou duas vezes. Eu estava na Blitz na noite do bombardeio, nove anos, devia ter, e me abriguei na Glasshouse Yard bem na hora em que começaram a cair todas as bombas incendiárias. Meu Deus, eu tinha esquecido. Aí, quando terminou o ataque, vi alguma coisa, no meio do fogo e da fumaça, só por um segundo. Era como um arco, mas acho que tinha, tipo, umas salinhas com janelas empilhadas em cima"... o adivinho das pistas abre um sorriso radiante e levanta uma mão sarapintada para indicar a estrutura elevada que se ergue das lajes, tábuas e asfalto à frente... "Então você foi privilegiado, meu amigo. Você viu a própria Cripplegate. Eu apostaria que o vislumbre foi causado pelo bombardeio desprezível dos alemães, que abriu rachaduras em ambas as cidades interligadas, ah, minha nossa, sim! Apesar que eu lembro que a Glasshouse Yard era uma das Liberdades de Londres, lugares já suscetíveis a essas maracutaias. Pode ter sido isso"...

incapaz de falar, Dennis segue o guia gregário, sonâmbulo embaixo do portal arqueado que havia desconsiderado tanto tempo atrás como mero resultado do trauma, um velho portal romano demolido para permitir a passagem da estrada alargada, duzentos anos antes de ele ter sido concebido... lembra-se vagamente da figura atordoada de terror ali na abertura iluminada pelo fogo, mas consegue afastar o pensamento antes de ter a chance de encontrar em seu interior o nome Shakespeare... já tem coisa demais para ele digerir, e as bolhas cinzentas ainda estão lá, efêmeras, às margens da sua visão... os dois continuam pelos territórios autodesmanchantes, abrindo caminho rumo ao norte para além do Sono de Bunhill, onde Blake, Bunyan e Defoe se assentam, empoleirados nas lápides, numa conferência fluorescente, até a Notável Shoreditch, os Tropeços de Hoxton, Hackney Crepitante e o Carimbo de Shacklewell... quilômetro após quilômetro de esplendores coagulados e clarificados, terrores de significância híbrida em toda a sua fineza dominical, uma monção de distrações a despeito das dificuldades correntes com sua visão...

essas últimas questões se resolvem, desagradavelmente, na Apoteose de Albion Road, quando Knuckleyard e Monolulu alcançam os limites esgarçados da Stoke Newington Milagrosa... aqui há uma miríade de flores de tons desconhecidos, constantes em meio à arquitetura insubstancial e à manifestação gaguejante de sua população — Svengalis empreendedores, escravocratas, abolicionistas e pré-rafaelitas perdidos — que sobe à superfície e desce no gotejar de seu fluxo temporal... reparando mais uma vez no truque óptico que paira às margens da percepção, Dennis se vira e olha direto para ele, na esperança de que vá evaporar, mas então, para o seu horror, desta vez ele não evapora... sentado sobre um punho de pedra que desponta da flora insólita está aquele gato memoravelmente hediondo que ele viu pela última vez ontem de manhã, saindo da porta da frente de Austin Spare quando a proprietária do porão do mago abriu... uma camurça de um cinza-cartilagem tão fina sobre o couro que o animal parecia pelado, expondo à vista cada dobra e vinco de pele repulsiva... sem a camuflagem do pelo, a epiderme do felino é fina demais para mascarar completamente os mecanismos asquerosos de sua mandíbula e músculos que a acompanham, o que lhe confere a aparência de algo descascado... nada além de desprezo nos olhos amarelo-mijo...

flagrando a criatura repugnante apenas um segundo depois, Monolulu fica imóvel tão de súbito que podia muito bem ter virado porcelana... o que deixa Dennis mais aturdido é perceber, com alarme, o puro medo que de repente se apossa do companheiro até então inabalável... "Por favor, sinhô, não se mexa. Corremos risco de vida"... o gato lambe uma de suas patas sórdidas e diz: "Ah, tem mais do que isso em risco, e não se mexer não vai ajudar. Se as coisas chegaram no ponto em que você está falando comigo, então, para ser sincero, nada vai poder ajudá-los"... a voz, perturbadoramente, soa humana e masculina, mas com distorções miadas de tom em intervalos inesperados... a esfinge nauseabunda se levanta e se alonga antes de saltar do pedestal de granito até a grama violácea, a uma proximidade desconfortável dos pés dos dois homens arraigados no solo... seus passos traçam círculos lentos e deliberados, que impelem as vítimas a ir arrastando os pés, numa rotação em seu centro, girando como um bolo na vitrine de uma padaria, para não deixar que ele os pegue pelas costas... em sua órbita palmilhante, o olhar ictérico do gato não desgruda deles nem por um instante, enquanto ele balança o chicote de ossos mal e mal coberto de pele que é sua cauda fina, irritadiça, de um lado a outro...

incapaz de se controlar, Dennis pergunta a Monolulu o que é aquilo que os ronda, num sussurro rouco que a fera decerto escuta... numa pausa brusca, ela abaixa sua representação anatômica de cabeça e contempla a dupla com um olhar gélido... mais uma vez a voz, incômoda e desafinada... "Me chamam de Peter Charmoso"... flagrando-se numa conversa com um gato, sem ideia de como proceder, enquanto seu colega normalmente fanfarrão mantém-se sabiamente em silêncio, Dennis pergunta com a voz trêmula: "E por, por, por que é que te chamam assim?", ao que o gato responde: "Porque são obrigados"... sem aviso, ele dá um passo à frente até se ver em cima dos dedos do pé do jovem hesitante, inclinando a cabeça para trás a fim de pregá-lo com seu olhar de lâmpada de sódio... "Escute o que estou dizendo. Posso machucá-lo de modos que você nem sabia que existiam. Eu revirei Teddy Wilson do avesso como se fosse uma meia no cesto de roupa suja, e ele não era nem uma fração do problema que você vai acabar sendo. Você vai ser o maior erro que aquelas cacholas pútridas jamais cometeram, talvez o que vai fazer desabar esta cidade ao redor das orelhas perfumadas deles. Escute o que estou dizendo. Se pudesse, eu estriparia você agora mesmo, antes que arruinasse tudo, mas não é assim que funciona. Só fique sabendo que, quando chegar o dia, serei eu quem estará atrás de você"... a essa altura, com grande relutância, Monolulu se sente compelido a intervir... "Peter Charmoso, eu te imploro, sinhô. Não tem como esse jovem camarada ser o obstáculo que pensa que é. Por favor, não tenha uma impressão ruim do rapaz só porque ele é ingênuo"... o gato o submete a um sorriso quase descarnado... "Ah, não se preocupe com esse desastre ambulante. Você mesmo tem problemas para dar e vender. A sua morte, quando acontecer, será obra de magia negra. Mas não devo segurar os dois aqui.

Vocês têm muito no que pensar"... e então, rogando um último mau-olhado sobre a figura acovardada de Knuckleyard, ele desaparece em meio ao balanço de flores desconhecidas...

apesar das repetidas admoestações do animal, Dennis parou de ouvir no momento em que Peter Charmoso reivindicou a autoria pela morte de Teddy Wilson, capaz tão somente de ficar ali trêmulo, sem nada na cabeça além do som ensurdecedor de alarmes de pânico... ao seu lado, o vívido adivinho das corridas está pálido como cinzas de cigarro, esbaforido com a previsão do monstro pelado e pela primeira vez desprovido de graça... era evidente que o gato havia comido a língua dele... na medida em que nenhum dos dois se vê capaz ou disposto de comentar o que acabou de acontecer, com um nó diabólico aninhado na barriga, eles continuam praticamente em silêncio pelos jardins suntuosos de Stoke Newington Milagrosa, com seus clarões de espectros de carne e tijolos... sufragistas e caixas de pilares em chamas, entretenimentos inimagináveis e coros de estádios que ecoam na paisagem sonora do mundo superior, vibrando do futuro... "Harry Roberts é o nosso amigo, ele mata polícia"...

por fim, a jornada dá num parque edênico, onde as inflorescências sem precedentes são contidas por bastiões de desenhos fabulosos... ainda quase incapaz de conversar, o príncipe Monolulu aponta para a parede de trás, feita de janelas, no extremo do gramado... uma das aberturas no seu andar mais alto está aberta e parece mais frágil do que as outras, com uma escada de pedreiro ordinária suja de cal apoiada de modo incongruente embaixo dela, um objeto deslocado nessas alturas transcendentais... ao pé da escada, seu guia severo indica, com a palma da mão aberta, que Dennis deve ser o primeiro a subir os degraus manchados e farpentos... estultificado pelo pavor e pela glória, ele sobe, quase de todo incapaz de reparar no que está fazendo, ainda preocupado com o gato impronunciável... Monolulu, pisando forte atrás dele, ainda é audível enquanto ele passa pela fenestração aberta, com a tinta descascando em sua guarnição desgastada... ele não consegue ver nada além do beiral lascado, qualquer que seja o interior que possa existir ali tornou-se um quadrado de puro breu no contraste com a luz que encharca tudo lá fora... ainda tentando se lembrar das piores partes do monólogo de Peter Charmoso, ele não está preparado para os braços fortes e poderosos que se estendem do outro lado da escuridão de nanquim para agarrar suas lapelas de gabardine... está se debatendo no vazio e então,

antes que pudesse se dar conta, ele se flagrou se contorcendo e chiando sobre o assoalho de linóleo manchado de um casebre com cheiro de repolho, toda a tralha bagunçada de um mundo material empilhada por toda parte sobre sua mobília estourada. Desta vez não vomitou nem chorou, mas tanto a cabeça quanto o estômago davam piruetas, esmagados pelo choque da transição. Dennis tomou ciência, num sobressalto, de que havia vozes naquela sala imunda com ele, e levantou-se, grogue, para ver quem era.

O feirante grandalhão e disforme em quem havia reparado na Berwick Street no outro dia se avolumava à esquerda, e à direita avistou um homem de proporções estranhas que arrastava um pé de sapato ortopédico. Entre os dois, entrando para a penumbra do apartamento com ajuda para saltar a beirada, estava a figura sem dúvida exausta de Monolulu, xingando e jurando:

— Nunca mais! Ou essa foi a última vez ou eu nasci na Holanda. A última vez!

Fora da janela, enquadrando o pretenso príncipe, havia os pavilhões e inflorescências inimagináveis de uma realidade dissidente, o paraíso de um louco com as cores de um arco-íris mais amplo.

Desta vez, Dennis desmaiou.

5

Testa-de-pau

Quando o mundo voltou, Dennis não conseguiu reconhecê-lo de imediato. Cortinas feito cobertores de cavalos haviam sido fechadas sobre a janela problemática na outra ponta da sala, deixando para fora as réstias de um sol estranho e alheio e substituindo-as por uma lâmpada nua, pendurada pelo fio. O apartamentinho entulhado de coisas parecia inteira e incompreensivelmente errado, aos olhos de Dennis, do assoalho à mobília até os três homens que, pelo visto, estavam ali também: nada se transformava ou se alterava, tudo permanecia resoluto em sua inércia, de um minuto lento ao próximo. O murmúrio das enunciações alheias não parecia estridente, nem borbulhava numa fanfarra de instrumentos imaginários, mantendo um registro que agora soava monótono e bidimensional. O normal foi estranho por uns momentos, como uma tentativa de caminhar sobre terra firme após um período no mar.

Ele se flagrou esparramado sobre o que parecia ser um sofá com molas ruins, seu corpo flácido como se feito de lã. Ali perto, encurvado numa banqueta baixinha, o pilantra desproporcional com a bota de ferro discursava com um objeto exótico feito de algum líquido, osso e vapor fumegante em mãos, que Dennis por fim identificou como uma bebida quente.

— Tó, vira isso aqui goela baixo... um belo chazinho com três cubos de açúcar. Vai botar você no lugar.

Apanhando a xícara oferecida com dedos lanosos e desprovidos de nervos, Dennis deu alguns goles, surpreso ao sentir a doçura morna entrar em seu sistema, e o hábito da existência material foi-lhe retornando pouco a pouco. Devagar, os detalhes dos arredores ganharam mais nitidez, enquanto ele voltava a montar o que existia ali, peça por peça do quebra-cabeças. Reparou na escada frouxa pela qual havia subido pouco antes, evidentemente retraída agora e repousando de lado contra o rodapé. Num canto melancólico, viu o imponente vendedor de hortifruti sentado e cuidando de Monolulu, que estava sem dúvida agitado, surtando com a previsão de sua morte por magia das trevas.

— Sinhô, eu preferia voltar ao Exército da Salvação e ter que marchar para comer do que chegar perto daquele capeta furtivo de novo! Ele mija veneno em tudo e parece ter sido escalpelado! Do fundo do coração, eu queria era mandar aquilo pra fábrica de cola!

As comiserações guturais do feirante foram suaves demais para serem ouvidas, mas em nada diminuíam sua presença avassaladora: mesmo ali no sofá do outro lado daquele quartinho bagunçado, Dennis podia ver os músculos destacados como raízes de árvores no pescoço e braços do homem. Blincoe era o nome do cidadão. Gog Blincoe.

Mais perto dele, agachado sobre os poucos centímetros da banquetinha, a figura com o sapato embutido prestava atenção na dupla do canto, ouvindo a ladainha lastimosa de Monolulu e a voz cascalhosa de Blincoe a consolá-lo, com os olhos tristes e compassivos debaixo das sobrancelhas pretas e volumosas. Sem o chapéu de sempre para cobri-lo, o cabelo do camarada caía em punhados longos e sebosos até a altura da clavícula, mas mal havia cabelo na parte de cima. Ele usava o casacão pesado dentro de casa por conta da friaca do final de outubro, e, no gogó enrugado, uma gravata de seda roxa era amassada contra o fecho ornamentado de prata.

Ele virou a cabeça, de ares inexplicavelmente nobres, na direção de Dennis, e abriu um sorriso exausto, gesticulando na direção do informante ainda indignado.

— O Peter Charmoso, foi? Parece que vocês esbarraram naquele saquinho de pulgas sarnento, pelo que o Monolulu contou pra nós enquanto tu tava apagado. Sou o Jack, aliás. Jack Neave, mas as pessoas me chamam de Pé-de-Ferro. Encantado em conhecê-lo.

Aquela voz de couro velho era suave, calorosa e aconchegante. Parecia, aos ouvidos de Dennis, enquanto se recuperava do desmaio, o equivalente aural do chá revigorante que já havia tomado metade. À menção de Peter Charmoso, no entanto, ele fez uma tentativa de se sentar ereto, conseguindo chegar a um ângulo pouco impressionante de 45 graus antes de afundar de volta nas almofadas empelotadas do sofá. O homem das pernas sem par olhava para ele, intrigado, enquanto Dennis tentava lembrar de que as palavras serviam.

— O que, o que, o que é o Peter Charmoso? Para que ele serve? O que, o que, o que ele faz?

Neave virou para baixo os cantos da boca e inclinou a cabeça de um lado para o outro, indeciso. Dennis havia concluído que os maneirismos e entonações do sujeito deveriam ter sido adquiridos em mercados, feiras e nas extremidades tempestuosas de um píer à beira-mar.

— Bem, pra resumir bem, ele é um cabaço linguarudo. É, tipo, ao mesmo tempo alguém pra botar medo e um executor, o que se chama de showzinho na fraternidade criminosa. Não quer dizer que ele não possa aprontar contigo, se tu pisar no calo dele... e, se aprontar, deve calhar de ser de um jeito mortífero. Oficialmente, ele responde aos Cabeças da Cidade, mas, se achar que precisar dar um jeito em algo ou alguém, os figurões costumam não fazer muitas perguntas. É um pessoal meio complicado, os Cabeças. O velho Swedenborg e o maluco ruivo, John Williams, são de boas, mas Cromwell e os cupinchas dele... nesses é bom ficar de olho.

Digo, não que eles possam ir a lugar algum, mas, mesmo assim. Muitos deles continuam tão ardilosos hoje quanto eram no tempo em que ainda tinham ombros.

A dupla do outro lado do recinto não havia deixado de reparar na recuperação parcial de Dennis e agora estava puxando suas cadeiras de pernas finas na direção do sofá, ambos assomando sobre Jack Pé-de-Ferro, todo agachado na ponta do móvel. Ao pé dele, o príncipe Monolulu reclamava voluvelmente, com uma indignação feroz incapaz de disfarçar o fato de que estava chocado até o fundo do âmago espalhafatoso.

— Graças aos céus que você se recuperou de suas graves tribulações. Fiquei com medo de que as insinuações daquele bruto sarnento tivessem perfurado os seus órgãos, como perfuraram os meus.

Sentado à esquerda de Monolulu, Gog Blincoe ergueu uma mão do tamanho de uma pá, coberta de pelos pálidos que se enroscavam como raspas de madeira nas costas, a fim de acalmar a ira ofendida do adivinho de corridas.

— O Gato Londrino vai fazer o que quiser e não pode ter parte em nossas discussões. Até onde sei, a questão mais urgente é Jack Spot e a jovem. Esse é o negócio que devemos acertar, e o melhor é acertarmos o quanto antes.

Com uma mandíbula protuberante e olhinhos pequenos como buracos no tronco de uma árvore, o rosto do feirante tinha os contornos de um javali ou uma das cabeças da Ilha de Páscoa. O tom deliberado evidente em cada gesto ou palavra de Blincoe tinha uma aura de tamanha gravidade que Dennis mais uma vez tentou se levantar para demonstrar respeito, desta vez com maior grau de sucesso. Com a cabeça ainda rodopiando, ele se sentou na beira do sofá e, instigado pela menção feita pelo feirante, pensou em Grace, com uma clareza mental paralisante, e na encrenca escabrosa na qual haviam se metido. Boquiaberto e atordoado diante dos homens ao redor, ele tentou transmitir o máximo de informações úteis que conseguia, tropeçando nas palavras e fazendo gotejar as sílabas:

— Grace... A jovem... O Spot está com ela em Spitalfields. Ele disse, disse que, se eu não chegasse com o acordo que ele queria, ia dar cabo de nós dois. Disse...

Mais uma vez, Gog Blincoe levantou a palma da mão pesada, cujas voltas e espirais não ficavam restritas aos dedos; a curva da linha da vida tão profunda que parecia a marca deixada por um deslize com uma serra. Sua voz era grave, o ranger farpado do porão de um navio à noite:

— Fomos avisados a respeito da situação, sr. Knuckleyard. Junto de nosso companheiro ausente, o sr. Calendar, andamos observando o senhor desde que aquele livro terrível foi parar em Berwick Street. E agora, se entendemos direito, foi feita uma petição aos Cabeças do Grande Durante.

Jack Pé-de-Ferro havia endireitado a coluna ali no banquinho desconfortável, reposicionando-se no sofá ao lado de Dennis num espaço agora vago. Acendendo uma guimba inacabada que tirou de trás de uma das orelhas, sua interjeição foi um negócio cinza azulado esfumaçante:

— Nossa realeza abissínia aqui contou pra gente como o Óstin arranjou um acordo com o Cromwell e o resto, pra permitir o acesso de 'arry Lud ao mundo curto, e aí ele e o Spot podem bater um papinho.

Desdenhoso, Monolulu chupava os dentes da frente e fazia que sim com a cabeça.

— O que o meu amigo de uma perna e meia diz, para variar, está inteiramente correto. A discussão vilanesca desses dois está marcada para acontecer no Arnold Circus, amanhã, na hora das bruxas, e a essa altura eu mesmo espero estar em um lugar bem diferente. Não posso mais me dar ao luxo de interferir em questões mágicas, agora que me falaram tão grosseiramente que isso vai acabar me matando. Acho que está na hora de eu correr atrás do prejuízo.

Blincoe deu de ombros, como um carvalho contra um vendaval.

— Seja como for, nossa principal prioridade deve ser a mulher feita de refém. Apesar do que disseram os Cabeças, não temos a menor garantia de que o sr. Spot não vai nos trair na barganha e dar cabo no sr. Knuckleyard e na jovem depois de obter o que deseja. Minha proposta é que eu caminhe com nosso jovem colega aqui até Spitalfields, onde ele tem um horário marcado mais tarde, a fim de ter uma palavrinha em pessoa com o sr. Spot. Talvez eu possa convencê-lo a cumprir os protocolos corretos e, assim, poupar maiores infortúnios a esses dois inocentes.

Com um grunhido de esforço, Jack Neave se levantou e foi mancando apanhar um cinzeiro de perto das cortinas grossas da janela, mantendo viva a conversa enquanto o fazia. Ao vê-lo caminhar, com uma fascinação mórbida por aquela passada desgovernada, Dennis observou que os cotovelos dobrados do homem, usados para manter o equilíbrio, pareciam mais os pistões duplos de um motor compacto enquanto ele arrastava a perna manca até o sofá, voltando à posição anterior.

— Boa ideia. Não imagino que um homenzinho barra-pesada e metido que nem Jack Spot vai querer ficar de graça depois que tu explicar as coisas pra ele. Quanto à patacoada do Arnold Circus amanhã de noite, po'deixar comigo. Enquanto vocês estiverem em Spitalfields, eu posso deixar a maior parte desse arranjo já acertado sem ser muito fora de mão pra mim.

Ainda se recompondo a partir do estado de entulhos mentais no qual se via, Dennis começou a catar os cacos daquela conversa que ainda não havia conseguido compreender por inteiro.

— En-então, onde fica aqui, afinal? Chuto que a gente esteja em Stoke Newington, mas a janela que você cobriu... dá para a outra Londres, não é? Como é possível? Digo, este lugar parece que está aqui faz muito tempo. Como foi que as pessoas ainda não descobriram?

Monolulu e o parceiro júnior da M. Blincoe & Filho se entreolharam, sérios, antes de fitarem o sócio mais atarracado, como se concordassem que a resposta caberia a Neave. O velho boêmio apagou o cigarro e suspirou.

— É onde eu moro no momento, em minhas tentativas atuais de resolver o Problema da Existência. É um pequeno esconderijo aqui em Stoke Newington de qu'eu ouvi falar faz um ou dois anos. O antigo dono não conseguia se livrar dele nem de graça, já que todo mundo dizia que era mal-assombrado... Olha, a visão aqui da janela não é assim o tempo todo, mas também tu só precisa olhar pra ela uma única vez pra ter essa impressão do sobrenatural, não é? Em todo caso, foi uma pechincha. Quanto ao motivo de ninguém ter descoberto ainda, bem, descobriram sim, só que não sabiam pro que tavam olhando, no geral. Teve um sujeito, só um, até onde eu sei, que foi o Arthur Machen. Esta, a não ser qu'eu teja muito equivocado, foi a casa que inspirou o "N.".

A boca de Dennis estava aberta como um bueiro pluvial. Com a descoberta de que o lugar onde estava agora sentado era aquele sobre o qual lera n'*A sala aconchegante* no apartamento de Grace, a plena absurdidade da situação na qual se metera o atingiu feito um trem. Nem mesmo os protagonistas beberrões do conto de Machen tinham deitado os olhos no local, só o tinham visto descrito no mítico *Uma caminhada em Londres*, de Thomas Hampole, o volume inexistente que, durante essa última semana, vinha desgraçando a vida de Dennis. Era como se o mundo que ele achava ser sólido fosse, em vez disso, construído em camadas de fábulas escorregadias, todas competindo para se tornarem reais, livros dentro de livros. Ele havia atravessado o papel frágil da página e caído numa narrativa diferente, onde a circunstância não tinha limites, e o mesmo valia para os riscos insondáveis. Desastrado, ele tropeçara para além dos fatos, sobre o precário chão ensaboado da ficção, onde nada era seguro. Incapaz de levar adiante esse pensamento aterrador, optou por fazer outra pergunta:

— E, se posso perguntar, quem é Harry Lud, esse camarada que o Jack Spot vai encontrar?

Monolulu bufou em desprezo.

— Ah, não é camarada nenhum, isso eu garanto! É outra coisa totalmente!

Sentado ao lado do informante de corridas, numa cadeira que parecia bamba demais para sustentar seu peso, Gog Blincoe sacudiu o imenso totem que era sua cabeça. Longo e lúgubre, o rosto chato parecia incapaz de movimento.

— Reconhece-se que o sr. Lud é um dos Arcanos, os significantes, por assim dizer, mais proeminentes da Alta Cidade, e por isso deve ser abordado com cautela. No caso do sr. Lud, que não é nada menos do que a quintessência de todo crime, tal cautela deve ser redobrada. Duvido que o sr. Spot tenha muito a ganhar com a audiência, mas isso não é problema nosso, contanto que nenhum mal recaia a qualquer coisa daqui deste lado da divisória. Agora, a não ser que meus ouvidos estejam a me enganar, acabei de ouvir o relógio da igreja de Stoke Newington bater às três. É melhor começarmos logo nossos esforços para salvar essa jovem de seus captores.

Ao som dos protestos semelhantes tanto das juntas quanto das tábuas do assoalho embaixo do linóleo, o feirante se levantou, impelindo os outros três homens a fazer o mesmo, caso quisessem continuar a ouvi-lo. Blincoe ainda estava vestido como se fosse à feira, com um avental comprido e áspero de juta, as mangas arregaçadas expondo seus braços enormes, com molas espessas de pelos loiros irrompendo da superfície como se recém-torneado. O braço direito apresentava o que parecia ser uma tatuagem antiga e pálida, um simples coração contendo a palavra "Mamãe", que, por um acidente da tinta havia muito desbotada, quase parecia uma gravação ou um entalhe. Jack Neave, expressando algo de maternal em sua atenção, foi fazendo todo um clangor e alvoroço naquele recinto obscuro enquanto se preparava para mostrar a Dennis e ao feirante gigantesco a porta que dava para a rua.

— Venham comigo, os dois. E se a alteza aqui puder esperar 'té eu voltar, eu vou servir pra você uma dose de rum e aí tu pode chorar tuas mágoas.

Monolulu deu uma fungada.

— Vou precisar de mais do que álcool para afastar a feitiçaria sinistra que me foi prometida... o que, é claro, não significa que eu rejeite a oferta. Desejo tudo de bom pra você, Dennis Knuckleyard. Desejo a você e ao sr. Blincoe um desempenho valoroso no resgate dessa pobre e desafortunada moça. O branco é forte!

Deixando para trás o adivinho das pistas de corrida, com suas penas de avestruz caídas e desgrenhadas sob a meia-luz de baixa potência, Jack Pé-de-Ferro guiou Gog e Dennis por um labirinto onírico de patamares, escadas e passagens obscuras, até chegarem a uma robusta porta da frente, da qual Jack tirou os ferrolhos.

— Boa sorte com aquele panaca perebento. Vai lá pro Arnold Circus às onze, na noite de sexta, que aí eu e o Gog podemos dar um trato em você antes que as celebridades apareçam para bater seu lero. Não sei se dá pra contar com a presença do Monolulu. Ele tá com um humor esquisito depois de ter esbarrado no porra do Peter Charmoso. Ficou bem quietinho, tu reparou? Ou, pelo menos, não tá falando com aquele tom ensurdecedor. É um mau sinal. Em todo caso, chega lá em Spitalfields antes que chova. Até amanhã.

A porta, tão definitiva quanto a tampa de um caixão, mas com uma caixa de correio e aldrava de bronze, se fechou sobre o sorriso camarada de Neave, e os dois se viram nas ruelas de Stoke Newington, com uma longa caminhada pela frente e nuvens pretas se acumulando como uma armada lá em cima. Apertando os olhos diante do céu de ferro, Gog esfregou as mãos, como se quisesse fazer uma fogueira, depois ajustou as feições delicadamente enrugadas até agraciar Dennis com uma expressão sóbria, como um empresário.

— Certo, então. Lá vamos nós.

* * *

Os dois caminharam pela maior parte da longa ladeira da Kingsland Road em silêncio antes de caírem as primeiras gotas pesadas, Blincoe aparentemente confortável em se manter calado quando não havia nada de útil para dizer. Agarrando o colarinho do casaco de chuva com força contra o pescoço magrelo, Dennis ergueu os olhos, com inveja, para o homem mais alto, que parecia não reparar na procela súbita derramando gotículas em seu rosto impassível por entre vincos e dobras que funcionavam como calhas. Mais ou menos onde a Kingsland Road se transformava, com um floreio comercial, na Shoreditch High Street, e com o destino deles se aproximando, Dennis sentiu-se compelido a garantir que seu cúmplice taciturno estivesse preparado para o confronto.

— Você está tranquilo quanto a isso? Digo, Spot e seus pesos pesados têm armas. Navalhas, facas. Provavelmente pistolas. É só que eu não quero que você chegue lá sem...

Embora o semblante vincado *al fresco* do feirante parecesse imóvel demais para possibilitar um sorriso, o rumor que emanava do seu peito, como o deslizamento de um tronco, parecia muito uma risada.

— Parece-me que todos nós, exceto quem foi amputado, possuímos braços, e acredito que os meus já bastem. Mas e você? Já está mais recuperado que o nosso amigo Monolulu após o encontro com o Gato Londrino?

Os dois não estavam distantes da esquina com a Commercial Street, andando contra a chuva. Em resposta, Dennis encolheu os ombros molhados.

— Não sei. Imagino que sim, mas não tenho certeza do quanto disso tudo estou digerindo mesmo. Me sinto meio anestesiado, para ser sincero. E quanto ao príncipe Monolulu? Parecia que ele estava renegando a outra Londres, por medo do, bem, você sabe. Aquela coisa-gato.

Gravemente, Blincoe fez que não com a cabeça, deixando cair água em cima de Dennis.

— Pode ser, mas evitar o Grande Durante em nada vai ajudá-lo. Assim como eu mesmo e o meu amigo o sr. Calendar, por ora indisposto, o Gato Londrino... que eu me recuso a chamar por qualquer outro nome... é um daqueles que são parecidos o suficiente com algo deste reino para se passarem por normais, e por isso pode ir e voltar entre os dois domínios. Não adianta de nada para o sr. Monolulu não se arriscar mais na Alta Cidade, já que a coisa pode facilmente vir até ele.

Tentando não pensar na própria interação com Peter Charmoso, Dennis enxugou a água que pingava das sobrancelhas com uma das mãos e conduziu a conversa por outros rumos:

— Pois é. Austin, o sr. Spare disse que você e Maurice Calendar vieram do outro lugar. Fico surpreso que você se dê ao trabalho de vir para este mundo, considerando o toró que cai assim metade do tempo. Lá no apartamento em Stoke Newington, foi você quem insistiu que a primeira coisa a fazer era tirar a srta. Shilling de perigo, mesmo sem conhecê-la. Estou profundamente grato por isso, mas não consigo não pensar no motivo dessa preocupação. Digo, eu não ia querer lidar com isso sem você, mas não consigo imaginar por que está assumindo esse problema.

Blincoe girou os olhos para o lado, sob as pálpebras parcamente usadas, e contemplou Dennis reflexivamente durante uns momentos antes de direcionar seu aspecto paralisante de volta ao dilúvio e responder:

— Estou correto em pensar que o sr. Spare lhe mostrou os Papas da Clink Street?

Dennis fez que sim com cautela, sem saber aonde a conversa estava indo.

— E igualmente há de ser o caso que o informou a respeito da terrível calamidade que transcorreu durante o reino da falecida rainha Vitória, quando uma daquelas geringonças funestas conseguiu libertar-se de seu confinamento, de modo que foi necessário enviar emissários do Grande Durante para recapturá-la?

Os dois estavam atravessando a rua movimentada e suscitando rajadas perturbadas de buzinas de um imenso furgão verde de Pickford que vinha furioso pela Great Eastern Street, cuja presença o feirante nem se deu ao trabalho de reconhecer. Dennis mais uma vez respondeu afirmativamente à indagação de Blincoe:

— Ele disse que o outro lugar mandou uns pesos-pesados para este mundo, para que pudessem capturar a coisa e levá-la de volta ao lugar de onde veio.

Blincoe soltou um resmungo enquanto o furgão frustrado de Pickford rugia pela Commercial Street.

— Isso, fomos eu e a Mãe que ficamos responsáveis por essa empreitada sinistra. Papas das Lâminas são engenhosos, e ele conseguiu fugir de vista configurando-se como algo quebrado ou jogado fora, empilhado no canto do recinto sem ser notado. Por fim, esbarramos nele num quintal da Heneage Street, e eu deixei que a mamãe enchesse o ser de porrada, já que, por ela mesma ser mulher, seu ódio era maior. Nós o devolvemos, um tanto avariado, ao buraco que era sua prisão, onde ele foi rapidamente morto e desmontado por seus primos. Muitos disseram que fizemos uma coisa nobre em recuperá-lo, porém nós mesmos tínhamos uma opinião contrária.

"Eis aonde quero chegar: seja lá qual foi nossa conquista nisso, não fomos rápidos o suficiente. Demorou mais de três meses para encontrarmos o mecanismo maldito, e nesse ínterim, cinco mulheres, jovens, pelo que eu sei, foram retalhadas pelo fruto amargo de nossa inépcia. Isso há de explicar o meu zelo para evitar que mais inocentes sejam lesadas como resultado de minha intolerável lentidão."

Dennis ainda estava absorvendo a anedota, sem ter certeza do que pensava a respeito dela, e chegou perto de colidir com o vendedor de repolhos quando o volume pesado que era seu imenso companheiro parou de súbito. Em meio às camadas de garoa sopradas pelo vento, Blincoe olhou para os arredores antes de dar vazão a um suspiro lastimoso.

— Agora que penso a respeito, não venho a esta parte da cidade desde aquela noite de novembro, há uns sessenta anos. Vejo agora que, embora não fosse minha intenção, eu a vinha evitando, junto com as lembranças que nela residem. Ainda me lembro de minha mãe xingando aquele aparato maligno de desgraçadozinho enquanto pisava no tórax dele, e dos cliques pesados que ele emitiu em resposta, mais ou menos como faria a correia de uma bicicleta perversa. Isto aqui é um lugar miserável, a meu ver.

Foi só quando Dennis acompanhou o olhar quase saudoso do mercador titânico que ele também, com um tilintar de pânico cardíaco, percebeu onde estavam. A placa de metal em preto e branco instalada no alto do muro oposto, com as letras ornamentadas com ferrugem ou cocô de pombo, dizia "Folgate Street". Haviam chegado, e Dennis se viu surpreso ao sentir os joelhos fraquejarem. Blincoe, parecendo não reparar, apontou para o terraço indistinto de lojas do outro lado da rua coberta de chuva.

— Foi por ali que a coisa entrou, pelo que descobrimos, por onde costumava ser a Liberdade de Norton Folgate. Todas as Liberdades são portais. Oras, passando por aquele barbeiro, tem um painel que parece um anúncio de remédio para o fígado, mas, sob uma luz baixa e com pressa, seria possível confundi-lo com uma porta. Confio que você saiba como funcionam as coisas a essa altura, ou seja, que funcionam melhor por acaso.

Mais uma vez ele esfregou a textura áspera das palmas, ensimesmado, e disparou um olhar através da chuva persistente até a fachada molhada da Folgate Street.

— É meu entendimento que a mulher que viemos até aqui para ajudar habita esta exata alameda. Já que não vejo motivo para retardarmos a resolução da questão, podemos prosseguir?

Embora retardar a resolução fosse sempre a abordagem preferida de Dennis, ele viu que não tinha um contra-argumento para rebater a atitude direta de Gog. Com relutância e sentindo o estômago dar nós até virar balões de animais, ele conduziu seu vasto comparsa pela rua fustigada pela chuva até a soleira da casa de Grace.

Ele ainda portava a chave emprestada, de modo que os dois entraram pela frente e percorreram o hall sobre as tábuas rangentes do assoalho até a porta que ele esperava ser a do apartamento certo, onde deu batidas tímidas e ouviu a voz de um homem mandando entrar em resposta. Nervoso e engolindo em seco, ele girou a maçaneta desgastada de baquelite.

A cena que o recebeu parecia a de divulgação de um filme de terror, todos imóveis e o elenco inteiro — Jack Spot, Solly, o Turco e a própria Grace — de olhos arregalados diante da entrada atrapalhada de Dennis. Ou melhor dizendo, como ele depressa aceitou, olhando para o que vinha atrás dele.

Spot e Solly Kankus ficaram de pé na hora, ambos alarmados, este último com um ódio evidente no olhar, como o cão de guarda revoltado de um ferro-velho.

— Pourra, quem é esse aí? Não falei que tu podia trazer alguém contigo! Se é uma pourra de uma...

Ostensivamente fechando a porta atrás de si, o imponente vendedor de vegetais frescos contornou a figura balbuciante de Dennis e levantou uma mão preocupantemente graúda num gesto apaziguador.

— Sou Gog Blincoe e venho aqui como porta-voz da cidade diferente, a fim de discutirmos os termos de nosso envolvimento com o senhor. Sem qualquer intenção de desrespeitá-lo, há algumas questões iniciais que preciso confirmar antes de começarmos nossa barganha.

Sem oferecer nem mesmo um olhar de relance a Spot, incrédulo, e claramente indiferente à reação do bandido, Gog passou num estrondo por ele e por Kankus, que estava igualmente estarrecido, até o ponto onde Grace estava sentada observando tudo acontecer, e empoleirou-se em silêncio na beirada do sofá dobrável. Agachando-se sobre as pernas de mamute, o feirante experiente olhou no fundo dos olhos apreensivos da garota imóvel. Com a cabeça dos dois em tamanha proximidade, a disparidade de escala entre eles era tão pronunciada que até pareciam pertencer a espécies diferentes. Dennis reparou que Grace tremia, um tremor quase imperceptível, enquanto Blincoe se dirigia a ela, sua voz o rumor paciente de uma carruagem sobre as pedras da rua:

— Srta. Shilling, fico contente em encontrá-la em boa saúde e tenho apenas uma interrogação a lhe fazer: por acaso, durante o seu cativeiro, eles a maltrataram ou lhe fizeram mal de qualquer maneira? Se for o caso, então me diga, que eu matarei esses dois patifes num instante, poupando a todos nós de futuros envolvimentos com essas penosas dificuldades.

Spot e Kankus ficaram encarando o colosso acocorado em condição, respectivamente, de revolta calada e alarme crescente, depois trocaram um olhar de perplexidade antes de voltarem as atenções de novo à figura aparentemente impassível de Blincoe. Grace, por sua vez, não ousou tirar os olhos daquele ogro tão solícito e cavalheiresco do Soho, nem por um segundo. Quando respondeu, foi nos tons de alguém muito mais jovem do que os vinte e tantos anos que Dennis havia presumido que ela tivesse, como se a presença daquele monstro de conto de fadas tivesse reduzido a caminhante durona das ruas a uma criança maravilhada:

— Não. Não faça isso. Ninguém se feriu até agora, e eu gostaria que as coisas continuassem assim.

Jack Spot estava à beira de um ataque apoplético, e sua verruga tremelicava.

— Que pourra que tu vai fazer?! Matar a gente, é isso que tu disse? Pourra! Tu sabe quem eu sou?

Sem pressa, o pesado leviatã levantou-se do sofá, endireitando a coluna até assumir o que deviam ser uns bons 2,10 metros, pela estimativa de Dennis, mais alto do que Spot (que também não era pequeno) ou Dennis, por conta de uma ou duas mãos, e com a gravidade de ambos os homens somada. Blincoe virou-se e analisou o gângster sem nem piscar os olhos, nos quais não se via a menor preocupação.

— Sim, creio que foi isso que eu disse. O senhor é Jacob Comer, mais conhecido como Jack Spot, por conta dessa marca desagradável na bochecha. Sua fortuna foi acumulada, em sua maior parte, intimidando os contadores de pistas de corrida, e é possível que o senhor imagine que todos os outros possam ser igualmente intimidados. Se é o caso, há o perigo de o senhor não ter compreendido nossa situação aqui. Hei de repetir para que bem me entenda. Eu não sou da cidade que o senhor conhece. Minhas origens são no outro lugar, e não é o meu bem-estar que está sob ameaça nestas negociações. É possível que o senhor tenha a necessidade de uma demonstração, a fim de aplacar as incertezas. Sendo assim, a srta. Shilling talvez possa obter para mim uma faca de cozinha, se tal objeto estiver disponível.

Spot estava agora balançando a cabeça furiosamente, tentando deter algum vestígio de controle sobre circunstâncias que estavam súbita e inexplicavelmente escapando por entre seus dedos manchados de nicotina.

— Não! Não, não, não! Uma pourra duma faca? Tu tá achando o quê, pourra? Qu'eu sou otário?

Os vincos de casca de árvore fenderam a testa daquela minimontanha enquanto ele estudava o gângster enervado e balbuciante.

— Minha opinião a respeito do seu intelecto não vem ao caso. O que acho é que o senhor está assustado e crê que eu pretendo feri-lo com tal instrumento quando os propósitos, como já lhe disse, são demonstrativos. Além do mais, a presença de uma lâmina não faz um pingo de diferença quanto à sua segurança, quando eu poderia muito bem destruí-lo com as mãos, pés ou qualquer outra parte do meu corpo. Sou um homem empedernido, sr. Spot, de formas que o senhor jamais conheceu até o momento. Agora, se a srta. Shilling puder me fornecer o objeto solicitado, poderemos prosseguir o quanto antes com o nosso discurso.

Com o resto do corpo imóvel feito mármore, o olhar de Grace vinha disparando de um lado para o outro, entre o vilão e o vendedor, tentando julgar a direção dos ventos. Agora que Spot estava incandescente de ódio e reduzido, pela lógica irrespondível do feirante, a um silêncio esbugalhado, parecia que ela havia tomado uma decisão. Com o semblante feito uma máscara branca apreensiva, como se todo o sangue tivesse corrido até seu cabelo extraordinário, ela se levantou do sofá e foi, sem dizer palavra, até a cozinha minúscula, retornando quase que de imediato com a faca solicitada, entregue a Blincoe antes que ela retomasse sua posição no sofá.

O instrumento parecia assombrosamente afiado, com uma lâmina de aço de talvez vinte centímetros. Enquanto Blincoe agarrava o cabo com ambas as mãos, segurando a faca reta como uma espada cerimonial, a atmosfera na sala de estar amontoada viu-se repleta de uma eletricidade desconfortável. Dennis e Grace faziam caretas, embora nenhum dos dois soubesse o motivo exato, e o rosto de Solly Kankus se tornara pálido como soro de leite. Ninguém dizia nada.

Foi tão repentino. Com um movimento ligeiro e potente daqueles braços avantajados, o vendedor de vegetais cravou a lâmina de aço uns bons sete centímetros entre as próprias sobrancelhas, acima dos olhos desinteressados, com um baque farpado e horroroso. Todos gritaram, exceto Grace, que bateu com ambas as mãos na boca, e cujos olhos arregalados pareciam prestes a descer sobre as bochechas cada vez mais descoradas. Exalando o que talvez fosse um resmungo de leve desconforto, Blincoe tirou as mãos e deixou a arma ali despontando da testa como se fosse um porta-facas de unicórnio.

Dennis se permitiu cair contra a porta fechada, respirando fundo e devagar. A ira colérica escoou do corpo de Jack Spot e foi substituída por um embotamento cinza e biliar, e o sr. Kankus, abalado, antes de se sentar na cadeira da cozinha da qual havia se levantado quando eles chegaram, comentou:

— Tô meio que com ânsia de vômito, pra ser sincero.

Gog, com aquela antena assassina despontando do rosto, media com o olhar o rei do crime pálido e calado, contente por deixar claro seu argumento, bem cravado ali onde seu cerebelo deveria estar. Os olhos do leviatã feirante se contraíram ainda mais, e ele acenou com a cabeça, satisfeito, o que levou a protuberante faca de cozinha a tremer de leve.

— Nasci, senhor, não do ovo, mas da noz, e por isso sou insensível a ferimentos. Caso o senhor ou seu tenente possuam uma escopeta ou pistola, devo lhes dizer que não seria mais útil do que esse cortador de bolo que, no momento, está me deixando vesgo. Nas minhas costas, há uma bala de mosquete e, na minha coxa, um chumbinho e o que creio ser uma ponta de flecha de pedra, e nada disso me causa o menor desconforto. Já me ocorreu de ter agressores com planos de me incendiar, mas, por ser denso, eu demoro para pegar fogo e por isso pude desferir meu golpe mortífero enquanto eles ainda estavam se atrapalhando com as pederneiras. E, caso lhes ocorra tentar desmascarar em público a minha natureza oculta, devo perguntar para quem acham que poderiam anunciar essa revelação e o que exatamente pretendem revelar. Que há uma barraca na Berwick Street operada por um sujeito feito de pau, da cabeça aos pés? Talvez possam compartilhar essa curiosidade com policiais simpáticos à sua causa, ou, então, entre seus colegas leais da fraternidade criminosa, os quais com certeza não tratarão esses delírios como um sinal de instabilidade ou fraqueza.

Spot ficara mudo e imóvel feito água parada durante toda a demonstração, e qualquer vontade de brigar parecia ter fugido de seu corpo. Revirando as páginas dos livros de receita de sua mente ágil atrás de opções, percebeu que não havia nenhuma. Gog prosseguiu, confiante de que ele e o senhor do crime haviam chegado a um ponto de mútua compreensão.

— Agora, portanto, caso eu já os tenha convencido de minhas credenciais, podemos enfim prosseguir para o cerne de nossa questão atual, a saber, sua solicitação para uma conferência com um dignatário da outra cidade, que o senhor espera que alivie suas angústias. Estou correto em meu entendimento da situação?

Piscando, descrente, um código Morse em *staccato*, Spot ficou encarando o assoalho, aparentemente indisposto a olhar para o crânio partido do interrogador.

— Isso, isso, olha só, dá pra tu tirar essa peixeira da cara antes de irmos aos finalmentes? Tá me dando gastura.

Blincoe fez que não com a cabeça, o que só serviu para que o objeto protuberante balançasse de um jeito perturbador.

— Não. Creio que vamos deixá-la onde está, a fim de melhor concentrar suas atenções na seriedade de nosso colóquio. Além do mais, vai ajudá-lo a se preparar para o seu desejado *rendez-vous* com uma presença que prometo ser ainda mais séria do que a minha. Ele se chama Harry Lud e é própria alma do crime, em flagrante, com quem o senhor marcou hora. Para esse propósito, fui instruído a transmitir os detalhes da reunião. Será no Arnold Circus, na confluência de sete ruas, ao primeiro toque da meia-noite de amanhã. Caso o senhor guarde qualquer receio, pode vir armado, porém, como já lhe demonstrei, há pouquíssima utilidade no gesto. Para confortá-lo, o senhor pode também levar esse homem aqui — e ele apontou com o cabo perturbador da faca na direção de Solly Kankus, que estava sentado — como companhia. Ele já viu o bastante hoje à tarde e não será um risco à nossa segurança caso veja mais, uma vez que nenhum dos dois poderá dizer nada para ninguém, nem mesmo àqueles a quem mais amam, se não quiserem ser arrastados para a zaragata.

Tremendo tanto que a cadeira sacudia, Kankus parecia abismado em receber um convite para a reunião da noite seguinte, e provavelmente sabia que as coisas que já tinha testemunhado permaneceriam em seus sonhos mais vis até o resto da vida. Tinha o olhar de um homem condenado. Jack Spot, enquanto isso, escutara o discurso do homem vegetal com um desconforto inquieto, um aluno malcriado chamado para levar uma bronca de um professor inesperadamente severo. Ele coçava o pescoço de bacon cozido e mexia os pés nos sapatos caros, o tempo todo disparando olhares para o apêndice de aço inoxidável de Gog, antes de voltar a olhar fixo para o tapete de Grace. Reflexivo, Blincoe analisou, em silêncio, os homens nervosos.

— Mais uma coisa, e então nossa conversa estará concluída. Não escapou à minha atenção o fato de os senhores terem submetido os meus amigos, o sr. Knuckleyard e a srta. Shilling, a uma situação de estresse considerável. De agora em diante, isso não vai mais acontecer, ou eu nem sequer poderei lhes descrever as consequências. Os dois estão sob proteção da outra cidade e devem ser deixados em paz. Se tiver ficado claro, o senhor e o seu sócio poderão se despedir de nós até a meia-noite de amanhã, após recompensarem a srta. Shilling pelo prejuízo desses dois dias em que foi prisioneira de vocês. É uma mulher de aparência excepcionalmente bela e, pelas minhas estimativas, seus ganhos não deveriam ser menos do que 35 libras. Vamos concordar em arredondar para quarenta.

Deu-se um intervalo de um silêncio incrédulo antes que Spot se desse conta de que barganhar com uma coisa feita de madeira maciça e que acabara de deliberadamente empalar o próprio rosto não seria uma possibilidade. Rangendo os dentes, o chefe do mundo do crime sacou a carteira e contou quatro notas de dez, que então foram passadas, com um gesto indignado, para Grace, e aceitas com um sorrisinho meigo e agradecido que só piorou a disposição já tempestuosa de Spot. Depois, com Kankus verde de náusea, enquanto Jack Spot fuzilava com o olhar impotente praticamente tudo por ali, exceto Gog Blincoe e seu talher cravado, os dois homens foram embora aos murmúrios, deixando Grace e Dennis sozinhos com um lapso constrangedor na conversa e o que era aparentemente uma árvore ambulante. No silêncio que se seguiu, demorou um momento até Grace partir para o resgate.

— Bem, que papinho mais animado, né? Alguém aceita uma xícara de chá?

Dennis, enfim tirando o casaco molhado, aceitou com gratidão, mas Blincoe fez que não com sua cabeça laminosamente decorada.

— Ora, agradeço a oferta gentil, porém devo recusar. Tomarei meu sustento quando chegar em casa depois do trabalho hoje à noite, lá onde posso botar os pés no chão. Dito isso, há um serviço que vocês podem fazer por mim, que seria me auxiliar a remover esse bendito incômodo do que, fora isso, seria o meu distinto semblante. Admito que o finquei com um excesso de força, a fim de causar uma impressão mais severa àquela dupla de simplórios ou ladrõezinhos que recentemente abandonaram nossa companhia. Talvez esteja uns bons centímetros mais fundo do que eu planejava, e é provável que vá ser um inferno para tirar. Quem sabe, se eu me sentar nesta cadeira, ao seu alcance, seja mais fácil para vocês puxarem.

Mesmo após todos os papas-aranha/estrela-do-mar, gatos loquazes e cabeças decapitadas em potes de *pot-pourri*, o que aconteceu na sequência foi um episódio que, para Dennis, não parecia ser de verdade, nem enquanto estava acontecendo e menos ainda mais tarde, após ter uma chance de pensar a respeito. Ele e Grace passaram um quarto de hora tentando arrancar a faca de cozinha de Grace da testa de Blincoe, testando formas experimentais de segurá-la enquanto o Golias arbóreo se agarrava ao assento e se esforçava para ficar parado. Cedo ou tarde, os dois conseguiram, com Dennis agachado atrás da cadeira, fazendo força e cingindo o peito do gigante com os braços, dentro do possível, enquanto Grace apoiava um pé na barriga de Gog e, segurando o cabo com ambas as mãos, jogava todo o seu peso para trás. Quando a lâmina se soltou, ela tombou como um rolo de filme rebobinado e, por sorte, caiu em cima do sofá choroso, que suspirou de surpresa e cansaço. Dennis evitou por pouco cair de bunda no chão, puxando a cadeira e Blincoe para cima de si, o que quase certamente garantiria uma ida ao hospital. Esparramada e arfante no sofá enquanto recuperava o fôlego, Grace lançou um olhar aturdido para o utensílio intacto que detinha em uma das mãos e para a fenda como a de um cofre de porquinho entre as espirais de saca-rolhas das sobrancelhas de Blincoe, onde uma gota de resina de âmbar se acumulava. Embora aliviada por não ser sangue, ela soou preocupada ao dizer:

— Melhor passar alguma coisa nisso aí. Vai infeccionar.

Blincoe levantou um dedo curioso até a ferida antes de examinar o resíduo grudento que ficou na ponta do dígito. Ele ofereceu um sorriso reconfortante para Grace, que mal dava para perceber em meio àquelas feições rígidas.

— Agradeço a preocupação, mas esse mero furinho não apresenta o perigo de infeccionar, pois meus sistemas biológicos não são como o de vocês. Dito isso, uma atadura, se houver, seria útil. Caso contrário, meus sumos vão escorrer pelo rosto e talvez sobre os olhos, onde, caso endureçam, podem permanecer por mais de um ano até eu conseguir tirá-los.

Pelo visto, Grace tinha uma latinha com um kit de primeiros socorros no quarto. Limpando o máximo que pôde da goma transparente que vazava com uma flanela morna, ela pressionou um chumaço de algodão sobre a fenda profunda, prendendo-o com uma atadura de gaze branca e dando duas voltas ao redor do crânio do feirante de hortifruti antes de firmá-la com um alfinete. Contemplando-se no espelhinho de mão de celuloide cor-de-rosa que Grace lhe forneceu, o beemote admirado não pareceu insatisfeito com seu novo visual.

— Ótimo, há de servir. Fingirei ter sofrido um golpe ao bater a cabeça na placa baixa de alguma loja, o que, embora mentira, não é das piores. Alguns dos estabelecimentos de Berwick Street têm toldos que ficam perto demais da calçada para permitir a passagem segura de um indivíduo da minha estatura.

Logo em seguida, Gog despediu-se, com simpatia, confirmando presença para Dennis na reunião do Arnold Circus da noite seguinte. Após lhe mostrar a porta da frente, os dois jovens de carne e osso o observaram ir embora, assoviando no meio de um dia ainda chuvoso que ele parecia quase receber de braços abertos. Grace e Dennis olharam um para o outro em silêncio — o que daria para dizer de tudo aquilo? — e então voltaram pelo corredor até o apartamento abafado, a fim de preparar aquela postergada xícara de chá, conversar e descobrir o que restava dos dois.

Logo se viram sentados, hesitantes, sobre o sofá, com o espaço para uma terceira pessoa entre si, tomando cuidado para não sugerir qualquer intimidade. Por acaso um dos raptores de Grace, Solly Kankus, havia trazido cigarros e biscoitos ao vir para o turno de guarda da noite, tomando o posto do igualmente cordial Sonny, o Ianque. Ambos mergulharam seus digestivos insossos nas xícaras de chá, atentos para não permitir uma imersão excessivamente longa e evitar que o biscoito hipersaturado caísse, com um respingo fecal, nos colos. Por fim, após devorar meio pacote, Dennis limpou a boca com uma manga feia do casaco e tentou quebrar o gelo:

— Eles trataram você bem hoje, então? Quando Sonny, o Ianque me levou até o outro lado do rio para ver Spare hoje cedo, fiquei com a impressão de que ele e o Solly tinham uma quedinha por você. Não pareciam gostar muito de mim, no entanto.

Grace deu uma risada e derramou migalhas na mesinha de centro.

— Pois é, bem, isso é porque eles pensam que você é meu cafetão. Quando eu estava no carro com eles, enquanto você batia seu papo particular com o chefe, contei tudo o que me aconteceu desde que era uma jovem refugiada, forçada a entrar para a profissão pelas circunstâncias e explorada por... bem, por brutos cruéis que nem você. Foi o que eu expliquei para eles. — Ela ria agora com mais força, e metade de um dos digestivos acabou indo parar no cinzeiro de concha. — Falei que você gostava de me açoitar com longos chicotes de algas rançosas. Foi a primeira coisa que me veio na cabeça, e, quando eles caíram nessa, disse que você gostava de fazer isso inteiramente nu, exceto por um chapéu impermeável e galochas. Acho que o mais engraçado foi que eles acabaram ganhando mais respeito por você, só que agora acham que é um tarado nojento. Ah, vai, foi bem engraçado. Você tinha que ver a sua cara agora.

Por sorte, Dennis não tinha como. Mesmo que pudesse, não conseguiria entender por que alguém acharia graça nos sentimentos de traição e mágoa expressos no seu olhar de cachorrinho caído do caminhão de mudança, ainda que houvesse graça, sim, encarando a coisa de forma objetiva.

— Por que você falou isso para eles? Nem só a parte da alga. Por que inventou que eu bato em você, para começo de conversa?

Demorou um ou dois minutos para Grace parar com os risinhos e mais um pouco ainda para deixar de tossir quando algumas migalhas empapadas desceram pelo buraco errado. Por fim, ela levantou o olhar marejado e o direcionou para Dennis, falando com sinceridade:

— Foi autopreservação, pura e simples. Se no final esse negócio da "parte diferente de Londres" fosse só algo que alguém disse da última vez que foi parar no hospício, eu pensei que poderia despertar compaixão da parte deles pintando você como um Marquês de Sade fantasiado de capitão Ahab.

Dennis não sabia quem era nenhum dos dois. Em todo caso, Grace prosseguiu:

— Escuta, não estou rindo de você, Dennis. Eu acho graça é disso tudo, porque as coisas podem ser ou assustadoras ou ridículas, e eu sei qual dos dois prefiro. Além do mais, vejo que você foi transparente comigo. Isso foi provado quando passou pela porta hoje de tarde, acompanhado por metade da floresta de Burnham. Já vi algumas coisas na minha vida, mas, pela mãe do guarda, Dennis, no que foi que você se meteu? Sei que tentou não me envolver nisso e, a julgar pelo nosso encontro com o sr. Blincoe... que é um homem muito gentil, apesar de não ser homem coisa alguma... posso ver o porquê. Estava tentando me manter fora disso e achei um amor da sua parte. Um amor, mesmo.

"Mas, se tudo que me diz é verdade, como você lida com isso? Digo, olha só para você: tem todo o estofo de um pufe, mas hoje passeou com um feiticeiro no que parece ser o País das Maravilhas, onde aparentemente conseguiu resolver o nosso problema com Jack Spot... com Jack Spot, pelo amor de Deus!... e aí voltou aqui com o irmão mais velho do Pinóquio de guarda-costas. Não sei dizer se lhe cai bem, mas foi bem heroico da sua parte. Não vou deixar você me comer. Só estou dizendo que estou moderadamente impressionada."

Arrasado e enlevado por conta das últimas duas frases, respectivamente, ele não teve certeza do que responder e ficou coçando a nuca áspera para ganhar tempo até as palavras chegarem.

— Pois é, bem, foi você quem ficou aqui sentada o dia inteiro com bandidos que disseram que provavelmente iam te matar. Você é maravilhosa. Não sei o que eu faria se não tivesse me recebido aqui.

Aparentemente do nada, Grace propôs servir sardinhas com torrada para o chá da tarde e correu até a cozinha antes que ele pudesse ver seu sorrisinho de satisfação.

Mais tarde, após comerem, os dois ficaram sentados naquele sofá moribundo, escutando os minúsculos punhos de chuva que batiam contra a janela, o tamborilar e os assobios de uma noite de quinta-feira em Spitalfields, todo o entretenimento auditivo que havia na falta de um rádio. Tendo conhecido Gog Blincoe e concluído que, quanto menos soubesse a respeito daquele outro lugar, melhor, a única pergunta de Grace era o que aconteceria na sequência.

— Não tenho problema em deixar você dormir aqui mais uma ou duas noites, até tudo isso se resolver, mas para onde você vai depois? O que vai acontecer nesse tal Arnold Circus amanhã à noite, e você vai ficar bem? Quem é Harry Lud?

Dennis foi circunspecto na resposta:

— Do que eu consigo entender, tem, digamos, umas pessoas nesse outro lugar e elas são, tipo, modelos, essências ou algo assim, para as coisas daqui. Qual é a palavra mesmo?

Grace acendeu um cigarro e levantou uma das sobrancelhas, com um aspecto inquisitivo.

— Arquétipos?

— Nunca ouvi falar, mas é, sim, provavelmente. São chamados de Arcanos nesse outro lugar. Amanhã, tem um colega que eu combinei de encontrar para o almoço, mas aí vou direto para o Arnold Circus para o tal encontro com Jack Spot e Harry Lud. Ele é um dos Arcanos, tipo, o arquétipo do crime, se essa é mesmo a palavra que eu estou procurando. Por isso o Spot quer falar com ele, para ver se consegue resolver os problemas dele na bandidagem. Não sei no que vai dar, mas o Gog Blincoe e um outro sujeito, o Jack Pé-de--Ferro, disseram que vão estar por lá. Eu devo ficar bem.

Ele foi lavar o rosto enquanto ela servia mais uma xícara de chá para cada um. Depois, Grace sacou um baralho fatigado de cartas e convidou Dennis para umas partidas de uíste, apostando palitinhos de fósforo. Após quase duas horas, ela já tinha o suficiente para construir uma miniatura da Abadia de Westminster, deixando Dennis sem um único palitinho para tirar um pedaço errante de sardinha dos dentes. Nesse ínterim, no entanto, os dois concordaram que ele deveria ficar na casa dela até que acontecesse fosse lá o que fosse acontecer em Arnold Circus na noite seguinte, e ela generosamente lhe ofereceu uma das notas de dez libras que Blincoe extorquira de Jack Spot.

— Não, vai lá, pode aceitar. Eu não teria conseguido nem metade desses quarenta pilas entre quarta e hoje. Quando o tempo esfria, o negócio também. Falo sério, pode pegar. Assim, se eu falar para os outros que você vive às minhas custas, pelo menos vai ter um pouco de verdade nisso.

Os dois ficaram ali sentados murmurando até o relógio do campanário opressor de Christchurch bater as dez, e então Grace deixou Dennis em seu sofá monástico antes de ir para a cama. Antes disso, agradeceu pelas cartas de corrida que ele fez Austin Spare assinar para ela e perguntou se podia pegar emprestado o livro de Machen, *A sala aconchegante*, para ler antes de dormir. Ela havia dado uma folheada nele durante os muitos silêncios nas conversas com Sonny, o Ianque e Solly Kankus, e achou o "N." interessante. Já que ele apenas citava o volume imaginário de Hampole e não era o livro inconvenientemente sólido em si, ao ver de Dennis uma leitura não faria mal, de modo que ele lhe disse para aproveitar. Com uma voz tão nítida e musical quanto uma taça de vinho a cantar, ela deu boa noite e partiu para o quarto, deixando o eco de seu perfume barato para trás, uma vaga compensação.

Dobrando-se todo para caber no sofá, Dennis dormiu em parcelas. Sua mente estava repleta de Sarracenos Inferidos e *pot-pourri*, gatos falantes e homens de madeira, e não sobrava espaço para sonhos. Despertou parcialmente do sono parcial com um bom humor inesperado no dia seguinte, sentindo o cheiro de café da manhã na cozinha e uma sensação a princípio desconhecida: a de não estar condenado. Grace estava acordada e vestida e já havia saído na rua para comprar linguiça e um bloco embrulhado de banha, daí o aroma que vinha da cozinha e torturava a língua. Ele se sentiu culpado por ela não ter ido trabalhar ainda, percebendo-se como uma inconveniência financeira e, ao mesmo tempo, inundado por um contentamento egoísta por tê-la ali consigo ao acordar, depois sentindo-se culpado de novo pelo contentamento egoísta. Nada disso estragava as linguiças com ovo e a fruição de ver a cascata carmim de Grace do outro lado da mesa. Com o que se passava por uma refeição saudável em Spitalfields, ele cortou a linguiça em rodelas, empalando-as no garfo antes de misturá-las no amarelo do olho vazado do ovo. Se um dia esteve mais feliz que isso, não lembrava.

Da noite para o dia, a chuva havia se mandado, mas as calçadas continuavam úmidas e reluzentes como as escamas das espinhelas num raro surto de sol de outubro quando Dennis chegou à Strand. O Café do Bond estava até que vazio para a hora do dia, e foi só quando o proprietário veio correndo para abrir a porta que ele se lembrou de que, naqueles parcos metros quadrados de Londres, ele era um nobre da indústria do sabão em pó. Recordando-se de sua classe, Dennis improvisou um olhar que misturava a vergonha por suas circunstâncias empobrecidas com o que achava ser o desdém dos aristocratas. Pareceu dar certo, e o gerente atento acenou com a cabeça e abriu um sorriso de gratidão por receber uma forma tão refinada de abuso. Ao pedir chá com bolo, com a nota de dez de Grace revelada como garantia de pagamento, o homem ergueu as duas mãos num gesto de recusa.

— Não, não precisa, vossa graça. Fica por conta da casa. O seu amigo advogado está na mesa de sempre, lá nos fundos. Deixa que eu levo.

Guardando a nota de Grace com o que ele esperava ser um nariz desdenhosamente empinado, Dennis abriu caminho aos trancos por uma barreira azul de fumaça de cigarro até os fundos do café, onde Clive o aguardava.

— Bem, macacos me mordam. É o Lorde Nariz-Empinado, praticamente chegando à uma em ponto! Como conseguiu? Sempre achei que estivesse falido demais para ter um relógio de pulso. O casebre onde você está no momento é dotado de uma ampulheta ou clepsidra, por acaso?

Dennis deu um risinho e se sentou na mesa para dois, do outro lado do advogado sorridente.

— Não. É só que, por estar mais perto da condição dos animais, a gente consegue saber as horas pelas sombras, o cocô dos coelhos, esse tipo de coisa. Como vai você, em todo caso? Quais são as questões jurídicas emocionantes que está deixando de resolver por minha causa?

Clive tirou a tênue franja loira de cima dos olhos e executou uma expressão facial teatralmente amarga. Trajava um terno diferente do risca de giz que havia usado na segunda-feira. O novo era todo preto, mas o caimento era igualmente estiloso, como se sua pele de nascença já viesse com fendas laterais e botões.

— Dennis, você não faz ideia dos tormentos que as pessoas civilizadas enfrentam. Tem sido só discussões familiares por conta de heranças e majores-generais aposentados querendo processar o rei George por espioná-los usando raios secretos. Para ser bem honesto, eu daria o meu braço direito para pegar até mesmo um bom divórcio amargurado, mas não, parece que todos os idiotas medonhos agora se contentam perfeitamente em ficar juntos. Por que os tipos interessantes nunca se metem em encrencas jurídicas?

Dennis deu de ombros.

— Então, não tem sido a emoção de malucos assassinos que você esperava?

Com uma careta quase ofendida, Clive fez que não com a cabeça.

— Nem unzinho, meu caro rapaz! Os sorvedores de sangue e os dissolvedores de cadáveres me deixaram todos pavorosamente decepcionado. Digo, deve ter uma dúzia deles por aí, e não é lá difícil pegá-los. Sempre matam os mesmos tipos de vítima, do mesmo jeito ou, como o Haigh, usam o mesmo método de se desfazer do corpo. Podiam muito bem só deixar um autógrafo no canto da cena do crime de uma vez. Seria de imaginar que haveria pelo menos um doido com a cabeça suficientemente no lugar para variar um pouco o repertório. Se quer saber o que eu acho, o problema não é eles serem birutas, mas, sim, repetitivos que nem o diabo. Por que não... Ah. Espera aí. Acho que é o seu criado se aproximando.

Da outra ponta do café, o gerente do estabelecimento claramente intimidado vinha pisando com cautela entre as nuvens de fumaça e os outros clientes dispersos, com uma bandeja na mão contendo o chá e o bolo solicitados por Dennis e a cabeça jogada para trás como um lacaio ou eguariço. Com um olhar malicioso e uma cadência admiravelmente suave, Clive interrompeu o monólogo aborrecido sobre as deficiências dos lunáticos homicidas contemporâneos e passou para um interrogatório bacharelesco de seu cliente aristocrata abusado:

— Aguarde um momento, vossa graça, deixe-me ver se entendi. O senhor quer dizer que os intrusos, aquela ralé, após impedirem-no de acessar suas extensas propriedades de Oxydol, cobriram os fossos com slogans comunistas e cortaram a topiária no formato de falos flagrantes? Não é de admirar que o senhor tenha vomitado seu *kedgeree*. A forca é boa demais para esses saqueadores. Se dependesse de mim, seriam empalados em formigueiros por toda a extensão e largura de Hampstead Heath. Na verdade... Ah. Sim, pode colocar aqui ao lado de vossa graça, fazendo o favor. Muito gentil da sua parte.

Esse final foi direcionado ao proprietário mudo, que a essa altura havia chegado à mesa trazendo os refrescos gratuitos de Dennis e ouvindo todas as indignidades que vinham recaindo sobre os nobres. O quinto Lorde Oxydol relutou para manter uma impassividade digna de defunto enquanto imaginava um prato fumegante de ovo cozido, arroz e hadoque regurgitado sobre um pênis esculpido em cerca-viva, tentando não rir até o garçom desconcertado voltar ao balcão e não poder mais ouvi-lo. Enquanto tudo isso acontecia, Clive mantinha cravado em seu suposto cliente um olhar de compaixão quase angelical, apenas o brilho azul dos olhos indicando que o advogado em treinamento estava se divertindo, enquanto ia empilhando um detalhe mais ridículo que o outro em seus esforços implacáveis para fazer Dennis dar contra a vontade:

— E, só para confirmar, você me diz que eles flambaram todos os pavões antes de urinarem na escrivaninha usada antigamente pela Mary Tudor, só que para outros propósitos?

Quando o xereta apavorado enfim chegou ao outro canto da cafeteria e a dupla não estava mais sendo ouvida, Dennis se permitiu dar uns risinhos com a boca perigosamente cheia de bolo de fruta, enquanto Clive se acomodava de volta na cadeira e bebericava seu café preto com um sorriso de satisfação que beirava o sádico.

— Então, jovem Knuckleyard, o que é toda aquela asneira delirante que estava me contando pelo telefone no outro dia? Você mencionou umas coisas obscuras, como estar sendo perseguido por pistoleiros e uma região até então inexplorada da metrópole. Imagino que não estava só bêbado, não é?

Tirando um momento para engolir o bolo e mandar o chá quente demais por cima, um Dennis temporariamente emudecido ergueu e balançou a palma da mão de um lado para o outro, num gesto evidente de negação antes de, por fim, conseguir responder:

— Não. Eu tinha tomado um ou dois canecos quando estive lá pela primeira vez, mas na outra não tinha bebido nem uma gota. Não era álcool nem alucinação, só inacreditável. O jeito como tudo começou, aquele dia que eu vi você aqui, é que eu fui deixado, sem saber, com um pesadelo medonho de livro. Algumas pessoas que entendem das coisas me disseram que ele vinha, bem, dessa tal área diferente de Londres, e que se eu não quisesse bater com as dez, era melhor devolver para lá para ontem. Foi por aí que eu descobri que havia uns tipinhos perigosos querendo o livro também, gângsteres que achavam que ele serviria como acesso para essa, essa vizinhança diferenciada. No fim, era o Jack Spot. Enfim, na noite seguinte...

Com cuidado, Clive encostou no pires sua xícara estimulante, deixada pela metade, e se inclinou para a frente.

— Você disse Jack Spot? Assim, *o* Jack Spot? Dennis, você está de gozação?

— Bem que eu queria. Naquela terça em que a gente se viu, vieram uns homens atrás de mim quando eu estava na rua de noite. Parecia coisa de filme, eu me esgueirando pelos becos e ruelas com uma dupla de matadores na minha cola. Bem quando achei que eles fossem me catar pelo pescoço e me cortar em dois, eu tive, assim, meio que um acidente, e quando dei por mim havia chegado nessa outra parte de Londres. Fiquei lá só uns dez minutos antes de achar o caminho de volta, mas foram dez minutos a mais do que devia. Quer dizer, quase morri. E daí as coisas só pioraram em vez de melhorar. Na noite em que eu liguei para você, Jack Spot em pessoa chegou até mim. Ameaçou me matar, junto com, bem, outra pessoa, alguém que eu conheço, se eu não arranjasse um acordo para ele da próxima vez que eu visitasse o tal, o tal lugar.

Com o olhar e cotovelos ambos fixos na mesa, Clive batia pensativamente o dedo indicador contra o lábio inferior. Ainda usava as mesmas abotoaduras de cabeça de cavalo da segunda-feira, uma égua de aspecto realista em esmalte castanho reluzindo sob a luz baixa do café. Após alguns momentos, voltou os olhos para Dennis com um ar sério e questionador.

— Então, só para esclarecer, essa outra parte de Londres está escondida de algum jeito peculiar que faz com que seja difícil de alcançar ou até de achar. É isso? E é um lugar tão exclusivo que Jack Spot está disposto a matar você para fazer contato, porém você foi parar lá por acidente e aí deu um jeito de sair de novo dez minutos depois. O que me parece indicar que essa região ou distrito quase inacessível fica a talvez uns dez minutos de caminhada das ruas e pontos turísticos mais conhecidos. Como funciona isso? Perdão, mas não me parece que esteja falando de outro bairro de Londres, não é? Sem querer soar indelicado, não seria mais o caso de que isso de que você está falando seria, algum modo completamente vertiginoso, um mundo inteiramente à parte?

Pensando a respeito, Dennis se deu conta, tarde demais, de que o relato vago de suas aventuras repassado a Grace jamais sobreviveria ao escrutínio forense de Clive. Analisar com a lupa de um joalheiro cada palavra num dado relato era o ganha-pão de seu melhor amigo, afinal. Sentindo um tanto de ânsia com a ideia de deixar Clive descobrir demais para o seu próprio bem, ele também tinha que admitir que era muitíssimo gratificante ser o alvo das atenções impressionadas do amigo. Dividido entre a necessidade de agir com responsabilidade e o desejo de se exibir, Dennis continuou naquele esforço de andar na corda bamba entre os dois.

— Uhm. Pois é, assim, imagino que daria para colocar nesses termos. Olha, Clive, não é que eu não queira dar os detalhes da coisa toda. Eu quero, de verdade. É só que o mero ato de saber sobre o tal lugar já pode fazer com que alguém morra ou coisa pior. É uma parte de Londres, de certo modo, mas é outra Londres, que fica no mesmo lugar desta, mas que ninguém é capaz de ver. Não faço a menor ideia de como acontece, mas sei que é perigosíssimo, tipo um nível Dick Barton duplo de perigo. É por isso que eu não posso falar a respeito.

Clive deu risada, quebrando o clima sério.

— Engraçado você mencionar o Dick Barton. Eu estava agora mesmo pensando que você devia ter a sua própria música-tema, com todo esse drama. Não, estou achando essa sua história cativante, mas posso lhe assegurar de que tudo que você diz está sob a mais estrita confidencialidade e não vai sair daqui. Tratarei como se estivesse sob privilégio advogado-cliente, que tal? Além do mais, prometo que não vou pedir detalhes, se você apenas me entregar mais algumas dessas migalhas intrigantes. Por exemplo, como foi que terminou esse negócio arrepiante com o Jack Spot? Depois de você ter trazido à tona esse nome provocante, para começo de conversa, é justo que pelo menos isso você me conte.

Ele não deixava de ter razão. Dennis havia jogado o nome de Spot no meio para fazer o seu relato improvável parecer carregado de importância; agora, não podia deixar Clive na mão.

— Para ser honesto, toda a ladainha com o Jack Spot não terminou, pelo menos não ainda. Ele queria que eu marcasse uma reunião para ele com uma das, sabe, pessoas da outra Londres. Vai acontecer hoje, à meia-noite, perto da livraria da Ada Pé-na-Cova, num ponto onde todas essas ruas diferentes convergem. Você não deve conhecer. Eu não queria nem ir, para falar a verdade, mas de certo modo quero que aconteça logo, porque aí a coisa toda vai chegar ao fim. Poderei voltar à vida normal, espero, e nunca mais ter que pensar no que aconteceu nesta última semana.

Clive abriu um sorriso e ergueu sua xícara de café para bater na de chá de Dennis num brinde civilizado e não alcoólico.

— Bem, brindemos a Knuckleyard recuperando, o quanto antes, o tédio de sua vida proletária gritantemente sem graça. E, meu caro amigo, por favor, tente não fazer esse tipo de coisa com tanta frequência. Não podemos arriscar vê-lo de repente transformado em alguém imensamente interessante sem que toda a sociedade razoável caia num surto histérico. Para começo de conversa, se vocês, brutos subalternos, fossem sempre tão fascinantes, por que alguém teria a necessidade de visitar o teatro ou ler romances? Toda a gloriosa tradição literária da Inglaterra entraria em colapso, e não teríamos nem Shakespeare, nem Wilde, nem Buchan. Mas, bem, por outro lado, também não teríamos as previsões miseráveis de George Orwell, o que talvez animasse um pouco as coisas.

Sem ter absorvido muito de Shakespeare, Wilde ou Buchan, Dennis se agarrou com alívio a um livro e autor que chegara a ler. O papo passou para os males que atormentam o entretenimento moderno e assim eles mantiveram uma distância confortável dos assuntos que começavam a causar um leve incômodo em Dennis. Os dois concordaram que *1984* provavelmente era uma reflexão razoável sobre as angústias contemporâneas, enquanto todos ainda tinham em mente os *pogroms*, campos de concentração e bombas atômicas. Na opinião de Clive, com a imaginação nacional pulverizada por quase seis anos de bombardeios incendiários, era improvável que o romance perturbador de Orwell acabasse sendo a última fatia de alienação a se imprimir nas sensibilidades do público. Como exemplo precoce de um fenômeno semelhante, Dennis mencionou o comediante do rádio Tommy Handley, que falecera no último mês de janeiro. Em *É aquele homem de novo*, Handley havia conjurado figuras extravagantes de mergulhadores, espiões alemães e diaristas cuspidoras de bordões sem prestar atenção no enredo, no bom senso ou nas leis da física; era a hilaridade irracional de um mundo sitiado onde nada tinha qualquer conexão com nada e qualquer coisa poderia acontecer sem motivo ou explicação. Após duas horas e mais um café para cada um, os dois chegaram à conclusão de que todo o surrealismo da década de 1930 tinha muito pelo que ser responsabilizado, e Hitler idem.

Quando Clive enfim não podia arriscar estender ainda mais a sua longa pausa para o almoço, ele e Dennis saíram do café, passando pelo proprietário solícito que, sem dúvida ainda pensando na topiária viril e no vandalismo marxista cometido contra os fossos, ofereceu a Dennis um olhar doído de compaixão indignada. Lá fora, sob a persistente luz do sol, eles apertaram as mãos e bateram os ombros enquanto se despediam jocosamente. Quando estava prestes a partir rumo aos tribunais e empreitadas jurídicas da outra ponta da Strand, Clive lançou um olhar de relance para seu amigo maltrapilho com um genuíno ar de afeto e carinho.

— Boa sorte com todo esse negócio mais tarde, Knuckleyard. Fez muito bem. Acho que essas foram as cerca de duas horas mais satisfatórias que já vivenciei. Você é um jovem rufião dos mais notáveis, sabia?

Ainda refestelando-se com esse elogio, Dennis ficou parado observando com ternura o amigo e ídolo se afastar em meio ao rebanho que se debatia sexta-feira afora. Apesar de quaisquer incongruências destruidoras que poderia vir a testemunhar no Arnold Circus mais tarde, Dennis estava contente sobremaneira consigo mesmo e com o modo como o dia estava andando até então. Havia conseguido resolver todas as coisas quase impossíveis com as quais fora encarregado — o retorno do volume de Hampole ao local de origem e o sucesso improvável no resgate de Grace Shilling das garras de Jack Spot — como se fosse um adulto competente e não a criança de estatura aberrante que, no íntimo, ele sabia que era. E então, claro, havia a mudança de sua sorte no que dizia respeito à própria Grace. Certo, ele não podia considerá-la sua namorada, e na verdade ela deixara bem claro que furaria os olhos de Dennis se ele encostasse nela, mas fazia duas noites que dormia a menos de cinco metros de uma mulher atraente, o que já devia ser alguma coisa. Por fim, a cereja em cima de todas essas causas para autocongratulação foi o olhar na cara de Clive, com uma intensidade e um fascínio na atenção que ele nunca vira antes e que pensou talvez ser um sinal de um respeito mútuo por vir entre os dois. Muito tempo após Clive encolher até virar um pontinho preto na multidão multicolorida, Dennis continuou parado ali, maravilhando-se diante de sua nova e recém-descoberta capacidade, até se lembrar de que deixara mais uma oito horas para matar antes da reunião da meia-noite, amaldiçoando o seu amadorismo irredimível.

No caso, ele preencheu esse turno desocupado com um número surpreendente de atividades sem propósito. Passou algumas horas pensando em ligar para Tolerável John ou Grace — ou até mesmo, durante uns trinta segundos de niilismo, para Ada Pé-na-Cova —, para então decidir que era melhor não. Um período não especificado de tempo foi esbanjado caminhando sem rumo pelo labiríntico intestino de Londres, tentando digerir, sem sucesso, a noção de que cada rua e cada prédio coexistiam com uma contraparte lúbrica que não era deste mundo. Um período considerável foi consumido entre três ou quatro lojinhas de chá dilapidadas de maneiras idênticas, ou talvez a mesma visitada repetidamente por acidente, despejando um excesso de açúcar em infusões fracas enquanto planejava mentalmente a autobiografia que viria a escrever um dia, com certeza: seu nascimento em 1931; seu pai, Brian, convocado para a guerra quando Dennis tinha apenas oito anos, fuzilado e morto quando ele tinha dez; sua mãe Irene, falecida por conta da angina quatro anos depois; o purgatório da Livros & Revistas de Lowell; e enfim as coisas que ele nem sequer poderia comentar sem ir parar no hospício e, com isso, o abandono imediato do livro de memórias imaginário. Ele folheou um exemplar do *Daily Mirror* que outra pessoa largara para trás, datado do dia anterior, fez *tsc tsc* de pena diante dos quatro mil mortos nas enchentes da Guatemala, não se deixou incomodar muito com a conclusão dos julgamentos dos crimes de guerra japoneses nos Estados Unidos, acenou com a cabeça, num gesto sério de apreço, diante de um desenho de David Low, e pulou as páginas de *Jane*, pois a heroína sem personalidade não tinha mais o menor apelo agora que não tirava mais as roupas, graças à modéstia do pós-guerra. Contou todos os prédios de Long Acre e da Great Queen's Street, jantou numa barraquinha conveniente de *pie and mash* do Covent Garden e pensou em aprender francês. Os segundos, às dezenas de milhares, foram roendo seus ossos de tédio, e em algum momento após as dez, apesar de seus muitos receios, ele se viu quase agradecido ao começar uma longa caminhada no frio até Shoreditch.

Apesar do dia banhado pelo sol, a noite encorajava os babados de neblina a sair do rio, os punhados de gaze cinzenta rolando ladeira acima a fim de pendurar coroas embaçadas sobre os postes, que se tornavam mais esparsos conforme a distância da região em relação ao centro da cidade, de modo que as distâncias cada vez maiores entre eles pareciam aquele vazio sufocante que separava as estrelas. Subindo pelas ruas parcialmente demolidas em meio à escuridão, Dennis se viu pensando nos incontáveis ovos de ferro e fogo que tinham caído nos últimos dez anos, alguns dos quais ainda não haviam eclodido. Embriões de metal recurvado, eles dormiam sob os destroços amnióticos, reservando seu choro de neonato para um futuro desavisado. Este era o problema do passado: ele nunca terminava de verdade, quando os tijolos medonhos de ontem eram o material de construção para o amanhã.

Vadeando em meio a pessoas que festejavam sem muito ânimo e uma névoa cada vez mais espessa, Dennis ascendeu Bishopsgate rumo ao seu encontro inconcebível. Ao passar por Spitalfields e a boca já conhecida de Folgate Street, onde morava Grace, resistiu à tentação de divagar e conferir se a luz dela estava acesa, só para ver se a moça estava em casa, porque qual seria o sentido disso? Fraqueza, apenas. Ele a veria mais tarde, com sorte, quando o encontro em Arnold Circus estivesse concluído e ele voltasse para a casa dela e seu sofá remodelador de colunas. Dennis precisaria ver o que aconteceria depois disso, no que dizia respeito a ele e Grace, mas daria para dizer o mesmo de seu emprego, seu endereço e quaisquer outros aspectos de sua vidinha rala e insubstancial. Como todo mundo atingido pela guerra, ele precisava ver o que ia acontecer. Não se pode esperar que fragmentos estilhaçados tenham planos ou objetivos.

Em seu território nativo de Shoreditch, onde o miasma vaporoso beirava o opaco, Dennis confiava nos instintos desenvolvidos durante sua infância urbana sarnenta vivida naquelas alamedas, um tipo de radar de calçada que o guiava pela Old Nichol Street até a Camlet Street e assim ao Arnold Circus, onde, faltando ainda uns minutos para as onze, acabou que se viu sozinho. A neblina, por algum motivo, era mais tênue no centro do círculo vazio, talvez ventilado pelas sete ruas que por acaso convergiam para lá, de modo que os prédios no meio do caminho indicavam as fatias de uma monstruosa e intimidadora torta de alvenaria. Além de Dennis, havia apenas dois carros velhos e o que parecia ser a caminhonete de um pedreiro, todos os veículos evidentemente estacionados para passar a noite. Por isso, enquanto circo, o lugar era meio decepcionante.

Vagabundeando no escuro, à espera de um entretenimento melhor, ele foi desfazendo as malas de suas lembranças do lugar, as coisas que fizera ali e as coisas de que ouvira falar. Lembrou-se de uma briga memorável no Arnold Circus quando tinha dez ou onze anos, provavelmente disparada por algum comentário a respeito de seu sobrenome pugnaz ou o fato de ele não ter mais pai. Claro que ele não ganhou, mas, a seu ver, ter perdido por pouco já era um ponto alto de sua carreira de pugilista. Quanto à história do círculo em geral, era uma narrativa de pavorosos boatos e lamentáveis fatos bem estabelecidos, um *penny dreadful* chocante, escrito na costura verdejante dos musgos entre as pedrinhas do distrito. Lá no século 19, o anel vazio fora um vórtice de crimes vitorianos, o ralo em torno do qual metade das mercadorias roubadas da cidade rodopiava. Um verdadeiro ninho de corvos, o lugar concedera seu pano de fundo devidamente pungente ao *Filho de Jago*, de Arthur Morrison, e fora o covil da máfia da Old Nichol, cujos proxenetas homicidas haviam retalhado mais mulheres de Whitechapel do que o seu contemporâneo mais famoso, aquele que, segundo Gog Blincoe, era um Papa das Lâminas foragido. Dennis pensou em Grace com uma careta de infelicidade à qual não tinha lá muito direito, a bem da verdade, desejando que ela não tivesse sido obrigada a entrar para um ramo tão perigoso ou que tivesse um lugar menos tradicionalmente letal do que o East End para praticá-lo.

Ele forjou uma fantasia sedutora na qual, apesar de pessoalmente não dispor de qualquer meio visível de sustento, ele resgatava Grace de seu emprego que, pelo menos, servia para pagar o aluguel, uma ficção que ignorava o fato de que fora Grace quem o havia resgatado até então. Havia acabado de chegar a um ponto importante no enredo, em que a morte súbita e horrenda de Ada Pé-na-Cova revelava que ele era o beneficiário inesperado de sua fortuna surpreendentemente abastada, quando um som vindo da escuridão obnubilada retalhou seus devaneios inacabados em flocos de ouropel. Era um ruído abrasivo e desagradável, repetido em breves intervalos e aproximando-se. Conforme seus batimentos cardíacos pisavam no acelerador, Dennis rodopiou numa pirueta de espanto, tentando identificar de qual das sete alamedas irradiadas o som se originava. De uma das passagens enevoadas — ele havia se desorientado, mas pensava ser a Navarre Street —, a barulheira irritante não só saía mais alta, ecoando pelo espaço obstruído, mas também vinha acompanhada por uma explosão visível de faíscas, pontos quentes em tons de laranja incandescente sobre o cinza revirado, um mecanismo infernal que se aproximava aos trancos em meio à fumaça e à neblina.

Era Jack Neave. Corcunda como um corvo de dimensões aterradoras usando um sobretudo longo e preto, junto com um chapéu homburg surrado, o empreendedor das ruelas vinha mancando em meio à umidade rodopiante, seu sapato de ferro raspando as pedras e criando fogos de artifício. Sua gravata era branca naquela noite, presa no mesmo anel de prata elaborado, e seu sorrisinho sabichão era amistoso, embora maculado nos cantos pela melancolia.

— Desculpa, rapaz, não quis assustar. Mas, se um coitado com uma perna ruim te deixa uma pilha de nervos, espera só pra ver o que vai vir mais tarde. Tu vai ficar bem legal.

Em algum lugar no meio daquela mortalha turva, um templo distante batia as onze. Pé-de-Ferro continuou falando amigavelmente enquanto dava a volta naquela arena brumosa, conferindo o estado de segurança para a interação por vir e lançando um olhar por cima dos carros estacionados antes de inspecionar a caçamba da caminhonete que, sem surpresa nenhuma, não continha nada de valor maior do que uma pilha de sacos vazios deixados ali da noite para o dia. A dupla optou por se abrigar ao lado do veículo, onde Dennis estremeceu e Neave acendeu um cigarro.

— Tive um papo com nosso amigo, o sr. Blincoe, mais cedo. Ele partiu pro Grande Durante agora a fim de resolver o outro lado do acordo, mas disse que chega à meia-noite. Vai dar tudo certo.

Apertando o colarinho da capa de chuva, Dennis deu voz a uma questão que o estava perturbando:

— E se passar alguém por aqui? Sei que tem neblina e está tarde, mas é uma noite de sexta...

Exalando uma longa pluma de fumaça para diminuir ainda mais a visibilidade, Jack fez que não com a cabeça.

— Não vai vir ninguém. Com os Arcanos, todo mundo olha pr'outro lado. Entende, gente normal não se permite ver coisas assim. Tudo bem que tem os artistas, poetas, os birutas, às vezes, mas não gente normal. Se tiver alguém aqui esta noite pensando em passar pelo Arnold Circus pra ir pra casa, vai encontrar alguma coisa no caminho, algum acaso, que vai fazê-lo decidir ir por outro caminho. Nah, transeuntes são a menor das nossas preocupações. Tu vai ver.

Por volta das dez para a meia-noite, o mesmo Morris de pintura bege que Sonny, o Ianque dirigira ao levar Dennis até Brixton, embicou, hesitante, vindo da neblina que bloqueava o Club Row, resmungando até parar uns poucos metros da caminhonete do pedreiro e desligando seus faróis anêmicos. Após uma pausa desconfiada, as portas da frente se abriram e Jack Spot saiu, acompanhado de Solly Kankus do lado do motorista. Embora Spot parecesse agitado e nervoso, Kankus estava com um genuíno aspecto adoentado, seu corpo inteiro se contraindo para dentro num esforço para não estar ali. Seu chefe atormentado, enquanto isso, fuzilava Pé-de-Ferro com o olhar, desconfiado.

— Quem é você, pourra? E o brucutu, o outro sujeito, cadê? Ele disse qu'estaria aqui.

Neave respondeu projetando o lábio inferior, despreocupado.

— Sou Jack Pé-de-Ferro e sou o rei dos Necessitados. O sr. Blincoe tá escoltando o sr. Lud da Londres superior, e ambos estarão com a gente em breve. Até lá, eu aconselho manter a compostura, pra que não haja nenhum comportamento inadequado quando a corporificação do crime chegar.

Spot fez uma careta de aceitação, embora fervilhasse por dentro, e ficou parado ao lado do carro, murmurando algo em voz baixa aos ouvidos do desconjuntado Solly Kankus. Ninguém mais disse nada, e o cigarro de Jack Neave, chiando e acendendo mais a cada inalação, era o único farol do grupo naquela noite coalhada. Então alguma coisa aconteceu: houve uma mudança sutil na atmosfera, e os quatro homens, um por um, foram reparando que a neblina que se acumulava no circo estava recuando e rastejando de volta para se reunir nas várias bocas das ruas, de modo que o círculo central ficou no escuro, porém nítido como cristal. Dennis deu um passo para trás; Spot ficou imóvel feito mármore, no meio de um gesto incompleto; Solly Kankus começou a receitar o Pai-Nosso num sussurro trêmulo; e as próprias janelas, portas e bueiros do círculo ficaram ali, boquiabertas, num mistério cumulativo.

Jack Neave deu uma última tragada no cigarro, depois o moeu sob a sola da bota de ferro.

— Lá vamos nós.

6

Contemplai-o, encrustado de delitos

E, como uma rosa ou explosão a desabrochar, chegou num arroubo. Diametricamente oposto à caminhonete, do outro lado da vastidão de súbito cristalina do Arnold Circus, um portão duplo — com uma pintura esmeraldina descascada e várias tábuas mastigadas como lápis nas duas extremidades — fora trancado com cadeado e corrente contra a meia-noite de Shoreditch. Observando do outro lado do círculo, parecia haver uma falha ou interrupção à direita da cena, entre a coluna verde e robusta do portão e o muro de tijolos no qual ele estava fixo, uma brecha de cor que se ampliava e enviava ondas na escuridão de vidro clarificado. Às margens dessa falha ondulante, tanto o muro quanto o portão pareciam se comportar como um gás ou líquido, cintilando e distorcendo-se, deformados momentaneamente por alguma coisa que atravessava daquela ausência mutável além. Os quatro, observando a cena, enfim a identificaram como uma mão humana, móvel e de grandes proporções, inserindo-se na lacuna reluzente até enganchar os dedos grossos na coluna firme, que se amassou entre os dígitos sem lascar nem quebrar, de modo que a madeira rígida parecia ter se tornado macia como veludo. Num sopro como o do vento, porém com mais eco e mais sibilante, os dois portões sólidos foram sendo amarrotados em cortinas de tecido e puxados de lado, as tábuas se tornando dobras esvoaçantes nas quais o cadeado, a corrente e as dobradiças eram apenas uma pintura. A mão forte que acompanhou essa revelação era, no fim, a de Gog Blincoe, ainda com aquela atadura na cabeça, seguido por uma silhueta de um monte de tons. Ele saiu para o circo, com sua iluminação sinistra, e se posicionou num dos lados, imóvel, os olhos impassíveis focados na abertura radiante como se fosse um apresentador, aguardando em silêncio o espetáculo principal.

Jack Spot estava apoiado de costas contra o carro enquanto Kankus gemia contra os próprios joelhos, suas pernas transformadas em papelão corrugado. Dennis, poucas noites antes, estaria na mesma condição, porém agora, mais enrijecido, só estremecia e fazia um esforço para tentar não fechar os olhos. Ao seu lado, Pé-de-Ferro se inclinou num gesto de confidencialidade e falou com ele num tom de sussurro fingido, ouvido sobre o *crescendo* da trilha sonora que parecia acompanhar a dança cada vez mais intensa de luzes coloridas:

— Não feche os olhos. É iss'aí o quê da questão. É o que chamam pericorese. É uma interpenetração, e é assim que funciona o Grande Durante, mas não é algo que a gente vê com muita frequência.

O pudim enfadonho da realidade daquele círculo de cimento pesava em cada uma das rachaduras e fendas, encontrando-se na rigidez do pavimento, seus meios-fios quebradores de dedões. A fatualidade dura e indiscutível dos prédios anelados era aparente a partir do cheiro residual de pedra e fumaça do circo, e muitas pessoas e suas empreitadas, evidenciando o cercear contínuo e ordinário do ser, mas... *as pedrinhas estão agora manchadas de aurora e, saindo de um túnel rumo ao fulgor, uma forma inapreensível coagula-se conforme se aproxima devagar, cada passo lento um terremoto que anuncia sua iminência entre rumores... ao seu redor há uma auréola auditiva de apitos de polícia, tiros, sirenes de ambulância, vítimas suplicantes, pianos frenéticos de puteiro, janelas quebrando, pacotes pesados caindo em rios, pneus cantando, uma multidão de homens e mulheres desaparecidos que dão vazão a surpresa ou medo ou raiva, e...* Solly, o Turco já estava em posição fetal, aos pés de um Jack Spot ainda paralisado. Era como se a interseção vazia fosse a cena de uma colisão destruidora entre corpos enormes, um engavetamento catastrófico que não dava para ver nem ouvir, registrado apenas na profundeza da boca do estômago ou no sistema nervoso a esgoelar-se. Tampouco essa sensação de emergência e impacto esmagador findou-se num instante, e sim foi se prolongando mais e mais, o momento de um desastre intolerável como uma nota sustentada, estendendo-se interminavelmente.

Dennis se deu conta de que seu nariz sangrava, sentindo escorrer algo quente e viscoso. No cocuruto encaracolado da cabeça depenada soava o sussurro agudo de um botão de rádio que ia e voltava entre duas frequências alternadas, uma flutuação chiada feito eternidades opostas entrando em contato violento. Achatado em meio à colisão das duas cidades, ele se agarrou com força à caçamba da caminhonete, numa tentativa de continuar em pé. Com cautela, ergueu os olhos, apertados, de volta àquela interrupção flamejante no outro lado do círculo, onde... *solidificando-se a partir das cores, uma forma até então jamais catalogada se constitui até que, no crescendo da sua fanfarra de vidas acabadas, ele está quase aqui, o general da ruína... incompatível com a visão humana, a massa emergente é editada pelas limitações perceptuais de Dennis até se tornar um retângulo bulboso, que deforma o espaço-tempo, coisa de 2,7 metros de altura por 3,6 de largura, porém dotado de maneirismos e uma passada comedida conforme o absoluto do ilícito se aproxima do estado de entidade, e é inconfundivelmente Harry Lud, ninguém mais, ninguém menos... ao seu redor, como um manto, há um brilho dourado sem nenhuma fonte aparente... seu perfume é loção de barba Bay Rum e creme modelador Brylcreem, tortas e cães, charutos e marzipã...*

o casacão pesado que veste tem como forro camadas farfalhantes de promissórias, cartas de chantagem, registros comprometedores, bilhetes de resgate, manchetes estupefatas, fotos de arquivo policial marcadas pelo flash, mandados e documentos falsificados... suas abotoaduras são pés-de-cabra e o alfinete da gravata é a cabeça de um rato decapitado... é Harry Lud; é a plenitude da infâmia... sua testa tem, fácil, um metro entre cada orelha, porém ainda parece desproporcionalmente pequena, decorada por um chapéu de aba larga cuja banda, com toda sua ostentação, é um filme pornográfico... um cabelo branco que nem sisal pende de seus ombros e uma mandíbula se destaca, desafiadoramente, entre vários queixos... quatro longas cicatrizes que convergem entre as sobrancelhas irregulares retalham o rosto até virar um relógio solar de hostilidade antiga, uma Bandeira da União de lutos e rancores resolvidos... com lábios finos fastidiosos e grandes olhos indiferentes de um tom de cinza sinistro como o de uma chapa de raio-X, o monarca da corrupção ergue uma mão rechonchuda num gesto convidador, repleto de expectativa e... com um suspiro resignado, Jack Pé-de-Ferro se impulsionou, raspando o chão e soltando faíscas, para atravessar o silêncio calado do circo e inaugurar formalmente as negociações:

— Ó muitíssimo temido e amado 'arry Lud, cuja majestade transforma todas as potestades da Terra nuns coitadinhos de merda, agradecidamente o recebemos em nosso lar indigno. Que seus esquemas contem todos com boa sorte e que os caguetas evitem sua menção. Temos alguém aqui que procura seu conselho ofuscante.

Quase preenchendo toda a passagem da arcada, atrás das cortinas teatrais abertas que antes eram um portão, e com o brilho do Grande Durante derramando seus raios pintados atrás dele, a declaração inquietante que era Harry Lud torceu um nariz de bico de beija-flor enquanto refletia sobre o convite. Inclinando aquela roda de carrinho-de-mão que fazia as vezes da aba do chapéu, o santo imperdoável da vilania admirava o chão em deliberação, onde...

presos nos seus sapatos, como carros fugitivos com biqueiras de radiador, arrasta-se uma procissão de garrafas clandestinas e cofres escurecidos por explosões, corpos nus e amarrados, garagens de tortura, armas às centenas formando um bracelete de amuletos de azar, uma torrente sinuosa de consequências atrozes que se estende até o clarão enlouquecedor projetado pela figura que ocupa toda a largura da rua... e, enfim, o princípio abstrato da criminalidade inclina a cabeça de CinemaScope para falar, sua voz o estridor de uma contracorrente submarina de um rio revirado... "Então deixe que tragam o cabaço até mim, para que eu possa medi-lo de cima a baixo"... ao redor dos pés de Lud, o rastro do rio de opróbrio e vitimização estremece, gemendo na cacofonia noir *que é o contínuo acompanhamento da iniquidade, no que...* Jack Neave, evidentemente exaurido, virou para trás com um olhar oco e fitou os bandidos acovardados ao lado do seu carro.

— Não posso segurar por muito tempo, então 'teja avisado. Sr. Comer, é o que tu pediu. Aconselho que, se puder, venha cá pessoalmente e diga o que tem pra dizer pro sr. Lud, senão tu vai ser arrastado pelo sr. Blincoe.

O olhar de Jack Spot, fixado no corpo montanhoso de Lud, não continha nada exceto o horror diante da impossibilidade dourada de tudo aquilo. Ele caiu mole contra a carroceria do carro, tingido pelas cores estranhas que jorravam da abertura bem à sua frente, e fez um muxoxo, bem agudo e nasal. Os processos mentais de Spot estavam escritos em letras garrafais sobre seu rosto contorcido, e ele visivelmente considerou a simples possibilidade de ficar ali onde estava, mas então olhou de relance para Gog Blincoe, avultando-se na entrada enevoada da Calvert Avenue com aqueles braços gigantescos cruzados diante do avental de aninhagem. Blincoe devolveu o olhar e mexeu a grande cápsula que era sua cabeça, como se dissesse que ficar parado não era uma opção. Com o que parecia ser a resignação final do cadafalso, Spot começou a dar passos canhestros, passou pela pilha chorosa e amontoada que era Solly Kankus, e avançou, cambaleante, rumo à boca da fornalha onde ficava o representante dourado do malquerer.

Por fim, chegando ao mesmo nível de Jack Neave e apenas a alguns passos do espetáculo em widescreen que era o próprio Harry Lud, ele parou e ficou mexendo as mãos, sem conseguir encontrar a voz. E, quando conseguiu, não era a voz dele, mas o balbucio da mãe de alguém, agudo e bajulador.

— E-eu não sabia. Não sabia que era assim. Não devia tá aqui...

Ele se calou num silêncio desamparado, enquanto... *dentro de um holofote mutável à la Forte Knox, o anátema das leis inclina aquela rocha de um metro que é sua cabeça e franze o cenho numa expressão compassiva de paciência, sua voz saindo reverberante e subterrânea como um bueiro de esgoto, seus modos assustadoramente gentis... "Até pode ser, meu raio de sol, mas é cá que você tá em nossa dança eterna de planetas e viaturas, não é, não? Faz o seu pedidinho fuleiro aqui para o cúmulo da extorsão e depois vai pra puta que o pariu, pode ser?"... as palavras pairam no ar diamantino, pesadas como uma condenação de dez anos de cadeia, e não são um pedido, nem de longe, de modo que...* O trêmulo barão do pedaço não tinha escolha senão fazer a proposta da qual estava cada vez menos seguro desde o incidente com Blincoe e a faca de cozinha em Spitalfields. Ele gaguejou, se enrolou e se sobressaltou:

— Meu, meu, meu, meu nome é Jack Spot e eu, eu tô numa situação meio chata, olha, não é nada, nada que justificasse eu vir importuná-lo, tu não quer saber, eu só vou pegar e ir embora. Só vou embora.

A uma passada de distância e em outro mundo... *a prece dos cafajestes balança o rosto carnudo de um lado para o outro, quase com remorso, e mais uma vez a voz, um rio subterrâneo de xarope escuro... "Não, filho. você não vai, não. Não sem antes eu dar minha opinião, como você pediu quando me chamou lá do meu glorioso subterfúgio. Eu sei quem tu é, Jacky. Tu é um criminoso e, como tal, é uma pequena particulazinha de merda de mim; uma sujeirinha embaixo da minha unha inestimável. Sei toda a tua forma e tudo que já foi. Sei o nome que você deu ao seu ursinho de pelúcia e sei o que tu quer que eu resolva, que é a confusão entre você e o Billy 'ill"... o nome cai feito um delator atirado de uma ponte, e como resultado...* um surto de desespero de última hora pareceu tomar conta do gângster, até então controlado e pasmo; uma determinação de, pelo menos, obter aquilo que viera buscar.

— Eu sei. Sei que eu melei tudo, mas se tu puder pelo menos fazer o Bill voltar como era comigo, como era antes, é só isso que eu peço.

O Arnold Circus prendeu a respiração coletivamente, presumindo que Gog Blincoe respirasse. Gemendo de puro desconforto devido às pedras da calçada, Solly Kankus estava com as duas mãos erguidas, cobrindo os olhos, enquanto Dennis se balançava, sem firmeza, contra a caminhonete, enxergando muito mérito na tática do tenente-bandido que se contorcia no chão. No epicentro daquele deslumbre estavam os dois Jacks, Neave e Spot, com as sombras estendidas projetando-se de través no circuito às suas costas, puro breu contra o brilho sarapintado e prismático. A colagem auditiva de tiros, freios defeituosos e arrotos de caça-níqueis que forrava o ruído de fundo começava a subir em tom, disparando numa espiral de saca-rolha até a agudez de um apito para cães, enquanto, no ponto focal da atenção conquistada de todos... *o sublime do pecado volta os olhos tremeluzentes de jornais cinematográficos para seu suplicante desesperado, prestes a dar o seu veredito em tons severos e estígios, porém não desprovidos de gentileza... "Vai dar, não, Jacky. Tu sabe o que fez. Tu fez seu lance enquanto Billy tava no xilindró, e o esquema do aeroporto de Londres era pra te lançar lá pro topo quando ele saísse. Só que acabou sendo uma cagada do cacete o que tu provocou com isso tudo, não foi? E agora as mutações do dia já rolaram, entende o que eu quero dizer? Tu botou em ação um processo estrondoso, e o que vai sair disso é o que vai sair disso. Não tem nada o que fazer"... o emblema do crime solta um suspiro que é o último, coletivo, de metade do globo... "Uns cinco anos só, tu tem, até acontecer. Até lá vai andar mal das pernas e contratar uns vilões de uns gêmeos pra melhorar sua reputação decadente. Billy e mais uns amigos vão vir te dar uma sova e te furar, praticamente na porta da sua casa, com a patroa olhando e abrindo o berreiro. É o que tá nas cartas, Jack, e saber de antemão não vai mudar coisa alguma. Depois disso, tu tem mais uns trinta anos. Vai viver mais que o Billy, se serve de consolação, e vai virar um camaradinha judeu conhecido como Colmore, com a cara costurada e muitos causos fascinantes, embalando bacon na fábrica onde trabalha. O veredito do juiz foi rabiscado já no ventre da sua mãe, o tempo em si é sua penitenciária, e talvez venha por aí um ou dois livrinhos de sebo como lápide. Agora, não meta o nariz nas coisas e tu não vai me ver de novo enquanto viver"... estendendo a mão lá do seu universo polido, Lud toca de leve o braço de Jack Spot com o apêndice do tamanho de uma porta de carro e as unhas bem-feitas, um tapinha lúgubre, indicativo de uma camaradagem interrompida... inclinando a menor fração da cabeça num aceno na direção de Neave e Blincoe, o suprassumo dos delitos começa a rotacionar o panorama de sua anatomia na direção oposta, uma ação que...* parecia ter cortado as cordinhas de titereiro sobre os membros de Spot. Seu rosto era uma máscara imóvel de cera, e ele foi tombando devagar contra o chão de pedra, sem jamais reparar que a manga esquerda do casaco estava desbotada com uma mancha irregular e fumegante.

Pé-de-Ferro olhou para baixo, para o mafioso genuflexo, nada impressionado, e... *na cintilância de tesouro, o autor do terror dá passos de mastodonte, lentos como uma geleira, rumo a um pano de fundo de cores saturadas, com seu rastro de assoalho de barbeiro e sons cataclísmicos e esvoaçantes, uma silhueta quase oblonga que míngua na perspectiva mutável, até que...* com as retinas já doloridas, Dennis precisou desviar o olhar. Quando se forçou a olhar de novo, Jack Neave estava arrancando limalhas de ferro incandescentes da sola enquanto voltava para o outro lado do circo, deixando Spot ali de joelhos, com todos os sonhos arruinados; seu terno elegante soltando fumaça e descolorido. Desprovido de sentido ou propósito, o líder de gangue degringolado nem se mexeu quando... *profissionalmente, Gog Blincoe passa ao seu lado com passadas largas, agarrando as dobras espessas da cortina que se reúnem à esquerda e puxando-as de volta sobre a abertura fluorescente, seu material macio endurecendo até se tornar tábuas farpadas e talhadas, antes de ele mesmo desaparecer em torno da ponta das cortinas, como um contrarregra delicado... por fim, com um tilintar metálico, o cadeado pintado se torna real mais uma vez, e assim a ruptura escalafobética entre as Londres desaparece...* e, dentro de um instante, nunca nem esteve lá. Uma neblina tímida, que até então havia parado, nas ruas convergentes, tremendo de nervoso e sem querer encrenca, agora rastejava de volta, com hesitação, até o anel central, comportando-se como a maioria das testemunhas de atos de violência — como se nada tivesse acontecido.

Ignorando a névoa reconsolidada, Neave foi raspando o chão até chegar em Dennis e espiou, com desdém, o bolo embrionário que era Solly Kankus a seus pés, conforme seus paroxismos iam diminuindo até virarem um estremelique. Pé-de-Ferro puxou com mais força o grampo ornamentado da gravata de seda e deu uma fungada antes de se pronunciar:

— Então, sr. Kankus, não é? Sr. Kankus, já terminamos aqui. Se eu fosse você, quando desse pra andar, botava o seu mandachuva no carro pra ele se recompor antes dum dos dois conseguir levar o outro pra casa. É o fim dessa história. Garanta que todo mundo entenda isso. Vamos lá, Dennis. Vamos tomar nosso rumo e deixar os dois refletindo sobre a maravilha da existência. Todos tivemos, com certeza, uma noite bem tensa.

Com Dennis, Neave foi mancando ruidosa e pirotecnicamente pelas nuvens que preenchiam o chão da Calvert Avenue. Quando chegaram em Shoreditch High Street, aquele homem-buldogue compacto tinha um sorrisão no rosto, os olhos acesos como fogueiras ciganas sob as sebes das sobrancelhas.

— Acho que essa noite rendeu um trabalho bem decente. Não consigo imaginar que tu ou a sua jovem senhora sofram mais interferências do outro quarteirão, por assim dizer. Foi a primeira vez, então, que tu viu um dos Arcanos? Apesar de tudo, acho que se comportou de um jeito muito do razoável.

Embora Dennis tivesse consciência de que "muito do razoável" significasse apenas que ele tinha conseguido não gritar nem se borrar todo, sentiu certo orgulho caloroso ao ouvir o elogio de Pé-de-Ferro. Deve ser assim, pensou, quando se tem um emprego e se discutem os sucessos ou fracassos de suas empreitadas com os colegas ao fim de um longo dia de trabalho. Era uma sensação, ele precisava admitir, bastante satisfatória.

— Obrigado. Pois é, assim, eu já tinha visto o Sarraceno Inferido e o Cortejo Dela, agora, aqui, foi a primeira vez que ouvi um dos Arcanos falar. — Ele apontou com o dedão por cima do ombro, na direção do Arnold Circus, permeado por um silêncio de morte entre as sombras fumegantes às suas costas. Neave acendeu outro cigarro.

— Tem só um ou dois deles que falam. O Harry Lud e Broadstair, o Monstro Primordial, além do Cavalo Magro, mas a maioria deles cumpre o próprio trabalho de significar apenas sendo o que são. A Bela dos Motins às vezes canta, me disseram, mas, se a gente der sorte, não vamos viver pra ouvir. Agora, jovem, acho que é aqui que a gente se separa. Estou partindo para Kingsland Road, e tu vai para Bishopsgate ver sua namoradinha. Foi bacana conhecê-lo, Dennis, e ouso dizer que vamos esbarrar um no outro pelos caminhos da vida de vez em quando. Ah, isso me lembra... tive notícia do nosso colega, o Óstin, que pediu para avisar que ele vai fazer uma exposição no Temple Bar em Walworth Road daqui a uma semana. Disse que tu seria bem-vindo se te der na telha passar por lá.

Levemente envergonhado de, até o momento, não ter corrigido ninguém que se referisse a Grace como sua pequena ou sua namoradinha, Dennis disse que ia se esforçar para aparecer. Os dois apertaram as mãos e Dennis ficou observando Neave se afastar aos tropeços, cambaleante contra o cinza marmóreo e soltando faíscas feito uma caldeira, o próprio Hefesto de Stoke Newington. Só quando já estava na metade do caminho para Spitalfields e escutou uma batida do relógio anunciando a meia-noite e meia percebeu que o diálogo entre Jack Spot e Harry Lud, apesar de tudo que acontecera e toda sua intensidade bombástica, não tinha durado mais do que dez ou quinze minutos. Preguiçosamente, ele cogitou que todos os aspectos do Grande Durante, desde seus personagens até suas emoções demonstradas e sua própria noção de tempo, existiam como um tipo de concentrado, feito o de suco de laranja. Se fosse possível diluí-lo de algum modo, ponderou, nefelibata, seria mais fácil de engolir. Quando se deu conta de que tal cadeia de pensamentos não era nem interessante, nem prática, já havia chegado à Folgate Street.

A neblina em Spitalfields era, em termos de constituição, igual a todas as outras, porém muito mais ameaçadora por conta da localização, amargada por cartolas, cutelos de açougueiro e toda as maletas Gladstone de uma dúzia de departamentos de acessórios teatrais. Dennis foi enfrentando os véus gasosos na base da ombrada e, de algum modo, conseguiu encontrar a porta de entrada da frente da casa. Permitindo-se entrar usando a chave emprestada — com uma leve pontada de melancolia ao pensar que poderia ser convidado a devolvê-la em breve —, ele percorreu as tábuas rangentes do corredor com passinhos de casa mal-assombrada até dar uma batida quase inaudível à porta de Grace. Esperava que ela ainda estivesse acordada.

— É você, Dennis? Pode entrar. Estou decente.

Por "decente" entenda-se que ela usava uma longa camisola azul-marinho, ridícula de grande no seu corpo e provavelmente masculina, com as mangas arregaçadas, embora ele precisasse admitir que combinava de um jeito maravilhoso com aquele cabelo de bola de fogo. Completando o conjunto, Grace trajava chinelos azul-gelo de aspecto sedoso e um leve sorriso que pairava indeciso entre o carinhoso e o entretido. Mesmo as proporções de toca de coelho do apartamento pareciam mais alegres e acolhedoras, e Dennis percebeu que ela simplesmente devia ter dado uma varrida e uma arrumada em tudo. Era provável que fizesse isso todas as sextas-feiras, mas ele ainda se permitiu o devaneio lisonjeiro de que tal domesticidade ordinária tinha nele sua única motivação. Grace foi pisando macio até a cozinha e voltou com xícaras de chá para os dois, que ficaram sentados em cada ponta do sofá, aconchegados dentro da auréola pungente do fogão de parafina.

— E aí, o que aconteceu, então? Jack Spot conseguiu a reunião que queria?

Dennis encarou um ponto fixo acima do acabamento da parede e pensou no melhor modo de responder.

— Sim e não. Ele conseguiu a reunião, só que, julgando pelo estado em que ficou depois que ela terminou, não foi o que estava querendo. Harry Lud... não consigo nem descrever. Ele era mais largo que muita casa, mas o tamanho era o de menos. Era, era como se ele fosse todo inflado até quase explodir de significado, só que o significado não era uma coisa definida, e não parava de mudar, dependendo de como você olhasse para ele. Era mais, tipo, sei lá. Mais um poema assustador do que uma pessoa.

Grace olhou para ele, acendeu um Craven "A" e apertou os olhos para evitar que as voltinhas flutuantes entrassem neles. Então fez que sim com a cabeça, em aprovação.

— Muito bem colocado, Knuckleyard. Não vou pedir mais detalhes, mas quer dizer que as encrencas com o Spot já terminaram, então? E todos os outros negócios também? Não vão mais me pedir para arrancar uma faca de cozinha da testa de nenhum dos seus amigos peculiares?

Ele deu risada e bebericou seu chá.

— Creio que não. Imagino que esteja tudo resolvido a essa altura. Com um pouco de sorte, podemos esquecer disso, sabe, do outro lugar lá, e voltar a ser quem éramos. Amanhã cedinho já, eu posso deixar você em paz e voltar para minha vida emocionante na casa da Ada Pé-na-Cova.

Era óbvio que ele esperava que ela dissesse "nem a pau", que era para ele continuar em Folgate Street e dividir com ela seus sonhos, sua vida, sua cama. Igualmente óbvio que não foi o que aconteceu. Nos segundos que levou para isso ficar aparente, fez-se um silêncio teso durante o qual deu para ouvir, pelo menos aos ouvidos de Dennis, o assombroso futuro erótico que ocupava seus anseios desde o café da manhã daquele dia desmoronar e virar pó, sem salvação. Cedo ou tarde, tentando não demonstrar o que ele, pelo menos, sabia ser uma decepção infantil, Dennis pôs um fim ao silêncio esmagador perguntando para Grace como tinha sido o dia dela.

— Nada mau, mesmo. Foi rapidinho, porque o sol não apareceu, e voltei para casa cedo. Comi peixe com batata no caminho, cheguei aqui umas oito para tomar banho e desde então estou dando uma olhada no livro que você me emprestou ontem à noite. Preciso dizer que esse Machen era um escritor exímio.

Ela inclinou a cabeça na direção da mesinha de centro, onde ele reparou tardiamente em sua edição seminova d'*A sala aconchegante*, dentro do embrulho sepulcral branco e verde, descansando perto do cinzeiro de concha. Ainda pensava em como era injusto que Grace não tivesse interesse nele depois de toda a tribulação terrível pela qual os dois tinham passado e que, ele admitia, tinha acontecido por causa dele. Pior ainda, ele se perguntava se, após voltar para a casa de Ada Pé-na-Cova, ele e Grace teriam motivo para se reencontrar. No momento, não tinha muito interesse nos dotes literários de Arthur Machen, mas ainda assim conseguiu perguntar para ela se tinha lido o "N.", para não dar na cara que estava emburrado.

— Li todos os contos, de capa a capa. Terminei o "N." meia hora antes de você chegar. Então foi esse que meteu você no meio dessa bagunça, com o livro inventado que, de algum modo, veio parar na sua caixa de Persil ou seja lá o quê? É o melhor da coletânea, para mim. Dá para ver que ele está falando bem sério, como se tivesse algo importantíssimo que queria transmitir... mas todos os outros são boas narrativas também, não acha?

Ainda chafurdando em autopiedade, Dennis confessou, a contragosto, ter lido apenas o "N.".

— Achei os outros muito paradões para o meu gosto. Digo, só de ler o título, já fiquei desanimado. *A sala aconchegante*. Não é o tema mais interessante para um conto, é?

Grace olhou para ele em meio à fumaça, com os olhos levemente apertados.

— Dennis, é o que se chama de ironia. A "sala aconchegante" é a cela de um condenado. Seria melhor você não formar opinião a respeito das coisas antes de compreendê-las por inteiro. O mesmo vale para as pessoas, para tudo. A minha política é não desconsiderar nada, mas não jurar lealdade também, não antes de ter certeza de saber de todos os fatos. Poupa muita dor de cabeça.

Ela amassou o cigarro no que restava daquela criatura marítima que nunca poderia ter antecipado que seu exoesqueleto um dia sofreria essa indignidade. Será que a última parte significava que era para ele não se apegar demais a ela? Já desalentado pelas intimações imaginadas de finalidade, Dennis optou por não dizer nada em resposta, apenas fixando os olhos ardidos na cúpula de arame incandescente do fogão de parafina, do tamanho de uma bola de tênis. Grace o examinava com os olhos glaucos e pensativos, mensurando a óbvia tristeza do rapaz e decidindo dizer algo simpático.

— Quer saber, apesar de ter sido um pesadelo infernal, acho que vou sentir falta de tudo isso. Eu gostava da atmosfera ao redor dessa história, essa coisa de conto de fadas, tipo o seu amigo, o sr.

Blincoe. E quando não estávamos os dois aterrorizados, com medo de morrer ou então aplicando primeiros-socorros em monstros, era bacana ter a sua companhia, apesar que, para ser bem sincera, você esteja começando a cheirar um pouco mal. Eu gosto de você, Dennis. Você não sabe, mas é interessante. Recomenda bons livros, mesmo que tenha preguiça demais para lê-los direito, e eu sou muito grata pelas cartas de previsão de corrida, então tem aí mais uma coisa que você me apresentou, a obra desse tal de Spare. Vou ficar de olho nele.

Embora estivesse afundando depressa na areia movediça do esmorecimento, Dennis teve uma vaga percepção de que as condolências bem-intencionadas de Grace poderiam ser uma corda de resgate. Ele se agarrou a ela com desespero.

— Acabou de me ocorrer um negócio. Quando eu estava me despedindo de Jack Pé-de-Ferro hoje à noite... você não conheceu ele ainda, mas é um ser humano normal, não feito de ferro nem nada, só tem uma perna com problema, não é que nem Blincoe... em todo caso, Jack disse que Austin me convidou para uma tal exposição que ele vai apresentar num boteco, o Temple Bar em Walworth Road, na sexta que vem. Se quiser, pode vir junto. Eu, eu, eu vou estar de banho tomado até lá e aí, sabe, vou arrumadinho.

O sorriso dela foi como quando uma vítima enterrada nos escombros de um terremoto avista uma réstia de luz do sol, tão gozoso que ele se perguntou por um momento se o que ele queria mesmo não era aquilo, mais do que sexo. Além disso, na contramão do provável resultado de suas primeiras tentativas provavelmente inaptas de coito, o convite pareceu deliciá-la imensamente.

— Eu gostaria. Seria um prazer de verdade. E a exposição do Spare parece legal também. — Ela deu risinhos da própria piada e, quando Dennis enfim entendeu e fez cara de magoado, estendeu o braço e lhe deu um soquinho no ombro mais próximo. — Dennis, é brincadeira. Você não está tão fedido assim, embora esteja chegando lá. Não, eu adoraria ir ver essa exposição com você. Nunca vi arte de verdade, não ao vivo. Pode vir me procurar na sexta que vem, e vamos juntos. Uma exposição de arte! Não sei você, mas eu até já me sinto mais civilizada.

Após a pena de morte emocional que lhe fora decretada se transmutar numa sentença suspensa, Dennis se flagrou com um humor bem melhor. Os dois deram risada e papearam durante mais uma boa meia hora até repararem que já eram quase duas da manhã. Ele pescou a chave sobressalente do bolso e a entregou para ela sem sentir aquela pontada de perda que havia antecipado, e então Grace e ele foram, cada um, para as respectivas camas — ou sofá xexelento. Como uma mola comprimida, com a cabeça contra um dos braços duros e implacáveis do sofá, ele dormiu parcelado e, pela quarta ou quinta noite seguida, não teve nenhum sonho de que conseguisse se lembrar. Pensou ser possível que as experiências como o espetáculo recente no Arnold Circus tivessem espremido toda e qualquer imaginação dentro dele, ou que a sua mente inconsciente tivesse ficado constipada, apesar de esse último pensamento apenas o levar a antecipar um sonho grande e doloroso na noite seguinte ou depois. Sua última noite debaixo do teto de Grace passou-se numa deriva cinzenta de chumaços de pó que não eram bem ideias, até ele não conseguir mais distinguir onde terminava a neblina que rolava nas sarjetas lá fora e onde começava a névoa em seu crânio parcialmente raspado. Tinha sido uma semana agitada.

O sábado chegou com o presente gratuito de mais uma manhã ensolarada se escondendo em sua pavorosa embalagem de cereal de papelão, queimando a névoa interior e exterior muito antes de Dennis descolar as pálpebras, piscando para a cena estranha que era a bênção quase esquecida de um fim de semana. Mais uma vez, Grace já estava em pé e vestida, praticamente virando um prato de ovos com torradas pela goela de Dennis, enquanto deixava claro que aquele dia era o ponto alto da sua semana em termos financeiros, por isso ele precisaria sair de casa com ela. Ele se lembrou de apanhar seu exemplar d'*A sala aconchegante* assinado por Gawsworth e enfiá-lo na sacola, antes de botar a capa de chuva e acompanhar Grace ao saírem da lata de sardinha que eram suas acomodações. Foi tudo meio corrido, nem de longe a despedida demorada que ele teria preferido: ali na porta, com o burburinho do mercado próximo excluindo quaisquer carinhos que poderia ter esperado, houve um momento em que se perguntou se era possível que ela o beijasse ou se ele deveria beijá-la; porém, no final, ele estendeu a mão, ao que ela lhe deu um aperto estranho, e ele ficou se sentindo um idiota.

Pateticamente, pelo menos segundo sua própria avaliação, ele ficou olhando para Grace enquanto ela ia embora, tiquetaqueando por Bishopsgate rumo a Cheapside, Ludgate Hill, onde enfim fazia seu ponto em Bride Lane. Com os olhos de um cão abandonado, observou-a reduzir-se ao pontilhismo do quadro do impressionismo francês que eram os pedestres no fim de semana, seu cabelo contendo toda a cor e potencial de um fósforo por acender. Preso na teatralidade de seu romance frustrado, ele soltou um suspiro autocomplacente e seguiu emburrado pela Shoreditch High Street, partindo rumo à Gibraltar Walk e sua proprietária assustadora, um destino que via como tão intragável e necessário quanto o lugar para onde Grace estava indo. Andando cabisbaixo, com a sacola pendurada, ele arrastava consigo os grilhões do desejo de dar meia-volta e segui-la, como o presidiário de um gibi.

Seguindo seu caminho desajeitado entre os cardumes de consumidores, cachorros cagando e crianças em idade escolar não bombardeadas em suas aventuras de sábado, Dennis pensou sobre os últimos cinco dias e percebeu que ainda não acreditava no que havia acontecido. Agora que estava tudo terminado — ou, com sorte, tudo exceto ele e Grace —, ele percebia que poderia passar a enxergar como uma coisa boa o fato de ter tudo acabado assim num espaço de tempo tão curto, por mais frenéticos e traumáticos que tivessem sido os últimos cinco dias, enquanto os acontecimentos se desdobravam. Talvez o modo como tudo transcorreu, sem lhe dar tempo para respirar, facilitasse o trabalho de resumi-los como um breve e insólito tropeço em sua vida, um improvável espasmo de eventos que ele tinha a esperança de um dia desconsiderar como um sonho ou, melhor ainda, esquecer por completo. Imaginava que era meio como Londres e a guerra: ninguém fingia que aqueles sete anos não tinham acontecido, mas estavam todos ávidos por deixá-los para trás e não pensar mais no assunto. Ele até se perguntou se, em algum momento no futuro inimaginavelmente distante, ele e a cidade poderiam um dia até sentir uma nostalgia pela época aterrorizante pela qual ambos tinham passado, embora, só de passar pelo jardim rochoso da Great Easter Street, ele já percebesse que essa noção era risível, em ambos os casos. Dava para ver como Londres nutria um sentimentalismo pela década de 1920, quando ainda não havia guerra, e como ele podia olhar para a própria infância com carinho pelo mesmo motivo, mas uma nostalgia pela época da *Blitz* ou por cabeças decepadas em *pot-pourri* decerto jamais seria uma tendência, nem para Londres, nem para Dennis. Certas coisas, com certeza, continuavam cruas demais para irem parar em lojinhas de suvenir, ou ao menos era o que ele esperava.

Ao atravessar a Commercial Street e ainda tentando encontrar algo de positivo no horror delirante da última semana, ele decidiu que devia ter vivido nesse tempo toda a estranheza alocada a cada ser humano por toda a vida, e que, dali em diante, estatisticamente, o resto de sua existência devia estar livre de incidentes gozados ou peculiares. Já se parabenizava por essa possibilidade reconfortante quando algo gozado aconteceu — não gozado nível Gog Blincoe, mas ainda assim. Ao virar na Bethnal Green Road, percebeu uma figura do outro lado da rua movimentada seguindo resolutamente na direção oeste, com um jeito conhecido de caminhar, ainda que avistada apenas em parcelas em meio aos carros e carroças que se interpunham entre eles. Era Clive Amery.

Ambos haviam avistado o outro. Os olhos do aprendiz de advogado por um momento foram habitados por uma surpresa vazia antes que seu rosto se iluminasse com um sorriso largo de reconhecimento e ele acenasse com entusiasmo para Dennis, esperando uma brecha no trânsito para correr com avidez até o outro lado da rua, na direção do amigo mais jovem e mais necessitado.

— Oras, Lorde Oxydol! O exato sujeito que eu estava procurando! Sabe de uma coisa? Fiquei perambulando pelo terreno de sua propriedade nefasta por uns bons quinze minutos, esperando flagrar um relance da sua pessoa! Acabei de espiar, com os olhos apertados, pela janela daquele pitoresco casebre dickensiano onde você trabalha, mas larguei mão quando não o encontrei por lá. E agora, como se do nada, aqui está você! Aposto que a natureza dá para vocês, moleques, a mesma cor das sarjetas, para se camuflarem durante as molecagens.

Dennis deu uma risada, ao mesmo tempo que estava atordoado de estarrecimento por dentro. Exceto na primeira vez que os dois tinham se encontrado, quando Clive ligou para a Livros & Revistas de Lowell por acaso, nunca vira o amigo estiloso se afastar tanto dos tribunais. Shoreditch, para um rapaz urbano como Clive, ele pensava, devia parecer um safári num continente obscuro de comida racionada, com anúncios em lata da Oxo pregados nas paredes das casas. O jovem aprendiz jurídico parecia até um pouco amarrotado e descabelado após abrir caminho pelo matagal urbano: ainda estava deslumbrante, é claro, mas com alguns fios de cabelo loiro fora do lugar e pequenos vincos naquele mesmo terno escuro que estivera usando no dia anterior. Não estava de gravata, e as beiradas do colarinho desabotoado se abriam como asas brancas contra as lapelas pretas. Estava longe do que se poderia chamar de desgrenhado, mas, para Clive, qualquer coisa abaixo do impecável costumava ser causa para comentário.

— Clive? O que está fazendo por aqui? Não tem medo de pegar plebeuzite ou beribéri?

Abrindo um sorriso indulgente para Dennis, Clive gesticulou com uma mão levemente suja, num gesto de negação.

— Pelo meu bom Deus, não. Quando se vai para o leste de Holborn hoje em dia, dão injeção para você não pegar essas coisas, não sabia? Não, era só que era sábado e eu não tinha nenhum plano, aí pensei em aproveitar o tempo bom e vir até aqui para visitar o meu velho amigo Knuckleyard. Ainda mais depois dos negócios que você me falou ontem. Meu Deus, Dennis, que história! Juro que passei a noite inteira pensando nisso, daí hoje de manhã resolvi vir ver com você como tudo transcorreu, o tal episódio com Jack Spot e o capanga trêmulo que você estava esperando da última vez que nos vimos. Como não há nenhum buraco de bala evidente, imagino que as coisas não tenham acabado assim tão mal?

Dennis levantou uma sobrancelha, mas não tinha certeza do motivo, por isso a desceu de novo.

— Ah, pois é. Pois é, correu tudo bem, e eu nunca mais vou precisar pensar de novo nessas coisas. Digo, foi um pouco emocionante, acho, mas não sirvo para isso. Alguém mais inteligente ou mais durão talvez fosse capaz de lidar, mas para mim já deu. — Clive fez que sim com a cabeça, parecendo compassivo. — Mas fico contente de você ter vindo até aqui só para garantir que estou bem. Você disse mesmo que ia ficar de olho em mim quando liguei na quarta e não me deixou na mão. Você é um bom amigo, Clive. Obrigado por isso. Tem algum lugar em mente aonde a gente poderia ir? Eu estava prestes a voltar para a casa da Ada depois de todo esse tempo longe, mas óbvio que não estou lá muito ansioso para isso, e um papo na Lyons Corner House contigo me permitiria adiar esse retorno um pouco mais. Deve ter algum lugar aberto numa rua mais comercial, se você preferir. Eu pago. — Ele ainda tinha a maior parte das dez pilas recebidas de Grace.

Clive fez uma careta de desculpas.

— Dennis, para ser honesto, foram só você e o seu bem-estar que me trouxeram até aqui. Agora que estou satisfeito que você ainda está entre nós, tem um monte de papelada que eu devia estar lendo no fim de semana. Vamos ter que guardar nossas galhofas para outra ocasião.

Apesar de uma nuvem fugaz de decepção, Dennis pôde ver a lógica no que dissera Clive e, em todo caso, estava animado demais com o gesto de preocupação do camarada para fazer muito drama.

— Pois é. Pois é, faz sentido. Talvez a gente possa se encontrar no Bond em algum momento da semana que vem?

O jovem advogado deu um suspiro pesado e fez que não com a cabeça.

— Receio que não vá dar. Aconteceu uma coisa, e já imagino que estarei ocupadíssimo durante pelo menos a próxima semana. Que tal a gente remarcar a nossa reunião para o fim de tarde da segunda da outra semana, quando eu terminar o trabalho? E, estritamente entre nós, estou ficando meio enjoado do Bond. Você não? O jeito como aquele gerente idiota suado fica babando em cima da gente está começando a me deixar desconfortável. Tem um café bacana lá pro fim da Farringdon Road. Se chama Franklin's e fica aberto até tarde. Não tem erro. Que tal segunda, dia 31, às oito?

Por mais que parecesse uma longa espera, Dennis aceitou, resignado. Os dois apertaram as mãos e se deram tapinhas no ombro, enquanto o cavalo de um carvoeiro passante evacuava um tolete fibroso, verde e dourado, sobre o asfalto a menos de um metro de distância. Clive saiu calmamente na direção da Old Street e Clerkenwell, e Dennis ficou parado ali, observando-o ir embora, ainda maravilhado com a irrealidade do diálogo. Algo parecia meio errado, quase, mas essa comichão menor foi inteiramente anulada pelo êxtase de perceber que o elo entre ele e o amigo parecia estar se aprofundando, como ele esperava. Clive ter vindo até Shoreditch por estar preocupado com Dennis parecia uma tremenda honra — quase cancelava a expectativa pavorosa de sua reunião por vir com

Ada Pé-na-Cova, embora não completamente. Afligido por um embrulho no estômago que por sua vez tinha seu próprio embrulho, Dennis se preparou para o encontro com a proprietária, agora no futuro próximo, a apenas poucos minutos dali. Tragou uma golada poderosa de ar para se fortificar e só então se lembrou da proximidade com a bosta de cavalo.

Ele prolongou a subida daquele passeio majoritariamente conceitual que era a Gibraltar Walk, na medida do possível, o que não era quase nada. Em seu trajeto procrastinador, sentiu uma empolgação obscura ao reparar que um dos capítulos de *Tóxico*, de Sax Rohmer — "A Vida Noturna do Soho", por acaso — ainda se agarrava desesperadamente à sarjeta da rua cancelada, apesar da chuva da última quinta. Dennis considerou pescá-lo do bueiro que ele estava entupindo e dar uma lida, apenas como mais uma tática para postergar o inevitável, mas então falou para si mesmo que não devia se rebaixar a esse ponto e, em todo caso, as páginas estavam, exceto pelos subtítulos em negrito, molhadas demais para serem legíveis. Com concreto nos sapatos e no coração, ele avançou rumo ao cume do passeio e sua estalagmite sobrevivente de tijolos e lajes, aquele decorado de desolação.

O sábado era sempre o melhor dia para os negócios, por isso o sebo Livros & Revistas de Lowell estava decididamente BERTO, segundo a plaquinha fantasmagórica pendurada na porta. Com a sacolinha em mãos, ele adentrou a livraria com um empurrão que soltou um repique derrotado do sino/alarme de fregueses, no que descobriu que ele e Ada Benson, talvez por conta do fato de ainda ser relativamente cedo, eram as únicas pessoas lá dentro.

Parada ao lado do caixa, Ada olhou para ele e toda a cor do seu rosto teria evaporado, se houvesse alguma para começo de conversa. Ela tentou dar um grito quase sem ar, o que saiu como o cacarejo de morte de uma galinha estrangulada, e caiu para a frente contra o balcão, agarrando o peito, sofrendo para respirar, com os olhos varicosos arregalados. Estava sem dúvida morrendo, mais do que o normal; porém, quando ele atravessou o piso da loja aos tropeços para acudi-la, ela jogou para cima uma mão trêmula, a fim de afastá-lo, e gritou de novo, embora com a voz ainda mais fraca e menos convicta. Sustentando-se com uma palma contra o balcão e a outra esticada num gesto de recusa como um guardinha de trânsito, suas órbitas distendidas pareciam prestes a disparar, do fundo do rosto caído e corrugado, na direção do subalterno.

— Dennis? Achei que você fosse uma *cof cof cof cof cof cof* porra dum fantasma! Como é que você *cof cof cof cof* ainda está vivo *cof cof*, porra? Se ainda tiver aquele livro aí na sua *cof cof cof cof* sacolinha, então pode *cof cof* ir à merda.

Assustado e pasmo pela extremidade da reação quase cardíaca de Ada, Dennis gaguejava enquanto fuçava na sacola para sacar e brandir no ar *A sala aconchegante*, de Machen.

— Não, não, não, eu me livrei do outro. Eu, eu, eu levei de volta ao lugar de onde veio, que nem você falou. Só o que eu tenho aqui é o livro do Machen com o "N." Eu, eu, eu consegui uma assinatura do editor para você. — Dennis fez uma pausa e ficou piscando enquanto seu sistema de arquivamento interno enfim conseguia absorver o que sua empregadora perdigoteira acabara de dizer. — Espera aí... você achou que eu estava morto?

Em seus chinelos ambíguos talvez xadrez, Ada pisou forte, com raiva, sem fazer barulho, dando a volta no balcão para confrontá-lo. Só não era fácil estabelecer se ela estava furiosa com ele por ter feito a pergunta ou por não estar morto. Talvez fosse um misto das duas coisas.

— Não mude a porra do *cof cof cof cof* assunto! Chegou o porra do Jack *cof* Spot aqui, procurando você! Se você *cof cof cof* me diz que devolveu o livro do Hampole e despachou o *cof cof cof* Jack Spot e não saiu disso virado do avesso ou *cof cof* morto, porra, deve achar que eu sou uma jumenta *cof cof cof cof* do caralho, que nem você!

Dennis, com a sacola numa das mãos e a memorabília de Machen na outra, estava começando a se sentir meio humilhado. Descobria que, depois de todos os Papas das Lâminas, homens de madeira e gatos falantes, sua proprietária se tornava ligeiramente menos assustadora, embora por muito pouco, talvez um fio de cabelo rígido e petrificado. Ainda não estava pronto para peitar Ada Pé-na-Cova em pé, mas pensou que talvez pudesse sentar-se. Suas desculpas acovardadas agora tinham um subtom de dignidade. Até soavam meio contrariadas:

— Ada, eu resolvi tudo. Tive ajuda, mas fiz tudo que você queria que fizesse. Consegui convencer Spot a esperar para me matar até eu devolver o livro do Hampole para o outro lugar lá, depois trouxe para cá alguém com quem ele não era capaz de discutir. Ele não vai causar mais dor de cabeça para a gente, e a outra Londres também não. Além do mais, estou em contato com o suprassumo dos magos, se você está atrás dessa porcariada ocultista, e consegui arranjar um autógrafo do editor no seu exemplar d'*A sala aconchegante*. Não quero me gabar, mas acho que, para variar, fiz um trabalho bem decente. Só o que eu quero agora é voltar para cá, tocar o meu trabalho e deixar essa semana medonha do cacete para trás.

Ada o encarava sem nenhuma perversidade em especial, como se estivesse mesmo ouvindo o que ele havia acabado de dizer. Apanhou o volume de Machen que ele ainda brandia no ar, abrindo-o na folha de rosto com a assinatura e dedicatória de John Gawsworth, depois olhou de volta para Dennis.

— Dennis, eu *cof cof cof cof cof* vendi a sua cama.

Ele abriu e depois fechou a boca duas ou três vezes em rápida sucessão, sem produzir ruído algum, seus sentimentos evidentemente inexprimíveis. Ada parecia irritada com o olhar magoado de "fui traído" e a crítica implícita ao seu caráter contido nele.

— Não *cof cof cof cof* me olhe desse jeito. Já que você não ia voltar, ficar com a *cof cof* cama parecia *cof cof cof cof* mórbido pra caralho. *Cof cof cof*. Dennis, chega uma hora na vida em que *cof cof* as pessoas precisam largar mão e seguir *cof cof cof cof* em frente.

Ele a encarava como se não soubesse mais direito o que estava olhando.

— Ada, você me viu na terça. Eu passei quatro dias fora.

Ela prosseguiu, como se ele não tivesse dito nada:

— Em todo caso, o sujeito para quem eu vendi a cama se recusou a *cof cof cof cof* levar o colchão, então não é tudo *cof cof cof cof cof cof* só tristeza. Considere-se sortudo de eu não ter *cof cof cof* botado fogo nessa merda, porque eu *cof cof* bem que queria.

Ela fez uma pausa, como se pensativa, talvez considerando a improbabilidade do que o seu lacaio sem noção havia realizado. Inesperadamente, suas feições furiosas de granito se suavizaram.

— Bem, você estragou a minha *cof cof* manhã de vez agora, entrando assim *cof cof cof cof* aqui e quase me dando uma porra de um infarto. Vou ter que fechar a livraria até depois do *cof cof cof* almoço. Não quero que ninguém me veja assim.

Ela foi arrastando os chinelos xadrez ou vomitados e o flamingo morto havia três semanas que era a sua camisola até a porta da loja, virando a placa de papelão de BERTO para ECHADO, com a mesma cara que tinha em todos os outros momentos de todos os anos desde que Dennis a conhecera, sua pele feito uma tripa amarrada e o cabelo que era um risco de incêndio. Era meio tarde, ele pensou, para não querer que ninguém a visse daquele jeito, por mais que ele endossasse e compreendesse aquele desejo. Tendo fechado as portas no que deviam ser umas dez da manhã, Ada girou na direção do funcionário pródigo, segurando brevemente no ar *A sala aconchegante* com uma expressão de desdém casualmente apática.

— Não que seja da sua *cof cof* conta, mas eu conhecia o John Gawsworth. Ele me serviu café uma vez com as *cof cof cof* cinzas do coitado do velho Matty Shiel, esse nojento *cof cof cof cof cof cof* filho da puta. Eu conheci Shiel também, quando morava naquela *cof cof* árvore em Hyde Park. Um sujeito fofo. Ah, bem. Já fechei para o turno da *cof cof* manhã, então que tal irmos até a cozinha para uma xícara de chá e a *cof cof cof cof cof* porra de um papo furado?

Essa desnorteante reviravolta de humor não oferecia nenhuma opção de resposta adequada para Dennis, exceto fazer o que ela sugeriu, em silêncio. Era como os interrogatórios que ele via nos filmes, nos quais costumava haver um policial ameaçador e o outro simpático, para quebrar todas as defesas psicológicas do suspeito, só que, neste caso, ambos os interrogadores usavam os mesmos lábios murchos de vinagre. Ele seguiu Ada até cozinha, onde ela serviu aos dois a prometida xícara de chá e aprofundou ainda mais o desequilíbrio de Dennis ao lhe oferecer um pacote de biscoitinhos pela metade.

Foi sem dúvida a conversa mais longa e — a seu próprio e estranho modo — agradável que os dois já tinham tido na vida. Não era que a proprietária estivesse sendo mais gentil, mas mais como se, de repente, ela o estivesse sujeitando ao mesmo nível de aborrecimento reservado aos seus pares e outros adultos. Mesmo quando Dennis contou da vez que, embriagado, tentou levar o livro de Hampole de volta a Molenga Harrison e acabou sendo visto pelos homens de Jack Spot, o risinho catarrento que Ada soltou, enquanto o chamava de cuzão, pareceu carinhoso. E, quando Dennis começou a descrever a perseguição pelo Soho que se seguiu, ela ergueu um dedo ranhurado com a mais educada das interrupções:

— *Cof cof cof cof*. Dennis, se em algum momento você estiver para me contar como foi que entrou no *cof cof* outro lugar, ou o que viu por lá, então pelo *cof cof cof cof* amor do caralho, não me conte. Só quero as linhas gerais. Você pode *cof cof cof* me poupar da porra dos detalhes.

Para Dennis não tinha o menor problema, pois significava que Grace estava entre a porra dos detalhes de que ele poderia poupá-la. Ele contou a Ada sobre como Monolulu o mandou na direção de Austin Spare e sobre a exigência insensata de Jack Spot de ter uma reunião com alguém da outra Londres, mas não soltou um pio a respeito de Gog Blincoe, cabeças em potes de vidro ou o lugar onde tinha passado as últimas quatro noites. E, assim que Ada ficou satisfeita de que o livro de Hampole não estava mais lá, junto com as atenções de Jack Spot, nem quis insistir. Os dois ficaram sentados, conversando na cozinha iluminada pelo sol, porém ainda feia, e a conversa passou suavemente do terreno instável do mistério para questões mais imediatas. Ada lhe disse que, se ele assumisse a livraria quando ela reabrisse de tarde, ela ia botar a roupa de cama no colchão rejeitado e subir na rua comercial para obter um pedaço de hadoque para a janta. Fora o fato incômodo de não ter mais uma cama, Dennis concordou que tudo isso lhe parecia bem razoável. Ele falou a respeito de Spare e Jack Pé-de-Ferro, de quem ela já tinha ouvido falar, e ela se lembrou com algum atraso de que alguém havia procurado por Dennis na loja enquanto ele estava fora.

— Era aquele rapaz *cof cof* bacana *cof cof cof*, o John McAllister. Isso foi quarta, ele parecia bem preocupado que você pudesse ter *cof cof cof cof* morrido. Bem, *cof cof cof*, nós dois estávamos, óbvio, mas ele não *cof cof cof* calava a porra da boca. Disse que estaria fora da *cof cof cof cof* firma até semana que vem, mas que se você voltasse era para *cof cof* contatá-lo, disse para encontrá-lo no Cheshire *cof cof* Cheese, na próxima segunda à noite. *Cof cof cof cof.*

Todos os seus amigos andavam preocupados com ele, então, tanto Clive quanto Tolerável John, e ele se permitiu pensar que Ada, a seu próprio jeito, também andara. Por outro lado, claro, ela também tinha vendido a cama dele, o que talvez fosse o modo idiossincrático de Ada de lidar com o luto, mas no íntimo ele sabia que não era, e que Ada era só a caricatura brutal e desalmada de uma velhinha, simples assim. Enquanto terminavam o meio pacote de biscoitinhos, os dois concluíram seu chá conciliatório e ela o mandou ir destrancar a porta da livraria enquanto pegava a roupa de cama para vestir o cadáver de seu colchão falecido e fazer as compras. Ela o instruiu a ficar esperto com a mulher de olho esquisito, que Ada jurava de pés juntos que estava afanando os livros de detetive mais picantes.

Diferentemente dos últimos dias que Dennis andara vivendo, o sábado passou-se conforme o previsto: quando reabriram a loja, Ada já tinha ido, entre acessos de tosse, até o quarto recentemente desmobiliado de Dennis e, pelo menos, feito com que parecesse um cativeiro onde dava para deixar de quarentena um animal moribundo. Depois botou por cima da camisola um casaco de pele, cuja pelagem era mais pelada do que a dona, e saiu para buscar o hadoque. Dennis ficou de olho na livraria, com sua meia dúzia de fregueses, e, sem falta, lá pelas três e meia, entrou uma mulher com o jeito brusco de uma enfermeira distrital e um olho que rolava de um jeito desconcertante na órbita mal encaixada. Assim que ele reparou que ela havia pegado algo das prateleiras da seção Policial e saiu de trás do caixa para olhar mais de perto, ela soltou o livro às pressas e fugiu do recinto, com o olho problemático girando como a agulha de uma bússola na direção do norte magnético. Só por curiosidade, ele inspecionou o livro norte-americano de detetive em papel barato que ela estivera cobiçando. Sua capa trazia a pintura de uma mulher de cabelos escuros, nua, exceto por um robe de chambre quase transparente, e esparramada sobre uma cama desfeita com uma sombra de chapéu fedora inclinando-se entre as pernas talvez *pre-mortem*, com o título *O tomate do necrotério*. Ao refletir, o que mais desanimava era a precisão persistente da visão de mundo desoladora da proprietária da livraria.

Depois de ter ECHADO a loja, Ada preparou o hadoque com ervilhas, batatas cozidas e um teco de manteiga. Após se alimentarem, os dois ficaram sentados na cozinha, ouvindo o rádio. Ada foi tossindo e xingando os resultados dos jogos, conferindo o resultado do bolão de Littlewoods para ver se havia tirado a sorte grande e abusando verbalmente de times de futebol inteiros ao descobrir que não era o caso. Então, às 6h25, seu astral diabólico parecia ter melhorado, graças aos quarenta minutos de *Those Were the Days*, durante os quais Harry Davidson e sua orquestra de rádio tocaram as músicas de quando Ada ainda era viva. Na sequência, tiveram uns quinze minutos de "Quintin *cof cof cof cof* Hogg do caralho", com as impressões enfadonhas da semana em relação ao Parlamento, e então, às oito da noite, veio o *Music Hall* e o blablablá cansativo de apresentador, Ted Ray. Enfim, quando Ada estava começando a roncar junto com uma antiga performance de Marie Lloyd, Dennis não aguentou mais e foi para o seu quarto sem cama, nem alegria.

A experiência acabou sendo tão desconfortável, física e psicologicamente, quanto o antecipado. Sem cama para dar suporte, o colchão era uma panqueca retangular — sem molas, exceto as embutidas na estrutura da cama ausente — que lhe fornecia uma elevação de não mais do que cinco centímetros acima do assoalho assombrado por aranhas. Enquanto antes ele podia se sentar na beirada da cama, dada a falta de uma cadeira no quarto, a única postura disponível agora, além de em pé, era deitado, o que significava que não conseguia mais alcançar a mesinha de cabeceira e que sua principal visão do lugar onde dormia era a mesma de um inseto. Era uma miséria. Todo vestido e olhando fixo para o mapa das rachaduras no teto da perspectiva do rodapé, Dennis fervia de raiva, deitado de costas e tentando entender como as emoções e terrores da semana anterior podiam ter resultado nesse osso duro de roer. Ficou ali durante uma ou duas horas, quando ouviu o tufão tuberculoso de Ada subir a escada, aos estrondos, até a própria cama, e então ele se despiu de todas as peças de roupa, exceto o colete, outrora branco, e as calças, apagou o lampião na cabeceira e entrou feito uma fatia de presunto entre os pães velhos de seus lençóis. Pegar no sono em paz, aos dezoito anos de idade, não costuma dar certo sem antes alguma exaustão física, e durante vários minutos ele tentou imaginar como seria se Grace fosse menos criteriosa, mas ficou com a sensação de ser um intruso psíquico ou um tarado numa mesa branca. Cedo ou tarde, pensou na morena talvez defunta de *O tomate do necrotério*, que era uma pintura e portanto não tinha direitos, e logo depois conseguiu dar a Grande Dormida.

O domingo foi pior ainda, já que a livraria não abria e o sol do sábado acabou se revelando um exercício de propaganda desmoralizante organizado pela chuva que ressurgia. Tudo que havia de prazeroso em sua vida estava suspenso até um momento futuro, que parecia, da perspectiva de domingo, geográfico de tão distante: eram mais quatro dias no limbo até se reencontrar com Grace e levá-la à exposição de Spare na sexta, enquanto a saída postergada com Clive demoraria mais três dias depois disso. Ele leu, de capa a capa, seu tesouro esfarrapado que eram a *Picture Show* e a *Radio Fun*, e chegou até a tentar contar as tosses de Ada, mas desistiu, desesperado, ao chegar no primeiro milhar. No geral, se consolava em ansiar pelo encontro da próxima noite com Tolerável John, isso se conseguisse passar pela segunda sem estrangular Ada no sono e depois se enforcar com o cabelo cuidadosamente desgrenhado e trançado dela. Como Clive sempre apontava, estávamos na era dos lunáticos homicidas. Ninguém iria culpá-lo.

Por sorte, não chegou a tanto. O surpreendente foi que a livraria pôde ostentar um fluxo estranhamente constante para uma segunda-feira chuvosa, o que deixou Dennis com pouquíssimo tempo para devaneios lúgubres. O único evento memorável do expediente chegou num momento de calmaria durante a tarde, quando ele reuniu coragem e fez para Ada a pergunta inconsequente de se havia mesmo um defunto enterrado no canteiro do quintal. Ela olhou para ele em silêncio por um momento, depois disse:

— Sim, Dennis, tem sim. E sempre *cof cof cof cof cof cof* tem espaço para mais um.

E eles não trocaram mais nem uma palavra até Dennis bater o ponto à tarde, rumo ao gostinho fugaz da liberdade.

Por mais que estivesse se coçando para cruzar com Grace, Dennis ficou aliviado de encontrar vazia a poça da luz débil do poste no fim da Bride Lane. Talvez ela tivesse voltado cedo para casa ou, dado o mau tempo, nem mesmo saído àquela noite. Em todo caso, isso lhe poupava o desconforto de encontrá-la durante as horas de trabalho. Como conversaria com ela? Será que sequer devia deixar transparecer que a vira? Grato de poder deixar essas decisões para outro momento, ele desbravou a escuridão e a garoa da Fleet Street, desviando das manobras desajeitadas dos carros e do zigue-zague dos jornalistas, rumo à ruela que fornecia acesso ao Ye Old Cheshire Cheese.

Dentro do recinto sem janelas, onde alvorada e crepúsculo não passavam de meros boatos, o mesmo dia infinito do século 16 prosseguia. No meio dos fios inevitáveis de fumaça que conferiam ao espaço sua tradicional baixa visibilidade, era fácil até demais imaginar que as formas lentas e obstrutivas pelas quais se passava entre os banheiros no fundo do bar eram as de Samuel Johnson, W. B. Yeats ou as carmelitas arrastando os pés no velho monastério construído ali por volta de 1200. As duas formas indistintas que jogavam dominó em uma mesa isolada de canto poderiam representar uma amargurada partida de revanche entre Gerald Karsh e P. G. Wodehouse. O monólogo ininteligível partindo das proximidades da última banqueta talvez fosse Alfred, Lorde Tennyson, fazendo a escansão de versos. Oras, por que não?

De algum modo, ele conseguiu encontrar o lugar de sempre de John McAllister sem recorrer a um farol ou buzina. Ao avistar Dennis, o rosto do jornalista, profissionalmente apático, irrompeu num raio brilhante, apenas levemente infeliz.

— Não acredito! Dennis! Eu estava neste segundo mesmo pensando que talvez nunca mais o visse. Como foi que resolveu aquela confusão toda em que se meteu até o pescoço? Espera... deixa só eu pegar um caneco para você, para celebrarmos, e aí pode me contar tudo, dentro do razoável. Um minutinho.

Dennis, a essa altura, estava acostumado ao fenômeno assombroso de suas amizades próximas acharem que ele havia sido assassinado, mas pelo menos John não tinha gritado nem achado que ele fosse de fato um fantasma, como fizera Ada Pé-na-Cova. Agora que pensava a respeito, talvez se devesse ao fato de não ter sido John quem despachara Dennis rumo à morte quase certa, e por isso, sem o fardo de culpa que Ada carregava, ele não o via como a figura vingativa e acusadora de um Banquo que chegava para sacudir seus cabelos sangrentos. Dennis estava vagamente irritado por nenhum de seus conhecidos estimar mais suas chances de sobrevivência, já que, depois de tudo, ele sabia que não era o pintinho inapto e frágil que todo mundo achava que era, ingênuo e todo molhado, recém-saído do ovo. Ele pensou nisso por um momento, depois passou um dedo curioso atrás de uma das orelhas, para conferir, e ficou pasmo ao ver que, de fato, o dígito voltou todo reluzente e úmido. Havia chegado debaixo da chuva, claro, mas não sabia se essa circunstância era suficiente enquanto atenuante. Foi só então que John voltou do bar com um caneco de cerveja fresquinha e espumante para cada um. Acomodando as bebidas, McAllister retomou seu assento e se inclinou sobre a mesa, tendo no rosto uma expressão peculiar que Dennis por fim reconheceu como o entusiasmo caloroso de um semblante que jamais fora construído para sustentá-lo.

— Vamos, então, pode me contar tudo. Só que, assim, quando eu digo "tudo", quero dizer para não me contar de nada que seja antinatural. Se precisar falar sobre, sabe, aquele outro lugar lá, aí pode chamá-lo de Birmingham.

Para o estarrecimento de Dennis, esse truque facilitava muito o relato de uma narrativa que ele mesmo não entendia direito: "Então, em todo caso, tinha esses gângsteres me perseguindo pelo Soho, e aí quando eu vi estava em Birmingham". "Depois o Austin Spare, ele me levou por metade do caminho em Birmingham para me encontrar com os Cabeças da Cidade. De Birmingham." "Quando eu voltei, Jack Spot precisou fazer tudo que a gente mandou, porque eu havia voltado junto com alguém de Birmingham." "E, assim, depois daquela noite no Arnold Circus, está tudo acabado, e eu espero nunca mais ter que voltar para aquele inferno de Birmingham outra vez."

Conforme a longa história foi chegando à conclusão, John se recostou na cadeira bem almofadada e balançou a cabeça de um lado para o outro, deslumbrado.

— Pois é tudo verdade, então. Acho que eu sempre tive uma sensação no estômago que me dizia que era, sim, mas, se você esteve lá, aí não dá para negar, dá? Birmingham existe mesmo.

Um dos colegas do jornal de John estava nessa hora passando pela cena onírica de fumaça que cercava a mesa e fez uma careta de espanto, como se esse fato também lhe fosse novidade. Desde as bombas V, a vida em Londres era uma surpresa inacreditável atrás da outra.

Quando não havia mais nada de útil a dizer a respeito de Birmingham, a conversa dos dois homens foi prontamente conduzida rumo a um território menos transcendental. Dennis chegou a mencionar a exposição vindoura de Spare em Walworth Road, e John disse que iria também se tivesse a oportunidade.

— Posso até tentar botar na conta do *Express* e fazer um artigo: "Praticante de magia das trevas vítima dos bombardeios expõe pinturas perturbadoras no pub" ou algo assim.

Dennis buscou outro caneco para os dois, depois perguntou a McAllister como haviam sido os últimos sete dias. A resposta de John foi um demorado bocejo expresso em palavras.

— Bem, dá para dizer que foram toleráveis, mas não mais que isso. Pelo que eu venho ouvindo, o cidadão comum de Clapham está começando a reclamar de ser assaltado e assassinado todas as noites. Desde a guerra, o crime anda disparando em toda parte, por todo tipo de motivo, e um dos editores do *Express* achou que isso renderia uma reportagem completa. É o que me mandaram fazer, mas, para ser franco, não estou otimista.

Dennis deu uma risada involuntária para dentro da cerveja, mas disfarçou como se tivesse se engasgado e logo se recuperou, levantando as sobrancelhas de surpresa e dizendo:

— É mesmo?

Aparentemente incapaz de reconhecer que estava sendo alvo de pilhéria, McAllister sincronizou as mãos, rosto e braços num dar de ombros taciturno.

— O problema é que estão todos procurando um motivo simples para o que anda acontecendo... Ah, é o governo dos Trabalhistas, são os policiais corruptos, são os estrangeiros... Quando, até onde dá para ver, a guerra acabou com todos os motivos simples, e a gente não vai mais ver nada disso tão cedo. Todos os motivos são complicados no mundo que a gente tem agora. As coisas estão todas enroscadas umas nas outras, e existe um milhão de causas diferentes para tudo, não uma só. E essas complicações todas vão se multiplicando até que logo a pessoa comum não consegue acompanhar mais, nem entender coisa alguma direito. A Inglaterra mudou, Dennis. Todos os lugares mudaram, e culpar Clement Attlee ou Dick Barton pelo aumento dos arrombamentos não vai resolver nada.

Essa menção ao agente especial do rádio fez Dennis lembrar de Clive, que havia feito graça e botado a culpa em Barton pelo que ele via como um aumento no número de malucos homicidas no pós-guerra. Dennis decidiu perguntar a Tolerável John o que ele pensava do assunto, o que pareceu pertinente à discussão:

— Eu ouvi alguém falar outro dia sobre esses assassinos malucos que a gente vem tendo desde a guerra, como Haigh e Neville Heath e tal. Essa pessoa afirmou que veremos mais deles nos próximos anos devido à condição psicológica em que todos ficaram depois de sermos bombardeados.

John fez que sim com a cabeça, num gesto de concordância infeliz.

— É, parece ter sido isso. Foram os bombardeios e todas as complicações da vida de hoje, como eu dizia. Dá para entender que deixaria qualquer um meio estranho. É claro que tínhamos nossos maníacos muito antes da guerra. É parte da natureza humana, imagino, desde a época de Jack, o Estripador, pelo menos.

Embora, no íntimo, ele não tivesse muita certeza do que a natureza humana tinha a ver com Jack, o Estripador, Dennis se limitou a assentir com a cabeça e deixou que John prosseguisse.

— E assim, antes dele, no final de 1700 e pouco, tinha o Renwick Williams, que chamavam de Monstro. Era um retalhador maluco. E aí, não muito tempo depois, veio o assassino da Ratcliffe Highway, que massacrou um jovem tapeceiro e a patroa junto com o jovem aprendiz e um bebê de três meses com um martelo e um cinzel. Foi enterrado numa encruzilhada da rodovia com uma estaca de madeira cravada no coração, feito o Drácula. O nome dele também era Williams. John Williams. Qual é a desses sujeitos Williams? Será que a família é toda de assassinos?

Dennis não pensou que seria capaz de dizer com impunidade que tinha conversado com a cabeça decapitada de John Williams outro dia, mesmo que afirmasse que havia sido em Birmingham. Em vez disso, optou por desviar a conversa com uma gracinha:

— E que tal Vaughan Williams, que fez *A ascensão da cotovia*?

John olhou para ele, e nem é preciso dizer que não abriu sequer um sorrisinho.

— Um envenenador, pelo que ouvi falar.

Surpreendido pela seriedade com que John fez a piada, Dennis soltou uma gargalhada enquanto seu interlocutor apenas contorceu os cantos da boca e emitiu um “Hmuh”, ou seu equivalente disso. Imune a esse enrosco do obstinado e jornalístico fio da sua meada, McAllister continuou com sua tese:

— Não, mas o que você ouviu a respeito de existirem mais assassinos malucos desde a guerra, com outros por vir, eu acho que é uma possibilidade, sem dúvida. No meu serviço, são os tipos de caso em que costumo reparar, aqueles em que não existe propósito nenhum para o homicídio, quando eles não fazem sentido segundo qualquer padrão racional. Não estou falando de nenhum dos grandes nomes, Haigh ou Heath, os que chegam à capa do jornal. Eu reparo é nas histórias menores, enterradas na página oito e jamais mencionadas depois, porque não há nada conhecido, não há nada que qualquer pessoa possa dizer. Digo, eu não sei se você lembra, mas o assassinato de Kenneth Dolden lá em 1946 foi um desses casos que eu jamais consegui desvendar.

Dennis franziu a testa, vasculhando a memória, porém sem qualquer sucesso imediato.

— O nome não me é de todo estranho. Talvez tenha lido nos jornais da época, mas não saberia dizer agora o que aconteceu. Pode refrescar minha memória?

Antes de fazer isso, o repórter se voluntariou para, primeiro, encher novamente o copo de Dennis, e fez-se um breve hiato antes de John voltar com a cerveja e retomar a história sem perder o ritmo.

— Certo. Kenneth Dolden. Era esse jovem, 23 anos ou coisa assim, militar reformado que estava na dispensa da Força Aérea Real. Estava num carro com a noiva, estacionado para uns amassos às margens da floresta de Epping lá em Waltham Holy Cross. De repente, do nada, surgiu um sujeito com um cachecol cobrindo o rosto e abriu a porta do carro, deu quatro tiros em Dolden para garantir que ele morresse e por fim sumiu, sem ninguém jamais o ver. Não deixou nenhuma pista, nenhum dos outros casais namorando na clareira conseguia se lembrar de ter visto alguém, e não havia motivação aparente além de matar um completo estranho. Está sem resolução há três anos, e provavelmente jamais será solucionado. Deve ser por isso que a notícia me marcou tanto: a falta de sentido em tudo, e o fato de que não vai ter solução. Não vai ter manchete para dar fama ao nome do assassino, mas historinhas asquerosas como essa são o que não falta desde a guerra. O que você ouviu estava correto. Os casos maníacos surgem onde caem as bombas, tipo uma variedade perigosa de rúcula de Londres.

Dennis demonstrou concordância com um aceno da cabeça raspada. Sem o envolvimento profissional de McAllister nessas questões, ele tendia a presumir que os homicídios não aconteciam se ele não ficasse sabendo e esquecia que celebridades como

Heath e Haigh eram só a ponta do iceberg. Devia ter, todos os anos, uma outra dúzia ou mais de chacinas como aquela que John havia contado, que sequer eram registradas como mistérios antes de serem varridas junto com as estatísticas. Ele supunha que, de certo modo, as histórias com as quais todo mundo estava familiarizado, de Heath e Haigh até Jack, o Estripador e o assassino de Ratcliffe Highway, eram histórias escritas para os jornais da época, em sua maior parte, e montadas a partir de quaisquer fatos conhecidos, com uma dose adicional de suposições imaginativas. A narrativa maior de assassinatos, maior por ser composta a partir de todos os incontáveis casos pequenos e ignorados, escondia-se a olho nu, enquanto todo mundo ficava ali boquiaberto com John Haigh e seus tonéis de ácido. Era como se... Na metade do caminho de um pensamento totalmente diferente, Dennis se lembrou de onde tinha visto o nome Dolden pela primeira vez.

Fora no caderno de Clive Amery, quando ele o deixara exposto por um breve momento no Café do Bond, na segunda anterior — meu caneco, só fazia uma semana? —, e Dennis se esforçara para dar uma olhada: Dolden, Green, Dorland & Lockart. Presumira que fosse uma advocacia, e era bem provável que fosse mesmo. Afinal, devia haver um monte de homens com o nome Dolden, e ele não conseguia entender por que seu estômago gelou quando reconheceu o nome. Imaginou que devia ser por causa da fantasmagoria hedionda dos últimos sete dias, que o condicionara a procurar perigos ocultos nas mais banais das coincidências; o legado assustadiço de Birmingham. Era como os soldados em dispensa que davam um pulo quando alguma criança abria um saco de batatinhas. Ele precisava se acalmar e aceitar que tinha passado por muita coisa e que, assim como os soldados, não era tão fácil quanto esperava se acomodar de volta na vida normal. Ao mesmo tempo, era engraçado nunca ter esbarrado num nome ao longo de dezoito anos de vida e aí ouvi-lo duas vezes na mesma semana. Ele bebericou do caneco e tentou ouvir o que John estava dizendo.

Os dois conversaram durante uma ou duas horas até o dono mandar fechar a conta, quando então vestiram os casacos e exprimiram a esperança de poder se encontrar na exposição de Spare na sexta seguinte. Só quando estavam prestes a sair foi que Dennis, sentindo-se envergonhado de ser tamanha pilha de nervos, cedeu às suas apreensões e perguntou a Tolerável John se ele podia dar uma fuçada e ver se achava algo sobre os nomes Green, Dorland e Lockart.

— É só que eu vi o nome que você mencionou, Dolden, numa lista junto com esses três outros, no bloco de notas de alguém que conheço. Penso que deve ser só uma advocacia, mas, se alguma coisa aparecer, ficarei grato.

John disse que veria o que poderia fazer, com o acréscimo desnecessário de que não estava lá muito otimista. Os dois apertaram as mãos no beco fora do Cheshire Cheese, depois partiram pela Fleet Street em direções opostas.

Enquanto passava forçosamente por Spitalfields até Shoreditch, Dennis pensou em Grace e como demoraria apenas três dias para reencontrá-la, e aí mais três dias depois para rever Clive. Por mais que esses agradinhos vindouros o encorajassem, ele estava ciente de que os seis dias que tinha pulado tão levianamente nessa previsão ensolarada seriam passados na Livros & Revistas de Lowell, com Ada Pé-na-Cova Benson. Sob a garoa ainda incessante, ele foi se arrastando de volta até a Gibraltar Walk e a lajota que era seu colchão, perguntando-se a respeito dessa meia dúzia de noites e o que faria para sobreviver a elas.

Em todo caso, pareceu não demorar nada até ele se ver chegando em Farringdon Road para seu encontro, havia muito postergado, com Clive Amery. Dennis não conseguia, de modo algum, lembrar-se de quando fora a última vez em que estivera lá; porém, ao virar a esquina na rua, sob o crepúsculo, sentiu um jorro caloroso de familiaridade conforme rememorava o local, sem ao menos conseguir acreditar que o havia esquecido. Farringdon Road, como ele agora lembrava, era um lugar construído para ser exatamente igual à Strand, talvez para tornar a região menos estranha a visitantes como ele mesmo. Dennis viu-se à deriva sob o lusco-fusco da avenida, nutrindo uma nostalgia aconchegante pelas incontáveis vezes que devia ter passado por lá em ocasiões anteriores, talvez na infância.

O café, na metade do caminho, onde o amigo marcara o encontro se situava de modo a reproduzir a mesma posição que o Bond tinha na Strand, muito provavelmente sendo o motivo de Clive tê-lo escolhido. O nome acima da porta era Compton's, que ele achava não ser o nome que Clive lhe havia passado, mas, sendo tão obviamente o lugar certo, ele não achava que isso fosse importante.

Estava prestes a empurrar a porta de vidro e entrar, quando sua atenção foi fisgada pelas atividades do outro lado da rua, à outra margem da Farringdon Road. Eram dois homens, um dos quais estava bêbado ou num estado similar, e o outro evidentemente tentando ajudá-lo. Era difícil discerni-los a princípio, sob aquela iluminação parca, mas, após apertar os olhos por uns momentos, Dennis se deu conta, com surpresa, de que eram Solly Kankus e Jack Spot, ambos parados do outro lado da rua, espiando Dennis com expressões idênticas de um pavor insuportável. Kankus parecia estar chorando, talvez de terror, e ao mesmo tempo seu corpo inteiro tremia com convulsões que pareciam exageradas e teatrais, como se esse monstro pranteador participasse de um jogo de mímica e, na sua vez, estivesse imitando um terremoto. Ao lado do capanga, Jack Spot parecia estar tentando ajudar Kankus a se controlar, ao mesmo tempo que disparava olhares de pânico para Dennis, do outro lado da Farringdon Road, como se estivesse desesperado para estar o mais longe possível dele, porém segurado ali por Kankus e sua tremedeira exagerada. Sem a menor vontade de exacerbar os problemas recentes entre ele e os dois gângsteres, Dennis julgou que seria prudente entrar na cafeteria e retirar-se enquanto fonte direta daquela agitação.

O interior do Compton's contava, como esperado, com um arranjo quase igual ao do Bond, incluindo um longo balcão logo na entrada. O proprietário robusto já estava se apressando para sair de trás do caixa e receber seu ilustre freguês, como sempre fazia, e por um momento Dennis pensou que fosse o mesmo camarada que era dono do Bond, mas logo reparou que era, na verdade, a figura bastante semelhante de Molenga Harrison, que correu até ele para lhe dar as boas-vindas, sorridente.

— Oras, sir Dennis Nayland-Smith, que ótimo que o senhor veio nos visitar. É tudo por conta da casa, é claro. Pode deixar que eu levarei tudo à mesa de vossa graça dentro de um minuto.

Dennis se viu surpreendentemente aliviado e contente em reencontrar o livreiro pançudo. Sabia que Harrison havia, por algum motivo, fechado a livraria em Charing Cross Road, e lhe ocorreu que tinha acontecido algum problema no endereço do livreiro, lá em Berwick Street, porém não conseguia lembrar os detalhes. Em todo caso, era bom ver Harrison de volta à ativa, e Dennis se alegrou ao notar que Molenga havia buscado os aviõezinhos em miniatura empoeirados de lá da Berwick Street para pendurá-los no teto atrás do balcão.

Foi meio esquisito — por algum motivo, havia grandes caixas de papelão cheias de livros ocupando espaço no chão do café —, mas ele chegou aos fundos do estabelecimento, onde encontrou Clive lendo o jornal da tarde, enquanto todo um galinheiro de secretárias agrupado na mesa adjacente o admirava e dava risinhos. Absorto no jornal, Clive pareceu não reparar na chegada de Dennis e, sem querer perturbá-lo, Dennis se sentou na cadeira vazia do outro lado da mesa, enquanto esperava que Clive olhasse para cima e o visse. Ociosamente, conferiu a manchete na folha que Clive segurava em frente ao rosto, na qual se lia "A vida noturna do Soho", provavelmente algum escândalo. Sentado ali, ele percebeu que uma das jovens da outra mesa parecia encará-lo atentamente, antes de notar, com um sobressalto de culpa, que era Grace. A decepção com a qual ela olhava para ele era visível, e Dennis de repente se deu conta de que, se já havia chegado a noite em que ficara de ver Clive, então tinha deixado passar completamente a exposição de Spare à qual havia prometido levá-la. Ele estava tentando pensar num jeito de se desculpar quando ela se inclinou para perto e sussurrou, com uma voz monótona e apática:

— Ele não sabia que você estava na minha casa, mas devia saber que não estava na casa da Ada.

Por acaso, ela estava falando de Clive? E onde estava Molenga com o chá e o bolo? Começando a se sentir pouco à vontade, ele olhou de volta para o jovem advogado do outro lado da mesa, ainda absorto na leitura. Será que o amigo o estava ignorando de propósito? Ao olhar ao redor, lhe ocorreu que, pela primeira vez, as mesas desocupadas nos fundos do café estavam todas cobertas de sacos sujos de aninhagem. Ele já não tinha mais certeza de estar no lugar certo. Voltando a atenção à figura sentada com ele à mesa, o rosto oculto por trás do jornal aberto, ele não tinha mais certeza nem mesmo de que era Clive. O que achara a princípio ser um terno preto elegante acabou revelando-se, após uma inspeção, como as dobras de uma membrana, cobertas aqui e ali pelas gotículas de uma transpiração leitosa. Nos pontos onde as mãos de Clive eram visíveis, enquanto seguravam a obstrução jornalística à sua frente, não havia mãos de fato, mas coisas que culminavam em facas em vez de dedos, e eram três. Quando começou a se levantar da mesa, alarmado e com a voz embargada, Dennis indagou: "Clive?", e como resposta ouviu apenas um clique-clique-clique-clique-clique...

E acordou na segunda à noite em cima do seu colchão ázimo, sem saber direito o que o assustara tanto.

7

Autorretrato como Hitler

Ficou remoendo seu mais-ou-menos-pesadelo durante os dias seguintes em Shoreditch. O sonho ruim se enroscava à mobília da existência rotineira de Dennis, embrulhando-se nos turnos de serviço na livraria ou ao ajudar Ada a lavar roupa, um cordel de detalhes sem explicação, de diálogos sugestivos, de coisas erradas, aquele fio reluzente costurando os detritos enfadonhos de uma semana em que nada acontecia. Ele ainda se via assombrado pelo sonho de modo intermitente quando chegou a quinta à noite e foi tomar o banho que via como a obrigação contratual do seu mais-ou--menos-encontro com Grace no dia seguinte.

Ada havia tirado a banheira de zinco do prego onde estava pendurada na parede da cozinha, acendido o aquecedor de cobre para ele e se enfurnado no quarto, porque "ninguém quer *cof cof cof cof* ver você pelado, Dennis". Enquanto enchia parte da banheira com a água fervendo do aquecedor e judiciosamente reduzia sua temperatura com algumas caçarolas cheias de água gelada, ele refletia, com amargura, que as palavras desdenhosas da proprietária deviam ser uma avaliação razoável do sentimento do público mais amplo. Ele se despiu até a cintura malnutrida e se ajoelhou ao lado do receptáculo vaporoso para lavar os cabelos. Com a segunda melhor jarra de Ada, juntou água quente o bastante para, primeiro, molhar a cabeça, e então, após fazer espuma com uma barra minguante de sabonete Lifebuoy, enxaguar mais algumas vezes para tirar o que tinha restado. Um pouco acabou indo parar inevitavelmente nos olhos, por isso ele os secou com uma lixa de toalha antes de tirar os sapatos, as meias, calças e cuecas e pisar timidamente na banheira, que a essa altura já estava apenas morna. Pálido feito um lírio, se sentou do jeito que deu, com o queixo recém-raspado quase apoiado nos joelhos, e pensou no sonho enquanto esfregava uma flanela semirrígida no corpo.

A coisa mais intrigante era ele ter passado três noites intrigado após o acontecido. Era um sonho, e se a sua aleatoriedade lhe parecera carregada com um fardo raro de significância, isso era um sonho também. Como acontece com a maioria dos terrores noturnos, era obviamente uma colagem de elementos que, em outros contextos, seriam prosaicos, selecionados a partir da semana anterior e reunidos de modo aleatório pelo seu subconsciente até formar um novo contexto perturbador. Sonhos, quase por definição, tendem a dar a impressão de estarem transbordando significado, quando, na verdade, não têm significado algum. Em todo caso, esse era incômodo e insistente, e seus estranhos detalhes vinham à tona em momentos inadequados, como na hora de conversar com um cliente, escovar os dentes com sal de cozinha ou ficar ali sentado na água tépida enquanto observava ilhas de pele morta e escória de sabão se acumularem na superfície cinzenta. Por que ele havia sonhado com Solly Kankus praticamente dançando o *shimmy*, e de onde tinham vindo todos aqueles sacos de aninhagem? O que Grace quisera dizer com aquele comentário indecifrável? Sabendo que o sonho não daria qualquer resposta, sabendo que não havia respostas para dar, ele ainda assim persistiu com aquelas reflexões inquietas e inúteis até assumir a textura de uma ameixa seca à beira de um ataque de pneumonia no meio do ar encanado.

Enfim, ele arrancou seu corpo daquela banheira em miniatura, da cor de uma arma de fogo, e se secou o melhor que pôde com a toalha abrasiva, já úmida na parte usada para lavar o cabelo. Colocando a capa de chuva como um roupão improvisado, cuidadosamente virou a meia banheira de água suja no meio do frio congelante do quintal, depositando a água sobre o canteiro de flores problemático de Ada, onde pelo menos não havia nada para matar. Uma das poucas vantagens de não ter nenhum vizinho sobrevivente era poder caminhar nu, exceto pela capa de chuva, no meio da noite sem adquirir uma reputação desagradável, por isso ele tomou proveito do lavatório externo antes de voltar correndo para dentro da casa, os dentes tiritando. Pendurou a bacia de volta no prego, agarrou as roupas descartadas e correu escada acima para seu quarto antes que Ada pudesse sair do dela para lhe dizer que ninguém também queria ver Dennis nu com uma *cof cof* capa de chuva. Tendo acendido a luz, contorcendo-se no colchão e refletindo que até uma cama de faquir seria melhor, ele tentou enfeitar o caminho rumo ao sono atirando-lhe as pétalas de rosa dos pensamentos de se encontrar com Grace no dia seguinte, mas não conseguia não parar de se flagrar no café do Compton, preocupado com o que havia atrás do jornal.

Ele chegou à Folgate Street um pouco depois da uma da tarde na sexta. Ao ouvir sobre a exposição de Spare no Temple Bar, Ada generosamente lhe concedeu o resto do dia de folga ou, nas palavras dela, disse que ele podia ir para a puta que o pariu e entrar na *cof cof* Legião Estrangeira, que ela não ligava. Com o coração e os hormônios saltando como um cabritinho, Dennis bateu à porta de Grace e ficou ali arrastando os pés, inquieto, enquanto esperava ela aparecer. O dia, em termos de tempo, estava anti-heroico: nem completamente bom, nem de todo vilanesco. O encanamento do céu estava entupido com estopa branca para evitar que o ar frio caísse, porém, entre os intervalos, uma temporada mais bonita se fazia visível em meio às lacunas do isolamento térmico celestial.

Dennis estava no processo de se convencer de que devia ter batido de um jeito mais másculo e imponente quando a porta se abriu e Grace saiu sorridente, com o cabelo amarrado para trás e um casaco verde-mar que ele nunca vira antes. Nos cinco dias em que estivera ausente da sua vida, ela havia misteriosamente ficado mais bonita, mais hipnótica e alguns anos mais velha. Bem-vestida e com o rabo de cavalo escarlate amarrado numa fitinha preta, ele se perguntou se ela não teria 24 ou 25 anos e ficou preocupado que o abismo na diferença de idade pudesse ser intransponível. Ainda sorrindo, Grace deu um passo para fora, num estouro súbito de luz do sol, inclinou-se para perto dele a fim de cheirá-lo e disse:

— Serve.

Antes de tomar um Dennis espantado pelo braço e sair marchando com ele até Walworth.

Decidiram pegar o ônibus até Elephant and Castle e depois ir andando de lá. Ficaram sentados juntos durante toda a viagem, fazendo a travessia sobre o rio e com Grace ocupando o assento da janela, enquanto papeavam com um surpreendente bom humor a respeito da inadequação de suas vidas bombardeadas. Dennis conseguiu debochar da senhoria de um jeito que fez Grace dar risada e anunciou que iria se mudar assim que encontrasse um sustento, mas não conseguiu pensar em nada quando ela perguntou como pretendia atingir o objetivo. Fazia apenas uma quinzena desde que lhe dissera que renderia um agente secreto de primeira linha e, embora não fosse, nem de longe, tão adulto quanto Grace, naquelas duas semanas ele havia amadurecido o suficiente para se constranger ao pensar em como devia ter parecido um pirralho pateta ao falar disso; e não só parecido. Quase antes de saber o que estava dizendo, devia ter deixado escapar um desejo apaixonado de ser escritor que antes não acreditava possuir. Isso pareceu deixar Grace muito mais impressionada do que a opção anterior de carreira, e aí, ali mesmo, Dennis decidiu que viveria uma vida literária em vez da morte romântica nos esgotos de Viena que estivera nos seus planos anteriormente. Em resposta, ela lhe contou de sua própria vontade feroz de um dia ser dançarina, uma ambição que claramente não havia inventado cinco minutos antes, como era o caso de Dennis.

— Tenho um corpo decente, e me parece ser uma decisão melhor expô-lo do que emprestá-lo. Nunca tive aula direito, mas acho que levo jeito para dançar, muito mais do que para o meu trabalho de agora. — Ela olhou pela janela para as águas rápidas do Tâmisa. — Um dia, jovem Dennis, eu serei a sensação de Londres. A essa altura, serei famosa demais para conversar com você, claro, mas, se você der sorte, talvez possa arranjar trabalho escrevendo umas resenhas dos meus espetáculos, que tal? — Ela sorriu com doçura, e ele desejou, não pela primeira vez, conseguir discernir quando ela estava fazendo piada ou não.

Desceram em Elephant and Castle, onde ficaram aliviados em descobrir que o Temple Bar ficava logo mais descendo a Walworth Road. Era um prediozinho bacana de três andares, em bom estado, com vigas pretas contra o gesso branco, num estilo que Dennis achava que era conhecido como "Tudor de cervejeiro". Ao entrarem, de imediato engolidos pela atmosfera da casa pública, ocorreu-lhe que os bares de Londres que ele conhecia eram muito parecidos com cães, cada um com seu próprio cheiro, seu próprio rosnado amistoso, seu próprio latido agudo quando as coisas passavam dos limites e seus próprios hábitos higiênicos. Uma vez lá dentro, o Temple Bar acabou revelando-se ao mesmo tempo caloroso e amplo, com ocasionais longas réstias de sol atravessando as elevadas janelas da frente e lhe concedendo uma atmosfera arejada. O salão, com as obras de Spare penduradas por toda parte nas paredes, parecia estar passando por uma crise de identidade, sem ter certeza se era um pub do sul de Londres que havia se instruído e se refinado ou uma galeria de arte infelizmente caída no alcoolismo. Uma multidão considerável quase lotava o espaço, mas era difícil dizer se eram entusiastas da arte ou pinguços que bebiam na hora do almoço.

Espiando em meio aos intelectuais e embriagados — partindo do pressuposto de que havia diferença entre os dois grupos —, Dennis reparou na figura esfarrapada, porém marcante, de Spare no outro lado do salão, conversando com Jack Neave. Era a primeira vez que via os dois juntos, mas conversavam entre si como velhos amigos ou talvez sobreviventes do mesmo desastre. Jack Pé-de-Ferro parecia ter se emperiquitado todo para a ocasião, pelo menos em termos relativos, no sentido de que a gravata daquela semana era de seda amarela, sem nenhuma mancha visível. Spare, por outro lado, encontrava-se igualzinho, sem nem uma única unha suja a menos, a seu estado na última vez que Dennis o vira, ainda usando as mesmas camadas maltrapilhas e sapatos remendados que pareciam ser sua única roupa, os trajes nos quais vivia, trabalhava, fazia chover e dormia. Segurando o braço de Grace com suavidade, talvez na primeira vez que ousava tocá-la de propósito, Dennis a guiou em meio ao empurra-empurra de bêbados do mundo da arte até o outro lado do salão, a fim de lhe mostrar suas novas e ilustres amizades, e vice-versa, claro. Ter uma mulher consigo era, afinal de contas, a linguagem universal da admiração, pelo menos para os homens, mesmo ao se associar com feiticeiros e boêmios assimétricos.

Spare, o primeiro a reparar na aproximação dos dois, cutucou o ombro mais alto de Pé-de-Ferro.

— Ó, Jack, dá uma bizoiada ali! É o Dennis c'uma mulher que é boa demais pra ele. É do cacete te ver, meu jovem. Jack me diz que tu se saiu bem na outra noite, com o Spotty e o capanga dele em Shoreditch. E imagino que essa seja a sua senhorita Shilling, que deixou o nosso amigo da cuca de mogno, o Blincoe, consideravelmente impressionado?

Antes que Dennis pudesse responder por ela, Grace deu um passo adiante e estendeu a mão.

— Sim, sou Grace Shilling. E o senhor é o sr. Spare. Muitíssimo obrigada por ter assinado as suas cartas surrealistas para mim. Acho o senhor um artista brilhante, e diga ao sr. Blincoe que fiquei impressionada demais com ele também. Me matou de susto, óbvio, mas é um camarada adorável, ou seja lá como preferirem chamar.

Após apertar as mãos da figura curiosa e, a julgar pelo seu olhar, deleitada de Austin Spare, Grace se virou e fez o mesmo com Jack Neave, que parecia igualmente arrebatado por ela.

— E o senhor é o Jack Pé-de-Ferro. Chuto, por causa do pé de ferro. Obrigada por cuidar desse palhaço com os negócios lá em Shoreditch na sexta passada. Não quero nem saber do que houve, mas obrigada mesmo assim. Depois que eu conheci o seu amigo, sr. Blincoe, o Dennis aqui foi rápido em me garantir que o senhor não era feito de ferro, mas, depois de vê-lo, eu acharia muito provável que fosse. É uma grande honra conhecê-los.

Neave abriu um sorrisão para Dennis debaixo da aba do chapéu, os olhos reluzindo como carvões molhados.

— Puta que pariu, Dennis, onde foi que achou essa aí? Eu já achava que a minha Jinny era uma caixa de fogos de artifício antes de ela evaporar, Deus a abençoe, entre os elementos. Mas essa aqui, pô, deixa a Jinny no chinelo. Fica de olho, senão tu vai ser devorado por ela no café da manhã, rapaz.

Estavam todos dando risada agora, um ponto de imobilidade no meio da circulação de admiradores e frequentadores de bar. Se as exposições de arte eram todas tão relaxadas e simpáticas como esta, Dennis se perguntou, por que ele nunca tinha ido a uma antes? Capaz que fosse por falta de oportunidade, pensou. Não conseguia se lembrar de existir uma vida cultural antes da guerra, e depois toda cultura ainda estava com o cabelo pegando fogo e zumbido no ouvido. A exposição de Spare, por outro lado, parecia, de algum modo, sincera e natural, a contra-apelo de toda a indubitável estranheza das imagens em si. Apesar de suas apreensões, Dennis percebeu que estava desfrutando da experiência. Pé-de-Ferro e Spare, pelo visto, haviam se dado bem com Grace, e vice-versa. Embora Dennis não estivesse lá muito envolvido em toda aquela simpatia mútua, sentia um orgulho desmesurado e estava contente em ficar ali, refestelando-se em seu calor. Eles conversaram por uns minutos, e então Grace exigiu que Dennis a acompanhasse em circum-navegar o salão do bar e admirar as imagens que eles tinham vindo admirar. O artista e o feirante desproporcional ambos pareciam ter outras questões que gostariam de discutir e alegremente encorajaram o jovem casal a tomar seu rumo, prometendo revê-los depois.

Vagando pelo burburinho baixo da multidão modesta, Grace deu um cutucão em Dennis e apontou com a cabeça para um senhor de idade bem-vestido, com bigode e barba milimetricamente aparados, no momento presidindo a audiência numa das pontas da galeria improvisada. Grace baixou o tom puro e vulgar da voz até se tornar um sussurro de palco:

— Acho que aquele é o velho fulano, o pintor que fez o Lawrence da Arábia e tudo o mais. Augustus alguma coisa, se me lembro direito. Talvez seja John, algo assim. Augustus John.

Dennis, previsivelmente, nunca tinha ouvido falar de tal célebre pós-impressionista, mas foi hábil em esconder a ignorância por trás de uma expressão de estarrecimento genuíno diante da amplitude de conhecimentos de Grace.

— Como você conhece tanta coisa, Grace? Digo, comparada comigo. Pelo que me contou, não tem como ter passado muito tempo na escola. Imagino que tenha prestado muito mais atenção do que eu.

Conduzindo-o até um canto onde parecia começar a mostra, ela deu um olhar de relance para ele e respondeu, toda convencida, com os lábios retorcidos de satisfação:

— Bem, quase nada. Nem fiquei lá tempo o suficiente para prestar atenção, e a Luftwaffe meio que me distraiu, para ser sincera. Ainda assim, na escola me ensinaram a ler e me explicaram o que era uma biblioteca e, pelo visto, era só disso que eu precisava. Digo, não é como se tivesse algo que eu conheça até de trás para a frente, mas sei uma coisinha aqui e outra ali a respeito de muitos assuntos. Agora, se você puder parar de me lamber por uns minutos, podemos dar uma olhada direito nos desenhos do seu colega.

O primeiro que eles inspecionaram foi um desenho a lápis em papel *chamois*. Segundo o catálogo no qual Dennis depois viria a gastar cinco xelins para dar de presente a Grace, o título era *Teurgia*. A imagem era notavelmente sedutora, embora nenhum dos dois fosse capaz de dizer, a princípio, o que era ao certo ou o que representava. No canto superior esquerdo, havia uma cabeça de mulher, sofisticadamente apresentada, que direcionava um olhar inexpressivo para o outro canto do retrato, como se não quisesse se envolver com o restante do conteúdo daquela ilustração incomum ou então não tivesse consciência dele. O lado direito era ocupado pelo que parecia ser uma única linha, que se enroscava numa torção esfumaçada e recursiva dos cantos inferiores da imagem até seu limite superior, onde se contorcia e mergulhava de novo. No caminho, ela se deformava numa coluna fugaz, ao mesmo tempo fumaça e fogo, que parecia um totem derretido de rostos coalescentes: idoso e patrício no topo, diabolicamente lascivo no meio e um cínico devaneante na base. A mulher, bela e impassível, encarava esses espectros siameses, mas parecia não estar olhando para eles. Embaixo disso tudo, na base do enquadramento, havia algo escrito à mão que, embora estivesse em inglês, era inescrutável em meio às runas crípticas que se viam embutidas no texto no lugar da pontuação. Ali perto, a asa de um pássaro, com plumas de chamas, revelava-se como a assinatura do artista, enquanto três formas chafurdavam embaixo dela, parecidas com porquinhos de desenho animado construídos a partir de massa de pão ou cera. Dennis ficou perplexo. Não compreendia e não tinha a inclinação de tentar compreender, mas Grace o obrigou a fazê-lo.

— Acho que o que ele está fazendo é tentar lançar um feitiço na mulher. A julgar pela postura, me parece que ela posou para o desenho, e, pela expressão, eu diria que estava mais tolerando a experiência do que gostando. Ele a conhecia na época. Ela era alguém na vida dele, e aposto que todos os rabiscos engraçados e os rostos diabólicos são um tipo de magia com o objetivo de atraí-la, mantê-la consigo ou a conquistar de volta. Seja lá o que tenha sido, não sei bem se daria certo. Ela passa a impressão de que, por dentro, se acha muito acima disso tudo.

Dennis viu na hora que era quase certo que Grace tivesse razão quanto à obra ter sido feita como um tipo de feitiçaria — ela cheirava a magia, com as figuras parcialmente reais e os hieróglifos inventados —, mas, no fundo, suspeitava que a teoria da amarração amorosa fosse apenas uma leitura errônea da parte dela, achando que tudo girava em torno da mulher por ser uma também. Um tanto incomodado por ela ser tão mais confiante e segura do que ele, provavelmente por ser um tanto mais velha, Dennis sentiu a necessidade de se afirmar e demonstrar que, às vezes, ele era quase capaz de entender as coisas:

— O que são esses rostos na direita, então? Os demônios que ele está chamando para fazer com que ela se apaixone por ele? Digo, da minha perspectiva, poderiam ser qualquer coisa.

Ele ficou lisonjeado por Grace parecer ter levado o comentário a sério antes de, a seu ver, apontar por que a interpretação de Dennis estava toda equivocada:

— Uhm. Imagino que poderiam ser demônios, espíritos malignos e tudo isso, mas, se eu fosse arriscar um chute, diria que são partes diferentes dele, partes de sua personalidade. Aquele aqui na base talvez seja o que ele entenda que é o seu "eu" básico, que na metade do tempo acha graça de todos os outros afazeres. Lá em cima, tem o que parece todo venerável e solene, talvez o "eu" mais elevado dele, a parte que entende tudo e parece estar de saco cheio com a coisa toda. Quanto ao rosto no meio, que parece um dragão ou pássaro, mas com uma expressão muito depravada, esse é o seu diabo tarado. É a pica dele, na minha opinião, e ela olha para a mulher como se quisesse devorá-la.

E isso serviu para calar a boca de Dennis, nem que fosse só pelo uso da palavra "pica" por Grace e seu relato sucinto de como elas lançam um olhar gastronômico para as mulheres. Era uma observação que o atingia em cheio como familiar, por isso, em vez de falar qualquer coisa, ele fez que sim com a cabeça, pensativo, e permitiu que ela o puxasse com impaciência até a próxima imagem em exposição. O botequim/galeria estava começando a encher, com amplos laços de fumaça de cigarro rodopiando acima do rebanho enquanto este perambulava e palestrava, o tintim dos copos começando a competir com os murmúrios baixinhos de apreciação. O próximo item no itinerário de Grace e Dennis era uma obra tão diferente da antecessora que Dennis suspeitou, a princípio, ser de outro artista, incluída entre as demais sem querer.

Em carvão e giz pastel sobre uma placa texturizada que Dennis julgava ter uns 35 por 25, havia o retrato de um homem, cabeça e ombros, com as feições estranhamente inclinadas de um modo que ele não conseguia apreender a princípio. O rosto do homem irradiava tamanho ar de criminalidade predatória que o título rabiscado embaixo — *Spiv Rex* — parecia de todo desnecessário. Era aquele olhar distinto que havia se tornado onipresente em Londres desde as conflagrações, com a ponta acesa do cigarro queimando perigosamente perto do canto dos lábios recurvados e uma fenda lateral entre as sobrancelhas de pálpebras pesadas, numa avaliação furtiva de uma oportunidade ou vítima em potencial. Modelado em tons marrons suaves e cor de carne, um tanto obscurecido contra o azul pálido do que poderiam ser os fundos de uma boate ou a parede do urinol de um banheiro masculino, com longas sobrancelhas em linha reta, setas direcionais que acompanham o olhar suspeito e calculista... Dennis se deu conta, com atraso, do que lhe havia escapado no rosto inclinado: havia uma distorção sutil na perspectiva da imagem, de modo que o rosto do homem se esticava na lateral, como se fosse desenhado sobre a superfície de um balão inflado. Mesmo agora, após entender a ilusão artística, ele não conseguia determinar o que havia na imagem que o deixava enervado ou do que ela o lembrava. Por isso, deu um passo cauteloso para trás a fim de enxergar a ilustração de longe, enquanto Grace foi se aproximando para ver mais de perto. Analisando tanto o *spiv*, o contrabandista ilustrado, quanto a visão, igualmente encantadora, da parte traseira de Grace, ele nem ouviu o baque e clangor de Jack Neave arrastando o pé para perto deles, até o representante deformado dos tempos idos da boêmia estar logo atrás dele, tecendo um comentário que fez Dennis dar um salto:

— Lembra alguém, é?

Neave tinha um sorrisão no rosto, e demorou um segundo para Dennis reparar que Pé-de-Ferro se referia à ilustração de Spare e não à observação voyeurista de Grace. Franzindo a testa, intrigado, diante do rosto distendido daquele contrabandista, ele não entendeu bem o que Jack queria dizer. Algo a respeito do rosto o havia abalado, isso ele admitia, mas não o fazia se lembrar de ninguém. Ou será que fazia? Encarando, apertando os olhos e inclinando a cabeça primeiro para um lado, depois para o outro, enfim caiu a ficha a respeito da tênue semelhança, e ele se virou para Neave com uma expressão pasma:

— Será que... ele parece um pouco o Harry Lud?

Jack soltou uma gargalhada feito uma fogueira cheia de muco prestes a pegar força.

— Bem, não, não é o ’arry, mas saquei que foi o ’arry quem deu a ideia pro Óstin, não acha? Um vilão com a cara assim esparramada de lado, mesmo que esse camarada aqui seja só um resumo do original de um metro de largura. Ele pega algumas das peculiaridades dele do Grande Durante, esse Óstin.

Sua conversa entre sussurros a essa altura havia sido interrompida por um súbito repique de risadas de Grace Shilling, que se afastou de *Spiv Rex* ainda entre risinhos, mas tentou logo recuperar o controle quando viu que Jack Neave havia se aproximado.

— Desculpa. Não estava rindo da ilustração. É fenomenal. Eu estava rindo porque acabei de me tocar da piada. Não sabia por que o sr. Spare tinha desenhado esse chapa com a cara esticada assim, mas aí eu pensei. "Mas é claro! Um sujeito com uma cara dessas vive de ser largo!". Eu só não estava esperando, já que ele é um artista tão brilhante, que ele fosse gozador às vezes também.

Ambos, Pé-de-Ferro e Dennis, deram uma risada igualmente sincera, tampouco tendo reconhecido o óbvio trocadilho visual. Jack disparou um olhar de relance para o homem mais jovem e mais alto, enrugando a pele de tartaruga nos cantos dos olhos.

— Bem, ainda assim eu não desisto da minha hipótese, mas diria que essa sua feiticeira de mechas de cobre acertou na mosca. O Óstin gosta de tirar sarro da cara dos outros, ficar de gozação e tal. Às vezes é difícil fazer ele falar sério. É só perguntar pra ele da vida dele que ele vai inventar alguma coisa só de farra. Que nem como a empregada seduziu ele quando era menino e ensinou magia ou como ele ficou preso debaixo de um monte de cadáveres na Primeira Guerra. Imagino que ele seja igual à maioria de nós, no que diz respeito à biografia. Pega o velho Monolulu... que anda desassossegado desde a sua expedição com ele, por sinal... e como ele diz pra vocês que é um príncipe abissínio, sendo que não saberia a diferença entre a África e Pimlico. Nah, a gente aqui da nossa laia, somos todos fantasistas. Fora eu, claro. Eu sou honesto feito a luz do dia.

Grace soltou ar pelo nariz, mas não de todo despreocupada.

— Bem, isso não diz muito. Não estamos na época em que anoitece cedo?

Jack riu de novo e sugeriu que Grace era uma debochada do cacete, mas não de todo despreocupado também. Os três prosseguiram juntos por um salão de maravilhas regado a cerveja, passeando em meio aos presentes de origens sociais tão díspares que era aterrador pensar que existissem todos na mesma cidade, que dirá no salão do mesmo bar. Grace e Pé-de-Ferro engataram uma conversa tranquila sobre suas experiências diferentes, mas nem sempre distintas, de morar na base da pirâmide da Londres do pós--guerra, enquanto Dennis, que não partilhava das mesmas habilidades conversacionais, ficou pensando no que Neave dissera sobre fantasistas.

Quando Jack falara "a gente", "nossa laia", Dennis presumira que estivesse se referindo à minoria infinitamente ínfima de cidadãos londrinos familiarizados com o Grande Durante, como o próprio Neave, Spare, Monolulu e, mais recentemente, Dennis. Além de feirante, ele também era pescador, então, vendendo seu peixe? Um fantasista, igual aos outros? Dennis nunca se vira assim, mas, agora que pensava no assunto, lembrava-se da procissão de gatinhos indefesos, crianças assustadas e freiras cegas que salvara das ruínas flamejantes de Cripplegate aos nove anos de idade, além das longas aventuras dignas de Desperate Dan, Harry Lime ou Winston Smith que vinha tendo desde então. Talvez ele tivesse, sim, imaginação, no fim das contas. Talvez seu desejo havia pouco adotado de virar escritor pudesse ser algo mais que outra tática ineficaz para chamar a atenção de Grace.

Depois, claro, havia as implicações mais amplas do que dissera Pé-de-Ferro. Seus comentários sugeriam que a capacidade de um indivíduo passar de uma Londres a outra dependia de sua sugestionabilidade ao faz de conta, de ter algum grau de distanciamento da realidade normal. Dennis se lembrou de que, lá no Arnold Circus, uma semana antes, Jack dissera que a categoria poderia incluir os birutas também — possivelmente os birutas dotados de imaginação. Talvez fosse aquele o motivo de todo mundo ser tão ferrenho em afirmar que alguém tão sem imaginação feito Jack Spot jamais poderia entrar no outro lugar. Isso sublinhava, para Dennis, o fato perturbador de que possuir imaginação não era apenas um meio de obter uma carreira capaz de impressionar ruivas bonitas, mas também um marco no caminho para a instabilidade mental. Sem ter certeza do que fazer com a noção, ele voltou a sintonizar na conversa entre Grace e Pé-de-Ferro, na qual este estava, no momento, discursando sobre a vida da má Londres e a vida de malandros desde as noites de céus incendiados:

— Uma coisa que pesa na minha cabeça é como tão se livrando de tudo como era antes, e logo vai tudo sumir, do meu ponto de vista. Quando eu ainda era um jovem mancebo com as duas pernas, viajava por todo o país. Às vezes andava com uns ciganos ou então com os Necessitados: funileiros, golpistas e gente do teatro entre espetáculos. Costumava ir de lugar em lugar, fazendo um bico e outro, vendendo uns cacarecos, tirando a sorte ou seja lá o quê, pra gente poder ganhar a vida e assim resolver o Problema da Existência. Desde a guerra, tá cada vez pior e não dá mais pra fazer isso. O estado de bem-estar social que Bevan e eles trouxeram é um benefício tremendo e muito necessário. Ao mesmo tempo, significa que as coisas têm que ficar mais regimentadas hoje em dia, e não tem mais as frestas pr'um boêmio que nem eu me esgueirar. Todos os personagens, o estilo de vida, o mundo que eu reconhecia, tá tudo indo pelo caminho do dodô.

Grace concordou, com um suspiro.

— Sou nova demais para lembrar de como era antes, mas todas as mulheres mais velhas que conheço na atividade dizem que as coisas foram ladeira abaixo quando começaram os bombardeios. Nos apagões, elas ficavam nas portas das lojas, jogando a luz das lanternas nos peitos para atrair fregueses, mas dizem que não está muito melhor agora com luz também. Hoje em dia chegam mais fregueses brucutus e mais maníacos, ou pelo menos é o que as outras meninas me contam. Acho que a guerra estourou um monte de prédios, mas estourou também o nosso comportamento, a meu ver. Embora tenha acabado, vai ficar essa marca nas coisas por anos e anos.

O trio parou diante de mais um dos retratos de Spare, este uma tentativa, bizarramente alongada, mas imediatamente reconhecível, de representar a atriz Bette Davis, ou pelo menos como ela tinha sido vários anos antes. Havia duas imagens de Davis, ambas de vestido verde com um cabelo ruivo como fogo que, embora fosse bonito, não chegava nem perto do de Grace. Uma das ilustrações representava a estrela do cinema com a cabeça jogada para trás, de perfil, enquanto na outra seu olhar cruzava com o do espectador, mas em ambas a perspectiva era esticada de um modo mais radical do que na representação do contrabandista, e desta vez era na vertical, em vez de horizontal. O que surpreendeu Dennis, no entanto, foi a decisão de Spare de transformar um ídolo popular das telonas em arte de verdade, o que ele pensou nunca ter visto antes. Grace, enquanto isso, chegava às suas próprias conclusões irritantemente bem-informadas:

— Acho que sei o que é esse tipo de arte. Alguma-coisa-mórfica. É anamórfica? É, tipo, você tem que olhar de canto para ver na perspectiva certa. Acho que vi num livro sobre Holbein, que pintou todos os Tudor. Falava lá que era uma técnica que ele usava.

Ela deu um passo para mais perto da ilustração para admirá-la, permitindo a Dennis trocar uma palavrinha, em voz baixa, com Jack:

— É tipo aquelas ondas lá que dão na outra Londres, não é? Os espasmos anamórficos que acontecem direto. Ele disse que era para eu perguntar para você disso, o sr. Spare, se eu tivesse a oportunidade.

Neave fez uma expressão sombria.

— Talvez seja porque o sr. Spare é tão confiável quanto uma arminha de parque de diversões e gosta de inventar contos de fada, como eu dizia. Nesse caso, ele devia tá querendo sugerir que o trágico acidente que avacalhou minha perna foi causado por um passo em falso numa porra dum espasmo anamórfico na minha primeira visita à cidade elevada, quando é claro que eu sou uma pessoa sensata demais pra fazer uma coisa dessas. Ele tem um senso de humor muito cruel, muito rasteiro, o velho Óstin. Pessoalmente, não acho que "apavorante" seja uma palavra pesada demais pra descrever.

Dennis não tinha lá muita certeza de como interpretar isso e, quando Grace voltou à sua companhia, estava tratando

Pé-de-Ferro com o que, fora de contexto, devia parecer uma profunda insensibilidade:

— Então, como foi que sua perna acabou trucidada?

Neave sorriu em torno do cigarro que estava acendendo.

— Bem, fico muito feliz que tenha perguntado. Foi um caso de azar, não foi? Depois de ser mutilado por uns sabujos enquanto fugia de Dartmoor e mais tarde por um tigre numa desventura de caça, acabei sendo pego por uma avalanche no Tibete e aí tive o azar de ser atropelado por um carro ao resgatar um bebê. Vou falar pra vocês, de graça, que quando veio um tubarão e arrancou ela com uma mordida enquanto eu mergulhava atrás daquelas perolonas, eu já queria me livrar do negócio. É como eu digo, não dá para acreditar numa palavra que sai da boca de Óstin. Me dói ter que dizer isso, mas ele é um mentiroso compulsivo.

Tentando manter a seriedade, Grace perguntou como foi que o tubarão tinha conseguido arrancar a perna numa mordida, sendo que ainda tinha o pé preso nela, e Jack a informou, com um tom severo, que após muito barganhar conseguiu persuadir o tubarão a lhe devolver pelo menos essa parte, antes de lhe vender um relógio de pulso quebrado. Grace foi obrigada a conceder que essa parte, pelo menos, parecia factível, e Neave estava em vias de seguir alegremente floreando a narrativa de suas dificuldades quando os três foram abordados por um sujeito ebuliente e formoso que parecia ter uns quarenta e tantos anos e cujo rosto se iluminou no momento em que viu Jack Neave.

— Pé-de-Ferro, seu lindo! O que está fazendo aqui por estas bandas? Não me diga que está com esquemas no mundo da arte agora. Será que não tem nenhum lugar que esteja a salvo de você e sua engenhosidade infernal?

Ao ouvir a voz atrás dele, Jack se virou e soltou um breve "Tu, quem é?" antes que suas feições desgastadas pelos elementos se abrissem numa expressão amigável. Os dois homens claramente se conheciam bem.

— Credo em cruz, é o sr. 'ickey! Que bom *vada yer dolly old eek*[*], colega. Dennis, Grace, este é o meu bom e velho camarada, Tom Driberg, que no momento finge ser o sr. William 'ickey na coluna qu'ele escreve pro *Express*. Também é o parlamentar de Maldon, acreditam numa coisa dessas? Mas imagino que seja só uma indicação do estado chocante em que o país se encontra. Tom, esses são meus jovens sócios, o sr. Dennis Knuckleyard e a srta. Grace Shillin'.

Driberg, com seu charme, sua autoconfiança, seu cabelo preto ondulado partido ao meio e seu terno lindamente talhado — todos os atributos que Dennis não possuía —, apertou as mãos de Grace primeiro, prestando tanta atenção nela que Dennis ficou desanimado na hora. Por que ele não conseguia conversar com uma mulher do jeito que aquele carinha evidentemente conseguia?

— Meu Deus. Gata, você deve ser uma das mulheres mais atraentes que eu já vi na vida! Meu Deus, olha só pra ela! Querida, você podia ter saído de um Ticiano. Imagino que seja da vida, não é?

Dennis ficou boquiaberto, em parte porque não tinha certeza do que era um Ticiano, em parte afrontado no lugar da própria Grace. Ele sentia que devia dizer algo em defesa da honra dela, ou talvez dar um soco em Driberg, embora ele mesmo socasse ninguém desde os doze anos. Por sorte, ela se revelou entretida e claramente encantada, a julgar pela resposta que deu à pergunta excessivamente franca do parlamentar de Maldon, o que o levou a hesitar quanto à tal decisão.

— Pois é. Paga o aluguel, exceto quando não paga. Obrigada pelas palavras gentis, aliás. Demonstra muito discernimento e apreço

---

* Esta frase está em Polari, um socioleto usado entre grupos como marinheiros, trabalhadoras sexuais e a subcultura gay até meados da década de 1970, tomando emprestado termos do italiano, as gírias em rima dos *cockneys*, ídiche e até palavras de trás para a frente. *Vada yer dolly old eke* significa algo como "ver sua velha carinha" e era o bordão de um programa de comédia no rádio chamado *Round the Home*, da década de 1960. [N. T.]

da sua parte, com certeza. Mas não sei quanto a você. Não me parece tanto um Ticiano. Está mais para uma competição.

Driberg uivou de rir, depois atirou os braços ao redor de Grace, abraçou-a, beijou seu cabelo e disse que ela era inestimável, enquanto ela só deu risinhos. Dennis não tinha ideia do que estava acontecendo. Por fim, o sedutor soltou Grace e se voltou na direção de Dennis, erguendo uma sobrancelha arqueada como se surpreso, enquanto seus lábios iam se encolhendo num "óóó" mudo:

— Minha nossa. Onde foi que você escondeu este aqui, Jack? Imagine-o sem esse corte de cabelo e ele seria um tanto deslumbrante, não acha? E Knuckleyard! Que nome extraordinário você tem, jovem. Só de ouvi-lo já parece que você vai nos levar numa aventura.

Dennis apertou a mão dele, atordoado, e começou a digerir, com uma lentidão dolorosa, a ideia certamente inacreditável de que o parlamentar de Maldon não apenas era "um deles", como também não se importava que as pessoas soubessem. Seria possível? E, se fosse, por acaso aquele sorriso libertino de Driberg queria dizer que ele estava interessado em Dennis? Que soubesse, Dennis nunca havia conhecido um transviado antes e ficou paralisado na falta de uma reação adequada. Perturbado por ser, pela primeira vez, o objeto das atenções amorosas de outra pessoa e, ao mesmo tempo, também obscuramente lisonjeado, foi um alívio, portanto, quando Pé-de-Ferro interveio para salvá-lo de seu ambíguo desconforto:

— Eita! Tira a mão da mercadoria! Além do mais, acho que tu vai ver que ele é comprometido. O que diria Clem Attlee se soubesse que tu anda correndo atrás de rapazinhos pelo sul de Londres?

Driberg deu de ombros.

— Ai, é provável que Clem só fosse agradecer a Deus por eu não estar fazendo isso em Westminster, sujando o nome do Partido Trabalhista, do socialismo e de Joe Stálin. — Ele se voltou mais uma vez para Dennis, desta vez com um aspecto de penitência genuíno. — Não repare em mim, Dennis. Sou apenas uma bicha comuna desonrosa me divertindo um pouquinho. É mesmo um prazer conhecer jovens como Grace e você, tão cheios de vida. É algo que me falta, na verdade, entre o *Express* e o Parlamento.

Grace agora lançava sorrisinhos para Dennis, e ele tinha uma forte suspeita de que estava ficando com as orelhas rosadas. Recuperando-se um tanto do pânico, ele deu uma risada quando Driberg por fim soltou suas mãos.

— Haha. Não, você é bacana. É um prazer conhecê-lo. Por acaso, eu tenho um amigo no *Express* que disse que passaria aqui mais tarde. John McAllister, não sei se você conhece?

Driberg fez que sim com a cabeça, exibindo uma expressão que Dennis julgou ser carinhosa.

— O John? Conheço faz anos. É facilmente um dos camaradas mais gente fina do *Express*. Hétero até o último fio de cabelo, claro, mas ninguém é perfeito, não é? Não, eu não confiaria meus segredos a ele, já que é jornalista, mas confiaria minha vida. Muito correto, assim como o nosso sr. Neave aqui. Você sabia que esse patife fofoqueiro abriu a primeira, e espero que não última, boate para os gays no Soho? Quando ele morrer, vou ter que mandar derreter seu corpo para fazer uma estátua.

Pé-de-Ferro acenou com a mão de dedos atarracados, como se espantasse uma mosca. Fazia uma careta de desgosto, enquanto dava a impressão de que havia, por trás do gesto áspero de pouco caso, um orgulho secreto e calado.

— O cacete que tu vai. Vou botar no meu testamento que, quando eu me for, é pra me mandarem pro ferro-velho. Em todo caso, minha boate não era nada do tipo. Era um porto-seguro pra boêmios e artistas, e o resto foi uma calúnia vil inventada pelos jornais e pelas autoridades.

Ele arrastou o pé ruidosamente, agora voltado para Grace e Dennis.

— O negócio é que, quinze anos atrás, eu esbarrei no enrosco das minhas dificuldades atuais com o Problema da Existência. Tava indo bem, vendendo uma tal fragrância indiana chamada "Aura Russa", mas sabia que não ia durar muito. Pra começo de conversa, eu tinha meio que cansado disso tudo e não queria nada além de comprar uma bela duma caravanazinha para minha Jinny, com um cavalinho simpático, pra gente ter algum lugar pra morar que ninguém pudesse tirar da gente. Pois, na época, dava pra arranjar uma caravana das boas por uns cem contos, mas cem contos era um valor muito acima dos meus meios em 1934. Aí, o que eu pensei foi: devia abrir uma boate capaz de dar sustento financeiro pras minhas ambições de meter o pé na estrada, decorada num estilo oriental suntuoso e batizada de Clube Caravana, pelos motivos recém-mencionados.

Neave parou para apagar seu cigarro com um beliscão e excretou outro cigarro por detrás da orelha antes de dar prosseguimento.

— Então, em todo caso, achamos um local que dava pra alugar na Endell Street e embonecamos tudo com as coisinhas exóticas que eu catei nas minhas viagens: tapeçarias e cortinas indianas que tinham uns espelhinhos colados, almofadas de seda, tapetes chineses, um incensário que eu tinha pendurado no teto, uma cadeirona de um pagode birmanês que tinha um monte de dragão entalhado, máscaras primitivas de madeira... Era como as mil e uma noites, mas ainda mais pro oriente. Tínhamos todo tipo de gente entre a clientela. Lordes, damas, doutores, escritores, um ou dois parlamentares suspeitos — e aqui Neave lançou, de relance, um olhar petulante para Driberg, que dava risinhos —, celebridades, músicos, vagabundos do Aterro e, vez ou outra, alguma figura do submundo que chegava à deriva. E, sim, pode até ser, como sugere o nosso amigo aqui, que alguns entendidos, sem eu saber, tenham dado as caras procurando algum lugar pra dar uns beijos e uns afagos sem interferência, o que, enquanto boêmio, eu não sentia a menor inclinação de negar. Claro que isso foi parar em todos os jornais, causou uma revolta pública e, em vez de obter o desejo do meu coração, eu acabei foi servindo vinte meses de trabalho pesado em Wormwood Scrubs. Por isso, pode deixar essa estátua pra lá, muito obrigado. Algumas pratas pra caravana já seriam o suficiente.

Eles ficaram conversando mais uns minutos enquanto as correntes humanas do Temple Bar, sorridentes ou assombradas, rodopiavam ao redor, até Grace perceber que Driberg tinha um catálogo da exposição enfiado embaixo da manga bem cortada e lhe perguntar onde ele tinha arranjado.

— O quê? Isso aqui? Tem na mesinha ali onde começa o espetáculo, cinco paus cada. Longe de ser uma extorsão.

O parlamentar fez um gesto lânguido na direção do outro canto do salão, e Dennis percebeu que ele e Grace não haviam começado a turnê a partir do ponto de partida oficial. Ainda um tanto tenso na companhia de Driberg, ele se ofereceu para apanhar um exemplar para Grace e se atirou na prensa de entusiastas e críticos bêbados, afastando-se, aos solavancos, dela e dos outros dois homens no meio de um mar de cortes de cabelo mais bonitos que o dele.

Deslocando-se em meio aos presentes, mais como efeito do movimento browniano do que por sua própria volição, Dennis observou uma mudança na composição da multidão conforme a tarde foi avançando. O equilíbrio entre os nativos e os forasteiros mais bem vestidos agora favorecia esta última categoria, e ele se flagrou impelido pelo empurra-empurra até passar por uma conversa entre o casal Grant que ele conhecera na semana anterior ou na outra, e o homem mais velho e estiloso que Grace achava que talvez fosse Augustus John. Concentrados no que dizia o distinto cavalheiro, nem Ken, nem Steffi Grant pareceram ter reparado em Dennis debatendo-se ao passar, apesar de, como estavam falando alto para competir com o burburinho do bar, ele ter conseguido ouvir a maior parte da conversa. A surpresa era que, pelo visto, desta vez eles não estavam falando de Aleister Crowley:

— Então, vocês dois viram aquilo com o Terry-Thomas, na outra noite? Uma bela novidade, eu pensei.

— Não. Arranjamos o televisor, mas não sabíamos o que tinha na programação. O que era?

— Bem, era como um daqueles programas de comédia que tem no rádio, *Much-Binding-in-the-Marsh* ou algo dessa natureza, só que, já que era na televisão, dava para ver. Imagino que é por isso que chamaram o bom e velho Terry-Thomas. A aparência dele é tão engraçada quanto a voz. *How Do You View?* foi o nome que eles deram. Divertidíssimo. Vamos, no entanto, voltar para o que vocês estavam querendo saber do meu retrato de Crowley...

A essa altura, a simpática deriva continental na qual Dennis estava preso o tirou do alcance das vozes, porém lhe ocorreu que essa era a primeira vez na vida que ouvia alguém conversar casualmente sobre televisão. Sim, televisores existiam desde a década de 1920, mas ninguém que ele conhecia jamais tivera um. Havia vários milhares de aparelhos, ele pensou, distribuídos por Londres, mas não parecera provável que essa tendência fosse pegar um dia. Agora, no entanto, ouvindo por cima o que poderia ser uma conversa do futuro, ele já não tinha mais tanta certeza. Sob a forte influência da leitura recente do livro assustador de George Orwell, ele era capaz de imaginar que chegaria uma época em que haveria televisores por toda parte, talvez dentro de um século, depois que ele já estivesse morto. As pessoas teriam que carregar televisores consigo aonde fossem, presumivelmente amarradas no corpo com algum tipo de arreio. Era esta a visão social perturbadora de Dennis conforme fazia avanços incrementais até o outro lado do salão: populações oprimidas e aleijadas sob aparelhos volumosos, deformadas pelo entretenimento.

Por fim, ele foi sendo levado até a mesa indicada por Driberg, onde encontrou, aliviado, uma pequena pilha com uma dúzia de catálogos ainda por vender. Estavam ao lado de uma caixa de sapato de papelão com um bilhete em papel que dizia “5/-”. Embaixo via--se um hieroglifo egípcio de um olho, desenhado à mão, sem dúvida para vigiar o tesouro de moedas de meia-coroa, florins, xelins, seis *pence* e três *penny* reunidas na caixa surrada e comprida. Cinco paus era muita grana, mas Dennis concluiu que não poderia comprar flores para Grace sem o risco de chacota e pensou que um fino volume de imagens inquietantes como prova de amor poderia ser a melhor opção. Depositando responsavelmente duas meias-coroas no receptáculo desprotegido, em parte por medo de que o olho egípcio fosse uma maldição contra furtos, ele apanhou um exemplar e o folheou brevemente antes de mais uma vez imergir no engarrafamento humano que esperava que fosse transportá-lo de volta até o outro lado do salão, para perto de Grace. Havia um ensaio no catálogo, de autoria de Kenneth Grant, descrevendo Spare como se ele fosse um dos vilões de Sax Rohmer, "que esteve face a face com todo o Mal", o que Dennis achou que soava meio como os textos pueris do *Boy's Own Paper*. Fechando o panfleto belamente desenhado e respirando fundo, ele mergulhou de novo no redemoinho lento e arfante que parecia ser seu único meio de transporte.

Mais ou menos na metade dessa partida de jogo de moedas, *shove-ha'penny* pedestre, Dennis se viu parado diante de uma imagem que não vira antes, que o deixou preso ali, assim como a turba culta ao seu redor. Com menos de sessenta centímetros de altura e pouco mais de trinta de largura, era um óbvio autorretrato em giz de tons pastéis e carvão, onde um jovem Spare surgia, cabeça e ombros, de um fundo de escuridão sarapintado de um azul suntuoso e um verde fundo-de-rio. O artista aparecia como devia ser uns dez ou quinze anos antes, com um incêndio de cabelos avermelhados e um bigodinho de broxa da mesma cor. Os olhos de safira do ártico queimavam a superfície da imagem e o espectador também, como uma faca incandescente de chama azul na manteiga. Lembrando-se de repente de que dispunha de um catálogo, Dennis o folheou até encontrar a obra que queria identificar. A descrição que a acompanhava dizia que a pintura fora feita em 1948 para reproduzir uma versão anterior que Spare vendera em 1936. O título da obra, segundo o catálogo, era *Autorretrato como Hitler*.

No topo, onde o verde-azul ia afinando até ficar pálido, havia uma passagem de texto escrita à mão, como acontecia em várias das pinturas do artista. Esta pelo menos era legível, sem nenhuma runa à vista, e parecia mais explicativa do que encantatória. Considerando o título perturbador da obra, Dennis lembrou-se do comentário estranho no dia em que eles tinham se conhecido, sobre se recusar a pintar o retrato de Hitler. Embora na hora ele tivesse achado que era uma forma de se gabar, um delírio ou talvez uma blague, agora a lembrança o fez apertar os olhos e ficar indo e voltando entre a escrita na parte de cima da obra e o seu verbete no catálogo, até enfim julgar que apreendia um leve e trêmulo delineamento esfumaçado de toda aquela história improvável.

Se ele tinha entendido direito, em 1936, antes de estourarem as hostilidades, alguém do alto escalão da embaixada alemã adquirira o original da obra, possivelmente por causa do bigode de broxa, e o mostrara ao Führer. Hitler, bastante impressionado, convidara Spare para ir a Berlim, a fim de que o feiticeiro do sul de Londres pudesse pintar o seu retrato também. A recusa estranhamente eloquente de Spare, ao que parecia, fora a fonte da mensagem escrita à mão que flutuava acima da tempestade de raios do rosto delineado, que culminava em: "Apenas por via das negações é que eu posso saudavelmente imaginá-lo. Pois não conheço coragem o suficiente para suportar suas aspirações e princípios. Se você é sobre-humano, que eu permaneça para sempre animal". Era uma censura cáustica, e não à toa Spare havia falado do bombardeio que o deixara incapacitado e pulverizara seu estúdio como uma vingança pessoal de Hitler, por despeito. Se, abrindo margens para a fantasia, tivesse sido esse o caso, então ele causara um prejuízo considerável para Spare, sem dúvidas, embora Dennis tivesse que notar que não fora Austin Osman Spare quem estourara os próprios miolos num bunker. Ele duvidava que haveria espaço para alguém estourar os miolos no bunker de Spare. Mal tinha espaço para assoar o nariz.

Era uma história poderosa e peculiar, porém, fosse lá o que prendera Dennis naquela travessia do salão, propulsionada pela turba, e o fizera ficar ali congelado diante da majestade severa e inclemente da pintura, claramente não tinha sido isso. O impacto da imagem, ele concluiu, de algum modo ficava preso entre o seu título e o azul do olhar feroz e questionador do retratado, apesar de ser possível que Grace fosse conseguir exprimir o pensamento melhor. A primeira coisa que ele pensou ao ver o autorretrato, além da história inegavelmente estranha de sua venda e recriação, foi em Spare se perguntando se ele mesmo tinha algo em comum ou não com o Führer; qualquer aspecto de seu caráter ou "personalidade atávica" que, sob as circunstâncias corretas, poderia vir a ser um Hitler. Ocorreu a Dennis que o olhar penetrante do retrato parecia estar propondo a mesma pergunta ao espectador — acaso havia alguma parte de Dennis capaz de suscitar uma vasta catástrofe humana e libertar horrores hediondos sobre o mundo? Pior ainda, será que a pintura não perguntava a mesma coisa de todos? Será que ela não implicava que todos nós, no mínimo, partilhamos da mesma biologia que o chanceler do Reich e que, portanto, qualquer um que encontremos, desde o mais querido amigo até o estranho mais fugaz, poderia conter dentro de si a semente dos campos de concentração ou câmaras de gás? A ideia causava arrepios e, quando alguém atrás dele se pronunciou, Dennis praticamente deu um pulo.

— Um fi duma égua bonitão esse aí, não acha? Bastante distinto, a julgar pelo olhar.

Dennis deu meia-volta e encontrou uma versão mais velha e cínica do retratado, parado atrás dele, como se tivesse se materializado em pleno ar com auxílio de espíritos elementares. Embora fosse mais esfarrapado e os bombardeios incendiários tivessem apagado toda a cor de seu cabelo, essa versão ostentava um sorriso de satisfação e, sem o bigodinho, não exigia que ninguém considerasse sua semelhança com o arquiteto da Segunda Guerra Mundial. Constrangido por ter sido pego transfixado em adoração pelo criador da obra, Dennis deu um sorriso tímido e abriu as mãos, admirado, balançando seus flancos e costas curtas, maravilhado.

— Tudo isso é incrível pra cacete. Não sei como você consegue fazer o trabalho que faz, sendo que está... sabe. Sendo que está... — Dennis foi diminuindo o tom de voz até se flagrar murmurando, mas Spare deu risada.

— Vamos, rapaz. Desembucha. "Quando tu tá preso ali num buraco do tamanho de um balde de carvão e não consegue sentar sem ser em cima dum gato", é isso que tu ia dizer? Como que eu tiro tudo isso de um caixote minúsculo daqueles? É uma boa pergunta, Dennis, e tu não precisa parecer que acabou de peidar só por perguntar isso. A resposta: é aí que a magia entra. William Blake, em Fountain Court, morava nuns muquifos e vivia à base de bacon cozido, e de lá ele bolou todo um universo. Claro que não podemos aceitar os aplausos sozinhos. Tanto o Bill Blake quanto euzinho não somos de todo estranhos àquelas áreas de Londres que lhe causaram tanto sofrimento ultimamente. O Grande Durante teve um papel nas obras de nós dois, ouso dizer. Importante dar os devidos créditos, não é?

Foi então que Dennis pensou em fazer uma pergunta que devia ter feito quinze dias antes.

— Sr. Spare... o Grande Durante. O que é esse lugar?

O artista olhou para Dennis com tanta compaixão que beirava o paterno.

— Bem, pra começo de conversa, é Austin. Ou Óstin, se preferir. Ou até mesmo Zos, pra quando eu boto meu chapéu de mágico na cachola. Mas o Grande Durante... eu aposto, filho, que é o imaginário de Londres. É o lugar em que as pessoas pensam quando escutam o nome, uma Londres inteira feita de partes e pedaços de que elas lembram, sem qualquer semelhança com qualquer merda que esteja acontecendo fora destas portas. É a Londres eterna, se preferir, e por isso é um lugar mais verdadeiro do que este, que existe aqui num minuto e no seguinte está arrasado pelas bombas. É o imaginário, como eu disse, por isso é a base na qual se fundamenta a cidade material e, nesse sentido, é mais real do que a gente. É o sótão oculto da imaginação da humanidade, acessível apenas àqueles que possuem as escadas pra subir lá em cima. Às vezes penso nela como uma metáfora que ganhou peso e substância, uma "materiáfora", daria pra dizer. Foi sendo construída ao longo dos séculos a partir dos sonhos de Londres, que são mais duradouros do que um lugar erguido de tijolos e argamassa. Em todo caso, colega, não é nenhum resort à beira-mar do Butlin's, não. Não é um lugar que dá pra visitar de farra.

Com um gesto de cabeça, Dennis concordou com essa avaliação, especialmente a última parte.

— Aí você acertou na mosca. Não quero nunca mais ver aquele lugar. Não quero ter nada a ver com isso. Sei lá como você aguentou tanto ou como chegou a conhecer tão bem aquelas bandas. Como que se acha por lá, sendo que tudo fica o tempo todo virando outras coisas?

Spare passou o dedo no queixo pugnaz e refletiu.

— Bem, é tipo todo lugar, vai ficando mais familiar depois que tu viaja por lá uma ou duas vezes. Só que eu vou ter que dizer que é mais fácil depois de dar uma espiada no Touracruz. — Interpretando o gesto de cabeça de Dennis como uma óbvia tentativa de camuflar sua completa incompreensão, o bruxo de Wynne Road arriscou explicar. — O Touracruz é um mapa do Grande Durante, e os nomes das ruas no seu índice são todos alfabéticos. Por algum motivo de fora desse mundo, ele está organizado de acordo com o alfabeto hebraico, por isso, em vez de ser de A a Z normal, é de aleph a tau, ou do touro à cruz, daí o nome. Claro que só dá para ver lá no outro lugar. Se aparecesse aqui na Londres Curta, seria uma cagada maior do que o seu livro do 'ampole, pode acreditar. Um desastre do caralho, seria.

Tendo, pelo visto, concluído suas deliberações sobre o assunto, Austin olhou mais uma vez para Dennis, desta vez com uma expressão preocupada.

— Dennis, o que tu disse sobre nunca mais querer ter nada a ver com o Grande Durante de novo, é justo eu te contar que não depende de você. Sim, admito que passar longe é a abordagem mais sábia, mas tu deve manter em mente que, pro Grande Durante, vai bastar quando bastar, não antes. De novo, é que nem a imaginação artística: tu acha que deu sorte ao esbarrar numa visão, mas é melhor que logo entenda que é a visão quem tá dando as ordens. É a visão quem manda.

O resto foram amenidades — Dennis repetindo sua apreciação da arte de Spare, e Spare dizendo que esperava que Dennis mantivesse contato —, todas conduzidas sob o olhar funesto do *Autorretrato como Hitler*. No fim, o artista avistou Steffi Grant gesticulando para ele do outro lado do salão e, com um pedido de desculpas na forma de um resmungo, saiu para ver o que era. Com o catálogo em mãos, Dennis continuou a progressão pela lenta esteira de faces murmurantes com a esperança de uma hora entregá-lo para Grace.

Quando enfim a encontrou, ela estava sozinha — Driberg e Pé-de-Ferro tendo desaparecido, vagado para longe — e aos prantos. Dennis ficou chocado até o âmago. Desde o momento em que os dois se conheceram, Grace sempre havia mantido uma compostura perfeita, apesar das tribulações de vida e morte que fora obrigada a suportar, e ele não conseguia nem começar a imaginar que tipo de perda ou tragédia teria ocorrido nos últimos vinte minutos para ela ficar tão arrasada. Afligido por uma ansiedade imediata e pronunciando-se com um tom muito mais estridente do que o esperado, ele perguntou o que tinha acontecido, mas era evidente que ela ainda estava abalada demais para responder. Em vez disso, balançava a cabeça e gesticulava com uma das mãos, a que não estava amassando um lencinho branco contra os olhos úmidos, para apontar em silêncio na direção da pintura diante dos dois, uma pintura que ele sequer tinha notado, no meio de seu pânico súbito de preocupação.

Com proporções de paisagem e talvez 45 centímetros de largura, menor do que as outras imagens, era um retrato equino, mais uma vez à base de giz pastéis e carvão. Assinado e datado no canto superior direito — AOS '48, — era aparentemente uma obra recente. Após uma consulta apressada ao catálogo, Dennis descobriu que seu título completo era *Cavalos para o abate: cavalo da ferrovia*.

Em tons de marrom e cinza contra um borrão de carvão para representar o solo, a cabeça do cavalo estava quase de perfil. Era um animal idoso, presumivelmente num leilão, à espera de descobrir para quem seriam vendidas sua carne e cola. Com o focinho amarrado e todo coberto, a fim de evitar que fizesse muito drama, a crina malcuidada do animal caía em mechas sebosas sobre a sua fronte, enquadrando um único olho visível. Este, por sua vez, era um planeta de desespero em tinta de cobalto, seu olhar voltado diretamente para o artista, para o espectador, uma expressão desprovida de medo que falava apenas em termos de exaustão ou de uma resignação final horrível de ver. Ao lado dele, Grace havia enfim domado as glândulas lacrimais e voltado a conseguir conversar.

— Desculpa. Foi o olho que me pegou. Ele põe muita coisa nos olhos dos retratos, esse seu colega. Tadinho do cavalo, o modo como ele olha para a gente. É como se dissesse: "É, eu sei que acabou para mim, mas não esqueça que você está nessa mesma fila". Bateu para mim de um jeito meio desnecessário, só isso.

Ele conseguia ver o motivo. O modo como a criatura aceitava soturnamente o destino lhe dizia todas as coisas que dissera a Grace, mas também parecia ressoar com o pavor prolongado pelo qual Dennis vinha passando devido à carcaça devorada de seu sonho de dias antes; os mesmos sentimentos avulsos de catástrofe iminente, de cavalos no abatedouro. Foi com um alívio considerável que Dennis permitiu que Grace, recuperada, o tirasse de sob o escrutínio mortal do cavalo da ferrovia e o guiasse até o restante da mostra.

Ela demonstrou empolgação quando, em certo momento, ele lembrou de presenteá-la com o catálogo, e também se animou diante da oportunidade de tirar sarro de Dennis pela sua reação a Tom Driberg.

— Sério mesmo, você tinha que ver a sua cara, rosada feito bunda de bebê. Pelo menos agora sabe como eu me sinto. É um fardo, Dennis, ser irresistível.

Rindo e jogando conversa fora, os dois continuaram o circuito pelo salão, chegando, cedo ou tarde, de volta a *Teurgia*, com sua musa distante e sua pilha de rostos gasosos. Ambos concordaram que tiveram uma tarde sensacional, mas que já era hora de voltar para o norte de Londres, talvez pegando um pouco de peixe com fritas para tomar como chá no caminho de volta. Decidindo que era melhor usar o banheiro feminino do Temple Bar antes de embarcar num percurso razoavelmente demorado, Grace deixou Dennis no lado de dentro da porta da frente do bar com ordens para que a esperasse voltar, de modo que não estava lá para testemunhar a chegada tardia de Tolerável John McAllister.

Dennis deu uma recepção calorosa ao jornalista esbaforido, mas explicou que ele mesmo estava prestes a sair, ao que McAllister fez que sim com a cabeça, morosamente, e disse:

— Pois é. Sabia que ia ser assim. Tive um dia daqueles no serviço hoje e só consegui escapar agora. Mas, ainda assim, que bom que cheguei a tempo de ver você. Escavei umas informações sobre os nomes que você me pediu para procurar, aliás.

Demorou uns segundos até Dennis lembrar de seu pedido constrangedoramente assustadiço para John na noite de segunda sobre o que tinha visto no caderno de Clive Amery. Estava prestes a dar uma risada, como se tivesse sido só nervosismo, e dizer a McAllister que ele não devia se preocupar, quando o repórter taciturno puxou seu próprio caderno e olhou intrigado para Dennis.

— O seu amigo lá, do caderno que tem a lista que você viu. Estou certo em pensar que ele é polícia?

Pego de surpresa pela pergunta inesperada, a resposta de Dennis foi circunspecta.

— Hm, sim. Sim, ele é do direito. Por quê? O que...?

John folheava o caderninho surrado e compacto, cheio do que pareciam, à primeira vista, aqueles hieróglifos inventados de Spare, mas que Dennis logo identificou como a taquigrafia Pitman. Por fim, John localizou as páginas de rabiscos que procurava e leu em voz alta para Dennis, num tom que parecia cansado demais até para ser lúgubre:

— Violet Green, supostamente prostituta, foi morta a tiros no patamar do seu prédio na Rupert Street, no Soho, em 1947, com o que a polícia acredita ser um revólver militar americano. Edith Dorland, 1948, ainda jovem aos 31 anos, teve o crânio esmagado e o corpo encontrado numa cratera de bombardeio da Mint Street, em Southwark.

Antes de repassar seus achados quanto ao terceiro e último nome solicitado por Dennis, McAllister ergueu os olhos, desviando-os dos rabiscos indecifráveis, balançou a cabeça num gesto de derrota e suspirou.

— Os nomes estão todos em ordem cronológica, pelo visto. O último, Eileen Lockart, acho que ela foi estrangulada pouco depois, em 1948. Seu corpo foi descoberto por acaso em outro local de bombardeio, desta vez na Chiswell Street, no que restou de Cripplegate. Eileen Lockart tinha cinco anos de idade.

Anestesiado pelas informações, Dennis não conseguia pensar em nada para dizer em resposta. John fechou o caderno espiralado e o guardou de volta no bolso, com o cenho ainda franzido ao pensar na criança morta.

— São assassinatos sem solução que aconteceram em Londres nos últimos três anos, todos eles, sendo o caso de Kenneth Dolden o primeiro, em 1946. Não há nada que os conecte, até onde entendo. Imagino que o seu colega tenha anotado os nomes como parte das investigações em andamento.

Sim, claro. Claro que era essa a resposta. Embora Clive não fosse policial, ele era do direito, como Dennis dissera evasivamente para John. Era óbvio que ele havia anotado os nomes em referência a casos por vir, ou algum outro processo legal complicado que Dennis não entenderia. Quando Tolerável John disse que seus supostos parceiros jurídicos eram, na verdade, uma lista de cadáveres sem explicação, Dennis sentiu uma vertigem inexplicável, como se ele se flagrasse, de repente, às margens de uma queda abissal, sem ter a menor ideia de como tinha ido parar lá. No entanto, agora que suas breves fantasias à la Dick Barton haviam sido convincentemente dissipadas, quase antes de se formarem, ele falava para si mesmo que nem conseguia lembrar direito o que eram, embora não fosse bem verdade: seus medos tinham a ver, em algum grau, com a presença dos dedos de bisturi clicando atrás do jornal com a manchete "A vida noturna do Soho" naquele sonho desagradavelmente persistente. E, embora os nomes claramente não fossem nada com que se preocupar, o sonho permanecia, uma mancha com um formato esquisito no assoalho por varrer da memória.

Com um alívio imenso, só sem saber do quê, Dennis agradeceu a John pela dor de cabeça que lhe dera, prometendo um caneco ao jornalista melancólico na próxima vez que fossem ao Cheshire Cheese — talvez na próxima sexta, depois do expediente, a véspera da Noite de Guy Fawkes? Com um gesto solene, John guardou aquela Pedra de Roseta que era o seu caderno e depois sorriu ao ver Tom Driberg mandando beijinhos da porta aberta do bar.

— Então Driberg está aqui? Vermelho, veado e no Parlamento. Não sei como ele consegue se safar. Foi amigo do velho Aleister Crowley também, muito tempo atrás.

Dennis não ficou surpreso. E quem não era? Ele e John se apressaram com o aperto de mão de despedida, e McAllister foi atrás do colega espalhafatoso. Alguns minutos depois, Grace voltou de seu safári no banheiro feminino, culpando o cubículo solitário e permanentemente ocupado do sanitário por sua longa ausência. Quando Dennis não respondeu, ela franziu a testa para ele, com um tom inquisidor:

— Ei, você está bem? Parece meio abalado com alguma coisa.

Parecia mesmo? Ele imaginou que pudesse ser alguma reação residual das notícias de Tolerável John, embora esse mal-entendido tivesse sido razoavelmente solucionado. O irritante foi que o uso dela da palavra "abalado" conjurava uma vinheta irrelevante daquele sonho cada vez mais sem graça de Dennis, com o gângster Solly Kankus tremendo exageradamente do outro lado da Farringdon Road, seu corpo parrudo ondulando feito uma bandeira ao vento. Dennis presumiu que essa imagem mental bizarra e inexplicável não estivesse ajudando muito com a cara de quem viu um fantasma a que Grace se referia, e assim respondeu que sua expressão abismada era por estar pensando no *Cavalo da ferrovia*. Os olhos de limão dela derreteram, e seus lábios se apertaram num beicinho compassivo. Acreditando que Dennis era um indivíduo mais sensível e emotivo do que suspeitara até então, Grace deixou que ele ficasse de braços dados com ela durante a maior parte da longa jornada de volta para casa, chegando até mesmo a convidá-lo para matar uma horinha em seu apartamento em Folgate Street, para ele poder comer o peixe com fritas num prato limpo, em vez de na edição do *Daily Mirror* da semana anterior.

Os dois conversaram, entre bocados, sobre a exposição e as pessoas que tinham encontrado lá, e Grace descreveu a impressão pessoal que Spare lhe causou:

— Tem sexo não muito longe da superfície de algumas das pinturas, mas, de falar com ele, acho que é possível que o homem seja tímido.

Depois de terminarem sua refeição e tomarem uma xícara de chá quente para ajudar a descer, Grace agradeceu pelo catálogo e disse que tinha tido um ótimo dia, o que, como ele concluiu, era sinal de que era hora de ir embora. Na soleira da porta da frente, ela disse que ele devia ligar qualquer hora, e os dois deixaram no ar a possibilidade de se verem na noite do outro domingo. Ela ficou na ponta do pé para lhe dar uma beijoca na bochecha espantada, e o fez voltar flutuando até a Gibraltar Walk sem uma única vez imaginar-se como Hitler, nem pensar na lista sinistra de homicídios sem solução de Tolerável John, nem no seu sonho.

Ao longo do fim de semana que se seguiu, sem as distrações cintilantes do bar lotado de maravilhas nem da companhia de Grace, é claro que ele não pensou em quase mais nada.

Não era só que tivesse uma nuvem acima de si enquanto atendia os clientes num sábado de marasmo atrás do caixa da livraria de Ada ou matava o tempo no quarto sem cama durante um domingo de chuva. Não parecia uma nuvem, nem um pouco. Era mais como um trem — escuro, barulhento e fumegante — aproximando-se ruidoso de sua barriga e seu coração, embora ele não soubesse de que direção vinha nem o que poderia fazer para sair dos trilhos. Sua mente, borbulhante e gaseificada, era uma retorta alquímica de vidro onde substâncias desconhecidas pareciam estar reagindo mal entre si: em algum lugar naquela mistura aleatória de informações que havia recebido sem examinar na cabeça raspada, fatos contraditórios gritavam entre si, urgentes e irreconciliáveis, mas Dennis não conseguia nem a pau dizer de onde emergia aquela discórdia cada vez mais desesperada.

O mais difícil de entender era o motivo de estar nesse humor surtado quando tudo até que corria bem. De algum modo, ele havia conseguido passar pela tribulação aterrorizante na outra Londres com apenas cicatrizes superficiais, e tudo ficara no passado como devia. Parecia-lhe até que Grace estava começando a se abrir para ele, e inclusive na noite de segunda ele teria aquele encontro havia muito atrasado com Clive Amery, pelo qual tinha passado a semana inteira ansioso, apesar de, era preciso admitir, o motivo da ansiedade ter mudado desde o seu filme de terror noturno sete noites antes. Era isto que mais o irritava: que uma reunião absurda de lixo mental como um sonho pudesse lançar uma sombra sobre esse seu raro período de felicidade, pairando sobre um encontro vindouro com seu melhor amigo. Ao longo do dia, na segunda, enquanto trabalhava na livraria, ele chegou inclusive a considerar a ideia ridícula de ligar para Clive no serviço e cancelar o programa, até perceber, com uma punhalada de vergonha, como estava sendo idiota. Tudo que sempre quisera tinha sido a amizade e a aprovação de Amery, e lá estava ele, preparando-se para rejeitar tudo só por ter tido um sonho idiota. Era o tipo de coisa que uma criança de doze anos faria, e Dennis era um homem agora; podia ser convocado para o Serviço Nacional, se o país algum dia descobrisse que ele existia ou, pior ainda, onde por acaso estava morando. Decidiu crescer e afastar toda essa asneira mórbida e nebulosa dos pensamentos, mas, ao sair da loja naquela noite, às sete, rumo à Farringdon Road, descobriu que seus pensamentos tinham decidido seguir o rumo contrário.

Era a última noite do mês, exercendo pressão contra a beirada afiada de novembro, e estava muito mais frio e escuro do que ele esperava. Ao sair de Shoreditch, deixando pacotes vaporosos de respiração atrás de si como uma trilha de migalhas de pão, ele reparou que as ruas naquela noite estavam, em grande parte, vazias, com poucos carros e menos pedestres ainda. O mais provável era que fosse resultado da baixa temperatura, mas também era Noite de Todos os Santos, quando se diz que as bruxas, mortos e diabos estão à solta e as pessoas dotadas de uma dose razoável de superstição não se arriscam a sair de casa. Pelo menos era o que sua mãe lhe dizia, e ele estava começando a pensar que devia ter dado ouvidos a ela. Sem as distrações da livraria, ele se viu sem recursos a não ser remoer o que tentava não remoer, e, sem a tosse de Ada como um tipo de música de fundo, as alamedas obscuras e ruelas vazias pareciam conter um silêncio antinatural. Dava para escutar cada uma de suas preocupações.

Ao adentrar o bocejo prolongado que era a Old Street, Dennis tentou tomar as rédeas do seu eu ansioso, começando uma palestra severa sobre por que não havia nadica de nada de real para se preocupar. Só o que estava fazendo, afinal, era honrar um compromisso marcado uma semana antes com Clive, quando havia esbarrado por acaso no amigo ali no canto da Bethnal Green Road. Clive o procurara na casa de Ada Pé-na-Cova a fim de garantir que ele estivesse bem, e Dennis estava voltando da casa de Grace para a livraria após o interlúdio decisivo da noite anterior em Arnold Circus. Ele se lembrou do quanto se sentira grato pela preocupação de Clive, de pensar que aquele jovem e sofisticado bacharel teria ido até a Livros & Revistas de Lowell só para conferir o seu bem-estar. Era...

Ele estava passando pela carcaça bombardeada da igreja de São Lucas, um coágulo de uma sombra mais escura do outro lado da Old Street, com seu campanário egípcio peculiar espetando o céu feito uma baioneta, quando um pensamento o atingiu. Não era mais do que a mais tênue das pontas soltas, pendurada de suas memórias cuidadosamente bordadas, porém, feito um menino com uma casquinha para cutucar, ele se viu compelido a puxá-la até o fim: por acaso ele não havia contado a Clive, do orelhão perto da igreja em Spitalfields, que não estaria morando com a proprietária até que se resolvessem as dificuldades no "outro distrito"? Ele tinha certeza de tê-lo dito, e então se relembrou com relutância das palavras enigmáticas que Grace enunciara no sonho, algo como "Ele não sabia que você estava na minha casa, mas devia saber que não estava na casa da Ada". Porém, era claro que não fazia sentido. Afinal, por que Clive caminharia até Shoreditch se soubesse que Dennis não estaria lá? A área arrasada não tinha nada mais para oferecer a um elegante advogado em treinamento. E os dois haviam se cruzado na Bethnal Green Road, assim como seria esperado se Clive tivesse visitado a livraria antes de voltar pela Gibraltar Walk, apesar de que, agora que ele pensava a respeito, Clive parecera surpreso em vê-lo.

Ele atravessou a City Road, exalando seu rastro de fantasmas infantis, e havia acabado de passar por Bunhill Row, onde William Blake dormia, quando esbarrou nos territórios do norte da terra devastada que outrora fora Cripplegate. Lá fora, naqueles hectares noturnos, descendo pelos tocos da Chiswell Street, havia uma chama furiosa que ele logo identificou como a fogueira de um grupo infantil, prematuramente acesa antes de 5 de novembro pelas crianças rivais como um ato de sabotagem. O fogo cuspia e crepitava, um eco distante da conflagração maior de nove anos antes. Estar em Chiswell o fez pensar em Eileen Lockart, com cinco anos de idade, estrangulada ali entre aquele misto de tijolos e erva-bonita. Não era algo em que quisesse pensar, e por isso teve que redobrar os esforços para reconstruir a memória daquela esquina de Shoreditch e seu encontro fortuito com Clive Amery. O que foi que Clive lhe dissera, exatamente?

Pelo que lembrava, a conversa se tratara principalmente da vontade de Clive de conferir se ele estava bem, após as encrencas que Dennis andara antecipando da última vez que tinham se cruzado, seu encontro então vindouro com "Jack Spot e o capanga trêmulo", como colocou Clive, sucintamente. Como seria previsível, o pensamento suscitou uma reprise de Solly Kankus e seu estremecimento exagerado no sonho ainda por explodir, com uma noção súbita que veio no encalço e transformou a coluna vertebral de Dennis numa estalactite bamba de gelo: embora ele tivesse quase certeza de que contara para Clive que ficaria um tempo fora da casa de Ada, tinha completa certeza de não ter mencionado nada a respeito dos sócios de Spot, que dirá um sócio com tremeliques. Não tinha como ter dito nada a respeito quando se encontrara com Clive no Bond, na tarde de sexta, dado o motivo convincente de que o episódio ainda não tinha ocorrido. Na verdade, o único meio de qualquer pessoa poder saber do sr. Kankus e seu surto de tremedeira, naquela noite em Arnold Circus, seria se ela...

Às suas costas, do outro lado do matagal e entulhos, uma grande pilha de galhos e mobília quebrada — cuidadosamente construída e maliciosamente acesa — ainda ardia. Era, sem o saber, uma pira funerária para Eileen Lockart. Dennis atravessava a Goswell

Road, sua passada desacelerando até começar a arrastar os pés, como se o tutano em seus ossos tivesse sido substituído por chumbo, quando todas as fichas caíram ao mesmo tempo, numa chuva de metal rígido: o único jeito de alguém saber como o colega de Jack Spot se comportara naquela noite seria estando lá.

Mas Clive não estivera; sequer tinha ficado sabendo que a reunião aconteceria no Arnold Circus. Embora Dennis estivesse rapidamente tomando ciência de que havia contado para o amigo coisas que não devia, sabia que tinha evitado mencionar o local da audiência entre Spot e Harry Lud. Só o que dissera tinha sido que ficava perto da livraria de Ada, onde um monte de ruas diferentes convergiam... o que, como Dennis percebeu, num sobressalto, para qualquer um com um mapa de Londres e um par de olhos, era quase o mesmo que oferecer o endereço completo. Ele avançou devagar, no piloto-automático, pela escuridão da Old Street, simplesmente porque era o caminho ao qual seus pés estavam voltados e insistiu para si próprio que, mesmo que Clive tivesse deduzido que o Arnold Circus era o local em questão, isso não alterava o mero fato de que Clive não estivera lá. Só havia Spot e Kankus, Dennis e Jack Neave, além, claro, de Gog Blincoe e Harry Lud. Fora isso, além dos dois carros estacionados e a caminhonete do pedreiro, o local estava completamente vazio. Porém, agora que havia começado a puxar o fio solto, ele percebeu que não conseguiria parar até todo o bordado de sua memória se desmanchar numa bagunça intestinal.

Por exemplo, ocorreu-lhe que, se Clive tivesse *sim* estado, de algum jeito, em Arnold Circus, isso logo explicaria os questionamentos anteriores sobre os dois se esbarrarem naquela tarde em Shoreditch, embora ainda assim não fosse muito reconfortante. Esse novo cenário significava que o amigo não estava voltando de uma tentativa de encontrá-lo na casa de Ada Pé-na-Cova, após esquecer-se, de algum modo, de que Dennis não estaria lá. Sob a nova hipótese, Clive teria passado a noite inteira em Arnold Circus, tanto durante o diálogo entre Jack Spot e Harry Lud quanto depois, quando todo mundo já tinha ido embora. Porém, se era esse o caso, o que ele tinha feito a noite toda? No mais, a certeza de Dennis de que Clive nunca estivera lá, para começo de conversa, minava do começo ao fim tal conjectura ridícula. Então, arrastando os pés pela St. John Street, ele mais uma vez pensou na caminhonete de pedreiro com suas pilhas de saco de aninhagem na caçamba que nem valia a pena roubar, assim como no café dos seus sonhos, e, conforme a chuva de fichas foi virando uma torrente dolorosa, enfim não teve escolha senão compreender.

Ai, Deus. Ai, Deus. Clive estivera escondido embaixo dos sacos, devia ter se escondido lá em algum momento anterior, naquela sexta à tarde, enquanto Dennis estava matando o tempo até dar meia-noite. Ele teria escutado tudo e, sem dúvida, testemunhado tudo: a chegada de Kankus e Spot, Blincoe puxando a cortina que até então era de madeira e a entrada da essência do crime, Harry Lud. Dennis parou ali mesmo, diante do meio-fio desgastado da Britton Street, para digerir a verdade escabrosa.

Se tal teoria perturbadora estivesse correta, Clive teria testemunhado Blincoe desatar uma abertura entre as Londres diferentes. Será que então sabia como fazê-lo também? Ele ficou nauseado. Teria sido lá que Clive passara a noite de sexta, explorando com exuberância o Grande Durante? Já começando a tremer, ele pensou de novo no encontro dos dois na Bethnal Green Road e se lembrou do leve estado de desleixo e desmazelo de Clive, como se ele tivesse passado uma noitada na cidade. Era uma pena, em retrospecto, que Dennis não tivesse pensado em perguntar qual cidade. Ele se apoiou contra o muro de tijolos mais próximo, e a monstruosidade do que fizera se abateu contra ele, uma maré pulverizante.

Dennis havia dado com a língua nos dentes. Fizera bem o que tinham dito para não fazer, de tanto que queria impressionar seu amigo mais velho, e agora a encrenca em que estava metido era terrível. Era pior até mesmo do que o encontro com o livro do Hampole, porque na ocasião ele pudera contar com a assistência de Jack Neave e Monolulu, Maurice Calendar, Gog Blincoe, Austin Spare... e não podia recorrer a eles com o dilema atual, porque ninguém podia saber que ele traíra a cidade oculta. O que, perguntava-se com o coração aos solavancos, ele deveria fazer? E se os Cabeças da Cidade ou mesmo o horrendo Peter Charmoso ficassem sabendo do que ele permitira que acontecesse? Ele e Clive acabariam na mesma condição que o livreiro amigo de Ada, com os olhos virados para dentro, encarando a parte de dentro dos próprios crânios. E será que isso não colocaria Grace também em perigo, só pelo pouco que ela tinha visto? Ele se apoiou contra os tijolos escurecidos, com falta de ar, e quis desesperadamente dar meia-volta e sair correndo de volta para Shoreditch e que tudo aquilo desaparecesse, mas sabia que não seria assim. Meu Deus, o que fazer?

Ocorreu-lhe que sua única opção era se encontrar com Clive, conforme planejado, e obrigar o amigo errante a entender que aquilo não era uma mera brincadeira sobrenatural e que, se os dois não deixassem tudo quieto, iriam acabar mortos ou coisa pior. Ele não sabia se conseguiria vencer um advogado na argumentação, só que era necessário. Endireitando-se e inspirando uma golfada profunda e trêmula de ar, ele prosseguiu até o fim da Old Street e então virou à esquerda na Farringdon Road. Apesar de sua nova determinação, algo ainda o incomodava.

Dolden, Green, Dorland & Lockart. Não era nenhuma advocacia, ao que parecia, mas assassinatos sem solução que o amigão havia rabiscado no caderno, sem dúvida como parte de futuros casos jurídicos que estava conferindo. Ao descer a rua obscurecida com uma velocidade maior do que a pretendida, impelido agora por uma avalanche de fichas, Dennis de repente percebeu a falha na própria explicação reconfortante. Quem havia para processar, quem havia para defender, se esses quatro assassinatos não tinham sido solucionados? E se a lista de Clive daqueles nomes não fosse profissional, então era o quê? Sua mente atormentada estava a mil agora, numa tentativa de acompanhar os pés. Acaso ele estava sugerindo que Clive poderia ter matado aquelas pessoas? Todas elas? Que ele havia dado um tiro em Violet Green e estrangulado Eileen Lockart? Não. Era ridículo, ainda mais considerando que Tolerável John dissera não haver nada que conectasse esses quatro homicídios aleatórios. A não ser, é claro, que houvesse. Ele pensou em Clive falando mal dos maníacos assassinos por sua previsibilidade e nos muitos monólogos do advogado sobre o homicida compulsivo do pós-guerra. Chegando quase no fim da rua quase vazia, no seu outro extremo, dava para ver o cartaz iluminado que dizia "Franklin's". Estava quase lá.

Não tinha como Clive ser um lunático assassino. Não tinha como ser isso o que os cliques atrás do jornal, que ele suspeitava serem de um Papa das Lâminas, queriam dizer. Porque, se fosse isso, então... Então, ele fizera algo muito pior do que só trair a confiança alheia. Se Clive matava pessoas só de farra, então, naquele esforço para impressionar uma pessoa fina e culta, Dennis deixara entrar um monstro na alma secreta e imortal da cidade. Ele havia soltado um sofrimento inimaginável nas duas Londres, a dádiva de um assassino capaz de se deslocar de espaço em espaço no mundo material sem ser detectado; capaz de ameaçar até mesmo o próprio reino superior. Dennis fizera isso sozinho. *Autorretrato como Hitler*.

Ele estava agora do lado de fora do café, e não era nada como no sonho. Viu-se abrindo a porta da frente, com um empurrão, e entrando, apesar de todas as fibras do seu ser o mandarem ir embora. Por que Clive escolhera um lugar tão longe dos espaços de sempre e um horário tão tarde para o encontro? Por que, se estivessem corretas as suposições cada vez mais histéricas de Dennis, Clive queria se encontrar, para começo de conversa, tendo ele já servido o propósito de revelar a paisagem proibida? Será que era porque ele era a única pessoa capaz de conectar Clive Amery ao Grande Durante? Manobrando em meio a essas premissas desconhecidas e considerando, bem pouco à vontade, as implicações dessa última pergunta, ele deu um pulo quando avistou Clive numa das mesas dos fundos do estabelecimento, sorrindo, com um brilho nos olhos.

— Lorde Oxydol! Estava começando a suspeitar que você ia me dar o cano.

E começava o pesadelo de Dennis.

8

Um assombroso novo Calendar

Havia um lampejo, um relincho visual, cada vez que as abotoaduras de cabeça de cavalo de Clive refletiam a luz. No café da madrugada Franklin's, o ar aprisionado pairava, espesso e estagnado, acima de mesas manchadas pelos anéis das xícaras, a maioria das quais se via desocupada. No silêncio, cada tosse ou pires sacudido era uma percussão que testava os nervos. Tudo parecia borrado — os sons, a atmosfera, o rosto de Dennis invertido no côncavo de uma colher de chá, seus sentimentos em glacê — e reluzia como se coberto por uma camada tênue e gordurosa de apreensão. O estabelecimento não era nem um pouco parecido com o Bond e não contava com o coitado do falecido MolengaHarrison atrás do balcão, porém dava a impressão de ser menos real do que no sonho. Havia três outros clientes, dois homens e uma mulher mais velha e impassível, sentados separadamente em suas ilhas de madeira e preocupação, invisíveis, pelo visto, uns aos outros, silenciosas deidades funéreas. Dennis estava pregado ali, mantido no lugar pela impossibilidade do momento e se perguntando como seu melhor amigo iria matá-lo.

Num transe de temor, ele mexia excessivamente o chá fraco, hipnotizado pelo som circular do aço raspando a porcelana, uma trilha sonora tilintante para seus pensamentos cíclicos, enquanto permanecia sentado sob os faróis da extinção por vir. Por que não estava fazendo nada? Iria só ficar ali, esperando acontecer? Seu próprio fim estava logo ali, do outro lado da mesa, jogando conversa fora, e Dennis sequer conseguia reunir forças para reagir embora sua vida literalmente dependesse disso. Sua atenção, desviada e em pânico, reparava em detalhe atrás de detalhe, como se numa tentativa miserável de engolir essas últimas migalhas de visão e consciência: grãos perdidos como blocos de gelo entalhado à base do farol cristalino do saleiro; uma mosca morta, sua barriga virada para cima, atrás do açucareiro; arranhões residuais de carbono, estrelas negras moídas furiosamente contra um cinzeiro de lata no momento sem uso. O gesto menos casual do seu carrasco eloquente assustava as abotoaduras equestres, que saíam galopando numa disparada reluzente, enquanto Dennis ficava ali sentado, sem fazer nada, exceto lembrar-se da sensação soturna de reconhecimento no único olho visível do *Cavalo da ferrovia*, aquele olhar compartilhado de relance, de quem sabe das coisas, a caminho do abate. A cerca de meio metro dele, mas ainda assim parecendo estar a uma distância imensurável, Clive dizia algo divertido a respeito da Escócia, que, aos ouvidos de Dennis, soava como a tagarelice suave e reconfortante de alguém vendendo a morte súbita no mercado clandestino como se fosse um par de meias de nylon:

— ... ficou sabendo da última das Highlands, com a petição que eles lançaram no sábado? O sexto Duque de Montrose, talvez um primo de vossa graça em Edimburgo, foi o primeiro a assinar um tal bilhete de resgate, insistindo que os escoceses deviam poder se autogovernar, como se a gente pudesse só serrar fora o país na altura de Newcastle. Até onde isso vai? Quando menos percebermos, os galeses estarão exigindo a independência, ou os cornualheses. Só vai acabar quando Putney virar república também. Olha só, você está tentando cavar um túnel no fundo da sua xícara?

Avisado de que estava mexendo o chá compulsivamente, Dennis retirou a colher, com um ar arrependido, e a colocou sobre o pires.

Sentia-se desconfortável, ciente de que não estava cumprindo com sua parte no diálogo típico da dupla, sem dar as costumeiras risadinhas para as piadas unilaterais sobre as distinções de classe entre os dois. Sentindo-se um homem condenado e não querendo que Clive reparasse que havia algum problema, ele tentou abrir um sorriso relaxado, mas não conseguiu ir além do sardônico.

— Haha. E, pois é, digo, e quem é que ia presidir um parlamento escocês, não é? Teriam que, teriam que botar, sei lá, o monstro do Lago Ness ou, ou, ou Macbeth. Alguém assustador e escocês, Burke e Hare, alguém assim. Haha.

Mesmo enquanto essas palavras se derramavam de sua boca, ele sabia que não passavam de absurdos frenéticos. Não era, nem de longe, um diálogo. Em todo caso, Clive, pelo olhar apenas levemente questionador, pareceu achar graça.

— Sim, imagino que sim. Talvez usando um kilt preto com uma cabeça humana no lugar do *sporran*, tocando gaitas-de-foles feitas com o corpo da mãezinha de alguém, algo dessa natureza? Sabe, Knuckleyard, eu senti falta de conversar assim com você ao longo dessa última semana pavorosa. É revigorante vê-lo depois de todos aqueles camaradas do serviço, que eu receio serem de um marasmo tão grande que até parecem água parada. Um pessoal bem decente, imagino. Apesar disso, não tem ninguém lá que tenha mais ou menos a minha idade e com quem eu possa conversar como amigo, de igual para igual. Ninguém com o seu charme primitivo.

Perto da fachada do café quase em silêncio, um dos outros fregueses arrastou a cadeira, talvez para fazer uma visita aos lavatórios. A mulher mais velha olhava para a tirinha do *Evening Standard* com uma cara desprovida de qualquer expressão. Dennis automaticamente disse "Haha" como resposta ao comentário e brandiu mais uma vez o sorriso sardônico, mas estava desmoronando por dentro. Ouvir Clive falar dos dois como se fossem iguais, outrora seu sonho mais desejado, era como um duro soco no estômago agora que sabia que não passava de uma tática. Clive estava para matá-lo, porque Dennis era o único indivíduo vivo capaz de associar o advogado/assassino em treinamento com o Grande Durante, e toda essa bajulação era parte de uma performance insidiosa, um cortejo letal. Saber disso não reduzia em nada a resina de âmbar de pavor paralisante na qual ele se flagrava feito uma varejeira pré-histórica. Ele se percebeu incapaz de fazer ou dizer qualquer coisa que pudesse prolongar sua vida breve e até então miserável, em grande parte, optando por tagarelar, em vez disso, mais uns *non sequiturs* no lugar de um diálogo:

— A gente, a gente provavelmente vai ser mais charmoso quando, sabe, descer das árvores e, e, e tirar todos os piolhos e, sei lá, pedaços de casca de árvore ou...

O sorriso agradável de Clive, sustentado esse tempo inteiro, agora tinha algo de intrigado.

— Dennis, preciso perguntar. Está tudo bem? É só que você não me parece normal. Não andou tendo mais nenhuma das suas aventuras arrepiantes, andou?

Por mais tangencial que fosse, a referência às excursões de Dennis pela outra Londres fizeram disparar nele um profundo repicar de alarme, o que o levou a fugir da pergunta e apelar para um improviso balbuciante:

— Pois é, desculpa. É que, mais cedo, eu comi alguma coisa, sabe, que me deixou meio indisposto. Não é nada sério. Pode continuar o que ia dizendo.

De algum lugar adjacente à entrada do café, veio o ruído de uma porta se fechando e depois mais um arrastar de cadeiras sobre o assoalho de linóleo, anunciando o retorno do freguês errante. Clive manteve o olhar fixo no de Dennis por uns segundos, ainda ostentando aquele mesmo sorriso interessado, de quem acha graça das coisas, antes de se recostar, todo elegante, com seu terno risca de giz, gravata laranja e abotoaduras de cavalo, e retomar o monólogo tranquilizador sobre a importância de sua amizade. Imóvel atrás do açucareiro, a mosca estava com todas as pernas para o ar, como se congelada no ato de tentar inutilmente refrear a morte.

— Bem, imagino que o que eu estava querendo dizer era que, apesar de nossas diferenças de classe, temos muito em comum, você e eu. Nós dois somos jovens e ansiosos por encontrar nosso lugar no mundo, dois órfãos com o mesmo senso de humor incendiário... Devíamos passar mais tempo juntos, não acha? Para nos conhecer melhor? Falar para você, depois de terminarmos aqui, por que não vamos lá dar um passeio no Aterro do Tâmisa? Você pode me contar suas histórias de infância com Bill e Nancy e o Artful Dodger, e eu vou lhe servir relatos hilários das vezes em que botei fogo nos criados.

A psicologia de geleira que mantinha Dennis imóvel rachava e cedia conforme ia se fechando o cerco em cima dele. Era aquilo, então. Era assim que a vida dele ia acabar: em um breve passeio às margens do Tâmisa numa noite congelante de outubro, sem ninguém por perto. Seria uma conversa suave e apaziguadora, depois de repente um som abafado, um tchibum, e ele seria sócio em tempo integral na firma de Dolden, Green, Dorland, Lockart & Knuckleyard. E ele se deu conta de que ninguém jamais ficaria sabendo. Clive era todo dele, num compartimento de sua vida distante de todas as outras pessoas que conhecia, como Ada, Grace ou Tolerável John: jamais mencionara Clive a nenhuma dessas pessoas, pois não queria compartilhá-lo com elas. E nem precisava dizer que tampouco Clive o teria mencionado a quem quer que fosse. Sua vida breve e morte brutal ficariam para sempre sem solução, e ali estava ele, na soleira da própria mortalidade, e não havia defesa nem adiamento algum. Dentro dele, tudo estava capturado numa rotação acelerada, a vertigem de um punhado de espuma de sabão em sua órbita decadente em torno do ralo. Ao longe, ele pôde ouvir a própria voz dizendo:

— Tá. Tá, parece ótimo. Só vou dar um pulo ali no sanitário antes de sairmos. Foi aquilo que eu comi mais cedo, que está aprontando. Não vou demorar.

De algum modo, ele estava em pé, seguindo com passos incertos até a frente do café e suas instalações sanitárias, com um zumbido agudo no ouvido. Apesar de suas tentativas desesperadas de fisgar o olhar dos outros com uma expressão que berrava "socorro", nem o pensionista de aspecto derrotado atrás do balcão, nem os Três Macacos Sábios que eram os fregueses conseguiam desviar o olhar de seus próprios dilemas ou reconhecer os de Dennis. Será que ele estava tão perto da morte que os vivos não o enxergavam mais? Mal estava consciente de suas próprias ações, como se parte dele já tivesse desistido da responsabilidade básica de se manter vivo, arrastando os pés sob a penumbra da lâmpada de baixa potência do café, um sonâmbulo rumo à guilhotina. Imaginava que sua pretensa visita urgente ao lavatório intencionasse ganhar um ou dois minutos de tempo precioso, antes de acompanhar o amigo homicida no Aterro e seu encontro derradeiro. Cambaleando naquele torpor de abatedouro, ele não via o que mais fazer, exceto prosseguir até o resultado inevitável e acabar logo com aquele terror todo. À sua esquerda, podia ver a entrada dos banheiros feminino e masculino, sinalizados discretamente, enquanto, alguns metros à sua frente, estava...

Num grito adrenalizado de ossos, medo e músculos, Dennis se atirou contra a porta da frente do café antes mesmo de se dar conta do que estava fazendo, empurrando o portal pesado e sentindo o ar frígido de fora atingir, numa bofetada, o seu rosto e pulmões. Atrás de si, ele pôde ouvir Clive dizer:

— Dennis? Aonde é que você pensa que vai?

E naquela pronúncia articulada não havia nada de jocoso, nenhum gracejo. Havia frieza, surpresa e raiva. Atirando-se contra o breu gelado, ele olhou para trás num relance e viu que o aprendiz de advogado estava em pé, apanhando um casaco fulvo de chuva do encosto da cadeira, seus olhos cinzentos fixados, sem piscar, em Dennis, encarando e repletos de promessas medonhas. Macabros como se estivessem num quadro de cera, ninguém mais no

Franklin's olhava para eles, nem dava o menor indício de que ele e Clive sequer tinham estado lá. A porta pesada do café se fechou atrás dele, mas a essa altura Dennis já estava a todo vapor na rua esparsamente iluminada e rezando para sua mãe morta para que o fizesse desaparecer em meio aos ecos e as sombras vazias embaixo do viaduto Holborn antes que Clive alcançasse a rua e o avistasse. Não deu certo.

Passadas rítmicas e incansáveis golpeavam, atrás dele, as lajotas rachadas pelos bombardeios, conforme Dennis corria para dentro da escuridão mais densa do túnel truncado, onde seu amigo e algoz o chamava de novo. O mais desconcertante era que a voz dele tinha, outra vez, um tom de provocação amigável, estando ausente aquela vociferação de predador frustrado de antes, como se nunca tivesse estado lá.

— Olha só, jovem Knuckleyard, tudo isso é muito interessante e misterioso, mas posso perguntar para quê? Vocês malandros do povão encerram todos os seus compromissos sociais com uma corrida de cem metros rasos? Ou a sua esperança é a de que o ar fresco possa ajudar com o raquitismo?

Por absurdo que fosse, Dennis se flagrou em vias de compor uma resposta à altura e saiu pisando forte embaixo do viaduto, impulsionado por sua própria e alarmante vulnerabilidade, até sair em meio à iluminação no outro lado da Farringdon Street. Um carro passou, ronronando, porém sem desacelerar, e, embora fosse capaz de discernir um ou dois pedestres no meio do miasma, em seu coração galopante ele sabia que ninguém viria prestar socorro. Amery estava bem-vestido, ao passo que Dennis era um pobre coitado maltrapilho, e qualquer intervenção teria como base a presunção de que Dennis teria fugido com a carteira de Clive ou falado algo imperdoável a respeito da esposa dele. Se alguém se dignasse a prestar atenção na caçada, o mais provável era que acabasse dando um encontrão de rúgbi no marginal fugitivo. Nenhum salvador. Nenhum samaritano.

Ele se atirou pela escuridão de Londres e ouviu os passos firmes e implacáveis de Amery atrás de si, mas não dava para saber a distância. Seus próprios pés esmurravam a calçada sem dó, seus impactos repetidos sendo bastante incômodos para sua estrutura de varapau, e, embora soubesse com uma certeza aterradora do que estava fugindo, ele não tinha a menor ideia de aonde estava indo. Correu pela Stonecutter Street e só então se deu conta de que, se não mudasse de direção logo, os dois estariam no Aterro Vitória, aonde Clive queria que eles fossem. A tentativa de fuga ineficaz de Dennis só tinha feito adiantar um pouco o assassinato. Com a respiração ardendo na garganta, ele virou à direita na próxima esquina, onde se viu momentaneamente surpreso ao se flagrar na Fleet Street fora do horário comercial.

O primeiro pensamento em sua cabeça foi se refugiar no Ye Olde Cheshire Cheese, mas o bar ficava numa altura da rua que ele não conseguiria alcançar, considerando que o perseguidor poderia dar as caras em alguma das esquinas, a qualquer segundo agora, e ver aonde ele estava indo. Antes que soubesse o que estava fazendo, Dennis já havia atravessado a Fleet Street numa investida frenética e disparado (com sorte, sem ninguém ver) rumo à entrada obscura da Bride Lane. Esperando, a cada passo dado, sentir cair a mão de Clive contra o próprio pescoço, sem ousar olhar para trás e conferir, por medo de perder instantes cruciais, Dennis estava comprometido com sua nova trajetória e só percebeu seu erro quando era tarde demais: a outra ponta da Bride Lane levava à New Bridge Street, a apenas poucos metros da rua de onde ele saíra, um pouco mais perto do Aterro Vitória e suas águas vastas e indiferentes. Será que era esse, então, seu destino, certo e inescapável, e cada tentativa de fugir só seria capaz de levá-lo cada vez mais a fundo rumo ao seu término no leito do rio? Sua corrida apressada começava a desacelerar, talvez de forma fatal, e seus pés já não tinham mais certeza de sua direção ou destino. Se prosseguisse até o Tâmisa, Clive o mataria. Se voltasse, Clive o mataria. Se parasse, se tentasse lutar, se fizesse qualquer coisa que fosse, ele sabia que sua vida estaria encerrada. Preso e indefeso num vórtice do que era provável que fossem seus últimos pensamentos, ele sequer reconheceu conscientemente que estava no exato local onde Grace o catara da calçada de Bride Lane, porém seu braço esquerdo se estendia já por vontade própria. Seus dedos anestesiados se agarraram em alguma coisa, talvez a beirada de pedra de uma janela, e a realidade desmoronou. Toda uma seção de 4,5 metros no muro de tijolos se abriu para fora, rumo à luminosidade débil do lampião, uma porta impossível agora entreaberta, e, sem nem pensar, Dennis atirou o corpo pelo limiar antes que ela se fechasse outra vez, de modo que

ele se vê imediatamente noutro lugar, em meio a flores arranha-céu que possuem tenros caules verdes maiores que os troncos de olmos, e uma fragrância tão olente que dá para cortar com uma faca... atrás dele, o portal inconcebível se fechou mais uma vez, deixando uma obscuridade ainda mais obscura entre as íris de pau-brasil, uma interrupção de luz decantada das estrelas... ele está de volta ao surto ou delírio do Grande Durante, no que Maurice Calendar descrevera como a abertura de Fisbo na Alsácia Furiosa... ainda horrivelmente amedrontado e com os membros cheios de fuga, ele diz para si próprio que, mesmo que Amery o tivesse perseguido pela Bride Lane, não teria sido rápido o suficiente para reparar na milagrosa porta de dois andares que havia se aberto e fechado... mesmo assim, ele se afasta da escuridão destilada do portal oculto, caindo para trás numa cambalhota, subindo um declive de mato na altura dos joelhos, rumo a um nível mais alto, seus olhos fixos no vazio obscuro do portal, só para garantir...

absorvendo aquele ar fragrante até demais, apesar de apressar a pulsação, ele cautelosamente faz a subida inversa em meio aos caules imensos e pétalas soltas como vestidos de casamento, atirados com remorso... embora este lugar não possa, nem em um milhão de anos, tornar-se familiar, ele começa a se lembrar de onde está, como se recordasse, em partes, de um sonho esquivo... à esquerda, avistado em meio à flora agigantada, está o edifício feito de uma vidraria de contornos sensuais, do tamanho da abadia de Westminster, que ele lembra da visita anterior a esse jardim ciclópico, uma imensidade voluptuosa de matizes e centelhas que poderia ser uma contraparte da igreja de Santa Brígida, como ele confusamente conjectura... do outro lado, avistada em meio a essa translucidez bulbosa, Dennis flagra breves vislumbres de uma longa meada de fumaça flutuante que suspeita ser a teia das involuções do Cortejo Dela... o Arcano esvoaçante mantém distância e se retrai, talvez porque o medo de Dennis a essa altura seja mais aromático do que sua poesia... ele já está sucumbindo ao mesmerismo e à divagação mental da atmosfera da cidade oculta, ao trinar de seus efeitos sonoros, quando Clive sai do abismo entre os colchetes de flores num ponto só um pouco abaixo do gradiente e seu coração dá uma tropeçada nauseante, derrubado por um batimento perdido...

em meio às malvas monstruosas, iluminado por um céu noturno constelado até demais, o membro da nova raça de assassinos do pós-guerra que Dennis deixou entrar na submente de Londres parece relaxado, em um humor brincalhão; não está mais correndo, nem precisa... inclinando a cabeça para trás, sorrindo de satisfação com o engarrafamento de estrelas acima, a silhueta estilosa de Amery forma uma imagem imaculada em meio à visão luminosa do pano de fundo; ele parece assustadoramente à vontade, sentindo-se em casa... ao retornar o olhar faiscante para Dennis, a expressão dele é carinhosa de um modo desorientador, há algo de entretido e distante em seu modo de falar... "Então, agora são duas as portas que você me mostrou... e, pelo que estou vendo, parece que eu sou bem bom em abrir essas coisas. Deve ser a minha personalidade sossegada. Entendo, a julgar pelas suas patacoadas no café, que você se deu conta do erro que cometeu com o Arnold Circus. Mas, digo, olha só para isso, Dennis! Este lugar é maravilhoso! Vim explorando partes dele a semana toda. Não é possível que você queria guardar essa Xangri-lá só para você? Para ser bem honesto, estou um pouco decepcionado contigo, Knuckleyard. Que mal faz você compartilhar uma descoberta tão fabulosa com seu melhor amigo?"

sem pressa, Clive caminha na direção dele, sarapintado de estrelas, elegante com seu casaco fulvo, com todo o jeito de herói... cada passo adiante que Amery dá encontra reflexo num passo de Dennis, em retirada, enquanto ele sobe o declive com as palmas das mãos suadas estendidas à frente, trêmulo e apaziguador... a voz dele, quando consegue encontrá-la, é o choramingo de um filhote chutado... "Clive, você mata gente. Eu sei que mata"... o outro homem agora faz uma pausa em sua marcha casual, jogando a franja para trás, de cima do cenho franzido, numa expressão inquisitiva; ao fim, ele dá risada... "Dennis, você não pode estar falando sério. De onde tirou uma ideia absurda dessas? Será alguma fantasia lúbrica que imaginou sentado numa das crateras de bombardeio com seus amigos broncos, tomando gasolina com leite?"... continuando a ascensão de ré em meio a esse interrogatório humorístico, Dennis está agora quase no cume daquela colina suave, onde ela cruza com a Fleet Street do Grande Durante, ou seus Altos Escândalos, como descrito pelo há muito partido Maurice Calendar... a resposta tácita que ele oferece a Amery soa, aos próprios ouvidos, trêmula e amedrontada... "Kenneth Dolden. Violet Green. Edith Dorland. Eileen Lockart"...

as feições zombeteiras e cordiais do advogado derretem e se tornam a face de alguém que Dennis desconhece, seu olhar cinzento se estreita, e nos lábios finamente moldados não há nem um vestígio de graça... balançando a cabeça loira, como se entristecido, Clive retoma sua abordagem paciente e tranquila, enquanto Dennis se atém à tentativa de desengajamento a ré... apático, com as mãos no fundo dos bolsos da capa de chuva, o tom de voz do jovem advogado é constante e direto, agora que a camuflagem amigável não se faz mais necessária... "Hm. Parece-me que eu me equivoquei quanto à profundidade de sua estupidez. Não tenho certeza de como foi que você me descobriu, mas também não importa, não é? Agora você já se deu conta de que é o próximo. Lamento muito e tudo o mais, mas não posso permitir que me deixe de fora disso aqui. O modo como as coisas rastejam e se transformam, essa magnificência grotesca... Dennis, é assim que são os meus sonhos. Foi para isso que eu nasci"...

os dois estão no cume do barranco, um de frente para o outro, em seu avanço desajeitado pela horticultura gigantesca... com um suspiro pesado, Amery tira as mãos dos bolsos, segurando na destra o que parece ser uma faca árabe com uma lâmina curva e afiada que cintila sob a garoa de estrelas... "Este é o meu kris marroquino, o abridor de cartas que eu peguei em Portobello. E aí? O que me diz, jovem Knuckleyard? Vamos conferir o seu conteúdo?"... com um grito engasgado, Dennis se liberta da paralisia, enfim dá as costas para seu atormentador e dispara rumo à Fleet Street da fantasia dos loucos... em meio ao choque e ao pânico, ele escuta às costas as passadas dos sapatos caros de Clive, que vem armado, e, enquanto os dois irrompem pelos Altos Escândalos, ouve um grito de prazer satisfeito da parte de Amery... "Meu bom Deus! Esta calçada é toda de ouro! Tem mais ouro aqui do que no mundo inteiro!"... sem ousar olhar ao redor, Dennis continua correndo em pavor e desamparo, e apenas ao ser confrontado por um obstáculo assustador em Fetter Lane é compelido a parar; todas as coisas são compelidas a parar...

prédios de quatro andares feitos de jornais dobrados seguram o farfalhar, e o punhado de pedestres barrocos da rua parecem congelados em plena passada... o próprio Dennis se flagra numa pose impossível, apoiado num pé só, com todo o peso jogado para a frente, e atrás de si escuta Clive parando por inteiro do mesmo jeito, e todo o movimento do mundo de repente se vê suspenso, a força cinética interrompida... no centro da via pública bem polida, diante de presa e predador, há uma coisa de uma beleza mórbida e arrebatadora... pelo formigamento que emana da aura dela, Dennis entende na hora que se trata de um representante dos Arcanos, só que é um que ele jamais viu antes, uma nova variedade da fauna desconcertante do Grande Durante...

fazendo parar o tempo, detendo o momento dos momentos com sua presença, na base de Fetter Lane há um espetáculo... um corcel poderoso feito inteiramente de ossos, sobre o qual se assenta, de lado sobre a coluna vertebral, uma silhueta feminina que não é bem uma mulher, e sim mais um volteio estilizado de pinceladas luminescentes sugestivas do feminino... com seus componentes polidos até ficar de um branco que beira o fluorescente, o esqueleto articulado de um tremendo cavalo de carga bloqueia a rua dourada e, junto com ela, sua cronologia... os cascos descarnados são imensos, e as pernas, robustas como bétulas-brancas... o longo crânio parece rachado no focinho desprovido tanto da cartilagem quanto do couro aveludado, e em suas órbitas vazias há uma sombra vigilante... as costelas expostas como o xilofone de um gigante reluzem como se fossem esculpidas do luar, e ele sacode uma cabeça desnudada de tudo, exceto pela rédea, e relincha com um eco oco, tanto a égua de cemitério quanto a silhueta sugerida de uma amazona parecendo isentas da imobilidade desse instante prolongado...

sobre a montaria sepulcral, ela é um desenho a lápis animado, traços frouxos em giz de cera que formam golpes de luz... os braços bruxuleantes se encontram erguidos, e em uma das mãos ela detém no ar uma chave de ferro, enquanto na outra porta um lenço preto como azeviche... as linhas dançantes que esboçam seu rosto dão a ilusão de que um dos olhos rabiscados fitam Dennis, preenchidos de intimações de uma significância que ele é incapaz de compreender por inteiro... ocorre-lhe que deve ser o arquétipo que Jack Neave havia mencionado antes, o tal Cavalo--Magro, mas, se o nome se refere a jóquei, a alimária ou se ambas constituem uma única entidade, isso ele não consegue dizer... ele sabe nas próprias vísceras que, de algum modo, a chave que ela mantém em mãos abrirá os mistérios da morte, presumivelmente a dele... o propósito do lencinho, no entanto, lhe é opaco até o momento em que ela o deixa cair...

um paraquedas cuja seda foi cortada do tecido da noite, sua descida, em reviravoltas, é lânguida, emocionantemente graciosa... como um líquido entretecido ou uma flor a desabrochar, ele cai, um quadro preto e tênue escapulindo e amassando-se até assumir configurações novas e transitórias conforme paira, sustentado pela brisa, rodopiando à vontade rumo ao macadame milionário... com o olhar congelado na queda altiva, ele reflete sobre o papel que a corrida de cavalos teve em toda essa empreitada desastrosa... Monolulu, o império ilícito das apostas de Spot, as Cartas Surrealistas Para Previsão de Corridas de Cavalo de Spare, as abotoaduras de Clive... com um flash gélido de revelação tardia, Dennis compreende que o que tem à sua frente é um sinal para começar uma corrida fatal... esvoaçante e efêmero, o lencinho preto dá cambalhotas e pinotes, indo de uma forma fluida a outra em sua gavota com a gravidade, pairando, flutuando, flertando com o solo fúlgido até enfim tocar a terra firme, abrindo saias de obsidiana como a reverência de despedida de uma bailarina, o tempo ressuscita e é dada a largada...

os caminhantes absurdistas do outro lado da rua completam suas passadas interrompidas e dão prosseguimento a perambulações deslumbrantes... prédios de folhetos recomeçam o sussurrante farfalhar... Dennis é atirado adiante de sua postura congelada numa resolução suave da pisada anterior, sem a queda ou hesitação que antecipava, e escuta, não muito longe, Amery fazer o mesmo... os dois homens, caça e caçador, correm pelos Altos Escândalos, chutando o pó de Eldorado conforme passam, cada um de um lado, pelo equino funéreo, em disparada... embora não seja o corisco que sentia ao ser conduzido por Maurice Calendar,

Dennis descobre que consegue correr com mais rapidez nesta Londres do que na outra, talvez por conta de uma diminuição na fricção, gravidade ou resistência do ar... ele acelera entre a arquitetura de embrulho de peixe, fachadas de manchetes passando num borrão no canto dos olhos, Edward abdica, Mafeking aliviado... a vantagem que isso lhe rende não dura muito tempo, pois seu adversário, logo atrás, sem demora descobre o mesmo truque, e os tapas da sola de seus sapatos ecoam, conforme se aproximam, com uma ressonância operática, e lá em cima há o bruxulear de um bilhão de luzes...

mais uma vez sem ter ideia de aonde vai, ele sabe apenas que Clive irá alcançá-lo e estripá-lo feito uma cavalinha sobre esse bulevar dourado... não consegue ver outra conclusão possível... Amery é mais forte, mais esperto e passou toda a semana anterior explorando o Grande Durante sem restrições, já devendo conhecer o lugar tanto quanto Dennis, senão mais, com todas as vantagens, todas as cartas na mão... só que Clive não sabia que o centro da cidade superior tinha as proverbiais calçadas de ouro, talvez porque a região estivesse além do raio de seu reconhecimento — porém, ao voar da Fleet Street aperfeiçoada até a apoteose da Strand, Dennis não consegue ver como esse fato pode lhe ser útil na situação de vida ou morte em que se encontra... no que é uma provável correspondência dos tribunais da Londres Curta, onde Amery se vê em casa, ele passa pela direita de um colosso de pedra voador, com uma venda, mas brandindo uma espada e balança... a justiça simbolizada, porém, da perspectiva de Dennis, se faz pouco evidente...

de ambos os lados, prédios sobem e se abaixam em fervura, conforme Dennis derrapa sobre a quintessência da Strand, chiando em meio à lenta deriva dos transeuntes fantasmagóricos... homens com cabeça de pombo, menininhas com relógios no lugar do rosto, viúvas de vitral de igreja e, reunindo-se à boca da Arundel Street sublime, agrupamentos de figuras com fraques da época da

Regência, usando meia-calça, perucas, luvas brancas como giz e sem uma lasca de pele ou carne para mascarar os crânios sorridentes... estão paradas em pé, numa conferência, a fim de examinar diagramas que se desdobram adiante ou cheirar um teco de rapé, as bolas dos olhos úmidas rodopiando de um jeito suspeito nas cavidades secas ao observarem Dennis e seu caçador passando feito raios... ele não se lembrava, por acaso, de Cromwell ter mencionado algo a respeito de Ossos-Nus?... mas descarta o pensamento assim que imagina Amery cobrindo a distância entre os dois e cravando o abridor de cartas entre suas escápulas... reabastecido pelo susto, Dennis dá um impulso adiante e, perto da Surrey Street, mais uma vez avista a forma atarracada que Maurice Calendar disse ser Arthur Machen, ainda sob a luz de seu holofote viridiano com os braços para cima, em êxtase... e Dennis segue na investida, passando pelas maravilhas infindas...

sobre a avenida iridescente, ainda há as procissões e desfiles de um tráfego insólito... capacetes com faróis, vagões de trens com guelras, que deslizam feito trutas, bicicletas Penny-farthing de vidro... como na primeira visita, essa torrente iluminada se bifurca em volta de uma imensa e marmórea ereção que se ergue do centro da rodovia, deixando rastros de fitinhas de maio, com um telescópio insondável de vastas dimensões equilibrado sobre o volume esculpido... ele ouve Clive, surpreso, soltar uma risada infantil que é quase um latido e ecoa e repete-se na acústica rarefeita, ainda a alguma distância dele, porém não o suficiente... duas bolas de fogo rivais, eles passam pelo análogo vaporoso da Charing Cross no fim da Strand, onde o corpo amado da Infanta de Castilha tocou a terra e fez brotar um monumento ornamentado de pedra para roçar o firmamento atarefado... ao dar uma guinada à direita e voar pelo St. Martin's Place definitivo rumo aos Índices de Charing, Dennis percebe que a rota que escolheu tomar é uma mera inversão não planejada do voo com Maurice na primeira ocasião, partindo numa direção que ele é quase capaz de reconhecer... ocorre-lhe, num pensamento fugaz, que não é a rota mais sábia que poderia tomar, mas ele tem um maníaco com um punhal no seu encalço e agora é tarde demais, mais uma decisão de leite derramado que ele não tem tempo de chorar...

ele conduz sua dança da morte febril rumo à imortalidade espelhada e cheia de babados da Charing Cross Road: um cânion de lombadas quebradas com portas onde era para ter a insígnia da editora, paredes de páginas ondulantes no lugar de vitrines ou fachadas de lojas... seu peito dói agora, exauridas as pernas e glândulas adrenais... sabendo que não poderá salvar a própria vida e muito em breve sequer prolongá-la, Dennis vai golpeando o chão rumo às fragrâncias e paisagens sonoras desconhecidas de uma Londres completa, rumo à bocarra distendida de sua perdição, do seu sumiço que não será marcado nem mesmo por uma cruz de beira de estrada...

ele tem dezoito anos e é insuportável pensar em simplesmente desaparecer assim de repente, sem que Grace, Tolerável John e Ada Pé-na-Cova sequer saibam onde ele foi parar, sua breve existência culminando num enigma e logo mais esquecida... já que vive clandestinamente a fim de evitar o Serviço Nacional, será que vai restar até mesmo o mais frágil vestígio de sua existência?... no rastro desse pensamento, ele percebe que está pensando em Clive Amery, por mais que não queira... pensando no rastro de matança que virá depois dele, os outros Kenneth Doldens e, meu Deus, as outras Eileen Lockarts... porém não há nada que ele possa fazer a respeito, a não ser seguir adiante em meio a esse hospício de luzes...

feito uma gotícula de mercúrio, ele desliza pela calçada de ouro, Clive e Dennis agora apenas pulsos de rapidez, costurando em altas velocidades a fim de evitar colisões com as maravilhas perambulantes... na estrada, um cavalo-marinho de porcelana sobre rodas desloca-se na outra direção, assim como veículos que saltam e um ônibus que é uma anaconda marrom a deslizar, com criaturas no andar de cima tomando aquele ar inebriante... parece bem provável que as últimas impressões que passarão pela sua mente serão de coisas que ele jamais entenderia nem ao fim de uma vida inteira, um ápice de monstruosidade que ninguém, exceto um poeta de fin-de-siècle *bebedor de éter, seria capaz de imaginar... quando já não consegue mais resistir ao impulso, ele arrisca olhar para trás, num relance, por cima do ombro, e descobre alarmado que Amery está mais perto do que imaginava... o kris firme num punho cerrado, o casaco fulvo esvoaçando como as asas de um falcão, e no rosto de Clive o sorriso brincalhão de um diabrete, cheio de certeza, os olhos cinzentos feito uma tempestade vorazmente fixos na presa fujona...*

na Shaftesbury Avenue Superior, um rio de improbabilidades incrustado de joias, Dennis ganha alguns preciosos segundos com um salto imprudente na frente de um dos veículos, um mecanismo de bronze que combina locomotiva e gafanhoto, deixando Amery parado por um breve momento no outro lado... Deus amado, ele pensa, não me deixe morrer aqui, embaixo desse rebanho de estrelas estranhas... ao alcançar o tesouro desgastado por incontáveis pés na calçada oposta, seus pensamentos são uma fogueira insaciável de irrelevância, com faíscas para todos os lados... uma imagem do horror em seu sonho, soltando cliques escondida atrás de um jornal noturno com uma manchete sem sentido... a surpresa de Clive, lá nos Altos Escândalos, ao descobrir que havia fortunas a seus pés; então ele não tem familiaridade com o interior do Grande Durante... as páginas rasgadas de Sax Rohmer pouco a pouco se desintegrando na calha de Shoreditch... do nada, e antes de mesmo saber o que está fazendo, Dennis descobre que suas perninhas de gambito já tomaram a decisão unilateral de o impulsionarem em meio ao pesadelo das carruagens fumegantes que retumbam nesses Índices de Charing...

ele manobra pela avenida agitada, evitando velocípedes gasosos, carruagens puxadas por pavões de metal, piões de diamante... tira um fino de um pé de patins impraticavelmente grandes... e escuta Clive gritar alguma coisa, ainda não muito para trás, então corre até o último lugar que desejava revisitar, rumo à traqueia de uma Older Compton Street... ele não tem a mais vaga ideia de por que está fazendo isso; por que está fielmente refazendo o caminho de seu voo inicial com Calendar, apesar de isso levá-lo inexoravelmente ao exato lugar de onde Maurice o salvara... até que, de repente, ele se dá conta...

galopando agora pelo que — de um jeito ou de outro — é o estádio de casa de sua pista de corrida escolhida, ele dá uma guinada brusca rumo ao norte, na direção da versão enobrecida da Greek Street... samambaias borradas, porém explícitas, borboletas de sacanagem, um punhado de miragens em seus passeios crepusculares... e perto do fim daquela alameda íngreme, o decíduo lampião a gás com os nós de suas raízes férreas enterradas no concreto inestimável, onde o espectro andrajoso de Thomas de Quincey passa a eternidade caído à espera do retorno de Ann de Oxford Street... certo de que Clive está próximo o bastante para ver aonde ele está indo, Dennis dispara por uma ruela até que pacífica e pouco ameaçadora, na direção da entrada da epifania trófica de Bateman Street...

e agora o cavalo azarão Criado de Ada segue em primeiro, a um focinho de distância do favorito dos corretores de aposta, Homicídio Jurídico, chegando por dentro... os chiados e chamados silvestres ficam mais evidentes, mais ressonantes, e em suas narinas abertas entra ora o cheiro exótico de orquídeas de gasolina, ora o rastro azedo de animais de lixo... ele espera conseguir fazer a travessia rápido o suficiente, antes que o lugar desperte... trota sobre o delírio da Frith Street, com Clive logo atrás dele, saltando o obstáculo da primeira lata de lixo carnívora que vem rolando, otimista, na sua direção, com a esperança de que Amery ache que se trata de apenas de mais um fenômeno excêntrico da cidade elevada, sem considerar suas implicações... com a esperança de que Clive não saiba o que é um vividistrito...

quando Dennis repara em rachaduras com o contorno de um focinho, numa fissura que atravessa as lajotas de um milhão de dólares à sua frente, ele já está pronto... sem interromper sua passada, pisa com todo seu peso sobre a mandíbula superior de um jacaré de calçada, antes que tenha a oportunidade de abri-la, do modo que Maurice ensinou, ciente de que os músculos de cabos subterrâneos da criatura inorgânica são projetados para fechar, e não para abrir... ele espanta beija-flores de lâmpadas apagadas que se aproximam de seus olhos, mal tendo tempo de reparar que um dos caixotes estourados de frutas à sua direita está começando a se levantar... é pequeno, um filhote, grande o suficiente apenas para acomodar ameixas ou tangerinas, e Dennis o tira do caminho com um chute bem na hora em que escuta Clive Amery dar um grito atrás dele...

tendo corrido mais algumas passadas a fim de garantir sua segurança contra as investidas das mordidas de papelão de uma planta carnívora feita de caixas de chocolate vazias, Dennis para num tropeção... espantando mosquitos de tachinhas, ele se vira com relutância na direção do que agora são berros contínuos...

o crocodilo incrustado de ouro arrancou a perna esquerda de Clive, logo abaixo do joelho, e agora o lunático homicida de berço de ouro está caído de cabeça contra as pedrinhas fervilhantes do Soho Total, que rastejam e se contorcem, horrorizado em meio aos crustáceos de caixotes que vieram investigá-lo, organismos de lixo, lacraias-alfinete... pintada de preto mambo-negra, uma calha de 4,5 metros se solta preguiçosamente do muro de tijolos onde estava dormindo, rastejando e raspando ruidosamente o chão de pedras valiosas a fim de se enroscar no tornozelo remanescente do jovem advogado... do meio do refugo faminto, Amery levanta a cabeça e o fita entre lágrimas de raiva, com parasitas grudentos de jujuba presos nas bochechas e testa... "Dennis, seu pé-rapado imprestável, volta aqui! Volta aqui e me ajuda! Essa favela imunda do caralho está me comendo! Ela..." Ele interrompe o que estava dizendo para gritar mais uma vez, conforme a calha-jiboia encontra mais um ponto onde se agarrar em sua coxa, ao redor de sua cintura... há sangue para todo lado, e o gorgolejar líquido entre os dentes de ferro de bueiros agradecidos... a uma distância segura dos rosnados da Bateman Street, Dennis espia nervosamente a escuridão cintilante ao seu redor, procurando mais predadores de entulho, mas todo o refugo febril do distrito parece mais atraído ao frenesi alimentar lá atrás...

um dos caranguejos de madeira recua enquanto Amery sacode o kris, esperando a hora certa, quando a vítima se cansa, para então empalar com sucesso a mão atacante com a ponta afiada de um pedipalpo farpado... o que parece ser um louva-a-deus improvisado a partir de um canivete coberto de ferrugem serra a orelha de Clive... a cobra de cano agora se enrosca no peito do homem, apertando com mais força cada vez que sente uma exalação ou gemido... incapaz de aguentar mais um segundo desse espetáculo insuportável, com a cara pálida e tremendo, Dennis descola os olhos e sai correndo na direção das sombras convulsionantes... às costas dele, os gemidos em crescendo de Clive cessam e não resta mais nada, exceto o tamborilar, retinir e morder da Vida Noturna do Soho, descendo para jantar...

derrapando pela Dean Street e seu ninho de centopeias de vassoura, pares de luvas de motoqueiro transformadas em morcegos de couro, cactos tetânicos eriçados com pregos de pedreiros, Dennis continua a correr, agora fugindo não de Clive, mas do que ele mesmo fizera... acabou de matar alguém, ou pior: fez com que alguém fosse devorado por uma rua... ele segue cambaleante, ainda rumo ao oeste, passando por atalhos que se contorcem, quintais fervilhando com uma feroz biologia de colagens... ele acabou de matar alguém... ele espanta as vespas de papel de bala de caramelo e pisa com força sobre as mandíbulas valiosas de crocodilos de beco antes que elas se abram... rolos de filme selvagens rolam na direção dele por aquela que é um pouco mais do que a Wardour Street... ele acabou de matar alguém... carrinhos de mão com mãos na Berwick Street, o Ingestre Place ganha vida com seus répteis cubistas de dobraduras de cartões-postais de sacanagem... enfim, na Beak Street Superior, onde se tem mais alguns transeuntes e a fauna parece restrita a espécies menos nocivas — calcinhas francesas alçando-se poucos centímetros acima do meio-fio reluzente, como águas-vivas safadas ou moreias de meia-arrastão rastejantes —, Dennis estremece, para e se esforça para se recompor... ele acabou de matar alguém...

e, sim, a pessoa que ele matou estava tentando matá-lo, já havia matado quatro inocentes e mataria mais outras dúzias, e, sim, ele sabe que fez a coisa certa, mas acabou de matar alguém e agora faz parte daquela seleta minoria de pessoas que já tirou uma vida humana e de agora em diante sabe que é assassina... ele está parado em pé, tremendo, com todo o medo e energia das pernas aterrando na calçada metálica, toda aquela eletricidade medonha correndo até a terra... sua cabeça está rodopiando, e ele se concentra em tentar ficar em pé, mantendo o foco em não desabar em cima do chão de tesouro, em meio ao pasto das lingeries... contemplado pelas lupas de alucinatórios os viandantes noturnos, enfim lhe ocorre que o que acabou de cometer é, talvez, o crime perfeito... suas ansiedades prévias sobre não ter falado de Amery com ninguém agora se revelam uma vantagem, e Dennis também, com um estremecimento interior, sabe que jamais encontrarão o corpo... o preocupante é que ele registra o seu ataque de risinhos no mesmo momento em que percebe que está aos prantos, os efeitos do choque num lugar todo constituído de choque... acima dele, sutiãs feitos de morcegos frugívoros dão pequenos saltos de lâmpada em lâmpada, os bojos inflando-se com a brisa...

após alguns minutos de pernas bambas nos limites ocidentais do Soho Total, Dennis volta a se sentir capaz de se movimentar, executando um passo trôpego sobre as pedrinhas alquimicamente transmutadas da calçada, de olho em algum modo de pular fora desse lugar... os pedestres metafísicos não parecem inclinados a interferir; os celenterados íntimos, à deriva, dão a impressão de o estar evitando... anestesiado, ele se pergunta onde foi que já tinha ouvido falar da Beak Street Superior, lembrando-se vagamente de ser algum lugar onde Maurice Calendar estava abrigado, quando então passa por uma vitrine de loja que é uma poça d'água vertical, fazendo ondinhas em círculos concêntricos, e ele se vê estarrecido ao flagrar o próprio Calendar ali...

do outro lado de uma vidraça de líquido, o revolucionário indumentário se vê suspenso, de cabeça para baixo, por um cordão umbilical branco e fibroso, sob o teto de um recinto que se encontra vazio em grande parte, sem mobília e sem iluminação além do fulgor astral que vem de fora, refratado pela parede de água... da última vez que Dennis viu seu salvador improvisado, o rei da moda lhe pareceu intumescido e inchado de um jeito antinatural, mas agora sua silhueta suspensa sequer é humana... um dirigível, um salsichão, um cilindro de 1,80 metro com pontas arredondadas, a polpa massuda reconhecível apenas por conta de uma caricatura de Maurice Calendar aparentemente pintada na superfície enrugada... na ponta inferior, o salsichão pendurado parece ter sido mergulhado em piche, com um breu viscoso acompanhando o formato do corte de cabelo contemporâneo de Calendar e as feições invertidas acima disso, reproduzidas num estilo bidimensional e grosseiro, os dois olhos cartunescos arregalados e fixos... o torso, pernas e pés estão traçados de modo semelhante, os braços cobertos pelo casaco de chuva fulvo e as mãos protuberantes nas laterais, o tubo cinzento das calças, os sapatos delineados num traço infantil e as meias que constituem o topo do dirigível de ponta-cabeça... a epiderme colorida, enrugada e aflita, está repleta de manchas; descascando aqui e ali tal qual queimaduras de sol... Dennis consegue distinguir os resquícios de cascas vazias, espalhados em meio às sombras do chão da câmara e mais parecendo sacos de dormir descartados, com pedaços de gente pintados, quebradiços, ressecados, imóveis, decompondo-se devagar na escuridão estrelada...

ele não compreende o que vê... golpeado a cada novo segundo por mais signos e sinais indecifráveis, ele se encontra sobrecarregado pelo exótico e alheio, incapaz de reagir ou responder... se as coisas no Grande Durante são precursores simbolistas dos fenômenos na Londres do próprio Dennis, o que diabos esse arranjo ridículo devia representar?... ele reluta por um breve momento, com um impulso de estender os dedos e penetrar a camada de fluidos eretos nessa janela ornamentada, porém, receando acabar sem dedos, repensa a ideia... dando meia-volta, ele se afasta, aos tropeços, daquela vitrine incompreensível, continuando até o oeste e o fim da Beak Street Superior, com o mesmo senso de direção e destino que um trem de corda...

demora talvez uma hora ou mais para percorrer o caminho que leva de volta aos Altos Escândalos, o único portal com o qual tem uma familiaridade decente, e no meio-tempo apenas em intervalos intermitentes tem consciência de quem é ou onde está, que dirá então do que está fazendo... com uma concussão causada por esse paraíso macabro, ele desce cambaleando uma Regent Street sinfônica e passa do Beijo do Piccadilly em sua orgia lenta, porém intensa, de estátuas nuas... como nos sonhos, o fluxo constante de anormalidades e absurdos logo se torna aceitável como realidade comum, banal e sequer digna de atenção, perigosamente confortável, e essa é a insanidade particular do Grande Durante, o motivo pelo qual o melhor é concluir qualquer jornada por aqui sem demora... quase dissociando, ele vaga pelo Apogeu de Pall Mall, esbarra numa cartola cinza-prateada com quase a mesma altura que ele, que puxa a própria aba num gesto cortês de desculpas antes de continuar seu caminho arrastado... apenas ao chegar na Strand expandida e na epifania esmeraldina de Arthur Machen é que Dennis se lembra vagamente que é Dennis e consegue recordar, sem muita exatidão, como foi que veio parar nessa paisagem excruciante ou lembrar que está tentando pular fora... com uma concussão causada pela poesia sólida, ele vai caminhando tontamente pela contraparte de origami da Fleet Street e, lá na base da Fetter Lane Desacorrentada, vê-se desconcertado em encontrar algo à sua espera...

sobre a montaria esquelética, aquele gesto preliminar do desenho de uma mulher delineada em luzes moventes ainda ocupa o mesmo lugar de antes, mas agora ela e seu cavalo de ossuário estão voltados para a outra direção... embora não haja sinal do lencinho preto — o que talvez explique o motivo de o tempo não ter parado nesta ocasião —, ela detém a chave de ferro no alto com uma mão em traços leves, e os riscos móveis que constituem suas feições minimalistas seguem tremeluzindo no que parece ser um sorriso enquanto contempla o semblante amortecido e distante de Dennis... ele passa por ela, arrastando os pés, como um paciente errante que não se lembra mais de que ala saiu, espiando de tempos em tempos a amazona inacabada, erguendo a cabeça com um olhar intrigado, sem demonstrar algo além do mais nebuloso reconhecimento... ao tropeçar perto de onde ela está, a amazona abaixa o braço, numa cascata descendente de linhas indecisas, e lhe estende a chave, as pinceladas apressadas de seus lábios continuamente se apagando e revisando enquanto ela se pronuncia, a voz feito chuvisco de rádio, soprada de algum outro lugar e sibilando rumo à distância dos comprimentos de ondas longas... "Para o veloz"... ele distintamente lembra de Jack Neave identificar Cavalo-Magro como um dos Arcanos capazes de fala e estende a mão para apanhar daqueles dedos folioscópicos o prêmio oferecido, motivado mais pela vaga noção de que seria indelicadeza recusá-lo... "É, obrigado"... ele prossegue, a duras penas, entre arroubos e sobressaltos, a chave agora segurada e esquecida numa das mãos, até mais uma vez flagrar-se em meio a flores implausivelmente elevadas, vidrarias voluptuosas e o borrão amassado do Cortejo Dela ainda mantendo uma distância segura, pairando com cautela em meio à palidez astral... vadeando pela relva vacilante, ele desce um declive agora familiar, seguindo um instinto onírico, em vez de um plano consciente... ele mal e mal está consciente... quando, enfim, identifica os caules de colunas dóricas que detêm entre si um breu ainda mais sério, Dennis procura a princípio algum mecanismo, maçaneta ou alça por meio do qual possa destravar essa "entrada de Fisbo", embora não haja nada aparente dessa natureza... ele vai devagar avançando no mais-que-escuro quando

aterrissou sobre a calçada deserta de Bride Lane com força o suficiente para deixar um roxo, seguido pelo som de algo pesado fechando-se às suas costas, e onde a dor perturbadora do impacto, o céu escuro e o frio súbito e ardido eram, todos, bem reais. Um castelo de areia derruído em forma de homem, após vários minutos rolando e pegando ar, ele conseguiu levantar o corpo e se sentar nos degraus da entrada do que depois viria a reparar que era um instituto de gráficas. Ficou sentado ali durante a hora seguinte, tremendo e olhando fixo enquanto os seis ou sete transeuntes que passaram por ele no meio-tempo presumiram que talvez fosse um veterano traumatizado. De certa forma, era mesmo.

A identidade foi voltando, mas apenas em parcelas confusas. Atordoado, ele conseguiu reconstruir quem era e o que o levara àquela soleira fria e escura: era Dennis Knuckleyard, pensou, e desde a morte da mãe, quatro anos antes, morava com Ada Pé-na-Cova Benson na livraria dela. Ada o havia mandado para resolver um perrengue que o fizera conhecer informantes, bandidos, caixeiros-viajantes, artistas e homens de madeira, que o levara a uma cidade resplandecente que relegava a Londres de tijolos e argamassa à sombra que lançava. Ele imaginava que estivesse apaixonado por Grace, mas ela era adulta e bonita demais para que tivesse a menor chance; mais provável que fosse acabar com alguém da própria idade, alguém com um carro, uma carreira e um teto próprio. Assim, com as cores do pano de fundo da própria vida pelo menos esboçadas, Dennis passou a encarar, com relutância, os detalhes em primeiro plano das últimas duas horas.

Embora precisasse desesperadamente considerar suas viagens pela outra Londres um mero sonho — uma sequência aleatória de incidentes assombrosos, porém inocentes —, ele sabia que não era verdade. Apesar dos ares fantásticos da história toda, a participação de Dennis na morte de Clive Amery havia ocorrido de verdade. Clive estava morto mesmo, e fora de fato por iniciativa de Dennis. Por mais justificado ou necessário que tivesse sido, parecia-lhe que os eventos daquela noite haviam trazido algo de novo e perigoso à vida interior e à personalidade dele. Não poderia falar a respeito do que fizera com ninguém da Londres material, nem Grace, nem Tolerável John, nem Ada, porque na Londres material o que ele fizera fora homicídio, cujo castigo era a forca. Tampouco poderia contar para qualquer um familiarizado com o Grande Durante, porque no Grande Durante o que fizera fora um ato pérfido de traição, cujo castigo era a extroversão intestinal. Obscuramente, ele conseguia apreender a solidão daquela nova situação, ciente de que, na tentativa de compreender ou assimilar o que havia ocorrido, ele estava todo só. Após um tempo, abriu o punho cerrado e encarou, com olhos inexpressivos, a chave antiga de ferro que repousava na palma da mão, sem a menor ideia do que ela significava. Uma hora, na terceira tentativa, ele conseguiu se levantar e, após meter as duas mãos e a chave firmemente agarrada no fundo dos bolsos do casaco, começar a longa e refrigerada caminhada de volta ao lar, em Shoreditch.

Ao se flagrar, após um período indeterminado, do lado de fora da Livros & Revistas de Lowell, as luzes estavam apagadas e — por sorte — era evidente que a própria Ada já havia se retirado. Enfrentando as folhas de lâmia-manchada que eram os únicos vizinhos da livraria, Dennis se atrapalhou ao abrir a tranca do portão dos fundos, tropeçou no canteiro inconveniente — ou talvez túmulo prematuro, ele não estava mais dando a mínima — de Ada e entrou pela porta dos fundos antes de subir direto para suas pretensas acomodações humanas, tirando as roupas e deitando-se sobre o colchão de cinco centímetros de espessura, rumo ao esquecimento. Lá permaneceu durante as trinta horas seguintes, e a proprietária o deixou quieto, tendo deduzido que, fosse lá o que estivesse errado com ele, era quase certo que era culpa dela. Ele enfim despertou, tremendamente desorientado e perplexo, no dia 2 de novembro, uma quarta, só para descobrir que ainda estava com os dedos agarrados à chave, um suvenir críptico e desconcertante. Dennis a colocou na gaveta de cima do criado-mudo, vestiu-se e tentou tocar sua vida insatisfatória o melhor que conseguia.

Ao longo daquele dia inteiro e do seguinte, tanto Dennis quanto o mundo ao redor dele pareciam ocos feito um ovo vazado. Ele cumpriu adequadamente seus deveres, passando um ou dois turnos atrás do balcão, mas atendeu os fregueses sem dizer palavra, sem qualquer mudança perceptível de expressão. Até quando a mulher com o olho esquisito e apreço por assassinatos picantes tentou realizar mais um de seus roubos-relâmpago, só foi preciso que o olhar dela, rodopiando freneticamente, encontrasse o abismo carbonizado do olhar dele para que saísse correndo, sem sequer o espólio de alguma nudista sedutora estrangulada.

Para dar os devidos créditos a Ada, além de perguntar se ele queria um chazinho, ela tomou o cuidado de deixá-lo em paz, pelo menos até a noite de quinta, quando ele se via ao menos parcialmente reconstituído. Os dois estavam sentados à mesa da cozinha, matando o fígado de porco acebolado que ela fizera para jantar, quando ele reparou que Ada o encarava com um olhar demorado e escrutinador, como se ele fosse um sofá novo e ela ainda não tivesse certeza se combinava ou não. No entanto, quando enfim se pronunciou, mal e mal havia hostilidade em seu tom de voz:

— Dennis, *cof cof cof* devo imaginar que você passou por poucas e *cof cof cof cof* boas? Desde que saiu do seu *cof cof* coma, você está sem porra de ânimo nenhum.

Ele imaginou que estivesse mesmo. Era assim que se sentia, com certeza.

— Pois é. Pois é, passei por umas, sabe, umas encrencas. Obrigado por perguntar.

Ada lambeu os lábios de bacon com a ponta da língua reptiliana enquanto refletia.

— *Cof cof cof* entendo. E eu devo *cof cof cof* compreender que essas, digamos, encrencas já estão *cof cof cof cof* todas resolvidas agora?

Ele olhou para cima, para o marfim de piano de boteco dos seus olhos, depois abaixou a cabeça e voltou a encarar o prato, onde raspava com cuidado as últimas lascas de fígado, batata e molho de cebola.

— É. É, tudo resolvido. Está tudo acabado agora.

Ela o encarou por mais uns segundos, em silêncio, antes de se inclinar e fazer os comentários seguintes com um tom baixinho que era, ao mesmo tempo, mais urgente e mais íntimo:

— Sim, *cof cof cof* mas tem certeza? Você diz que resolveu, mas você diria que tem tanta certeza quanto eu tenho do meu *cof cof cof cof* canteiro de flores, por exemplo?

Ele abaixou o garfo e a faca, fitando o olhar constante e fixo de Ada, sem nada nos próprios olhos além de um sentimento espantado de descrença. Ela sabia. Não os nomes, nem mesmo os mais rudimentares dos detalhes, mas ela sabia que havia uma única coisa capaz de botar aquele olhar no rosto de alguém, o olhar que Dennis tinha no dele. Ela sabia porque também era membro desse clube exclusivo e adivinhara o que teria exigido trinta horas de sono profundo como recuperação. Sendo alguém que apostara o próprio futuro em jamais encontrarem um corpo, era evidente que ela conhecia os sinais. Ainda olho no olho, sob o escrutínio implacável dela, ele respondeu num tom de voz calmo que o surpreendeu, um tom que ele mesmo jamais ouvira antes.

— Tenho certeza. É que nem o seu canteiro. Nada vai vir à tona.

Ela fez um aceno com a cabeça, de satisfação, quase imperceptível.

— Foi *cof cof cof cof* o que pensei.

Aos solavancos, Ada se levantou da cadeira, soltando resmungos e grunhidos que a faziam parecer algum triunfo esquecido da engenharia do século 19. Reunindo os pratos sujos e talheres sujos de batata, ela foi chinelando o chão até a pia de pedra rústica, passando por ele e, no caminho, brevemente repousando uma das mãos de folha seca sobre o ombro de Dennis, com um tapinha, dizendo:

— Bom *cof cof cof cof* garoto.

Foi tão inesperado, tão o que ele precisava, que quase o fez chorar. Ele era, *sim*, um bom garoto, por mais que a única pessoa que o tivesse chamado assim antes disso tivesse sido sua mãe. Ele ficou parado, piscando. Jamais havia antecipado aquela comovente compaixão entre assassinos.

Após deixar a louça de molho numa meia-pia de água gelada, Ada foi roçando e escarrando até o armário, de onde retirou uma garrafa de uísque Bell's e dois copinhos do tamanho certo para um banho ocular. No começo daquela tarde ela havia atiçado uma chama cuspidora e crepitante na lareira da cozinha, que, embora agora tivesse se reduzido a poucos carvões quentes de um tom laranja translúcido sitiados por cinza pulverizada, ainda emanava uma luz e um calor que conjuravam um fac-símile fiel de aconchego. Ao retornar à mesa lastimavelmente arranhada, Ada serviu aos dois uma dose generosa, ergueu seu banho ocular transbordante à luz do fogo e disse:

— *Cof cof cof cof* um brinde.

Os dois beberam e conversaram durante horas sobre tudo que não fossem as coisas medonhas que haviam feito, o que era difícil para Ada, sendo que havia poucas coisas que ela fizera que não eram medonhas. No geral, ela o deleitou com as histórias arrepiantes de sua breve carreira no palco e na telona, incluindo uma classificação informativa de seus colegas de profissão, segundo as categorias de "cuzões" ou "legais se você *cof cof cof cof* gosta desse tipo de coisa". Por volta do momento em que estava recontando casos sórdidos dos dois lados da casa durante o governo de coalizão de Ramsay MacDonald, Dennis já enxergava nas feições envelhecidas e na cabeleira rígida um brilho mítico que não parecia ser de todo ocasionado pelo uísque.

— Ada, sinceramente, todas as coisas que você já fez em sua longa vida... É tudo incrível. Incrível mesmo, de verdade. Eu só espero que, se eu viver tanto quanto você, possa ter metade da sua experiência.

Ela abaixou o copo vazio e olhou o seu empregado admirado com um franzir da testa, intrigada.

— Dennis, eu *cof cof cof cof cof cof* tenho 51 anos.

Na noite de sexta, quando ele se encontrou com Tolerável John no Cheshire Cheese, Dennis estava quase de volta ao normal. Se, após os acontecimentos horripilantes da noite de segunda, sua condição psicológica poderia ser comparada à cratera fumegante de um bombardeio, então as trinta horas de sono tinham servido para tratorar os escombros e, na sexta-feira da noite de Guy Fawkes, ele havia conseguido construir o equivalente em personalidade a um condomínio de apartamentos precário — de qualidade duvidosa, mas suficiente.

Os dois refletiram sobre uma coisa ou outra, e o único sintoma perceptível da recente *danse macabre* de Dennis era uma tendência persistente em começar a viajar enquanto John falava, tirando o foco do amigo para sintonizar as próprias transmissões interiores. No geral, elas giravam em torno da noção sobrepujante de que, onde quer que Dennis estivesse em Londres, havia também um outro mundo que ocupava o mesmo espaço. Embora não o tivesse visto ainda, ele confiava que, em algum lugar lá nos Altos Escândalos, o Grande Durante deveria ter sua própria versão extravagante do Ye Olde Cheshire Cheese. A clientela, pelo que conjeturou nebulosamente, talvez ficasse sentada ali onde ele estava agora, porém a um universo de distância, e seriam as sombras de Dickens, Robert Louis Stevenson, sir Arthur Conan Doyle e todo o resto, contentes em meio à fofoca fumacenta da eternidade. Como devaneio poético, a ideia lhe parecia reconfortante, porém como fato era perturbadora, trazendo à mente a frase final de "N.", de Arthur Machen: "E é possível, de fato, que nós três estejamos sentados agora em meio a rochas desoladas, às margens de córregos amargos... E com que companhia?". Segurando um tremor involuntário, Dennis tentou prestar atenção no que dizia Tolerável John:

— ... então eu tive que pensar na sua situação, estando preso lá com a Ada sem qualquer expectativa nem mesmo de liberdade condicional. Me parece que o que você precisa é de um emprego de verdade, para ter condições de procurar hospedagem em algum outro lugar, e, se acontecer de não achar um emprego de verdade, sempre tem o jornalismo. Lembrei que certa vez você disse que gostaria de ver como é trabalhar de escritor. Imaginei que fosse escrever histórias, ficção literária, mas, para quem quer chegar a uma carreira dessas ou dar uma polida nas suas capacidades, ser jornalista até que não é má pedida. Muitas vezes eu fico sabendo de uns bicos, uns artigos curtos para preencher uma coluna aqui e ali, e, se tiver vontade de experimentar, eu poderia mandar algumas dessas para você. Claro que não vai dar lá muita grana a princípio, mas seria um começo.

Dennis ficou feliz por ter prestado atenção. Durante vertiginosos vinte segundos de êxtase, ele se imaginou numa vida inédita: um repórter júnior dedicado, com um estilo de prosa envolvente que logo veria um monte de dinheiro entrando, pelo menos comparado com as intermitentes notas de cinco libras que recebia do caixa de Ada. Poderia arranjar umas roupas novas, comprar uns sapatos do tamanho certo, encontrar um lugar decente para morar, um lugar aonde ele levaria Grace e a deixaria impressionada, e aí os dois provavelmente se casariam. Ele já estava em vias de considerar um corte de cabelo mais adequado para acompanhar a nova profissão quando lhe ocorreu que não escrevia nada desde a época de escola e, mesmo que tivesse, sequer possuía uma caneta-tinteiro com a qual fazê-lo. Enquanto suas aspirações altivas tombavam na pista em plena decolagem, Dennis olhou para McAllister e fez que não com a cabeça, aquela com o corte de cabelo ao qual ele estava lamentavelmente preso.

— Nem. Obrigado por pensar na gente, amigo, mas não acho que eu esteja à altura. Não faço a menor ideia do que fazer e, em todo caso, não tenho os equipamentos.

John deu uma golada do caneco recém-adquirido, limpou um bigode de espuma à la Bismarck no braço do casaco e jogou o queixo de um lado para o outro, demonstrando um equilíbrio pensativo.

— Pois é, eu sabia que você diria isso, mas é o resultado de morar com Ada Pé-na-Cova desde pequeno. Ela sugou todo o seu respeito próprio e autoconfiança, porque essas são qualidades que, nos outros, dão nos nervos de Ada. É o jeito dela, simples assim. Só que venho pensando nisso e não vejo o que você teria a perder. Em termos de escrita, você é um sujeito esperto que já leu uns bons livros e, pode confiar em mim, não tem como ser pior do que muito do lixo que eu vejo ser publicado todos os dias. Quanto ao equipamento, vai chegar uma nova máquina de escrever lá por janeiro ou fevereiro do ano que vem, então, se quiser, pode ficar com a minha velha Olivetti. A tecla “E” às vezes engata um pouco, mas, se você não ligar, ela deve durar um bom tempo contigo. Posso incluir também uma resma de Croxley Script, uma resma de papel vegetal e um ou dois maços de papel carbono, se for ajudar.

Desafiando todas as leis da aeronáutica, o sonho de Dennis, em meio aos destroços e marcas de queimado deixadas em sua pista interna de decolagem, milagrosamente alçou voo de novo pelo céu, desta vez feito um modelo dos irmãos Wright: com expectativas mais baixas, mas parecendo um tanto mais firme, mais aerodinâmico. Dennis aceitou de imediato a generosa oferta de John, agradeceu mais uma vez ao amigo lastimoso e prometeu que ia se esforçar ao máximo. Resolvido isso, os dois pegaram mais uma rodada e a conversa ganhou tons mais animados e substanciais. Devoraram um pacote de batatinhas — para "forrar o estômago", uma estratégia inspirada pela cerveja para evitar que ficassem tão bêbados quanto decerto já estavam —, e Tolerável John mandou o que acabou sendo uma tese de três canecos sobre o estado da Inglaterra após a guerra, discorrendo sobre as imensas mudanças na sociedade que Dennis, àquela altura, sequer havia reparado, que dirá compreendido. Uma boa hora mais tarde, mais ou menos, quando o senhorio tocou o sino e avisou que era hora das saideiras, a análise política de John se aproximava da linha de chegada:

— A guerra transformou a Inglaterra em outra coisa. Foi preciso. Enquanto ainda estava acontecendo, todo mundo sabia que o país precisaria mudar quando a guerra terminasse, que não poderia voltar a existir para o benefício de uns janotas ricos que diziam que a pobreza era o que os pobres mereciam por serem preguiçosos, burros e incapazes. Não dá para falar algo assim para quem acabou de salvar a gente de um ou dois séculos de Europa nazista, não é? Não quando essa gente volta para casa vitoriosa e se depara com desemprego, parentes mortos e quilômetros de escombros onde antes ficavam suas casas. Não, na coalisão da época de guerra, mesmo conservadores como Churchill sabiam que precisava ocorrer uma mudança, uma tentativa séria de dar um jeito nas desgraças de classe e desigualdade, de uma vez por todas. Eles contavam com Clem Attlee ali no gabinete de guerra e o bom e velho Ernie Bevin para os sindicatos e podiam ver que as classes trabalhadoras não deixariam as coisas no mesmo estado. Esse pessoal precisava sentir que tinha travado uma guerra *em prol de algo*.

"E, para ser justo, a sociedade está bem mais igualitária agora. As principais propostas no Relatório Beveridge foram postas em prática, temos promessas de pleno emprego, tem o serviço de saúde de Nye Bevan, educação decente para todos os tipos, e, mesmo com os racionamentos, estamos, enquanto nação, nos alimentando melhor do que nunca. A nova Britânia está com uma cara boa, mas o ponto em que eu acho que vamos ter dificuldade vai ser em deixar a velha Britânia ir embora. É claro que a época do império ficou para trás, com a Índia pronta para pular fora, mas quer apostar que a gente vai tentar se agarrar a um status de superpotência mundial, ali com os russos e os ianques, apesar de estarmos endividados até o pescoço? Podemos ser o país decente que nos garantiram ou podemos manter a ilusão de ainda ser um grande país, mas não vejo como teríamos dinheiro para fazer as duas coisas. E, sabendo como a gente é, vamos decidir que a pobreza não é de todo ruim, contanto que dê para disfarçar com a nossa bandeira."

Dennis, que devaneava se os personagens que gostavam do Cheshire Cheese na ficção — Sydney Carton, Hercule Poirot — poderiam estar ocupando mesas próximas no mundo vizinho, acabou perdendo boa parte da dissertação, mas acreditava ter apreendido os pontos principais.

— Então, considerando o que você está dizendo, qual é a perspectiva para os próximos dez anos? Como você acha que vai ser a década de 1950, com tudo isso?

Tolerável John olhou para ele com olhos cansados e lúgubres, embaixo das sobrancelhas perpetuamente lastimosas.

— O quê? Numa só palavra?

A noite de Guy Fawkes veio e foi-se embora sem uma quantidade maior do que o normal de mutilações e desfiguramentos, mas, enquanto Dennis caminhava até a casa de Grace perto do fim de tarde do domingo seguinte, os destroços estavam por toda parte. Carcaças de rojões cobriam as pedrinhas esmagadas da calçada, enquanto garrafas de um quarto de litro de leite ainda cheias de fumaça, varas mortas de vela-estrelinha, os tocos martirizados de candelas romanas e as digitais de dedos pretos deixadas pelos fogos da noite anterior espalhavam-se pelas ruínas adjacentes. Ele imaginava que todo mundo já tivesse tido a sua cota de estouros barulhentos no meio da madrugada, com faíscas, chamas e foguetes, mas também não era psicólogo; Dennis mal e mal tinha uma psicologia para chamar de sua, afinal de contas.

Chegou em Folgate Street bem na hora que estava escurecendo e Grace pareceu contente em vê-lo, sorrindo ao lhe convidar para entrar. Ela serviu uma xícara de chá para os dois e fez surgir um pandeló com geleia e creme de manteiga de algum lugar, provavelmente da própria tigela e forno. Seu apartamento, como Dennis reparou, parecia bem mais espaçoso sem a presença de capangas com navalhas e golens de madeira. Grace usava alguma variedade de perfume da Woolworth's, talvez Lírio do Vale. Lembrando-se daquele breve beijo na bochecha que ela lhe dera quando os dois tinham se visto da última vez, Dennis se perguntou se aquela não seria a noite. Ela perguntou como tinha sido a semana dele e, sem fazer qualquer menção aos primeiros três dias, Dennis contou. Quando chegou à oferta que Tolerável John, ainda que confessamente embriagada, de uma máquina de escrever com um alfabeto quase inteiro de teclas funcionais, ela ficou nas nuvens.

— Dennis, que vitória. Agora você pode ser escritor, que nem disse que seria. Por acaso, eu também estou um pouco mais perto de conquistar minhas ambições. Tem um novo ponto em que ando trabalhando no Soho, não muito longe da rua onde ficam algumas das boates. Fiz amizade com umas strippers e dizem que sempre tem trabalho para qualquer uma que tenha aparência decente e saiba dançar. Não é onde eu quero acabar, mas fico pensando que poderia ser um passo na direção certa, e é melhor do que o que eu estou fazendo agora. Ai, estou tão feliz por nós dois.

Nessa altura, seguindo um instinto amoroso que ele não possuía na verdade, Dennis pensou que era agora ou nunca e se inclinou com os olhos fechados para dar um beijo bem nos lábios de Grace; porém, pelo visto, na verdade era nunca mesmo. Com um pouco de força, mas sem crueldade, ela colocou as mãos contra o peito dele e o empurrou firme. Ele corou e começou a gaguejar um pedido de desculpas, que ela dispensou com uma vaga sacudida das madeixas escarlates.

— Não, não precisa se desculpar. Você só tentou me dar uma bitoca, não inventou de tentar apertar meus peitos ou coisa assim. Mas, Dennis, meu bem, você precisa deixar entrar nessa sua cabecinha dura que eu não vou dar para você. Para começo de conversa, tenho uma forte suspeita de que seria a sua primeira vez e não quero essa responsabilidade. Você vai se apaixonar por mim ou alguma coisa bocó nesse sentido. Sabe que vai. Não importa o que diga, é dar um ou dois meses e você vai tentar vir me resgatar. Sinto muito, Dennis. Não.

Ele balançou a cabeça, num estado doído de negação, por mais que vir resgatá-la dentro de um ou dois meses fosse, de fato, o plano. Tentando recuperar a dignidade, em vez disso, ele acabou foi desperdiçando suas últimas migalhas.

— Não é como se eu fosse de todo inexperiente. Quando eu tinha quatorze anos, uma garota bateu uma para mim.

Grace voltou-lhe um olhar doído de compreensão e compaixão.

— Susan Garrett?

Boquiaberto e incrédulo, ele fez que sim com a cabeça. E ela também, depois foi buscar outra xícara de chá. Enquanto bebericavam em meio àquele silêncio constrangedor, Dennis tentou resgatar suas fantasias românticas enquadrando aquela óbvia recusa como um mero adiamento.

— Olha, eu sei que tem uma diferença de idade entre nós, mas, dentro de alguns anos, talvez, depois que eu crescer um pouco, não vai parecer tanto.

Ela olhava para ele com a testa franzida numa expressão perplexa, tentando entender o que ele queria dizer.

— Dennis, eu tenho quinze anos.

Ele não teve coragem de rever Grace depois disso. Chegou a fazer as contas infelizes para calcular quantos anos ela tinha quando começara a trabalhar e sentiu uma náusea que ia até a medula dos ossos. Sim, ele sabia que essas coisas aconteciam, tinha ouvido falar de meninas de até nove anos já na profissão, mas eram histórias que aconteciam na distância remota e nebulosa do jornal, não com gente sentada naquele sofá em petição de miséria ao lado dele. Ele pensou nos horrores pelos quais ela devia ter passado — devia ter apenas onze, doze anos, era insuportável — e, pior ainda, sentiu que havia chegado bem perto de ser, ele mesmo, mais um deles. Ela era a pessoa mais gentil e mais substancial que ele já conhecera na vida, alguém de cuja amizade ele claramente necessitava, e, com essa mesma clareza, Dennis sabia que jamais conseguiria dar conta do recado. Não seria uma amizade real, seria? Se um dos lados ficasse eternamente nutrindo a esperança secreta de levar o outro para a cama? Ele não teria como ser o amigo que ela merecia e, sendo assim, pensou que era melhor não ser amigo nenhum. Eles se despediram em bons termos, mais tarde naquela noite, porém com uma tristeza tácita acumulada na soleira da porta de Spitalfields, ambos cientes de que esse seria o último adeus sem que isso precisasse ser dito. Nem um beijo de despedida.

Os meses que concluíram o ano, em grande parte, foram vazios após aquele domingo doloroso. Os dias de Dennis se arrastavam na labuta da livraria de Ada, com ele pensando em Grace apenas a cada meia hora, mais ou menos. Suas reflexões sobre a outra Londres ou o que acontecera com Clive eram bem menos frequentes e confinadas às ocasiões em que ele se via sentado em suas roupas de cama úmidas, aterrorizado, com o coração em marcha acelerada. Também não conseguiu encontrar um livro no qual pudesse se perder e teve que se contentar com o pensamento de que Orwell, com certeza, lançaria outra façanha literária no ano novo.

Além das paredes sôfregas da Livros & Revistas de Lowell, o país lambia suas feridas e prosseguia, sem maiores ocorrências, rumo à recuperação. Em meados de novembro, ele ficou sabendo que as mortes de mineradores haviam caído depois que a indústria de carvão tinha sido estatizada, um ou dois anos antes, e Winston Churchill, por volta do fim do mês, fez um discurso no Kingsway Hall, em Holborn, no qual sugeriu que uma união dos países europeus não seria uma má ideia, apesar de não ter certeza se a Inglaterra devia ou não fazer parte dela. Por volta de dezembro, houve um anúncio de que a BBC estaria transmitindo sinais de TV para a região das Midlands, e a sua visão orwelliana de uma população encurvada diante de seus televisores com painéis de nogueira colados ao corpo foi se aproximando cada vez mais. O Natal, previsivelmente, foi um fiasco por conta da chuva, deixando Dennis com a sensação de que o ano todo de 1949 fora um desastre pessoal que ele mal podia esperar para deixar para trás.

Era possível que fosse esse desejo fervoroso que o fizera sair cambaleando por Londres na última noite do mês, numa tentativa fútil de celebrar o ano-novo enquanto esperava extinguir o ano velho. Teimoso e determinado a não beber demais, ele se limitou a apenas um caneco solitário em cada bar que visitou. Depois de cinco, estava convencido de que seria uma ótima ideia se aventurar pelo Soho e demonstrar, de uma vez por todas, que havia superado aquela bobajada toda. Há de convir que a ideia de ter um vislumbre de Grace estava, era quase certo, em algum lugar no meio daquele esparrinhar de sua semimente inconsciente, mas esse não era seu objetivo principal e, em todo caso, não aconteceu.

O réveillon naquele distrito notório acabou não sendo a melhor ideia que ele já teve. No meio do empurra-empurra sobre as ruas íngremes entupidas de celebrantes animados, Dennis não conseguiu impedir seu projetor de slides interior de lançar cenas iluminadas e berrantes do Soho que se escondia atrás daquele ali, não conseguiu não pensar nos restos de Clive Amery, se é que restava alguma coisa, em meio à vastidão áurea que fervilhava, procriava e se alimentava na Bateman Street superior. Desde o fim de outubro vasculhava os jornais sem encontrar qualquer menção a um jovem advogado morto ou desaparecido. Esperava que continuasse assim, mas sabia que dali em diante seus passos sempre teriam um eco de culpa; alguma coisa que o seguia a uma distância discreta, que ele sempre teria medo de que pudesse alcançá-lo.

Foi nesse estado, regado a cerveja e com uma ansiedade obscura, que Dennis se flagrava ao emergir da prensa de apalpadelas oportunistas e línguas-de-sogra se desenrolando ruidosamente rumo ao abraço comemorativo da Berwick Street, onde, no fim da rua, ele esbarrou em Jack Neave e Gog Blincoe. Os dois estavam juntos, em pé, no meio da via sem veículos, entre o zigue-zague das fileiras de gente dançando conga e outras convulsões terminais da década de 1940, ambos parecendo um tanto alcoolizados, apesar de apenas Pé-de-Ferro, que virava uma garrafinha, parecer estar bebendo. Ambos deram vivas cordiais diante da chegada inconstante e trôpega de Dennis. Gog Blincoe lhe deu um tapa nas costas que quase o quebrou.

— Oras, Jack, olha só quem temos aqui! É o nosso jovem sr. Knuckleyard, que chegou para se despedir do ano velho conosco! Dá um gole para ele dessa sua garrafinha, não o deixe com sede.

Sorridente, Neave estendeu o vasilhame de metal e ignorou os protestos de Dennis de que não queria deixar faltar bebida para Jack e Gog.

— Não se preocupa não com essa pilhona de lenha. Ele não chega nem perto disso aqui porque consegue se embebedar produzindo um tipo de terebintina lá dentro das coisas que tem no lugar das tripas. Quando tá manguaçado, os nós da madeira dele ficam com um jeito distante, se tu não reparou.

Sem querer fazer desfeita, Dennis aceitou e virou o suficiente do conteúdo da garrafinha para deduzir, pela queimação na laringe, que devia ser rum. Os três caíram numa conversa embriagada, balançando de leve para lá e para cá na rua inclinada, e esbarraram numa multidão de revolucionários ébrios que apareceu para testemunhar a decapitação de uma década tirana. Pé-de-Ferro repassou a notícia de que as coisas estavam parecendo melhorar para "Óstin" depois da exposição no Temple Bar e que, nesse ritmo, era capaz de ele logo estar ganhando o suficiente para se mudar para os quartos de cima e sair daquele porão podre em Wynne Road. A conversa, apesar de conduzida no meio de uma performance barulhenta de Hokey-Cokey, ficou um pouco mais pesada quando o assunto passou para Monolulu, que ao que parecia tinha falado sério ao dizer que evitaria o Grande Durante após o último encontro com Peter Charmoso. Blincoe suspirou e balançou o toco imenso que era sua cabeça.

— Eu lhe comuniquei que o Gato Londrino é capaz de quebrar um homem com palavras, a fim de se poupar o trabalho de usar as garras, mas o príncipe-ras não quer nem saber. Receio que foi a menção à magia das trevas que acabou com ele, já que é algo de que tem um tremendo pavor.

Preso na crepitação grave da voz do feirante, Dennis arriscou uma pergunta que teria hesitado em fazer se estivesse sóbrio:

— Gog, olha só, sem querer ofender, mas... Gog, o que é você?

A risada retumbante de Blincoe, quando Dennis pensou a respeito, bem que cheirava a terebintina.

— Huhur. Fui esculpido da coluna de um portão, garoto, e minha velha, esculpida de outra.

Dennis estava prestes a perguntar ao colosso de avental o que ele queria dizer com aquela metáfora incomum, quando tudo foi interrompido por algum tipo de comoção no cume da alameda, um burburinho de suspiros que parecia descer a Berwick Street na direção deles, foliões hipnotizados recuando para abrir caminho para o fenômeno, fosse lá o que fosse. Por fim, conforme uma igreja próxima começava a repicar os sinos da meia-noite, sacudindo a multidão que agora trocava o seu murmulho baixo por uma cacofonia pastosa de "Auld Lang Syne", uma coisa sem precedentes saiu da chiadeira da turba e abriu os braços impecavelmente vestidos sob medida para dar suas saudações a Neave, Knuckleyard e Blincoe. Era um retângulo azul sustentado por gambitos que culminavam em sapatos grandes e pesados, de sola de crepe, quase mais espessas do que a parte de cima, imitando couro de crocodilo. Havia vários metros de correntes pendurados da sua jaqueta e, em sua cabeça, um topete reluzente de gelatina esculpida, preta feito carvão, que pendia da testa pálida numa curva escorregadia. Era Maurice Calendar. Ele havia eclodido.

— Se liga, velho! Tô todo nos trinques, jaqueta azul-bebê, a manga até os dedos da mão, gotas de chuva, essa seda penteada é Huddersfield, e dá-lhe pimenta no bolso. Sete centímetros na lapela, gola de veludo, e o forro é da Gillette. Quatro botões e prende no meio, calça afunilada, cós quarenta, tô eduardiano! Vou navalhando os assentos, de *brothel creepers* que é pra me esgueirar no cabaré, meia branca e *slim jim* no colarinho. É de lascar o cano! *Giddy-up a ding-dong*! Meu pente tá afiado pra ficar esperto, pronto pro rala e rola à noite toda. Botando pra quebrar, bicho, morou?

Ninguém entendeu ou entenderia o que Maurice queria dizer. Não por alguns anos, pelo menos.

Após mudar de direção para Shoreditch e seguir de volta para lá em zigue-zague, ao chegar na livraria, a neblina alcoólica protetora de Dennis já tinha quase se dissipado, murchando até não restar nada, após não mais do que uma ou duas horas de 1950. No silêncio empoeirado de seu quarto, ele ficou sentado na beirada do pseudocolchão, de cueca, iluminado pela aura de pergaminho de um pequeno lampião de cabeceira. Entre tremores intermitentes de frio, ficou encarando, sem nem mesmo um meio caneco de ilusões, os corredores nus do próprio futuro.

Por um momento, ele chegara a pensar que teria possibilidades. Tivera a impressão de estar à beira de um novo mundo e que os grandes segredos da vida se abriam à sua frente. No entanto, tudo que isso lhe rendeu foi quase levá-lo à loucura. Tinha uma nova carreira em mente, quase tivera uma namorada, mas John podia ter sido generoso demais quanto ao potencial dele como escritor, e, quanto à namorada, Grace não estava mais em cena. Ele nunca mais ia se sentar para conversar com ela, e tal fato, por isso só, já era mais do que ele era capaz de suportar. Na verdade, a situação dele agora era ainda pior do que antes de deitar os olhos em *Uma caminhada em Londres*, quando, pelo menos, acreditava que tinha dois amigos, antes de ser obrigado a assassinar um deles. A única pessoa que havia entre Dennis e ir morar na rua, o desemprego cruel ou o alistamento era sua senhoria pavorosa.

Embora ela dominasse e controlasse sua vida, apesar de toda a escravidão cinzenta que ela representava, ela era tudo que ele tinha. Era sua única opção e, quanto antes ele aceitasse esse fato, quanto antes aprendesse a entregar toda esperança e ambição à sua vontade superior, melhor seria para ele. Ele havia se convencido ali mesmo de que afogaria seus sonhos numa servidão insensível, feliz e voluntária.

Ele amava Ada Pé-na-Cova.

O velho no fim

Do outro lado da rua, ali na esquina raspada pelo vento, postes com lâmpadas de sódio embrulham a noite em celofane amarelo. Um outdoor é colonizado por cracas de panfletos, casas de show piscou-perdeu com a estreia de coisas grandiosas cujos ingressos estão quase acabando num palimpsesto de cola, o papel de parede rasgado do milênio. Enquadrada na janela oposta, acima, com vista para essa cena urbana, deserta e imóvel, exceto pelos copos de poliestireno que rastejam nos redemoinhos das sarjetas, a paisagem da madrugada parece submersa, afogando-se na luz cor de mijo.

Afastando-se da imagem no duplo reflexo que parece preocupantemente espectral, senta-se de volta na cadeira de couro rangente, com sua edição barata de uma biografia de Joe Meek apoiada, aberta, num dos braços da cadeira, e solta os clamores alarmantes de sempre ao se acomodar. Nessa idade, o arco de sua carreira se revela como a parábola de uma V-2, suas muitas questões agora reduzidas ao tempo e ao local do impacto. Funções fisiológicas outrora tão pouco dignas de nota quanto o ato de acordar de manhã tornam-se vitórias conquistadas a duras penas e, portanto, motivos de comemoração — como, por exemplo, acordar de manhã. Todos os dias, o futuro parece uma rua mais curta, assim como parece mais longa a lista de amizades que se foram e coisas que não poderão ser feitas de novo. Muito embora esse resultado seja o que todos, com certeza, já esperavam, sempre chega de surpresa, feito neve em fevereiro ou noites longas em outubro.

Pessoalmente, é provável que essa condição isolada — um exílio durante os últimos vinte anos, sem esperança de alívio — não seja pior do que a vivenciada por qualquer indivíduo chegando ao xis da própria existência, onde os tempos e o mundo que foram seu local de nascimento acabam demolidos, de modo que todos terminam em exílio, naufragando, quase mortos e confusos, nas praias de países que não conseguem reconhecer. No táxi subindo a Ponte Blackfriars, na outra tarde, do outro lado do vidro ensebado, havia — no fundo da New Bridge Street — um complexo de escritórios de oito andares, construído no último alvo de bombardeio que restava, enfim liberado para desenvolvimento imobiliário. Demorou meio século, então, para a metrópole sarar as feridas causadas por Hitler, para se erguer, altiva e confiante, de suas ruínas, enquanto a população de mais idade seguia a trajetória exatamente inversa. Essa é a grande diferença que existe entre a vida dos prédios e as vidas de carne e osso.

Apanha a biografia de Meek, mas então se lembra do motivo de ter parado de lê-la, para começo de conversa, num espasmo de ansiedade causado pela anedota sobre uma Bíblia e uma chave antiga no capítulo cinco. Foi isso que o provocara a atravessar a sala aconchegante em meio a resmungos, indo espiar nervosamente a cascata de Lucozade lá fora. Há mais momentos como este o tempo inteiro hoje em dia, assustados e repletos de uma expectativa temerosa. Talvez uma leitura mais fácil à luz do dia, *O homem por trás de Telstar* retorna à sua posição no apoio de braço da cadeira, onde o produtor falecido sorri com uma careta na capa, os olhos aprisionados reluzentes de anfetamina.

Mais uma vez considerando o alvo dos bombardeios já extinto em Blackfriars Court, ocorre-lhe que Londres agora veste os escombros por dentro: por trás de uma fachada de concreto branco e vidro escuro, os temas e ideologias da cidade estão partidos em pedaços irrecuperáveis. Uma década de Thatcher debilitou os sindicatos e desmontou o consenso pós-guerra de uma Inglaterra mais justa; Blair foi alçado ao poder renunciando ao socialismo e reinventando os Trabalhistas como conservadores descolados; tanto a Igreja quanto a monarquia parecem estar a caminho da autodestruição, e depois teve aquela convulsão inexplicável quando Diana morreu. O palácio de Kensington foi enterrado em buquês, tributos improvisados e mensagens perplexas que perguntavam, todas, a mesma coisa: "Onde estamos?". A paisagem subjacente de ideias e visões de Londres, o caráter e significado essenciais do local, são todos destroços enroscados com as bandeirolas de jubileus esquecidos.

Senta-se ereto por um tempo, reclina a poltrona, mas a dor na lombar, em todo caso, não se abala. Talvez após tomar um Lemsip, uma exigência nesse estágio atual da vida e nesse novo velho corpo; essa pré-carcaça com seu catálogo-surpresa de hematomas e queimaduras, porém sem a menor memória tátil de onde eles vieram. E a mente, claro, a mente é o pior. Sendo-lhe negado o recurso de muletas, talas ou gessos, ela pode enfim desmoronar em qualquer forma amarrotada que desejar; sua memória é uma sacola de feira vazada, o botão de pânico sempre apertado pela ferrugem do hábito, uma incapacidade cada vez maior de diferenciar entre a vida real, a TV e os sonhos. A imaginação já não funciona como antes, de modo que as teias de especulação que costumavam ser tão agradáveis de acompanhar se tornaram a seda grudenta e aracnídea da paranoia, e cada pensamento leva a outro pior.

Vinte longos anos de exclusão, desde o equívoco fatal e a queda em desonra. A esperança fútil, na época, de que o contato poderia um dia ser retomado foi substituída pelo desejo devoto de que não fosse, de que não seria necessário. Vulnerável demais para brigar, com a ideia de correr para qualquer lugar sendo notoriamente risível, uma insistência de que a coisa ruim não vai acontecer é a única estratégia possível, uma última linha de defesa construída em papel machê, sem defender coisa alguma. A negação não é nenhuma forma de barreira, fácil demais de ser perfurada por ocorrências que chamam à mente o que quer que seja mais malquisto, o asco ignoto trazido à tona por cutucões e lembretes que chegam do nada. Faz só uma semana que apareceu aquela jovem brasileira na porta, brandindo uma volumosa edição completa em papel barato, perguntando lamuriosamente se Richard Ramsey estava em casa.

— Não, sinto muito, meu bem. Não posso ajudá-la. Não tem nenhum Richard Ramsey aqui.

Era até que verdade, mas isso não afastava a sensação pesada de culpa ao ver as pessoas irem embora, deprimidas. A cada um ou dois meses, parece, trazendo intimações de que não tinha acabado ainda; o fim não havia chegado.

Inquietando-se e incapaz de ficar parado no assento rangente, incapaz de ficar confortável, apesar de uma constante degeneração na definição do termo, vem-lhe a ideia de colocar um disco prismático na bandeja elegantemente deslizante do toca-CDs, como se pudesse causar uma mudança no ar ao forrá-lo com música e assim quiçá deter a piora no humor que se insinua. Porém, o que há para ouvir que não vá apenas enfatizar a sensação de alheamento de um passado já não mais ao alcance? Talvez algo dos Prefab Sprout, mas, não, isso seria refugiar-se nas mágoas heroicas modernas; vestir uma persona entendida do mundo que não passa mais na cintura; chafurdar em relacionamentos audazes e chorosos com os quais, nessa altura, jamais será possível se identificar. Não é culpa do álbum, mas sim do ouvinte decrépito com uma alma de vinil arranhado que crepita, enrosca, repete-se e guarda mensagens perturbadoras gravadas de trás para frente em suas ranhuras de retorno automático. Os únicos discos à mão são antigos, em todo caso, e em poucos meses já vem o ano 2000. Por isso, vai ter que ser o silêncio mesmo, o *4'33"* de Cage, repetindo-se ao infinito, o que tem sido basicamente a playlist desse último ano e meio, uma trilha sonora de sons ambientes em sua ausência.

Tamborila com dedos impacientes o braço da cadeira, sobre as citações da quarta capa d'*O homem por trás de Telstar*, sem nada para ler, nada para cantarolar junto, desafinado. A ansiedade adora um vácuo. Do outro lado da sala, na mesa de trabalho abandonada com sua cadeira giratória de escritório, o processador de texto enjeitado lança um olhar acusador, um ensaio semiconcluído sobre o poeta David Gascoyne ainda na tela, após uma tentativa débil e improdutiva de editá-lo mais cedo. Vendo de longe, por olhos cada vez mais fracos e cílios grudados por cola óptica, o texto se torna ilegível, seus parágrafos transformados em blocos de cinza sólido em pontilhismo. Justificado à esquerda e com espaçamento único — uma mania que ficou dos tempos, há muito idos, de edição manual —, o ensaio conta com a margem direita delinquente e desigual, algumas linhas interrompidas prematuramente por uma última palavra que é longa demais para caber e por isso acaba relegada à linha inferior. Com a distância e a miopia, o chão branco à direita da página se torna a paisagem urbana lateral do fantasma de uma cidade, em espaço negativo, contando com prédios comerciais, telhados pontiagudos e até mesmo cúpulas suavemente curvadas, com um arranha-céu quimérico aqui e ali para demarcar o fim brusco de um parágrafo. Uma vez vista, essa paisagem espectral persiste obstinadamente, uma Fata Morgana lexical construída do vazio onde faltam as palavras, uma Bizâncio de lacunas para além das beiradas rotas da linguagem, reminiscente nesse sentido de...

O que foi isso?

Um barulho lá fora na rua, um clamor, parece, e a noite, de cara, torna-se algo diferente. Peixes frios e úmidos despertam, debatendo-se e sufocando no abdome. O apartamento inteiro se contorce, a lâmpada vertical atirando grandes figuras *noir* contra o teto. Ai, Deus, por favor, não deixe que aconteça agora. Não deixe que aconteça nunca, mas especialmente não agora. Com o coração batendo as asas feito um periquito, cada átomo faz "não não não não não" com a voz baixa. Balançando-se para a frente e para trás a fim de ganhar ímpeto, consegue, então, ficar em pé na terceira tentativa, com uma mão veiuda apoiada no encosto da cadeira para evitar cair. Relutantes, os chinelos no carpete encontram por conta própria o caminho de volta à janela, sem a volição de seu passageiro vacilante.

Cinco anos de anseios, a temer desesperadamente que a coisa tivesse terminado, e então outros quinze com medo de que não fosse o caso, e, agora, por fim chegava a hora. Alguma coisa fora despachada. Alguma coisa aparecera. Suor, súbito, em ambas as palmas e na conexão entre os dedos trêmulos, conforme a cortina se abre. Nervos eréteis pinicam a nuca e um calor azedo sobe a garganta, os olhos remosos piscando e apertando-se contra a luz da lâmpada biliar. Na outra esquina da Columbia Road, às três da manhã, a junção segue marinada em topázio, ainda deserta. Barreiras expostas aos elementos, ostentando a psoríase de cartazes rasgados que são um mudo memorial de guerra a shows tombados e, então, atrás de uma caçamba transbordante de entulhos, alguma coisa se mexendo.

Ai, não. Não, não, não, não, não. Começa um tatear por dentro, à procura na memória do apartamento de qualquer objeto que possa ser repaginado para servir de instrumento letal contra o adversário ou, se for o caso, contra si mesmo. Uma faca serrilhada de manteiga, um cinzeiro pesado, alguma coisa, qualquer coisa, e lá embaixo, do outro lado da rua, um coágulo móvel de sombras se desdobra entre o brilho e o lixo...

Mas é só um gato comum.

Agradecimentos

O primeiro desses agradecimentos, apesar de ele não estar mais aqui para recebê-los, vai para o falecido, porém sempre presente, Brian Catling, que realizou a obra de arte performática definitiva durante a composição deste livro. Com a estonteante trilogia *Vorrh*, do professor Catling, sinto que foi estabelecido um novo patamar para a fantasia, que tem sido uma preocupação minha ao embarcar na minha própria série de estreia de romances no gênero: a necessidade de tentar fazer algo tão imaginativo, tão original e tão comprometido quanto a obra-prima de Brian. Durma bem sob a turfa com os Outroras, maestro.

Outro que claramente não pôde se dar ao trabalho de me esperar terminar o livro para agradecê-lo direito foi o meu colaborador imaculado, Kevin O'Neill. Foi Kevin quem me apresentou a Jack Pé-de-Ferro Neave, por via de uma pontinha obscura em uma das histórias da nossa *Liga Extraordinária* chamada *Século: 1969*, e foi Kevin, ao compartilhar suas lembranças de infância no cenário dos bombardeios de Londres, quem forneceu a anedota da dona de um sebo rasgando um livro em pedacinhos como modo de desincentivar os fregueses que queriam barganhar, que eu apropriei para Ada Pé-na-Cova. Eu lhe disse que ia mandar o primeiro volume assim que terminasse, mas infelizmente Kevin terminou primeiro e partiu desta para uma melhor. Tenho esperanças de que ele apreciaria o meu equilíbrio entre tosquice e refinamento.

Para ficar, por um momento, só com os falecidos influentes, foi Steve Moore, o espírito a presidir eternamente em Shooters Hill, que me introduziu a Londres e sua mística, muito tempo atrás, quando ambos éramos adolescentes. Este livro não poderia ter sido escrito sem as intervenções revolucionárias dessas três presenças imortais. Onde quer que estejam, eles contam com meu amor e gratidão eternos.

E agora passamos a quem está vivo e esperto. Teria sido impossível escrever uma obra de fantasia sobre Londres sem a consciência de estar invadindo o território de autores que tomaram a cidade imaginária para si, os mais proeminentes sendo Iain Sinclair e Michael Moorcock. Iain me encorajou imensamente, tanto em nossas conversas infrequentes quanto em sua obra inspiradora, notavelmente *My Favourite London Devils*, e qualquer fantasia metropolitana que comece na década de 1940 inevitavelmente precisará ser construída à sombra do estupendo *Mother London*, do Mike. Obrigado, vocês dois. São meus diabos favoritos de Londres, mesmo que estejam no Texas ou em Hastings. E sou imensamente grato ao sublime Stewart Lee por dividir comigo seu arquivo obsessivo de Stoke Newington; isso foi, para mim, o gesto de um cavalheiro.

Devo agradecer também a Mark Valentine e a qualquer um envolvido com os Friends of Arthur Machen e seu periódico, *Faunus*, por me fornecerem novas revelações o tempo inteiro sobre esse autor fascinante e especialmente por me concederem acesso ao ensaio de Thomas Kent Miller sobre o conto enigmático de Machen quando eu perguntei, indiscretamente, "Alguém sabe por que é que ele chamou de 'N.'?". Mantenham esse trabalho exemplar, senhoras e senhores, e saibam que podem contar com a renovação da minha assinatura.

Como sempre, agradeço a todos da Bloomsbury, em ambos os lados do Atlântico, e ao meu agente James Wills e seus colegas em Watson, Little. São vocês que me dão corda.

Mais perto de casa, o poderoso Joe Brown segue dando o seu apoio vital tanto à minha existência física quanto às minhas atividades literárias. Senhor, eu saúdo sua incansabilidade.

O mesmo vale para a maravilhosa Michelle Newton e a insuperável Lindsay Spence, por manterem azeitadas as engrenagens da minha criatividade e, de fato, a todos os meus amigos, incluindo meus colegas da gangue do Arts Labs no presente (Ali, Robin, Yoshe, Scott, Kavan, Tom, Jess, Donna, Josh e qualquer um que eu tenha esquecido) e no passado (Ian Fleming, Andy Cooper, Mick Bunting, Brian Ratcliffe e sobretudo George Woodcock). Onde quer que eu esteja agora, não teria chegado aqui sem vocês.

Ainda mais intimamente, em termos de família, conto com o amor, a energia e o entusiasmo constantes daqueles que são aparentados comigo e não têm como fugir, na verdade. Agradeço ao meu irmão Morry — que, se olharem para ele, não é *tão* mais bonito assim do que eu — por me ouvir tagarelar a respeito de qualquer capítulo em que eu pudesse estar trabalhando no momento, e pela avidez sincera em querer ver o resultado. E então tem as minhas filhas estarrecedoras, Leah e Amber, seus maridos, John e Reen, e o grupo cada vez maior de seus filhos, Eddie, James, Joey e Rowan. Todos vocês me são mais queridos do que eu jamais serei capaz de exprimir.

Mais íntima que tudo, meus agradecimentos mais sinceros vão à minha linda esposa, a autora e visionária Melinda Gebbie. Melinda foi a única pessoa que escutou *O Grande Durante* assim que ele saiu, quentinho, do teclado, e seu entusiasmo e incentivo salvaram minha vida nas muitas ocasiões em que eu não tinha firmeza quanto às direções que essa narrativa volátil estava tomando. Obrigado, meu bem. Ir dormir e acordar do seu lado é o meu luxo de ilha deserta.

E, ah, obrigado a qualquer que tenha sido a sinapse defeituosa que me fez acordar dando risada às duas da manhã com o nome ridículo “Dennis Knuckleyard”.

Sobre o autor

Alan Moore é frequentemente considerado o mais influente autor da história dos quadrinhos. Seus trabalhos seminais incluem *A Liga Extraordinária*, *Do inferno* e *O monstro do pântano*. Também é o autor do romance *Jerusalém*, best-seller do New York Times, e do livro de contos *Iluminações* (publicado no Brasil pela Aleph). Ele nasceu em Northampton, Reino Unido, e lá mora desde então.